4491

OEUVRES

COMPLETES

DE

VOLTAIRE.

OEUVRES

COMPLETES

DE

VOLTAIRE.

TOME QUARANTE-DEUXIEME.

DE L'IMPRIMERIE DE LA SOCIÉTÉ LITTÉRAIRE-
TYPOGRAPHIQUE.

1 7 8 4.

DICTIONNAIRE

PHILOSOPHIQUE.

DICTIONNAIRE

PHILOSOPHIQUE.

M.

M A G I E.

LA magie eſt encore une ſcience bien plus plauſible
que l'aſtrologie & que la doctrine des génies. Dès
qu'on commença à penſer qu'il y a dans l'homme
un être tout-à-fait diſtinct de la machine , & que
l'entendement ſubſiſte après la mort, on donna à cet
entendement un corps délié, ſubtil, aérien, reſſem-
blant au corps dans lequel il était logé. Deux raiſons
toutes naturelles introduiſirent cette opinion : la première, c'eſt que dans toutes les langues l'ame s'appelait
eſprit, *ſouffle*, *vent* : cet eſprit, ce ſouffle, ce vent était
donc quelque choſe de fort mince & de fort délié.
La ſeconde, c'eſt que ſi l'ame d'un homme n'avait
pas retenu une forme ſemblable à celle qu'il poſſédait
pendant ſa vie, on n'aurait pas pu diſtinguer après
la mort l'ame d'un homme d'avec celle d'un autre.
Cette ame, cette ombre qui ſubſiſtait ſéparée de ſon
corps, pouvait très-bien ſe montrer dans l'occaſion,
revoir les lieux qu'elle avait habités, viſiter ſes parens,
ſes amis , leur parler, les inſtruire ; il n'y avait dans
tout cela aucune incompatibilité. Ce qui eſt peut
paraître.

Les ames pouvaient très-bien enſeigner à ceux
qu'elles venaient voir , la manière de les évoquer :
elles n'y manquaient pas ; & le mot *Abraxa*, prononcé

avec quelques cérémonies, fesait venir les ames auxquelles on voulait parler. Je suppose qu'un égyptien
eût dit à un philosophe : *Je descends en ligne droite des*
magiciens de Pharaon, qui changèrent des baguettes en
serpens, & les eaux du Nil en sang; un de mes ancêtres se
maria avec la pythonisse d'Endor qui évoqua l'ombre de
Samuel à la prière du roi Saül : elle communiqua ses secrets
à son mari, qui lui fit part des siens : je possède cet héritage
de père & de mère, ma généalogie est bien avérée; je com-
mande aux ombres & aux élémens. Le philosophe n'aurait
eu autre chose à faire qu'à lui demander sa protection :
car si ce philosophe avait voulu nier & disputer, le
magicien lui eût fermé la bouche en lui disant : *Vous*
ne pouvez nier les faits; mes ancêtres ont été incontestable-
ment de grands magiciens, & vous n'en doutez pas; vous
n'avez nulle raison pour croire que je sois de pire condition
qu'eux, surtout quand un homme d'honneur comme moi vous
assure qu'il est sorcier. Le philosophe aurait pu lui
dire : Faites-moi le plaisir d'évoquer une ombre, de
me faire parler à une ame, de changer cette eau
en sang, cette baguette en serpent. Le magicien
pouvait répondre : Je ne travaille pas pour les philosophes : j'ai fait voir des ombres à des dames très-
respectables, à des gens simples qui ne disputent
point : vous devez croire au moins qu'il est très-
possible que j'aie ces secrets, puisque vous êtes forcé
d'avouer que mes ancêtres les ont possédés : ce qui
s'est fait autrefois se peut faire aujourd'hui, & vous
devez croire à la magie, sans que je sois obligé
d'exercer mon art devant vous.

Ces raisons sont si bonnes que tous les peuples ont
eu des sorciers. Les plus grands sorciers étaient payés

par l'Etat pour voir clairement l'avenir dans le cœur
& dans le foie d'un bœuf. Pourquoi donc a-t-on si
long-temps puni les autres de mort? ils fefaient des
chofes plus merveilleufes ; on devait donc les honorer
beaucoup , on devait furtout craindre leur puiffance.
Rien n'eft plus ridicule que de condamner un vrai
magicien à être brûlé ; car on devait préfumer qu'il
pouvait éteindre le feu, & tordre le cou à fes juges.
Tout ce qu'on pouvait faire , c'était de lui dire : Mon
ami, nous ne vous brûlons pas comme un forcier
véritable, mais comme un faux forcier, qui vous
vantez d'un art admirable que vous ne poffédez pas ;
nous vous traitons comme un homme qui débite de
la fauffe monnaie : plus nous aimons la bonne , plus
nous puniffons ceux qui en donnent de fauffe :
nous favons très-bien qu'il y a eu autrefois de vénérables magiciens, mais nous fommes fondés à croire
que vous ne l'êtes pas , puifque vous vous laiffez
brûler comme un fot.

Il eft vrai que le magicien pouffé à bout pourrait
dire : Ma fcience ne s'étend pas jufqu'à éteindre un
bûcher fans eau, & jufqu'à donner la mort à mes
juges avec des paroles ; je peux feulement évoquer
des ames , lire dans l'avenir , changer certaines
matières en d'autres : mon pouvoir eft borné ; mais
vous ne devez pas pour cela me brûler à petit feu ;
c'eft comme fi vous fefiez pendre un médecin qui
aurait guéri de la fièvre, & qui ne pourrait vous guérir
d'une paralyfie. Mais les juges lui répliqueraient :
Faites-nous donc voir quelque fecret de votre art, ou
confentez à être brûlé de bonne grâce. (*)

(*) Voyez *Poffédés.*

MAHOMETANS.

JE vous le dis encore, ignorans imbécilles, à qui d'autres ignorans ont fait accroire que la religion mahométane eſt voluptueuſe & ſenſuelle, il n'en eſt rien; on vous a trompés ſur ce point comme ſur tant d'autres.

Chanoines, moines, curés même, ſi on vous impoſait la loi de ne manger ni boire depuis quatre heures du matin juſqu'à dix du ſoir, pendant le mois de juillet, lorſque le carême arriverait dans ce temps; ſi on vous défendàit de jouer à aucun jeu de haſard ſous peine de damnation; ſi le vin vous était interdit ſous la même peine; s'il vous fallait faire un pélerinage dans des déſerts brûlans; s'il vous était enjoint de donner au moins deux & demi pour cent de votre revenu aux pauvres; ſi accoutumés à jouir de dix-huit femmes on vous en retranchait tout d'un coup quatorze; en bonne foi oſeriez-vous appeler cette religion ſenſuelle?

Les chrétiens latins ont tant d'avantages ſur les muſulmans, je ne dis pas en fait de guerre, mais en fait de doctrine; les chrétiens grecs les ont tant battus en dernier lieu depuis 1769 juſqu'à 1773, que ce n'eſt pas la peine de ſe répandre en reproches injuſtes ſur l'iſlamiſme.

Tâchez de reprendre ſur les mahométans tout ce qu'ils ont envahi; mais il eſt plus aiſé de les calomnier.

Je hais tant la calomnie que je ne veux pas même qu'on impute des fottifes aux Turcs, quoique je les détefte comme tyrans des femmes & ennemis des arts.

Je ne fais pourquoi l'hiftorien du bas empire prétend (a) que *Mahomet* parle dans fon *Koran* de fon voyage dans le ciel : *Mahomet* n'en dit pas un mot ; nous l'avons prouvé.

Il faut combattre fans ceffe. Quand on a détruit une erreur, il fe trouve toujours quelqu'un qui la reffufcite. (*)

M A I T R E.

SECTION PREMIERE.

Que je fuis malheureux d'être né ! difait *Ardaffan Ougli*, jeune icoglan du grand padisha des Turcs. Encore fi je ne dépendais que du grand padisha : mais je fuis foumis au chef de mon oda, au capigi bachi ; & quand je veux recevoir ma paye, il faut que je me profterne devant un commis du tefterdar, qui m'en retranche la moitié. Je n'avais pas fept ans que l'on me coupa, malgré moi, en cérémonie, le bout de mon prépuce ; & j'en fus malade quinze jours. Le derviche qui nous fait la prière eft mon maître ; un iman eft encore plus mon maître ; le molla l'eft encore plus que l'iman. Le cadi eft un autre maître ; le cadilefquier l'eft davantage ;

(a) XIIe vol. page 209.

(*) Voyez *Arot* & *Marot*, & *Alcoran*.

A 4

le muphti l'eſt beaucoup plus que tous ceux-là enſemble. Le kiaïa du grand-viſir peut d'un mot me faire jeter dans le canal ; & le grand-viſir enfin peut me faire ſerrer le col à ſon plaiſir, & empailler la peau de ma tête, ſans que perſonne y prenne ſeulement garde.

Que de maîtres, grand DIEU! quand j'aurais autant de corps & autant d'ames que j'ai de devoirs à remplir, je n'y pourrais pas ſuffire. O *Allah!* que ne m'as-tu fait chat-huant! je vivrais libre dans mon trou, & je mangerais des ſouris à mon aiſe ſans maître & ſans valets. C'eſt aſſurément la vraie deſtinée de l'homme; il n'a des maîtres que depuis qu'il eſt perverti. Nul homme n'était fait pour ſervir continuellement un autre homme. Chacun aurait charitablement aidé ſon prochain, ſi les choſes étaient dans l'ordre. Le clair-voyant aurait conduit l'aveugle; le diſpos aurait ſervi de béquilles au cul-de-jatte. Ce monde aurait été le paradis de *Mahomet;* & il eſt l'enfer, qui ſe trouve préciſément ſous le pont-aigu.

Ainſi parlait *Ardaſſan Ougli*, après avoir reçu les étrivières de la part d'un de ſes maîtres.

Ardaſſan Ougli, au bout de quelques années, devint bacha à trois queues. Il fit une fortune prodigieuſe; & il crut fermement que tous les hommes, excepté le grand-turc & le grand-viſir, étaient nés pour le ſervir, & toutes les femmes pour lui donner du plaiſir ſelon ſes volontés.

SECTION II.

Comment un homme a-t-il pu devenir le maître d'un autre homme, & par quelle espèce de magie incompréhensible a-t-il pu devenir le maître de plusieurs autres hommes? On a écrit sur ce phénomène un grand nombre de bons volumes ; mais je donne la préférence à une fable indienne parce qu'elle est courte, & que les fables ont tout dit.

Adimo, le père de tous les Indiens, eut deux fils & deux filles de sa femme *Procriti*. L'aîné était un géant vigoureux, le cadet était un petit bossu, les deux filles étaient jolies. Dès que le géant sentit sa force, il coucha avec ses deux sœurs, & se fit servir par le petit bossu. De ses deux sœurs l'une fut sa cuisinière, l'autre sa jardinière. Quand le géant voulait dormir il commençait par enchaîner à un arbre son petit frère le bossu ; & lorsque celui-ci s'enfuyait, il le rattrapait en quatre enjambées, & lui donnait vingt coups de nerf de bœuf.

Le bossu devint soumis & le meilleur sujet du monde. Le géant satisfait de le voir remplir ses devoirs de sujet, lui permit de coucher avec une de ses sœurs dont il était dégoûté. Les enfans qui vinrent de ce mariage ne furent pas tout-à-fait bossus ; mais ils eurent la taille assez contrefaite. Ils furent élevés dans la crainte de Dieu & du géant. Ils reçurent une excellente éducation ; on leur apprit que leur grand-oncle était géant de droit divin, qu'il pouvait faire de toute sa famille ce qui lui plaisait ; que s'il avait

quelque jolie nièce, ou arrière-nièce, c'était pour
lui feul fans difficulté, & que perfonne ne pouvait
coucher avec elle que quand il n'en voudrait plus.

Le géant étant mort, fon fils, qui n'était pas à
beaucoup près fi fort ni fi grand que lui, crut
cependant être géant comme fon père de droit divin.
Il prétendit faire travailler pour lui tous les hommes,
& coucher avec toutes les filles. La famille fe ligua
contre lui, il fut affommé, & on fe mit en république.

Les Siamois au contraire prétendaient que la
famille avait commencé par être républicaine, &
que le géant n'était venu qu'après un grand nombre
d'années & de diffentions; mais tous les auteurs de
Bénarès & de Siam conviennent que les hommes
vécurent une infinité de fiècles avant d'avoir l'efprit
de faire des lois; & ils le prouvent par une raifon
fans réplique, c'eft qu'aujourd'hui même où tout le
monde fe pique d'avoir de l'efprit, on n'a pas trouvé
encore le moyen de faire une vingtaine de lois
paffablement bonnes.

C'eft encore, par exemple, une queftion infoluble
dans l'Inde, fi les républiques ont été établies avant
ou après les monarchies, fi la confufion a dû paraître
aux hommes plus horrible que le defpotifme. J'ignore
ce qui eft arrivé dans l'ordre des temps; mais dans
celui de la nature il faut convenir que les hommes
naiffant tous égaux, la violence & l'habileté ont fait
les premiers maîtres; les lois ont fait les derniers.

MALADIE. MEDECINE.

JE fuppofe qu'une belle princeffe qui n'aura jamais entendu parler d'anatomie, foit malade pour avoir trop mangé, trop danfé, trop veillé, trop fait tout ce que font plufieurs princeffes ; je fuppofe que fon médecin lui dife : Madame, pour que vous vous portiez bien il faut que votre cerveau & votre cervelet diftribuent une moëlle alongée, bien conditionnée, dans l'épine de votre dos jufqu'au bout du croupion de votre alteffe, & que cette moëlle alongée aille animer également quinze paires de nerfs à droite, & quinze paires à gauche. Il faut que votre cœur fe contracte & fe dilate avec une force toujours égale, & que tout votre fang, qu'il envoie à coups de pifton dans vos artères, circule dans toutes ces artères & dans toutes les veines environ fix cents fois par jour.

Ce fang, en circulant avec cette rapidité que n'a point le fleuve du Rhône, doit dépofer fur fon paffage de quoi former & abreuver continuellement la lymphe, les urines, la bile, la liqueur fpermatique de votre alteffe, de quoi fournir à toutes fes fecrétions, de quoi arrofer infenfiblement votre peau douce, blanche & fraîche, qui fans cela ferait d'un jaune grifâtre, fèche & ridée comme un vieux parchemin.

LA PRINCESSE.

Hé bien, Monfieur, le roi vous paye pour me faire tout cela ; ne manquez pas de mettre toute chofe à leur place, & de me faire circuler mes liqueurs de façon que je fois contente. Je vous avertis que je ne veux jamais fouffrir.

LE MÉDECIN.

Madame, adreffez vos ordres à l'auteur de la nature. Le feul pouvoir qui fait courir des milliars de planètes & de comètes autour des millions de foleils a dirigé la courfe de votre fang.

LA PRINCESSE.

Quoi ! vous êtes médecin, & vous ne pouvez rien me donner ?

LE MÉDECIN.

Non, Madame, nous ne pouvons que vous ôter. On n'ajoute rien à la nature. Vos valets nettoient votre palais, mais l'architecte l'a bâti. Si votre alteffe a mangé goulument, je puis déterger fes entrailles avec de la caffe, de la manne & des follicules de féné ; c'eft un balai que j'y introduis, & je pouffe vos matières. Si vous avez un cancer, je vous coupe un teton, mais je ne puis vous en rendre un autre. Avez-vous une pierre dans la veffie, je puis vous en délivrer au moyen d'un dilatoire ; & je vous fais beaucoup moins de mal qu'aux hommes : je vous coupe un pied gangrené, & vous marchez fur l'autre. En un mot, nous autres médecins nous reffemblons parfaitement aux arracheurs de dents ; ils vous délivrent d'une dent gâtée fans pouvoir vous en fubftituer une qui tienne, quelques charlatans qu'ils puiffent être.

LA PRINCESSE.

Vous me faites trembler. Je croyais que les médecins guériffaient tous les maux.

LE MÉDECIN.

Nous guériffons infailliblement tous ceux qui fe guériffent d'eux-mêmes. Il en eft généralement, & à peu d'exceptions près, des maladies internes comme des plaies extérieures. La nature feule vient à bout de celles qui ne font pas mortelles. Celles qui le font ne trouvent dans l'art aucune reffource.

LA PRINCESSE.

Quoi ! tous ces fecrets pour purifier le fang dont m'ont parlé mes dames de compagnie ! ce baume de vie du fieur *le Lièvre*, ces fachets du fieur *Arnoud*, toutes ces pillules vantés par leurs femmes de chambre ?.....

LE MÉDECIN.

Autant d'inventions pour gagner de l'argent & pour flatter les malades pendant que la nature agit feule.

LA PRINCESSE.

Mais il y a des fpécifiques.

LE MÉDECIN.

Oui, Madame, comme il y a l'eau de Jouvence dans les romans.

LA PRINCESSE.

En quoi donc confifte la médecine ?

LE MÉDECIN.

Je vous l'ai déjà dit, à débarraffer, à nettoyer, à tenir propre la maifon qu'on ne peut rebâtir.

LA PRINCESSE.

Cependant il y a des chofes falutaires, d'autres nuifibles.

LE MÉDECIN.

Vous avez deviné tout le fecret. Mangez, & modé-
rément, ce que vous favez par expérience vous
convenir. Il n'y a de bon pour le corps que ce qu'on
digère. Quelle médecine vous fera digérer ? l'exercice.
Quelle réparera vos forces ? le fommeil. Quelle dimi-
nuera des maux incurables ? la patience. Qui peut
changer une mauvaife conftitution ? rien. Dans toutes
les maladies violentes nous n'avons que la recette de
Molière, *feignare*, *purgare*, & fi l'on veut, *clifterium
donare*. Il n'y en a pas une quatrième. Tout cela
n'eft autre chofe, comme je vous l'ai dit, que
nettoyer une maifon à laquelle nous ne pouvons pas
ajouter une cheville. Tout l'art confifte dans l'à-
propos.

LA PRINCESSE.

Vous ne fardez point votre marchandife. Vous
êtes honnête homme. Si je fuis reine, je veux vous
faire mon premier médecin.

LE MÉDECIN.

Que votre premier médecin foit la nature. C'eft
elle qui fait tout. Voyez tous ceux qui ont pouffé
leur carrière jufqu'à cent années, aucun n'était de
la faculté. Le roi de France a déjà enterré une qua-
rantaine de fes médecins, tant premiers médecins que
médecins de quartier & confultans.

LA PRINCESSE.

Vraiment, j'efpère bien vous enterrer auffi.

M A R I A G E.

SECTION PREMIERE.

J'AI rencontré un raifonneur qui difait: Engagez vos fujets à fe marier le plutôt qu'il fera poffible ; qu'ils foient exempts d'impôt la première année, & que leur impôt foit réparti fur ceux qui au même âge feront dans le célibat.

Plus vous aurez d'hommes mariés , moins il y aura de crimes. Voyez les regiftres affreux de vos greffes criminels ; vous y trouvez cent garçons de pendus , ou de roués, contre un père de famille.

Le mariage rend l'homme plus vertueux & plus fage. Le père de famille ne veut pas rougir devant fes enfans. Il craint de leur laiffer l'opprobre pour héritage.

Mariez vos foldats, ils ne déferteront plus. Liés à leur famille , ils le feront à leur patrie. Un foldat célibataire n'eft fouvent qu'un vagabond , à qui il ferait égal de fervir le roi de Naples & le roi de Maroc.

Les guerriers romains étaient mariés ; ils combattaient pour leurs femmes & pour leurs enfans ; & ils firent efclaves les femmes & les enfans des autres nations.

Un grand politique italien , qui d'ailleurs était fort favant dans les langues orientales , chofe très-rare chez nos politiques , me difait dans ma jeuneffe : *Caro figlio*, fouvenez-vous que les Juifs n'ont jamais eu qu'une bonne inftitution, celle d'avoir la virginité en horreur. Si ce petit peuple de courtiers fuperftitieux n'avait pas regardé le mariage comme la première loi de l'homme, s'il y avait eu chez lui des couvens de religieufes, il était perdu fans reffource.

S E C T I O N   I I.

LE mariage eft un contrat du droit des gens, dont les catholiques romains ont fait un facrement.

Mais le facrement & le contrat font deux chofes bien différentes; à l'un font attachés les effets civils, à l'autre les grâces de l'Eglife.

Ainfi lorfque le contrat fe trouve conforme au droit des gens, il doit produire tous les effets civils. Le défaut de facrement ne doit opérer que la privation des grâces fpirituelles.

Telle a été la jurifprudence de toùs les fiècles & de toutes les nations, excepté des Français. Tel a été même le fentiment des pères de l'Eglife les plus accrédités.

Parcourez les codes théodofien & juftinien, vous n'y trouverez aucune loi qui ait profcrit les mariages des perfonnes d'une autre croyance, lors même qu'ils avaient été contractés avec des catholiques.

Il eft vrai que *Conftance*, ce fils de *Conftantin*, auffi cruel que fon père, défendit aux Juifs, fous peine de mort, de fe marier avec des femmes chrétiennes, (*a*) & que *Valentinien*, *Théodofe*, *Arcade*, firent la même défenfe, fous les mêmes peines aux femmes juives.

(*a*) Code théod. tit. *de Judæis*, loi VI.

Mais

Mais ces lois n'étaient déjà plus obfervées fous l'empereur *Marcien*; & *Juftinien* les rejeta de fon code. Elles ne furent faites d'ailleurs que contre les Juifs, & jamais on ne penfa de les appliquer aux mariages des païens ou des hérétiques avec les fectateurs de la religion dominante.

Confultez S*t* *Auguftin*, (*b*) il vous dira que de fon temps on ne regardait pas comme illicites les mariages des fidelles avec les infidelles, parce qu'aucun texte de l'Evangile ne les avait condamnés. *Quæ matrimonia cum infidelibus noftris temporibus jam non putantur effe peccata ; quoniam in novo Teftamento, nihil indè præceptum eft, & ideò aut licere creditum eft aut velut dubium derelictum.*

Auguftin dit de même, que ces mariages opèrent fouvent la converfion de l'époux infidelle. Il cite l'exemple de fon propre père, qui embraffa la religion chrétienne parce que fa femme *Monique* profeffait le chriftianifme. *Clotilde* par la converfion de *Clovis*, & *Théodelinde* par celle d'*Agiluf* roi des Lombards, furent plus utiles à l'Eglife que fi elles euffent époufé des princes orthodoxes.

Confultez la déclaration du pape *Benoît XIV* du 4 novembre 1741, vous y lirez ces propres mots: *Quod verò fpectat ad ea conjugia quæ abfque formâ à Tridentino ftatutâ, contrahuntur à catholicis cum hæreticis, five catholicus vir hæreticam fœminam ducat, five catholica fœmina hæretico viro nubat ; fi hujufmodi matrimonium fit contractum aut in pofterum contrahi contingat, Tridentini formâ non fervatâ, declarat fanctitas fua, alio non concurrente impedimento, validum habendum effe, fciens*

_____
(*b*) *Lib. de fide & operib.* cap. XIX, n. 35.

Dictionn. philofoph. Tome VI.   B

conjux catholicus ſe iſtius matrimonii vinculo perpetuo ligatum.

Par quel étonnant contraſte les lois françaiſes font-elles ſur cette matière plus ſévères que celles de l'Egliſe ? la première loi qui ait établi ce rigoriſme en France eſt l'édit de *Louis XIV* du mois de novembre 1680. Cet édit mérite d'être rapporté.

,, *Louis* &c. Les canons des conciles ayant con-
,, damné les mariages des catholiques avec les
,, hérétiques comme un ſcandale public , & une
,, profanation du ſacrement, nous avons eſtimé
,, d'autant plus néceſſaire de les empêcher à l'avenir,
,, que nous avons reconnu que la tolérance de ces
,, mariages expoſe les catholiques à une tentation
,, continuelle de ſa perverſion &c. A ces cauſes &c.
,, voulons & nous plaît qu'à l'avenir nos ſujets de
,, la religion catholique, apoſtolique & romaine, ne
,, puiſſent ſous quelque prétexte que ce ſoit contraĉter
,, mariage avec ceux de la religion prétendue réformée,
,, déclarant tels mariages non valablement contraĉtés ,
,, & les enfans qui en viendront illégitimes. ,,

Il eſt bien ſingulier que l'on ſe ſoit fondé ſur les lois de l'Egliſe pour annuller des mariages que l'Egliſe n'annulla jamais. Vous voyez dans cet édit le ſacrement confondu avec le contrat civil ; c'eſt cette confuſion qui a été la ſource des étranges lois de France ſur le mariage.

Sᵗ Auguſtin approuvait les mariages des orthodoxes avec les hérétiques , parce qu'il eſpérait que l'époux fidelle convertirait l'autre; & *Louis XIV* les condamne dans la crainte que l'hétérodoxe ne pervertiſſe le fidelle !

Il exifte en Franche-Comté une loi plus cruelle; c'eft un édit de l'archiduc *Albert* & de fon époufe *Ifabelle* du 20 décembre 1599, qui fait défenfe aux catholiques de fe marier à des hérétiques, à peine de confifcation de corps & de biens. (c)

Le même édit prononce la même peine contre ceux qui feront convaincus d'avoir mangé du mouton le vendredi ou le famedi. Quelles lois & quels légiflateurs!

A quels maîtres, grand DIEU, livrez-vous l'univers!

SECTION III.

SI nos lois réprouvent les mariages des catholiques avec les perfonnes d'une religion différente, accordentelles au moins les effets civils aux mariages des français proteftans avec des français de la même fecte?

On compte aujourd'hui dans le royaume un million de proteftans, (d) & cependant la validité de leur mariage eft encore un problème dans les tribunaux.

C'eft encore ici un des cas où notre jurifprudence fe trouve en contradiction avec les décifions de l'Eglife, & avec elle-même.

Dans la déclaration papale citée dans la précédente fection, *Benoît XIV* décide que les mariages des proteftans, contractés fuivant leurs rites, ne font pas moins valables que s'ils avaient été faits fuivant les formes établies par le concile de Trente, & que l'époux qui devient catholique, ne peut rompre ce lien pour en

(c) Anciennes ordonnances de la Franche-Comté, liv. V, tit. XVIII.

(d) Cela eft exagéré.

B 2

former un autre avec une perfonne de fa nouvelle religion. (*e*)

Barac Levy, juif de naiffance, & originaire d'Haguenau, s'y était marié avec *Mendel-Cerf*, de la même ville & de la même religion.

Ce juif vint à Paris en 1752, & fe fit baptifer le 13 mai 1754. Il envoya fommer fa femme à Haguenau de venir le joindre à Paris. Dans une autre fommation il confentit que cette femme, en venant le joindre, continuât de vivre dans fa fecte juive.

A ces fommations *Mendel-Cerf* répondit qu'elle ne voulait point retourner avec lui, & qu'elle le requérait de lui envoyer, fuivant les formes du judaïfme, un libelle de divorce, pour qu'elle pût fe remarier à un autre juif.

Cette réponfe ne contentait pas *Levy*; il n'envoya point de libelle de divorce, mais il fit affigner fa femme devant l'official de Strasbourg, qui, par une fentence du 7 feptembre 1754, le déclara libre de fe marier en face de l'Eglife avec une femme catholique.

Muni de cette fentence, le juif chriftianifé vient dans le diocèfe de Soiffons, & y contracte des promeffes de mariage avec une fille de Villeneuve. Le curé refufe de publier les bans. *Levy* lui fait fignifier les fommations qu'il avait faites à fa femme, & la fentence de l'official de Strasbourg, & un certificat du fecrétaire

----

(*e*) *Quod attinet ad matrimonia ab hæreticis inter fe celebrata, non obfervatâ formâ à Tridentino præfcriptâ, quæque in pofterum contrahentur, dum modo non aliud obftiterit canonicum impedimentum, fanctitas fua ftatuit pro validis habenda effe; adeòque fi contigat utrumque conjugem ad catholicæ ecclefiæ finum fe recipere, eodem quo anteà conjugali vinculo ipfos animo teneri, etiam fi mutuus confenfus coram parocho catholico non renovetur.*

de l'évêché de la même ville, qui atteftait que dans tous les temps il avait été permis dans le diocèfe, aux juifs baptifés de fe remarier à des catholiques, & que cet ufage avait été conftamment reconnu par le confeil fouverain de Colmar.

Mais ces pièces ne parurent point fuffifantes au curé de Villeneuve. *Levy* fut obligé de l'affigner devant l'official de Soiffons.

Cet official ne penfa pas comme celui de Strasbourg, que le mariage de *Levy* avec *Mendel-Cerf* fût nul ou diffoluble. Par fa fentence du 5 février 1756, il déclara le juif non-recevable. Celui-ci appela de cette fentence au parlement de Paris, où il n'eut pour contradicteur que le miniftère public; mais par arrêt du 2 janvier 1758, la fentence fut confirmée; & il fut défendu de nouveau à *Levy* de contracter aucun mariage pendant la vie de *Mendel-Cerf*.

Voilà donc un mariage contracté entre des français juifs fuivant les rites juifs, déclaré valable par la première cour du royaume.

Mais quelques années après, la même queftion fut jugée différemment dans un autre parlement, au fujet d'un mariage contracté entre deux français proteftans qui avaient été mariés en préfence de leurs parens par un miniftre de leur communion. L'époux proteftant avait changé de religion comme l'époux juif; & après avoir paffé à un fecond mariage avec une catholique, le parlement de Grenoble confirma ce fecond mariage, & déclara nul le premier.

Si de la jurifprudence nous paffons à la légiflation, nous la trouverons obfcure fur cette matière importante comme fur tant d'autres.

Par un arrêt du conseil du 15 septembre 1685, il fut dit ,, que les protestans (ƒ) pourraient se faire ,, marier, pourvu toutefois que ce fût en présence du ,, principal officier de justice, & que les publications ,, qui devaient précéder ces mariages, se feraient au ,, siége royal le plus prochain du lieu de la demeure ,, de chacun des protestans qui se voudraient marier, ,, & seulement à l'audience. ,,

Cet arrêt ne fut point révoqué par l'édit qui trois semaines après supprima l'édit de Nantes.

Mais depuis la déclaration du 14 mai 1724, minutée par le cardinal de *Fleuri*, les juges n'ont plus voulu présider aux mariages des protestans, ni permettre dans leurs audiences la publication de leurs bans.

L'article XV de cette loi veut que les formes prescrites par les canons soient observées dans les mariages, tant des nouveaux convertis que de tous les autres sujets du roi.

On a cru que cette expression générale, *tous les autres sujets*, comprenait les protestans comme les catholiques; & sur cette interprétation on a annullé les mariages des protestans qui n'avaient pas été revêtus des formes canoniques.

Cependant il semble que les mariages des protestans ayant été autorisés autrefois par une loi expresse, il faudrait aujourd'hui, pour les annuller, une loi expresse qui portât cette peine. D'ailleurs, le terme de

---

(ƒ) N'est-il pas bien plaisant qu'en France le conseil même ait donné aux protestans le nom de *religionnaires*, comme si eux seuls avaient eu de la religion, & que les autres n'eussent été que des papistes gouvernés par des arrêts & par des bulles ?

nouveaux convertis, mentionné dans la déclaration, paraît indiquer que le terme qui fuit n'eft relatif qu'aux catholiques. Enfin, quand la loi civile eft obfcure ou équivoque, les juges ne doivent-ils pas juger fuivant le droit naturel & le droit des gens?

Ne réfulte-t-il pas de ce qu'on vient de lire que fouvent les lois ont befoin d'être réformées, & les princes de confulter un confeil plus inftruit, de n'avoir point de miniftre prêtre, & de fe défier beaucoup des courtifans en foutane qui ont le titre de leurs confef-feurs.

MARIE MAGDELENE.

J'AVOUE que je ne fais pas où l'auteur de l'hiftoire critique de JESUS-CHRIST (*a*) a trouvé que *Ste Marie Magdeléne* avait eu des *complaifances criminelles* pour le Sauveur du monde. Il dit, page 130, ligne 11 de la note, que c'eft une prétention des Albigeois. Je n'ai jamais lu cet horrible blafphême, ni dans l'hiftoire des Albigeois, ni dans leurs profeffions de foi. Cela eft dans le grand nombre des chofes que j'ignore. Je fais que les Albigeois avaient le malheur funefte de n'être pas catholiques romains; mais il me femble que d'ailleurs ils avaient le plus profond refpeƈt pour la perfonne de JESUS.

Cet auteur de l'hiftoire critique de JESUS-CHRIST renvoie à la Chriftiade, efpèce de poëme en profe, fup-pofé qu'il y ait des poëmes en profe. J'ai donc été

_____

(*a*) Hiftoire critique de JESUS-CHRIST, ou analyfe raifonnée des évangiles, page 130, note 3.

B 4

obligé de confulter l'endroit de cetteChriftiade où cette accufation eft rapportée. C'eft au chant ou livre IV, page 335, note 1; le poëte de la Chriftiade ne cite perfonne. On peut, à la vérité, dans un poëme épique, s'épargner les citations; mais il faut de grandes autorités en profe, quand il s'agit d'un fait auffi grave & qui fait dreffer les cheveux à la tête de tout chrétien.

Que les Albigeois aient avancé ou non une telle impiété, il en réfulte feulement que l'auteur de la Chriftiade fe joue dans fon chant IVᵉ fur le bord du crime. Il imite un peu le fameux fermon de *Menot*. Il introduit fur la fcène *Marie Magdelène* fœur de *Marthe* & du *Lazare*, brillante de tous les charmes de la jeuneffe & de la beauté, brûlante de tous les défirs, & plongée dans toutes les voluptés. C'eft, felon lui, une dame de la cour; fes richeffes égalent fa naiffance, fon frère *Lazare* était comte de Béthanie, & elle marquife de Magdalet. *Marthe* eut un grand apanage, mais il ne nous dit pas où étaient fes terres. *Elle avait*, dit le chriftiadier, *cent domeftiques & une foule d'amans; elle eût attenté à la liberté de tout l'univers. Richeffes, dignités, grandeurs ambitieufes, vous ne fûtes jamais fi chères à Magdelène que la féduifante erreur qui lui fit donner le furnom de péchereffe. Telle était la beauté dominante dans la capitale, quand le jeune & divin héros y arriva des extrémités de la Galilée.* (b) *Ses autres paffions calmées cèdent à l'ambition de foumettre le héros dont on lui a parlé.*

Alors le chriftiadier imite *Virgile*. La marquife de Magdalet conjure fa fœur l'apanagée de faire réuffir

(b) Il n'y avait pas bien loin,

fes deffeins coquets auprès de fon jeune héros, comme *Didon* employa fa fœur *Anne* auprès du pieux *Enée*.

Elle va entendre le fermon de JESUS dans le temple, quoiqu'il n'y prêchât jamais. (*c*) *Son cœur vole au-devant du héros qu'elle adore, elle n'attend qu'un regard favorable pour en triompher, & faire de ce maître des cœurs un captif foumis.*

Enfin elle va le trouver chez *Simon* le lépreux, homme fort riche, qui lui donnait un grand fouper, quoique jamais les femmes n'entraffent ainfi dans les feftins, & furtout chez les pharifiens. Elle lui répand un grand pot de parfums fur les jambes, les effuie avec fes beaux cheveux blonds, & les baife.

Je n'examine pas fi la peinture que fait l'auteur des faints tranfports de *Magdelène*, n'eft pas plus mondaine que dévote; fi les baifers donnés font exprimés avec affez de retenue; fi ces beaux cheveux blonds dont elle effuie les jambes de fon héros, ne reffemblent pas un peu trop à *Trimalcion*, qui à dîner s'effuyait les mains aux cheveux d'un jeune & bel efclave. Il faut qu'il ait preffenti lui-même qu'on pourrait trouver fes peintures trop lafcives. Il va au-devant de la critique, en rapportant quelques morceaux d'un fermon de *Maffillon* fur la *Magdelène*. En voici un paffage.

,, *Magdelène* avait facrifié fa réputation au monde;
,, (*d*) fa pudeur & fa naiffance la défendirent d'abord
,, contre les premiers mouvemens de fa paffion; &
,, il eft à croire qu'aux premiers traits qui la frap-
,, pèrent, elle oppofa la barrière de fa pudeur & de
,, fa fierté: mais lorfqu'elle eut prêté l'oreille au

(*c*) Page 10, tome III.
(*d*) Chriftiade, tome II, page 321, note 1.

,, ferpent & confulté fa propre fageffe, fon cœur fut
,, ouvert à tous les traits de la paffion. *Magdelène*
,, aimait le monde, & dès-lors il n'eft rien qu'elle ne
,, facrifie à cet amour; ni cette fierté qui vient de la
,, naiffance, ni cette pudeur qui fait l'ornement du
,, fexe ne font épargnées dans ce facrifice; rien ne
,, peut la retenir, ni les railleries des mondains, ni
,, les infidélités de fes amans infenfés à qui elle veut
,, plaire, mais de qui elle ne peut fe faire eftimer, car
,, il n'y a que la vertu qui foit eftimable; rien ne peut
,, lui faire honte; & comme cette femme proftituée
,, de l'Apocalypfe, elle portait fur fon front le nom
,, de *myftère*, c'eft-à-dire qu'elle avait levé le voile,
,, & qu'on ne la connaiffait plus qu'au caractère de
,, fa folle paffion. ,,

J'ai cherché ce paffage dans les fermons de *Maffillon*;
il n'eft certainement pas dans l'édition que j'ai. J'ofe
même dire plus, il n'eft pas de fon ftyle.

Le chriftiadier aurait dû nous informer où il a
pêché cette rapfodie de *Maffillon*, comme il aurait dû
nous apprendre où il a lu que les Albigeois ofaient
imputer à JESUS une intelligence indigne de lui avec
Magdelène.

Au refte il n'eft plus queftion de la marquife dans
le refte de l'ouvrage. L'auteur nous épargne fon
voyage à Marfeille avec le *Lazare*, & le refte de fes
aventures.

Qui a pu induire un homme favant & quelquefois
éloquent, tel que le paraît l'auteur de la Chriftiade, à
compofer ce prétendu poëme? c'eft l'exemple de *Milton*,
il nous le dit lui-même dans fa préface; mais on fait
combien les exemples font trompeurs. *Milton* qui

d'ailleurs n'a point hafardé ce faible monftre d'un poëme en profe ; *Milton* qui a répandu de très-beaux vers blancs dans fon Paradis perdu , parmi la foule de vers durs & obfcurs dont il eft plein , ne pouvait plaire qu'à des wighs fanatiques , comme a dit l'abbé *Grécourt* ,

> En chantant l'univers perdu pour une pomme ,
> Et Dieu pour le damner créant le premier homme.

Il a pu réjouir des presbytériens en fefant coucher le Péché avec la Mort , en tirant dans le ciel du canon de vingt-quatre , en fefant combattre le fec & l'humide, le froid & le chaud , en coupant en deux des anges qui fe rentraient fur le champ , en bâtiffant un pont fur le chaos , en repréfentant le *Meffiah* qui prend dans une armoire du ciel un grand compas pour circonfcrire la terre &c. &c. &c. *Virgile* & *Horace* auraient peut-être trouvé ces idées un peu étranges. Mais fi elles ont réuffi en Angleterre à l'aide de quelques vers très-heúreux , le chriftiadier s'eft trompé quand il a efpéré du fuccès de fon roman , fans le foutenir par de beaux vers , qui en vérité font très-difficiles à faire.

Mais , dit l'auteur , un *Jérôme Vida*, évêque d'Albe, a fait jadis une très-importante Chriftiade en vers latins , dans laquelle il a tranfcrit beaucoup de vers de *Virgile*. Hé bien , mon ami , pourquoi as-tu fait la tienne en profe françaife ? que n'imitais-tu *Virgile* auffi ?

Mais feu M. d'*Efcorbiac* touloufain a fait auffi une Chriftiade. Ah ! malheureux , pourquoi t'es-tu fait le finge de feu M. d'*Efcorbiac* ?

Mais *Milton* a fait auffi fon roman du nouveau teftament, fon Paradis reconquis , en vers blancs qui

reſſemblent ſouvent à la plus mauvaiſe proſe. Va,
va, laiſſe *Milton* mettre toujours aux priſes *Sathan*
avec JESUS. C'eſt à lui qu'il appartient de faire conduire
en grands vers, dans la Galilée, un troupeau de deux
mille cochons par une légion de diables, c'eſt-à-dire
par ſix mille ſept cents diables qui s'emparent de ces
cochons (à trois diables & ſept vingtièmes par cochon)
& qui les noient dans un lac. C'eſt à *Milton* qu'il ſied
bien de faire propoſer à D I E U par le diable de faire
enſemble un bon ſouper. (*e*) Le diable, dans *Milton*,
peut à ſon aiſe couvrir la table d'ortolans, de perdrix,
de ſoles, d'eſturgeons, & faire ſervir à boire par *Hébé*
& par *Ganimède* à J E S U S - C H R I S T. Le diable peut
emporter DIEU ſur une petite montagne, du haut de
laquelle il lui montre le capitole, les îles Moluques,
& la ville des Indes où naquit la belle *Angélique* qui fit
tourner la tête à *Roland*. Après quoi le diable offre à
DIEU de lui donner tout cela, pourvu que DIEU
veuille l'adorer. Mais *Milton* a eu beau faire, on s'eſt
moqué de lui, on s'eſt moqué du pauvre frère *Berruyer*
le jéſuite ; on ſe moque de toi, prends la choſe en
patience.

(*e*) Allons donc, fils de D I E U , mets-toi à table & mange.
What doubt'ſt thow ſon of God ? ſet down, and eat.

Paradis regain'd , book IIe.

M A R T Y R S.

SECTION PREMIERE.

Martyr, témoin, *martyrion*, témoignage. La société chrétienne naissante donna d'abord le nom de *martyrs* à ceux qui annonçaient nos nouvelles vérités devant les hommes, qui rendaient témoignage à Jesus, qui confessaient Jesus, comme on donna le nom de *saints* aux presbytes, aux surveillans de la société, & aux femmes leurs bienfaitrices ; c'est pourquoi St *Jérôme* appelle souvent dans ses lettres son affiliée *Paule*, *sainte Paule*. Et tous les premiers évêques s'appelaient *saints*.

Le nom de *martyrs* dans la suite ne fut plus donné qu'aux chrétiens morts ou tourmentés dans les supplices ; & les petites chapelles qu'on leur érigea depuis reçurent le nom de *martyrion*.

C'est une grande question pourquoi l'empire romain autorisa toujours dans son sein la secte juive, même après les deux horribles guerres de *Titus* & d'*Adrien ;* pourquoi il toléra le culte isiaque à plusieurs reprises, & pourquoi il persécuta souvent le christianisme. Il est évident que les Juifs, qui payaient chèrement leurs synagogues, dénonçaient les chrétiens leurs ennemis mortels, & soulevaient les peuples contr'eux. Il est encore évident que les Juifs, occupés du métier de courtiers & de l'usure, ne prêchaient point contre l'ancienne religion de l'empire, & que les chrétiens tous engagés dans la controverse prêchaient contre le culte public, voulaient l'anéantir, brûlaient souvent les temples, brisaient les statues consacrées, comme firent S*t.* *Théodore* dans Amasée, & S*t* *Polyeucte* dans Mitylène.

Les chrétiens orthodoxes, étant sûrs que leur religion était la seule véritable, n'en toléraient aucune autre. Alors on ne les toléra guère. On en supplicia quel-ques-uns qui moururent pour la foi, & ce furent les martyrs.

Ce nom est si respectable qu'on ne doit pas le pro-diguer; il n'est pas permis de prendre le nom & les armes d'une maison dont on n'est pas. On a établi des peines très-graves contre ceux qui osent se décorer de la croix de Malthe ou de S*t* Louis sans être chevaliers de ces ordres.

Le savant *Dodwell*, l'habile *Midleton*, le judicieux *Blondel*, l'exact *Tillemont*, le scrutateur *Launoy* & beaucoup d'autres, tous zélés pour la gloire des vrais martyrs, ont rayé de leur catalogue une multitude d'inconnus à qui l'on prodiguait ce grand nom. Nous avons observé que ces savans avaient pour eux l'aveu formel d'*Origène* qui, dans sa *Réfutation de Celse*, avoue qu'il y a eu peu de martyrs, & encore de loin à loin, & qu'il est facile de les compter.

Cependant le bénédictin *Ruinart*, qui s'intitule dom *Ruinart* quoiqu'il ne soit pas espagnol, a com-battu tant de savans personnages. Il nous a donné avec candeur beaucoup d'histoires de martyrs qui ont paru fort suspectes aux critiques. Plusieurs bons esprits ont douté de quelques anecdotes, concernant les légendes rapportées par dom *Ruinart*, depuis la première jusqu'à la dernière.

1°. *Sainte Symphorofe & fes fept enfans.*

LES fcrupules commencent par *Ste Symphorofe* & fes fept enfans martyrifés avec elle, ce qui paraît d'abord trop imité des fept machabées. On ne fait pas d'où vient cette légende, & c'eft déjà un grand fujét de doute.

On y rapporte que l'empereur *Adrien* voulut inter-roger lui-même l'inconnue *Symphorofe*, pour favoir fi elle n'était pas chrétienne. Les empereurs fe donnaient rarement cette peine. Cela ferait encore plus extraor-dinaire que fi *Louis XIV* avait fait fubir un interrogatoire à un huguenot. Vous remarquerez encore qu'*Adrien* fut le plus grand protecteur des chrétiens, loin d'être leur perfécuteur.

Il eut donc une très-longue converfation avec *Symphorofe*; & fe mettant en colère, il lui dit : *Je te facrifierai aux dieux*, comme fi les empereurs romains facrifiaient des femmes dans leurs dévotions. Enfuite il la fit jeter dans l'Anio, ce qui n'était pas un facrifice ordinaire. Puis il fit fendre un de fes fils par le milieu du front jufqu'au pubis, un fecond par les deux côtés ; on roua un troifième, un quatrième ne fut que percé dans l'eftomac, un cinquième droit au cœur, un fixième à la gorge ; le feptième mourut d'un paquet d'aiguilles enfoncées dans la poitrine. L'em-pereur *Adrien* aimait la variété. Il commanda qu'on les enfevelît auprès du temple d'*Hercule*, quoiqu'on n'enterrât perfonne dans Rome, encore moins près des temples, & que c'eût été une horrible profanation. Le pontife du temple, ajoute le légendaire, nomma le lieu de leur fépulture *les fept Biotanates*.

S'il était rare qu'on érigeât un monument dans Rome à des gens ainsi traités, il n'était pas moins rare qu'un grand-prêtre se chargeât de l'inscription, & même que ce prêtre romain leur fît une épitaphe grecque. Mais ce qui est encore plus rare, c'est qu'on prétende que ce mot *biotanates* signifie les sept suppliciés. *Biotanates* est un mot forgé qu'on ne trouve dans aucun auteur; & ce ne peut être que par un jeu de mots qu'on lui donne cette signification, en abusant du mot *thenon*. Il n'y a guère de fable plus mal construite. Les légendaires ont su mentir, mais ils n'ont jamais su mentir avec art.

Le savant *la Crose*, bibliothécaire du roi de Prusse *Frédéric le grand*, disait : Je ne sais pas si *Ruinart* est sincère, mais j'ai peur qu'il ne soit imbécille.

2°. *Sainte Félicité & encore sept enfans.*

C'EST de *Surius* qu'est tirée cette légende. Ce *Surius* est un peu décrié pour ses absurdités. C'est un moine du seizième siècle qui raconte les martyres du second, comme s'il avait été présent.

Il prétend que ce méchant homme, ce tyran *Marc-Aurèle Antonin Pie* ordonna au préfet de Rome de faire le procès à *Ste Félicité*, de la faire mourir elle & ses sept enfans, parce qu'il courait un bruit qu'elle était chrétienne.

Le préfet tint son tribunal au champ de Mars, lequel pourtant ne servait alors qu'à la revue des troupes; & la première chose que fit le préfet, ce fut de lui faire donner un soufflet en pleine assemblée.

Les

Les longs difcours du magiftrat & des accufés font
dignes de l'hiftorien. Il finit par faire mourir les fept
frères dans des fupplices différens, comme les enfans
de *Ste Symphorofe*. Ce n'eft qu'un double emploi. Mais
pour *Ste Félicité* il la laiffe là & n'en dit pas un mot.

3°. *Saint Polycarpe.*

Eufèbe raconte que *St Polycarpe* ayant connu en
fonge qu'il ferait brûlé dans trois jours , en avertit
fes amis. Le légendaire ajoute que le lieutenant de
police de Smyrne , nommé *Hérode* , le fit prendre par
fes archers , qu'il fut livré aux bêtes dans l'amphithéâtre, que le ciel s'entr'ouvrit, & qu'une voix célefte
lui cria : *Bon courage , Polycarpe;* que l'heure de lâcher
les lions fur l'amphithéâtre étant paffée , on alla
prendre dans toutes les maifons du bois pour le brûler;
que le faint s'adreffa au Dieu des *archanges* , (quoique
le mot d'archange ne fût point encore connu) qu'alors
les flammes s'arrangèrent autour de lui en arc de
triomphe fans le toucher ; que fon corps avait l'*odeur
d'un pain cuit;* mais qu'ayant réfifté au feu , il ne put
fe défendre d'un coup de fabre ; que fon fang éteignit
le bûcher , & qu'il en fortit une colombe qui s'envola
droit au ciel. On ne fait pas précifément dans quelle
planète.

4°. *De faint Ptolomée.*

Nous fuivons l'ordre de dom *Ruinart;* mais nous
ne voulons point révoquer en doute le martyre de
St Ptolomée qui eft tiré de l'apologétique de *St Juftin.*

Nous pourrions former quelques difficultés fur la
femme accufée par fon mari d'être chrétienne , & qui

Dictionn. philofoph. Tome VI.   C

le prévint en lui donnant le libelle de divorce. Nous pourrions demander pourquoi , dans cette hiſtoire, il n'eſt plus queſtion de cette femme ? Nous pourrions faire voir qu'il n'était pas permis aux femmes du temps de *Marc-Aurèle* de demander à répudier leurs maris , que cette permiſſion ne leur fut donnée que ſous l'empereur *Julien* , & que l'hiſtoire tant répétée de cette chrétienne qui répudia ſon mari , (tandis qu'aucune païenne n'avait oſé en venir là) pourrait bien n'être qu'une fable ; mais nous ne voulons point élever de diſputes épineuſes. Pour peu qu'il y ait de vraiſemblance dans la compilation de dom *Ruinart* , nous reſpectons trop le ſujet qu'il traite pour faire des objections.

Nous n'en ferons point ſur la lettre des Egliſes de Vienne & de Lyon , quoiqu'il y ait encore bien des obſcurités : mais on nous pardonnera de défendre la mémoire du grand *Marc-Aurèle* outragée dans la vie de *ſaint Symphorien* de la ville d'Autun , qui était probablement parent de *Ste Symphoroſe.*

5°. *De ſaint Symphorien d'Autun.*

LA légende, dont on ignore l'auteur , commence ainſi : ,, L'empereur *Marc-Aurèle* venait d'exciter une ,, effroyable tempête contre l'Egliſe , & ſes édits fou- ,, droyans attaquaient de tous côtés la religion de ,, JESUS-CHRIST , lorſque St *Symphorien* vivait dans ,, Autun dans tout l'éclat que peut donner une haute ,, naiſſance & une rare vertu. Il était d'une famille ,, chrétienne , & l'une des plus conſidérables de la ,, ville , &c. ,,

Jamais *Marc-Aurèle* ne donna d'édit sanglant contre les chrétiens. C'est une calomnie très-condamnable. *Tillemont* lui-même avoue *que ce fut le meilleur prince qu'aient jamais eu les Romains , que son règne fut un siècle d'or , & qu'il vérifia ce qu'il disait souvent d'après Platon , que les peuples ne seraient heureux que quand les rois seraient philosophes.*

De tous les empereurs ce fut celui qui promulgua les meilleures lois ; il protégea tous les sages & ne persécuta aucun chrétien , dont il avait un grand nombre à son service.

Le légendaire raconte que *St Symphorien* ayant refusé d'adorer *Cybèle* , le juge de la ville demanda : *Qui est cet homme-là ?* Or il est impossible que le juge d'Autun n'eût pas connu l'homme le plus considérable d'Autun.

On le fait déclarer par la sentence coupable de lèse-majesté *divine & humaine*. Jamais les Romains n'ont employé cette formule , & cela seul ôterait toute créance au prétendu martyre d'Autun.

Pour mieux repousser la calomnie contre la mémoire sacrée de *Marc-Aurèle*, mettons sous les yeux le discours de *Méliton*, évêque de Sarde, à ce meilleur des empereurs, rapporté mot à mot par *Eusèbe*.

,, (a) La suite continuelle des heureux succès qui
,, sont arrivés à l'empire, sans que sa félicité ait été
,, troublée par aucune disgrace , depuis que notre
,, religion qui était née avec lui s'est augmentée dans
,, son sein, est une preuve évidente qu'elle contribue
,, notablement à sa grandeur & à sa gloire. Il n'y a
,, eu entre les empereurs que *Néron* & *Domitien* ,

(a) *Eusèbe* , page 187 , traduction de *Cousin* in-4°.

C 2

„ qui, étant trompés par certains impofteurs, ont
„ répandu contre nous des calomnies, qui ont trouvé
„ felon la coutume quelque créance parmi le peuple.
„ Mais vos très-pieux prédéceffeurs ont corrigé
„ l'ignorance de ce peuple, & ont réprimé par
„ des édits publics la hardieffe de ceux qui entrepren-
„ draient de nous faire aucun mauvais traitement.
„ *Adrien*, votre aïeul, a écrit en notre faveur à
„ *Fundanus* gouverneur d'Afie, & à plufieurs autres.
„ L'empereur votre père, dans le temps que vous
„ partagiez avec lui les foins du gouvernement, a
„ écrit aux habitans de Lariffe, de Theffalonique,
„ d'Athènes, & enfin à tous les peuples de la Grèce,
„ pour réprimer les féditions & les tumultes qui
„ avaient été excités contre nous. „

Ce paffage d'un évêque très-pieux, très-fage &
très-véridique, fuffit pour confondre à jamais tous
les menfonges des légendaires, qu'on peut regarder
comme la bibliothèque bleue du chriftianifme.

6°. D'une autre fainte Félicité, & fainte Perpétue.

S'IL était queftion de contredire la légende de
Félicité & de *Perpétue*, il ne ferait pas difficile de faire
voir combien elle eft fufpecte. On ne connaît ces
martyres de Carthage que par un écrit fans date de
l'églife de Salzbourg. Or il y a loin de cette partie
de la Bavière à la Goulette. On ne nous dit pas fous
quel empereur cette *Félicité* & cette *Perpétue* reçurent
la couronne du dernier fupplice. Les vifions prodigieufes dont cette hiftoire eft remplie ne décèlent
pas un hiftorien bien fage. Une échelle toute d'or

bordée de lances & d'épées, un dragon au haut de l'échelle, un grand jardin auprès du dragon, des brebis dont un vieillard tirait le lait, un réservoir plein d'eau, un flacon d'eau dont on buvait fans que l'eau diminuât; *Ste Perpétue* fe battant toute nue contre un vilain égyptien, de beaux jeunes gens tout nus qui prenaient fon parti ; elle-même enfin deve-nue homme & athlète très-vigoureux ; ce font-là, ce me femble, des imaginations qui ne devraient pas entrer dans un ouvrage refpectable.

Il y a encore une réflexion très-importante à faire; c'eft que le ftyle de tous ces récits de martyres arrivés dans des temps fi différens, eft par-tout femblable, par-tout également puéril & ampoulé. Vous retrouvez les mêmes tours, les mêmes phrafes dans l'hiftoire d'un martyre fous *Domitien*, & d'un autre fous *Galérius.* Ce font les mêmes épithètes, les mêmes exagérations. Pour peu qu'on fe connaiffe en ftyle, on voit qu'une même main les a tous rédigés.

Je ne prétends point ici faire un livre contre dom *Ruinart ;* & en refpectant toujours, en admirant, en invoquant les vrais martyrs avec la fainte Eglife, je me bornerai à faire fentir, par un ou deux exemples frappans, combien il eft dangereux de mêler ce qui n'eft que ridicule avec ce qu'on doit vénérer.

7°. *De St Théodote de la ville d'Ancire, & des fept vierges, écrit par Nilus témoin oculaire, tiré de Bollandus.*

PLUSIEURS critiques, auffi éminens en fageffe qu'en vraie piété, nous ont déjà fait connaître que la

C 3

légende de S*t* *Théodote* le cabaretier eſt une profanation & une eſpèce d'impiété, qui aurait dû être
ſupprimée. Voici l'hiſtoire de *Théodote*. Nous emploie-
rons ſouvent les propres paroles des *Aƈtes ſincères*
recueillis par dom *Ruinart*.

    *Son métier de cabaretier lui fourniſſait les moyens
d'exercer ſes fonƈtions épiſcopales. Cabaret illuſtre, conſacré
à la piété & non à la débauche. . . . . . Tantôt Théodote
était médecin, tantôt il fourniſſait de bons morceaux aux
fidelles. On vit un cabaret être aux chrétiens ce que l'arche
de Noé fut à ceux que* DIEU *voulut ſauver du déluge.* (*b*)

    Ce cabaretier *Théodote* ſe promenant près du fleuve
Halis avec ſes convives vers un bourg voiſin de la
ville d'Ancire, *un gazon frais & mollet leur préſentait
un lit délicieux ; une ſource qui ſortait à quelques pas de
là au pied d'un rocher, & qui par une route couronnée de
fleurs venait ſe rendre auprès d'eux pour les déſaltérer,
leur offrait une eau claire & pure. Des arbres fruitiers
mêlés d'arbres ſauvages leur fourniſſaient de l'ombre & des
fruits, & une bande de ſavans roſſignols, que des cigales
relevaient de temps en temps, y formaient un charmant
concert &c.*

    Le curé du lieu, nommé *Fronton*, étant arrivé, &
le cabaretier ayant bu avec lui ſur l'herbe, *dont le
verd naiſſant était relevé par les nuances diverſes du
divers coloris des fleurs*, dit au curé : *Ah, père, quel
plaiſir il y aurait à bâtir ici une chapelle !* Oui, dit
Fronton, *mais il faut commencer par avoir des reliques.
Allez, allez*, reprit S*t* Théodote, *vous en aurez bientôt*

(*b*) Ce qui eſt en lettres italiques eſt mot à mot dans les *Aƈtes ſincères*,
tout le reſte éſt entièrement conforme. On l'a ſeulement abrégé pour
éviter l'ennui du ſtyle déclamatoire de ces aƈtes.

fur ma parole, & voici mon anneau que je vous donne pour gage, bâtiffez vîte la chapelle.

Le cabaretier avait le don de prophétie, & favait bien ce qu'il difait. Il s'en va à la ville d'Ancire, tandis que le curé *Fronton* fe met à bâtir. Il y trouve la perfécution la plus horrible, qui durait depuis très-long-temps. Sept vierges chrétiennes, dont la plus jeune avait foixante & dix ans, venaient d'être condamnées, felon l'ufage, à perdre leur pucelage par le miniftère de tous les jeunes gens de la ville. La jeuneffe d'Ancire, qui avait probablement des affaires plus preffantes, ne s'empreffa pas d'exécuter la fentence. Il ne s'en trouva qu'un qui obéit à la juftice. Il s'adreffa à Ste *Thécufe*, & la mena dans un cabinet avec une valeur étonnante. *Thécufe* fe jeta à fes genoux, & lui dit : Pour DIEU, mon fils, un peu de vergogne ; *voyez ces yeux éteints, celle chair demi-morte, ces rides pleines de craffe, que foixante & dix ans ont creufées fur mon front, ce vifage couleur de terre..... quittez des penfées fi indignes d'un jeune homme comme vous,* JESUS-CHRIST *vous en conjure par ma bouche. Il vous le demande comme une grâce, & fi vous la lui accordez vous pouvez attendre tout de fa reconnaiffance.* Ce difcours de la vieille & fon vifage firent rentrer tout-à-coup l'exécuteur en lui-même. Les fept vierges ne furent point déflorées.

Le gouverneur irrité chercha un autre fupplice ; il les fit initier fur le champ aux myftères de *Diane* & de *Minerve*. Il eft vrai qu'on avait inftitué de grandes fêtes en l'honneur de ces divinités ; mais on ne connaît point dans l'antiquité les myftères de *Minerve* & de *Diane*. St *Nil*, intime ami du cabaretier *Théodote*, auteur de cette hiftoire merveilleufe, n'était pas au fait.

On mit, selon lui, les sept belles demoiselles toutes nues sur le char qui portait la grande *Diane* & la sage *Minerve* au bord d'un lac voisin. Le Thucydide *St Nil* paraît encore ici fort mal informé. Les prêtresses étaient toujours couvertes d'un voile ; & jamais les magistrats romains n'ont fait servir la déesse de la chasteté & celle de la sagesse par des filles qui montrassent aux peuples leur devant & leur derrière.

St Nil ajoute que le char était précédé par deux chœurs de ménades qui portaient le thyrse en main. *St Nil* a pris ici les prêtresses de *Minerve* pour celles de *Bacchus*. Il n'était pas versé dans la liturgie d'Ancire.

Le cabaretier en entrant dans la ville vit ce funeste spectacle, le gouverneur, les ménades, la charrette, *Minerve*, *Diane* & les sept pucelles. Il court se mettre en oraison dans une hutte avec un neveu de *Ste Thécuse*. Il prie le ciel que ces sept dames soient plutôt mortes que nues. Sa prière est exaucée ; il apprend que les sept filles au lieu d'être déflorées ont été jetées dans le lac, une pierre au cou, par ordre du gouverneur. Leur virginité est en sûreté. *A cette nouvelle le saint se relevant de terre, & se tenant sur les genoux, tourna ses yeux vers le ciel ; & parmi les divers mouvemens d'amour, de joie & de reconnaissance qu'il ressentait, il dit : Je vous rends grâces, Seigneur, de ce que vous n'avez pas rejeté la prière de votre serviteur.*

Il s'endormit, & pendant son sommeil, Ste Thécuse la plus jeune des noyées lui apparut. Eh quoi ! mon fils Théodote, lui dit-elle, vous dormez sans penser à nous ; avez-vous oublié si tôt les soins que j'ai pris de votre jeunesse ? Ne souffrez pas, mon cher Théodote, que nos corps soient mangés des poissons. Allez au lac, mais gardez-vous d'un traître.

Ce traître était le propre neveu de S*te* *Thécufe*.

J'omets ici une foule d'aventures miraculeufes qui arrivèrent au cabaretier pour venir à la plus importante. Un cavalier célefte armé de toutes pièces, précédé d'un flambeau célefte, defcend du haut de l'empyrée, conduit au lac le cabaretier au milieu des tempêtes, écarte tous les foldats qui gardaient le rivage, & donne le temps à *Théodote* de repêcher les fept vieilles & de les enterrer.

Le neveu de *Thécufe* alla malheureufement tout dire. On faifit *Théodote*, on effaya en vain pendant trois jours tous les fupplices pour le faire mourir. On ne put en venir à bout qu'en lui tranchant la tête ; opération à laquelle les faints ne réfiftent jamais.

Il reftait de l'enterrer. Son ami le curé *Fronton*, à qui *Théodote* en qualité de cabaretier avait donné deux outres remplies de bon vin, enivra les gardes & emporta le corps. Alors *Théodote* apparut en corps & en ame au curé : Hé bien, mon ami, lui dit-il, ne t'avais-je pas bien dit que tu aurais des reliques pour ta chapelle ?

C'eft-là ce que rapporte S*t* *Nil*, témoin oculaire, qui ne pouvait être ni trompé ni trompeur ; c'eft-là ce que tranfcrit dom *Ruinart* comme un acte fincère. Or tout homme fenfé, tout chrétien fage lui demandera fi on s'y ferait pris autrement pour déshonorer la religion la plus fainte, la plus augufte de la terre, & pour la tourner en ridicule.

Je ne parlerai point des onze mille vierges, je ne difcuterai point la fable de la légion thébaine, compofée, dit l'auteur, de fix mille fix cents hommes, tous chrétiens venant d'Orient par le mont S*t* Bernard,

martyrifée l'an 286 , dans le temps de la paix de
l'Eglife la plus profonde , & dans une gorge de montagne où il eſt impoſſible de mettre trois cents hommes
de front ; fable écrite plus de cent cinquante ans
après l'événement ; fable dans laquelle il eſt parlé
d'un roi de Bourgogne qui n'exiſtait pas ; fable enfin
reconnue pour abſurde par tous les favans qui n'ont
pas perdu la raiſon.

Je m'en tiendrai au prétendu martyre de *St Romain*.

8°. *Du martyre de St Romain.*

St Romain voyageait vers Antioche ; il apprend que
le juge *Afclépiade* fefait mourir les chrétiens. Il va le
trouver & le défie de le faire mourir. *Afclépiade* le
livre aux bourreaux : ils ne peuvent en venir à bout.
On prend enfin le parti de le brûler. On apporte des
fagots. Des juifs qui paſſaient fe moquent de lui ; ils
lui diſent que DIEU tira de la fournaiſe *Sidrac* , *Miſac*
& *Abdenago ;* mais que JESUS-CHRIST laiſſe brûler
fes ferviteurs. Auſſitôt il pleut , & le bûcher s'éteint.

L'empereur , qui cependant était alors à Rome , &
non dans Antioche , dit *que le ciel fe déclare pour
St Romain , & qu'il ne veut rien avoir à démêler avec le
Dieu du ciel.* Voilà , continue le légendaire , (*c*) *notre
Ananias délivré du feu auſſi-bien que celui des Juifs. Mais
Afclépiade , homme fans honneur , fit tant par fes baſſes
flatteries , qu'il obtint qu'on couperait la langue à St Romain.
Un médecin qui fe trouva là coupe la langue au jeune
homme , & l'emporte chez lui proprement enveloppée dans un
morceau de foie.*

(*c*) Le légendaire ne fait ce qu'il dit avec fon *Ananias.*

L'anatomie nous apprend, & l'expérience le confirme, qu'un homme ne peut vivre sans langue.

Romain fut conduit en prison. On nous a lu plusieurs fois que le St Esprit descendit en langue de feu ; mais St Romain qui balbutiait comme Moïse, tandis qu'il n'avait qu'une langue de chair, commença à parler distinctement dès qu'il n'en eut plus.

On alla conter le miracle à Asclépiade comme il était avec l'empereur. Ce prince soupçonna le médecin de l'avoir trompé ; le juge menaça le médecin de le faire mourir. Seigneur, lui dit-il, j'ai encore chez moi la langue que j'ai coupée à cet homme ; ordonnez qu'on m'en donne un qui ne soit pas comme celui-ci sous une protection particulière de Dieu*, permettez que je lui coupe la langue jusqu'à l'endroit où celle-ci a été coupée ; s'il n'en meurt pas je consens qu'on me fasse mourir moi-même. Là-dessus on fait venir un homme condamné à mort ; & le médecin ayant pris la mesure sur la langue de Romain, coupe à la même distance celle du criminel ; mais à peine avait-il retiré son rasoir que le criminel tombe mort. Ainsi le miracle fut avéré à la gloire de* Dieu *& à la consolation des fidelles.*

Voilà ce que dom *Ruinart* raconte férieusement ; prions Dieu pour le bon sens de dom *Ruinart*.

SECTION II.

Comment se peut-il que dans le siècle éclairé où nous sommes, on trouve encore des écrivains savans & utiles qui suivent pourtant le torrent des vieilles erreurs, & qui gâtent des vérités par des fables reçues ? ils comptent encore l'ère des martyrs de la première année de l'empire de *Dioclétien*, qui était alors bien éloigné de martyrifer perfonne. Ils oublient que fa femme *Prifca* était chrétienne, que les principaux officiers de fa maifon étaient chrétiens, qu'il les protégea conflamment pendant dix-huit années ; qu'ils bâtirent dans Nicomédie une églife plus fomptueufe que fon palais, & qu'ils n'auraient jamais été perfécutés s'ils n'avaient outragé le céfar *Galérius.*

Eft-il poffible qu'on ofe redire encore que *Dioclétien mourut de rage, de défefpoir & de mifere,* lui qu'on vit quitter la vie en philofophe comme il avait quitté l'empire ; lui qui, follicité de reprendre la puiffance fuprême, aima mieux cultiver fes beaux jardins de Salone que de régner encore fur l'univers alors connu ?

O compilateurs, ne ceflerez-vous point de compiler ! vous avez utilement employé vos trois doigts, employez plus utilement votre raifon.

Quoi ! vous me répétez que *St Pierre* régna fur les fidelles à Rome pendant vingt-cinq ans, & que *Néron* le fit mourir la dernière année de fon empire lui & *St Paul,* pour venger la mort de *Simon* le magicien à qui ils avaient caffé les jambes par leurs prières !

C'eft infulter le chriftianifme que de rapporter ces fables, quoiqu'avec une très-bonne intention.

Les pauvres gens qui redifent encore ces fottifes font des copiftes qui remettent en *in-octavo* ou en *in-douze* d'anciens *in-folio* que les honnêtes gens ne lifent plus, & qui n'ont jamais ouvert un livre de faine critique. Ils reflaffent les vieilles hiftoires de l'Eglife ; ils ne connaiffent ni *Midleton,* ni *Dodwell,* ni *Bruker,* ni *Dumoulin,* ni *Fabricius,* ni *Grabès,* ni même *Dupin,* ni aucun de ceux qui ont porté depuis peu la lumière dans les ténèbres.

SECTION III.

ON nous berne de martyres à faire pouffer de rire. On nous peint les *Titus*, les *Trajans*, les *Marc-Auréles*, ces modèles de vertu, comme des monftres de cruauté. *Fleuri* abbé du Loc-Dieu a déshonoré fon hiftoire eccléfiaftique par des contes qu'une vieille femme de bon fens ne ferait pas à des petits enfans.

Peut-on répéter férieufement que les Romains condamnèrent fept vierges de foixante & dix ans chacune à paffer par les mains de tous les jeunes gens de la ville d'Ancire, eux qui puniffaient de mort les veftales pour la moindre galanterie ?

C'eft apparemment pour faire plaifir aux cabaretiers qu'on a imaginé qu'un cabaretier chrétien, nommé *Théodote*, pria DIEU de faire mourir ces fept vierges plutôt que de les expofer à perdre le plus vieux des pucelages. DIEU exauça le cabaretier pudibond, & le proconful fit noyer dans un lac les fept demoifelles. Dès qu'elles furent noyées, elles vinrent fe plaindre à *Théodote* du tour qu'il leur avait joué, & le fupplièrent inftamment d'empêcher qu'elles ne fuffent mangées des poiffons. *Théodote* prend avec lui trois buveurs de fa taverne, marche au lac avec eux, précédé d'un flambeau célefte & d'un cavalier célefte, repêche les fept vieilles, les enterre, & finit par être décapité.

Dioclétien rencontre un petit garçon nommé *faint Romain* qui était bègue ; il veut le faire brûler parce qu'il était chrétien ; trois juifs fe trouvent là & fe mettent à rire de ce que JESUS-CHRIST laiffe brûler un petit garçon qui lui appartient ; ils crient que leur religion vaut mieux que la chrétienne, puifque DIEU a délivré *Sidrac*, *Mifac* & *Abdenago* de la fournaife ardente. Auffitôt les flammes qui entouraient le jeune *Romain*, fans lui faire mal, fe féparent & vont brûler les trois juifs.

L'empereur tout étonné dit qu'il ne veut rien avoir à démêler avec DIEU ; mais un juge de village moins fcrupuleux condamne le petit bègue à avoir la langue coupée. Le premier médecin de l'empereur eft affez honnête pour faire l'opération lui-même ; dès qu'il a coupé la langue au petit *Romain*, cet enfant fe met à jafer avec une volubilité qui ravit toute l'affemblée en admiration.

On trouve cent contes de cette efpèce dans les martyrologes. On a cru rendre les anciens Romains odieux, & on s'eft rendu ridicule. Voulez-vous de bonnes barbaries bien avérées, de bons maffacres bien conftatés, des ruiffeaux de fang qui aient coulé en effet, des pères, des mères, des maris, des femmes, des enfans à la mamelle réellement égorgés & entaffés les uns fur les autres ? Monftres perfécuteurs, ne cherchez ces vérités que dans vos annales : vous les trouverez dans les croifades contre les Albigeois, dans les maffacres de Mérindol & de Cabrière, dans l'épouvantable journée de la St Barthelemi, dans les maffacres de l'Irlande, dans les vallées des Vaudois. Il vous fied bien, barbares que vous êtes, d'imputer aux meilleurs des empereurs des cruautés extravagantes, vous qui avez inondé l'Europe de fang, & qui l'avez couverte de corps expirans pour prouver que le même corps peut être en mille endroits à la fois, & que le papè peut vendre des indulgences! Ceffez de calomnier les Romains vos légiflateurs, & demandez pardon à DIEU des abominations de vos pères.

Ce n'eft pas le fupplice, dites-vous, qui fait le martyre, c'eft la caufe. Hé bien, je vous accorde que vos victimes ne doivent point être appelées du nom de martyr, qui fignifie témoin; mais quel nom donnerons-nous à vos bourreaux? les *Phalaris* & les *Bufiris* ont été les plus doux des hommes en compa-raifon de vous : votre inquifition, qui fubfifte encore, ne fait-elle pas frémir la raifon, la nature, la religion? Grand DIEU! fi on allait mettre en cendre ce tribunal infernal, déplairait-on à vos regards vengeurs?

M A S S A C R E S.

IL eft peut-être auffi difficile qu'inutile de favoir fi *mazzacrium*, mot de la baffe latinité, a fait maffacre, ou fi maffacre a fait *mazzacrium*.

Un maffacre fignifie un nombre d'hommes tués. *Il y eut hier un grand maffacre près de Varfovie, près de Cracovie.* On ne dit point, *il s'eft fait le maffacre d'un homme;* & cependant on dit, *un homme a été maffacré;* en ce cas on entend qu'il a été tué de plufieurs coups avec barbarie.

La poëfie fe fert du mot *maffacré* pour tué, affaffiné.

Que par fes propres mains fon père maffacré.

CINNA.

Un Anglais a fait un relevé de tous les maſſacres perpétrés pour cauſe de religion depuis les premiers ſiècles de notre ère vulgaire. (*)

J'ai été fortement tenté d'écrire contre cet auteur anglais ; mais ſon mémoire ne m'ayant point paru enflé, je me ſuis retenu. Au reſte, j'eſpère qu'on n'aura plus de pareils calculs à faire. Mais à qui en aura-t-on l'obligation ?

MATIERE.

SECTION PREMIERE.

Dialogue poli entre un énergumène & un philoſophe.

L'ENERGUMENE.

OUI, ennemi de DIEU & des hommes, qui crois que DIEU eſt tout-puiſſant, & qu'il eſt le maître d'ajouter le don de la penſée à tout être qu'il daignera choiſir, je vais te dénoncer à monſeigneur l'inquiſiteur, je te ferai brûler ; prends garde à toi, je t'avertis pour la dernière fois.

LE PHILOSOPHE.

Sont-ce là vos argumens ? eſt-ce ainſi que vous enſeignez les hommes ? j'admire votre douceur.

L'ENERGUMENE.

Allons, je veux bien m'apaiſer un moment en attendant les fagots. Réponds-moi, qu'eſt-ce que l'eſprit ?

LE PHILOSOPHE.

Je n'en fais rien.

(*) Voyez l'ouvrage intitulé *Dieu & les hommes. Philoſophie*, tome II.

L'ENERGUMENE.

L'ENERGUMENE.

Qu'eft-ce que la matière ?

LE PHILOSOPHE.

Je n'en fais pas grand'chofe. Je la crois étendue, folide, réfiftante, gravitante, divifible, mobile; DIEU peut lui avoir donné mille autres qualités que j'ignore.

L'ENERGUMENE.

Mille autres qualités, traître; je vois où tu veux venir; tu vas me dire que DIEU peut animer la matière, qu'il a donné l'inftinct aux animaux, qu'il eft le maître de tout.

LE PHILOSOPHE.

Mais il fe pourrait bien faire qu'en effet il eût accordé à cette matière bien des propriétés que vous ne fauriez comprendre.

L'ENERGUMENE.

Que je ne faurais comprendre, fcélérat!

LE PHILOSOPHE.

Oui, fa puiffance va plus loin que votre entendement.

L'ENERGUMENE.

Sa puiffance, fa puiffance! vrai difcours d'athée.

LE PHILOSOPHE.

J'ai pourtant pour moi le témoignage de plufieurs faints pères.

L'ENERGUMENE.

Va, va, ni DIEU, ni eux, ne nous empêcheront de te faire brûler vif; c'eft un fupplice dont on punit les parricides & les philofophes qui ne font pas de notre avis.

Dictionn. philofoph. Tome VI.   D

LE PHILOSOPHE.

Eft-ce le diable, ou toi qui a inventé cette manière d'argumenter ?

L'ENERGUMENE.

Vilain poffédé, tu ofes me mettre de niveau avec le diable !

(*Ici l'énergumène donne un grand foufflet au philofophe qui le lui rend avèc ufure.*)

LE PHILOSOPHE.

A moi les philofophes.

L'ENERGUMENE.

A moi la fainte Hermandad.

(*Ici une demi-douzaine de philofophes arrivent d'un côté, & on voit accourir de l'autre cent dominicains avec cent familiers de l'inquifition & cent alguazils. La partie n'eft pas tenable.*)

S E C T I O N I I.

LES fages à qui on demande ce que c'eft que l'ame, répondent qu'ils n'en favent rien. Si on leur demande ce que c'eft que la matière, ils font la même réponfe. Il eft vrai que des profeffeurs, & furtout des écoliers, favent parfaitement tout cela ; & quand ils ont répété que la matière eft étendue & divifible, ils croient avoir tout dit ; mais quand ils font priés de dire ce que c'eft que cette chofe étendue, ils fe trouvent embarraffés. Cela eft compofé de parties, difent-ils; & ces parties de quoi font-elles compofées? Les élémens de ces parties font-ils divifibles ? Alors ou ils font muets, ou ils parlent beaucoup, ce qui eft également

fufpeĉt. Cet être prefque inconnu, qu'on nomme
matière, eft-il éternel ? Toute l'antiquité l'a cru.
A-t-il par lui-même la force aĉtive ? Plufieurs philofophes l'ont penfé. Ceux qui le nient font-ils en droit
de le nier ? Vous ne concevez pas que la matière puiffe
avoir rien par elle-même. Mais comment pouvez-vous
affurer qu'elle n'a pas par elle-même les propriétés
qui lui font néceffaires ? Vous ignorez quelle eft fa
nature , & vous lui refufez des modes qui font pourtant dans fa nature ; car enfin, dès qu'elle eft, il faut
bien qu'elle foit d'une certaine façon ; qu'elle foit
figurée; & dès qu'elle eft néceffairement figurée, eft-il
impoffible qu'il n'y ait d'autres modes attachés à fa
configuration ? La matière exifte, vous ne la connaiffez
que par vos fenfations. Hélas ! de quoi fervent toutes
les fubtilités de l'efprit depuis qu'on raifonne ? La
géométrie nous a appris bien des vérités, la métaphyfique bien peu. Nous pefons la matière , nous la
mefurons , nous la décompofons ; & au-delà de ces
opérations groffières , fi nous voulons faire un pas ,
nous trouvons dans nous l'impuiffance ; & devant
nous un abyme.

Pardonnez de grâce à l'univers entier qui s'eft trompé
en croyant la matière exiftante par elle-même. Pouvait-il faire autrement ? comment imaginer que ce
qui eft fans fucceffion n'a pas toujours été ? S'il n'était
pas néceffaire que la matière exiftât, pourquoi exifte-
t-elle ? Et s'il fallait qu'elle fût, pourquoi n'aurait-elle
pas été toujours ? Nul axiome n'a jamais été plus
univerfellement reçu que celui-ci : *Rien ne fe fait de
rien.* En effet le contraire eft incompréhenfible. Le
chaos a chez tous les peuples précédé l'arrangement

qu'une main divine a fait du monde entier. L'éternité de la matière n'a nui chez aucun peuple au culte de la Divinité. La religion ne fut jamais effarouchée qu'un Dieu éternel fût reconnu comme le maître d'une matière éternelle. Nous sommes assez heureux pour savoir aujourd'hui par la foi, que Dieu tira la matière du néant; mais aucune nation n'avait été instruite de ce dogme; les Juifs même l'ignorèrent. Le premier verset de la Genèse dit que les Dieux *Eloïm*, non pas *Eloï*, firent le ciel & la terre; il ne dit pas que le ciel & la terre furent créés de rien.

Philon, qui est venu dans le seul temps où les Juifs aient eu quelque érudition, dit dans son chapitre de la création : ,, Dieu étant bon par sa nature n'a point ,, porté envie à la substance, à la matière, qui par ,, elle-même n'avait rien de bon, qui n'a de sa nature ,, qu'inertie, confusion, désordre. Il daigna la rendre ,, bonne de mauvaise qu'elle était. ,,

L'idée du chaos débrouillé par un Dieu se trouve dans toutes les anciennes théogonies. *Hésiode* répétait ce que pensait l'Orient, quand il disait dans sa théogonie : ,, Le chaos est ce qui a existé le premier. ,, *Ovide* était l'interprète de tout l'empire romain, quand il disait :

> *Sic ubi dispositam quisquis fuit ille Deorum*
> *Congeriem secuit.*

La matière était donc regardée entre les mains de Dieu comme l'argille sous la roue du potier, s'il est permis de se servir de ces faibles images pour en exprimer la divine puissance.

La matière étant éternelle devait avoir des propriétés éternelles, comme la configuration , la force
d'inertie , le mouvement & la divifibilité. Mais cette
divifibilité n'eft que la fuite du mouvement ; car fans
mouvement rien ne fe divife , ne fe fépare, ni ne s'ar-
range. On regardait donc le mouvement comme
effentiel à la matière. Le chaos avait été un mouvement confus ; & l'arrangement de l'univers un mouvement régulier imprimé à tous les corps par le maître
du monde. Mais comment la matière aurait-elle le
mouvement par elle-même ? Comme elle a , felon tous
les anciens , l'étendue & l'impénétrabilité.

Mais on ne la peut concevoir fans étendue , & on
peut la concevoir fans mouvement ? A cela on répondait : Il eft impoffible que la matière ne foit pas
perméable ; or étant perméable , il faut bien que
quelque chofe paffe continuellement dans fes pores;
à quoi bon des paffages fi rien n'y paffe ?

De réplique en réplique on ne finirait jamais; le
fyftème de la matière éternelle a de très-grandes difficultés comme tous les fyftèmes. Celui de la matière
formée de rien n'eft pas moins incompréhenfible. Il
faut l'admettre, & ne pas fe flatter d'en rendre raifon ;
la philofophie ne rend point raifon de tout. Que de
chofes incompréhenfibles n'eft-on pas obligé d'admettre , même en géométrie ! Conçoit-on deux lignes
qui s'approcheront toujours, & qui ne fe rencontreront
jamais ?

Les géomètres à la vérité nous diront : Les propriétés des afymptotes vous font démontrées ; vous
ne pouvez vous empêcher de les admettre ; mais la
création ne l'eft pas, pourquoi l'admettez-vous ? Quelle

difficulté trouvez-vous à croire comme toute l'antiquité la matière éternelle ? D'un autre côté le théologien vous preffera & vous dira : Si vous croyez la
matière éternelle , vous reconnaiffez donc deux principes, DIEU & la matière , vous tombez dans l'erreur
de *Zoroaftre* , de *Manès.*

On ne répondra rien aux géomètres, parce que ces
gens-là ne connaiffent que leurs lignes , leurs furfaces
& leurs folides ; mais on pourra dire au théologien :
En quoi fuis-je manichéen ? voilà des pierres qu'un
architecte n'a point faites ; il en a élevé un bâtiment
immenfe ; je n'admets point deux architectes ; les
pierres brutes ont obéi au pouvoir & au génie.

Heureufement quelque fyftème qu'on embraffe ,
aucun ne nuit à la morale ; car qu'importe que la
matière foit faite ou arrangée ? DIEU eft également
notre maître abfolu. Nous devons être également
vertueux fur un chaos débrouillé, ou fur un chaos
créé de rien , prefqu'aucune de ces queftions métaphyfiques n'influe fur la conduite de la vie ; il en eft
des difputes comme des vains difcours qu'on tient à
la table ; chacun oublie après dîner ce qu'il a dit , &
va où fon intérêt & fon goût l'appellent.

MECHANT.

ON nous crie que la nature humaine eft effentiellement perverfe, que l'homme eft né enfant du diable
& méchant. Rien n'eft plus mal avifé ; car, mon ami,
toi qui me prêches que tout le monde eft né pervers,
tu m'avertis donc que tu es né tel , qu'il faut que je

me défie de toi comme d'un renard ou d'un crocodile.
Oh point! me dis-tu, je fuis régénéré, je ne fuis
ni hérétique ni infidelle, on peut fe fier à moi. Mais
le refte du genre-humain qui eft ou hérétique, ou ce
que tu appelles infidelle, ne fera donc qu'un affemblage de monftres, & toutes les fois que tu parleras
à un luthérien, ou à un turc, tu dois être fûr qu'ils
te voleront, & qu'ils t'affaffineront, car ils font enfans
du diable; ils font nés méchans; l'un n'eft point
régénéré, & l'autre eft dégénéré. Il ferait bien plus
raifonnable, bien plus beau de dire aux hommes:
Vous êtes tous nés bons, voyez combien il ferait affreux de
corrompre la pureté de votre être. Il eût fallu en ufer
avec le genre-humain comme on en ufe avec tous
les hommes en particulier. Un chanoine mène-t-il
une vie fcandaleufe? on lui dit: Eft-il poffible que
vous déshonoriez la dignité de chanoine? On fait
fouvenir un homme de robe qu'il a l'honneur d'être
confeiller du roi, & qu'il doit l'exemple. On dit à un
foldat pour l'encourager: Songe que tu es du régiment
de Champagne. On devrait dire à chaque individu:
Souviens-toi de ta dignité d'homme.

Et en effet, malgré qu'on en ait, on en revient
toujours là; car que veut dire ce mot fi fréquemment
employé chez toutes les nations, *rentrez en vous-même?*
fi vous étiez né enfant du diable, fi votre origine était
criminelle, fi votre fang était formé d'une liqueur
infernale, ce mot, *rentrez en vous-même*, fignifierait,
confultez, fuivez votre nature diabolique, foyez impof-
teur, voleur, affaffin, c'eft la loi de votre père.

L'homme n'eft point né méchant, il le devient,
comme il devient malade. Des médecins fe préfentent

& lui difent : vous êtes né malade ; il eft bien fûr que
ces médecins, quelque chofe qu'ils difent & qu'ils
faffent, ne le guériront pas fi fa maladie eft inhérente
à fa nature ; & ces raifonneurs font très-malades eux-
mêmes.

Affemblez tous les enfans de l'univers , vous ne
verrez en eux que l'innocence, la douceur & la crainte ;
s'ils étaient nés méchans , malfefans, cruels, ils en
montreraient quelque figne, comme les petits ferpens
cherchent à mordre, & les petits tigres à déchirer.
Mais la nature n'ayant pas donné à l'homme plus
d'armes offenfives qu'aux pigeons & aux lapins, elle ne
leur a pu donner un inftinct qui les porte à détruire.

L'homme n'eft donc pas né mauvais, pourquoi
plufieurs font-ils donc infectés de cette pefte de la
méchanceté ? c'eft que ceux qui font à leur tête étant
pris de la maladie, la communiquent au refte des
hommes, comme une femme attaquée du mal que
Chriftophe Colomb rapporta d'Amérique, répand ce
venin d'un bout de l'Europe à l'autre. Le premier
ambitieux a corrompu la terre.

Vous m'allez dire que ce premier monftre a déployé
le germe d'orgueil, de rapine, de fraude, de cruauté
qui eft dans tous les hommes. J'avoue qu'en général
la plupart de nos frères peuvent acquérir ces qualités ;
mais tout le monde a-t-il la fièvre putride, la pierre &
la gravelle parce que tout le monde y eft expofé ?

Il y a des nations entières qui ne font point mé-
chantes ; les Philadelphiens, les Banians n'ont jamais
tué perfonne. Les Chinois, les peuples du Tunquin,
de Lao, de Siam, du Japon même, depuis plus de

cent ans, ne connaiffent point la guerre. A peine voit-
on en dix ans un de ces grands crimes qui étonnent
la nature humaine, dans les villes de Rome, de
Venife, de Paris, de Londres, d'Amfterdam, villes
où pourtant la cupidité, mère de tous les crimes, eft
extrême.

Si les hommes étaient effentiellement méchans, s'ils
naiffaient tous foumis à un être auffi malfefant que
malheureux, qui pour fe venger de fon fupplice leur
infpirerait toutes ces fureurs, on verrait tous les
matins les maris affaffinés par leurs femmes, & les
pères par leurs enfans, comme on voit à l'aube du
jour des poules étranglées par une fouine qui eft venue
fucer leur fang.

S'il y a un milliar d'hommes fur la terre, c'eft
beaucoup ; cela donne environ cinq cents millions de
femmes qui coufent, qui filent, qui nourriffent leurs
petits, qui tiennent la maifon ou la cabane propre,
& qui médifent un peu de leurs voifines. Je ne vois
pas quel grand mal ces pauvres innocentes font fur
la terre. Sur ce nombre d'habitans du globe, il y a
deux cents millions d'enfans au moins, qui certainement ne tuent ni ne pillent, & environ autant de
vieillards ou de malades qui n'en ont pas le pouvoir.
Reftera tout au plus cent millions de jeunes gens
robuftes & capables du crime. Dé ces cent millions il
y en a quatre-vingt-dix continuellement occupés à
forcer la terre par un travail prodigieux à leur fournir
la nourriture & le vêtement ; ceux-là n'ont guère le
temps de mal faire.

Dans les dix millions reftans feront compris les
gens oififs & de bonne compagnie, qui veulent jouir

doucement, les hommes à talens occupés de leurs professions, les magistrats, les prêtres, visiblement intéressés à mener une vie pure, au moins en apparence. Il ne restera donc de vrais méchans que quelques politiques, soit séculiers, soit réguliers qui veulent toujours troubler le monde, & quelques milliers de vagabonds qui louent leurs services à ces politiques. Or il n'y a jamais à la fois un million de ces bêtes féroces employées ; & dans ce nombre je compte les voleurs de grands chemins. Vous avez donc, tout au plus, sur la terre dans les temps les plus orageux, un homme sur mille, qu'on peut appeler méchant, encore ne l'est-il pas toujours.

Il y a donc infiniment moins de mal sur la terre qu'on ne dit & qu'on ne croit. Il y en a encore trop, sans doute ; on voit des malheurs & des crimes horribles : mais le plaisir de se plaindre & d'exagérer est si grand, qu'à la moindre égratignure vous criez que la terre regorge de sang. Avez-vous été trompé ? tous les hommes font des parjures. Un esprit mélancolique qui a souffert une injustice voit l'univers couvert de damnés, comme un jeune voluptueux soupant avec sa dame, au sortir de l'opéra, n'imagine pas qu'il y ait des infortunés.

MEDECINS.

IL est vrai que régime vaut mieux que médecine. Il est vrai que très-long-temps sur cent médecins il y a eu quatre-vingt-dix-huit charlatans. Il est vrai que *Molière* a eu raison de se moquer d'eux. Il est vrai que rien n'eft plus ridicule que de voir ce nombre infini de femmelettes, & d'hommes non moins femmes qu'elles, quand ils ont trop mangé, trop bu, trop joui, trop veillé, appeler auprès d'eux pour un mal de tête un médecin, l'invoquer comme un Dieu, lui demander le miracle de faire fubfifter enfemble l'intempérance & la fanté, & donner un écu à ce dieu qui rit de leur faibleffe.

Il n'eft pas moins vrai qu'un bon médecin nous peut fauver la vie (a) en cent occafions, & nous rendre l'ufage de nos membres. Un homme tombe en apoplexie ; ce ne fera ni un capitaine d'infanterie, ni un confeiller de la cour des aides qui le guérira. Des cataractes fe forment dans mes yeux, ma voifine ne me les lèvera pas. Je ne diftingue point ici le médecin du chirurgien, ces deux profeffions ont été long-temps inféparables.

Des hommes qui s'occuperaient de rendre la fanté à d'autres hommes par les feuls principes d'humanité & de bienfefance, feraient fort au-deffus de tous les grands de la terre ; ils tiendraient de la Divinité. Conferver & réparer eft prefque auffi beau que faire.

Le peuple romain fe paffa plus de cinq cents ans de médecins. Ce peuple alors n'était occupé qu'à tuer,

_____

(a) Ce n'eft pas que nos jours ne foient comptés. Il eft bien fûr que tout arrive par une néceffité invincible, fans quoi tout irait au hafard, ce qui eft abfurde. Nul homme ne peut augmenter ni le nombre de fes cheveux, ni le nombre de fes jours ; ni un médecin, ni un ange ne peuvent ajouter une minute aux minutes que l'ordre éternel des chofes nous deftine irrévocablement : mais celui qui eft deftiné à être frappé dans un certain temps d'une apoplexie, eft deftiné auffi à trouver un médecin fage, qui le faigne, qui le purge, & qui le fait vivre jufqu'au moment fatal. La deftinée nous donne la vérole & le mercure, la fièvre & le quinquina.

& ne fefait nul cas de l'art de conferver la vie. Comment donc en ufait-on à Rome quand on avait la
fièvre putride, une fiftule à l'anus, un bubonocèle,
une fluxion de poitrine? On mourait.

Le petit nombre de médecins grecs qui s'introduifit
à Rome n'était compofé que d'efclaves. Un médecin
devint enfin chez les grands feigneurs romains un
objet de luxe comme un cuifinier. Tout homme riche
eut chez lui des parfumeurs, des baigneurs, des gitons
& des médecins. Le célébre *Mufa*, médecin d'*Augufte*,
était efclave; il fut affranchi & fait chevalier romain;
& alors les médecins devinrent des perfonnages confi-
dérables.

Quand le chriftianifme fut fi bien établi, & que nous
fûmes affez heureux pour avoir des moines, il leur
fut expreffément défendu par plufieurs conciles d'exercer la médecine. C'était précifément le contraire qu'il
eût fallu faire, fi on avait voulu être utile au genre
humain.

Quel bien pour les hommes d'obliger ces moines
d'étudier la médecine, & de guérir nos maux pour
l'amour de DIEU! n'ayant rien à gagner que le ciel,
ils n'euffent jamais été charlatans. Ils fe feraient
éclairés mutuellement fur nos maladies & fur les
remèdes. C'était la plus belle des vocations, & ce fut
la feule qu'on n'eut point. On objectera qu'ils euffent
pu empoifonner les impies; mais cela même eût été
avantageux à l'Eglife. *Luther* n'eût peut-être jamais
enlevé la moitié de l'Europe catholique à notre faint
père le pape; car à la première fièvre continue qu'aurait eue l'auguftin *Luther*, un dominicain aurait pu
lui donner des pilules. Vous me direz qu'il ne les

aurait pas prifes ; mais enfin avec un peu d'adreffe, on aurait pu les lui faire prendre. Continuons.

Il fe trouva enfin vers l'an 1517 un citoyen nommé *Jean*, animé d'un zèle charitable ; ce n'eft pas *Jean Calvin* que je veux dire, c'eft *Jean* furnommé *de Dieu*, qui inftitua les frères de la charité. Ce font avec les religieux de la rédemption des captifs les feuls moines utiles. Auffi ils ne font pas comptés parmi les ordres. Les dominicains, francifcains, bernardins, prémontrés, bénédictins, ne reconnaiffent pas les frères de la charité. On ne parle pas feulement d'eux dans la continuation de l'hiftoire eccléfiaftique de *Fleuri*. Pourquoi? c'eft qu'ils ont fait des cures, & qu'ils n'ont point fait de miracles. Ils ont fervi, & ils n'ont point cabalé. Ils ont guéri de pauvres femmes, & ils ne les ont ni dirigées, ni féduites. Enfin, leur inftitut étant la charité, il était jufte qu'ils fuffent méprifés par les autres moines.

La médecine ayant donc été une profeffion mercénaire dans le monde, comme l'eft en quelques endroits celle de rendre la juftice, elle a été fujette à d'étranges abus. Mais eft-il rien de plus eftimable au monde qu'un médecin qui ayant dans fa jeuneffe étudié la nature, connu les refforts du corps humain, les maux qui le tourmentent, les remèdes qui peuvent le foulager, exerce fon art en s'en défiant, foigne également les pauvres & les riches, ne reçoit d'honoraires qu'à regret, & emploie ces honoraires à fecourir l'indigent? Un tel homme n'eft-il pas un peu fupérieur au général des capucins, quelque refpectable que foit ce général? (*)

(*) Voyez *Maladie.*

M E S S E.

LA meffe dans le langage ordinaire eft la plus grande & la plus augufte des cérémonies de l'Eglife. On lui donne des furnoms différens, felon les rites ufités dans les diverfes contrées où elle eft célébrée, tels que la meffe mofarabe ou gothique, la meffe grecque, la meffe latine. *Durandus* & *Eckius* appellent *féche* la meffe où il ne fe fait point de confécration, comme celle qu'on fait dire en particulier aux afpirans à la prêtrife; & le cardinal *Bona* (*a*) rapporte fur la foi de *Guillaume de Nangis* que St *Louis*, dans fon voyage d'outremer, la fefait dire ainfi pour ne pas rifquer que l'agitation du vaiffeau fît répandre le vin confacré. Il cite auffi *Génébrard* qui dit avoir affifté à Turin en 1587 à une pareille meffe célébrée dans une églife, mais après dîner, & fort tard, pour les funérailles d'une perfonne noble.

Pierre le chantre parle auffi de la meffe à deux, à trois, & même à quatre faces, dans laquelle le prêtre célébrait la meffe du jour ou de la fête jufqu'à l'offertoire, puis il en recommençait une feconde, une troifième, & quelquefois une quatrième, jufqu'au même endroit, enfuite il difait autant de fecrètes qu'il avait commencé de meffes; mais pour toutes il ne récitait qu'une fois le canon, & à la fin il ajoutait autant de collectes qu'il avait réuni de meffes. (*b*)

Ce ne fut que vers la fin du quatrième fiècle que le mot de meffe commença à fignifier la célébration

---

(*a*) L. I, chap. XV fur la liturgie.

(*b*) *Bingham*, origin. eccléf. tome VI, liv. XV, chap. IV, art. V.

de l'euchariftie. Le favant *Beatus Rhenanus*, dans fes notes fur *Tertullien*, (*c*) obferve que *S*[t] *Ambroife* confacra cette expreffion du peuple prife de ce qu'on mettait dehors les catéchumènes après la lecture de l'évangile.

On trouve dans les Conftitutions apoftoliques (*d*) une liturgie fous le nom de *S*[t] *Jacques*, par laquelle il paraît qu'au lieu d'invoquer les faints au canon de la meffe, la primitive Eglife priait pour eux. Nous vous offrons encore, Seigneur, difait le célébrant, ce pain & ce calice pour tous les faints qui vous ont été agréables depuis le commencement des fiècles, pour les patriarches, les prophètes, les juftes, les apôtres, les martyrs, les confeffeurs, les évêques, les prêtres, les diacres, les fous-diacres, les lecteurs, les chantres, les vierges, les veuves, les laïques & tous ceux dont les noms vous font connus. Mais *S*[t] *Cyrille* de Jérufalem, qui vivait dans le quatrième fiècle, y fubftitue cette explication : Après cela, dit-il, (*e*) nous fefons commémoration de ceux qui font morts avant nous, & premièrement des patriarches, des apôtres, des martyrs, afin que DIEU reçoive nos prières par leur interceffion. Cela prouve, comme nous le dirons à l'article *Reliques*, que le culte des faints commençait alors à s'introduire dans l'Eglife.

Noël Alexandre (*f*) cite des actes de *S*[t] *André*, où l'on fait dire à cet apôtre : J'immole tous les jours fur l'autel du feul vrai Dieu, non les chairs des taureaux, ni le fang des boucs, mais l'agneau immaculé, qui demeure toujours entier & vivant après

(*c*) L. IV contre *Marcion*.   (*e*) Cinquième catéchèfe.
(*d*) L. VIII, chap. XII.   (*f*) Siècle 1, page 109.

qu'il est sacrifié, & que tout le peuple fidelle en a
mangé la chair : mais ce savant dominicain avoue
que cette pièce n'est connue que depuis le huitième
siècle. Le premier qui l'ait citée est *Etherius* évêque
d'Osma en Espagne, qui écrivit contre *Elipand*
en 788.

Abdias (*g*) rapporte que *St Jean*, averti par le
Seigneur de la fin de sa course, se prépara à la mort
& recommanda son église à DIEU. Puis ayant pris du
pain qu'il se fit apporter, il leva les yeux au ciel, le
bénit, le rompit & le distribua à tous ceux qui étaient
présens, en leur disant : Que mon partage soit le
vôtre, & que le vôtre soit le mien. Cette manière de
célébrer l'eucharistie, qui veut dire action de grâces,
est plus conforme à l'institution de cette cérémonie.

En effet *St Luc* (*h*) nous apprend que JESUS
après avoir distribué du pain & du vin à ses apôtres
qui soupaient avec lui, leur dit : Faites ceci en
mémoire de moi. *St Matthieu* (*i*) & *St Marc* (*k*) disent
de plus que JESUS chanta une hymne. *St Jean* qui ne
parle dans son évangile ni de la distribution du pain
& du vin, ni de l'hymne, s'étend fort au long sur ce
dernier article dans ses actes dont voici le texte cité
par le second concile de Nicée : (*l*)

Avant que le Seigneur fût pris par les Juifs, dit
cet apôtre bien-aimé de JESUS, il nous assembla tous
& nous dit : Chantons un hymne à l'honneur du
père, après quoi nous exécuterons le dessein que nous

(*g*) Hist. apostol. liv. V, art.
XXII & XXIII.
(*h*) Chap. XXII, v. 19.

(*i*) Chap. XXVI, v. 30.
(*k*) Chap. XIV, v. 26.
(*l*) Col. 358.

avons

avons formé. Il nous ordonna donc de faire un
cercle & de nous tenir tous par la main ; puis s'étant
mis au milieu du cercle, il nous dit : Amen, suivez-
moi. Alors il commença le cantique, & dit : Gloire
vous soit donnée, ô père ! nous répondîmes tous :
Amen. JESUS continuant à dire : Gloire au verbe &c.
gloire à l'esprit &c. gloire à la grâce ; les apôtres
répondaient toujours : Amen.

Après quelques autres doxologies JÉSUS dit : Je
veux être sauvé, & je veux sauver : Amen. Je veux être
délié & je veux délier : Amen. Je veux être blessé &
je veux blesser : Amen. Je veux naître & je veux engendrer : Amen. Je veux manger & je veux être consumé :
Amen. Je veux être écouté & je veux écouter : Amen.
Je veux être compris de l'esprit, étant tout esprit,
tout intelligence : Amen. Je veux être lavé & je veux
laver : Amen. La grâce mène la danse, je veux jouer
de la flûte, dansez tous : Amen. Je veux chanter des
airs lugubres, lamentez-vous tous : Amen.

St Augustin qui commente une partie de cette hymne,
dans son épître (*m*) à *Cérétius*, rapporte de plus ce
qui suit : Je veux parer & être paré. Je suis une lampe
pour ceux qui me voient & qui me connaissent.
Je suis la porte pour tous ceux qui veulent y frapper.
Vous qui voyez ce que je fais, gardez-vous bien d'en
parler.

Cette danse de JESUS & des apôtres est visiblement
imitée de celle des thérapeutes d'Egypte, lesquels
après le souper dansaient dans leurs assemblées,
d'abord partagés en deux chœurs, puis réunis les
hommes & les femmes ensemble, après avoir, comme

(*m*) Epît. 237.

Dictionn. philosoph. Tome VI.   E

en la fête de *Bacchus*, avalé force vin céleste, comme dit *Philon*. (*n*)

On sait d'ailleurs que suivant la tradition des Juifs, après leur sortie d'Egypte & le passage de la mer Rouge, d'où la solemnité de pâque prit son nom, (*o*) *Moïse* & sa sœur rassemblèrent deux chœurs de musique, l'un composé d'hommes, l'autre de femmes, qui chantèrent en dansant un cantique d'actions de grâces. Ces instrumens rassemblés sur le champ, ces chœurs arrangés avec tant de promptitude, la facilité avec laquelle les chants & la danse furent exécutés supposent une habitude de ces deux exercices fort antérieure au moment de l'exécution.

Cet usage se perpétua dans la suite chez les Juifs. (*p*) Les filles de Silo dansaient selon la coutume à la fête solemnelle du Seigneur, quand les jeunes gens de la tribu de Benjamin, à qui on les avait refusées pour épouses, les enlevèrent par le conseil des vieillards d'Israël. Encore aujourd'hui dans la Palestine les femmes assemblées auprès des tombeaux de leurs proches, dansent d'une manière lugubre & poussent des cris lamentables. (*q*)

On sait aussi que les premiers chrétiens fesaient entr'eux des agapes ou repas de charité, en mémoire de la dernière cène que JESUS célébra avec ses apôtres; les païens en prirent même occasion de leur faire les reproches les plus odieux; alors pour en bannir toute ombre de licence les pasteurs défendirent que le baiser

(*n*) Traité de la vie contemplative.
(*o*) Exode, chap. XV, & *Philon* vie de *Moïse*; l. I.
(*p*) Les Juges, chap. XXI, v. 21.
(*q*) Voyage de *le Brun*.

de paix, par où finissait cette cérémonie, se donnât entre les personnes de sexe différent. (r) Mais divers autres abus dont se plaignait déjà St *Paul*, (s) & que le concile de Gangres, l'an 324, entreprit en vain de réformer, firent enfin abolir les agapes l'an 397, par le troisième concile de Carthage dont le canon quarante-unième ordonna de célébrer les faints mystères à jeun.

On ne doutera point que la danse n'accompagnât ces festins, si l'on fait attention que suivant *Scaliger*, les évêques ne furent nommés *præsules* dans l'Eglise latine, *à præsiliendo*, que parce qu'ils commençaient la danse. Le picpus *Héliot*, dans son histoire des ordres monastiques, dit aussi que pendant les persécutions qui troublaient la paix des premiers chrétiens, il se forma des congrégations d'hommes & de femmes, qui, à l'exemple des thérapeutes, se retirèrent dans les déserts ; là ils se rassemblaient dans les hameaux les dimanches & les fêtes, & ils y dansaient pieusement en chantant les prières de l'Eglise.

En Portugal, en Espagne, dans le Roussillon, l'on exécute encore aujourd'hui des danses solemnelles en l'honneur des mystères du christianisme. Toutes les veilles des fêtes de la Vierge, les jeunes filles s'assemblent devant la porte des églises qui lui sont dédiées, & passent la nuit à danser en rond, & à chanter des hymnes & des cantiques en son honneur. Le cardinal *Ximenès* rétablit de son temps dans la cathédrale de Tolède l'ancien usage des messes mofarabes pendant lesquelles on danse dans le chœur &

(r) *Thomassin*, discip. de l'Eglise, part. III, chap. XLVII, n. 1.
(s) Corinth. chap. II.

dans la nef avec autant d'ordre que de dévotion. En France même on voyait encore vers le milieu du dernier fiècle les prêtres & tout le peuple de Limoges danfer en rond dans la collégiale en chantant : *Sant Marcian , pregas per nous & nous epingaren per bous ;* c'eft-à-dire , *St Martial* , priez pour nous , & nous danferons pour vous.

Enfin le jéfuite *Meneflrier*, dans la préface de fon Traité des ballets publié en 1682, dit qu'il avait vu encore les chanoines de quelques églifes, qui le jour de pâques prenaient par la main les enfans de chœur, & danfaient dans le chœur en chantant des hymnes de réjouiffance. Ce que nous avons dit à l'article *Kalendes* des danfes extravagantes de la fête des fous, nous découvre une partie des abus qui ont fait retrancher la danfe des cérémonies de la meffe, lefquelles plus elles ont de gravité, plus elles font propres à en impofer aux fimples.

M E S S I E.

A V E R T I S S E M E N T.

C ET *article eft de M. Polier de Bottens d'une ancienne famille de France, établie depuis deux cents ans en Suiffe. Il eft premier pafteur de Laufanne. Sa fcience eft égale à fa piété. Il compofa cet article pour le grand dictionnaire encyclopédique , dans lequel il fut inféré. On en fupprima feulement quelques endroits , dont les examinateurs crurent que des catholiques moins favans & moins pieux que l'auteur pourraient abufer. Il fut reçu avec l'applaudiffement de tous les fages.*

On l'imprima en même temps dans un autre petit dictionnaire ; & on l'attribua en France à un homme qu'on n'était pas fâché d'inquiéter. On suppofa que l'article était impie, parce qu'on le fuppofait d'un laïque, & on fe déchaîna contre l'ouvrage & contre l'auteur prétendu. L'homme accufé fe contenta de rire de cette méprife. Il voyait avec compaffion fous fes yeux cet exemple des erreurs & des injuftices que les hommes commettent tous les jours dans leurs jugemens, car il avait le manufcrit du fage & favant prêtre, écrit tout entier de fa main. Il le poffède encore. Il fera montré à qui voudra l'examiner. On y verra jufqu'aux ratures faites alors par ce laïque même, pour prévenir les interprétations malignes.

Nous réimprimons donc aujourd'hui cet article dans toute l'intégrité de l'original. Nous en avons retranché pour ne pas répéter ce que nous avons imprimé ailleurs ; mais nous n'avons pas ajouté un feul mot.

Le bon de toute cette affaire, c'eft qu'un confrère de l'auteur refpectable écrivit les chofes du monde les plus ridicules contre cet article de fon confrère, croyant écrire contre un ennemi commun. Cela reffemble à ces combats de nuit, dans lefquels on fe bat contre fes camarades.

Il eft arrivé mille fois que des controverfiftes ont condamné des paffages de St Auguftin, de St Jérôme, ne fachant pas qu'ils fuffent de ces pères. Ils anathématiferaient une partie du nouveau Teftament s'ils n'avaient pas ouï dire de qui eft ce livre. C'eft ainfi qu'on juge trop fouvent.

M ESSIE, *Meffias*, ce terme vient de l'hébreu ; il eft fynonyme au mot grec *Chrift*. L'un & l'autre font des termes confacrés dans la religion, & qui ne fe

E 3

donnent plus aujourd'hui qu'à l'oint par excellence, ce souverain libérateur que l'ancien peuple juif attendait, après la venue duquel il soupire encore, & que les chrétiens trouvent dans la personne de JESUS fils de *Marie*, qu'ils regardent comme l'oint du Seigneur, le messie promis à l'humanité : les Grecs emploient aussi le mot d'*Elcimmeros* qui signifie la même chose que *Chriftos*.

Nous voyons dans l'ancien Teftament que le mot de *Meffie*, loin d'être particulier au libérateur après la venue duquel le peuple d'Israël soupirait, ne l'était pas feulement aux vrais & fidelles ferviteurs de DIEU, mais que ce nom fut souvent donné aux rois & aux princes idolâtres, qui étaient dans la main de l'Eternel les miniftres de ses vengeances, ou des inftrumens pour l'exécution des conseils de fa fageffe. C'eft ainsi que l'auteur de l'Eccléfiaftique dit d'*Elifée*, (*a*) *qui ungis reges ad pœnitentiam*, ou comme l'ont rendu les Septante, *ad vindictam*. *Vous oignez les rois pour exercer la vengeance du Seigneur*. C'eft pourquoi il envoya un prophète pour oindre *Jéhu* roi d'Israël. Il annonça l'onction sacrée à *Hazaël* roi de Damas & de Syrie, (*b*) ces deux princes étant les *Meffies* du Très-Haut pour venger les crimes & les abominations de la maison d'*Achab*.

Mais au XLVe d'*Esaïe*, v. 1, le nom de *Meffie* eft expreffément donné à *Cyrus*. *Ainfi a dit l'Eternel à Cyrus fon oint, fon meffie, duquel j'ai pris la main droite afin que je terraffe les nations devant lui &c.*

Ezéchiel, au XXVIIIe de ses révélations, v. 14,

(*a*) Eccléfiaft. chap. XLVIII, v. 8.

(*b*) IV. des Rois, chap. XVIII, v. 12, 13 & 14.

donne le nom de *Meſſie* au roi de Tyr, qu'il appelle auſſi *chérubin*, & parle de lui & de ſa gloire dans des termes pleins d'une emphaſe, dont on ſent mieux les beautés qu'on ne peut en ſaiſir le ſens. ,, Fils de ,, l'homme, dit l'Eternel au prophète, prononce à ,, haute voix une complainte ſur le roi de Tyr, & lui ,, dis : Ainſi a dit le Seigneur l'Eternel, tu étais le ,, ſceau de la reſſemblance de Dieu, plein de ſageſſe ,, & parfait en beautés ; tu as été le jardin d'Eden ,, du Seigneur, (ou ſuivant d'autres verſions) tu étais ,, toutes les délices du Seigneur ; ta couverture était ,, de pierres précieuſes de toutes ſortes, de ſardoine, ,, de topaze, de jaſpe, de chryſolite, d'onyx, de beril, ,, de ſaphir, d'eſcarboucle, d'émeraude & d'or. Ce ,, que ſavaient faire tes tambours & tes flûtes a été ,, chez toi ; ils ont été tout prêts au jour que tu fus ,, créé, tu as été un chérubin, un meſſie pour ſervir ,, de protection ; je t'avais établi ; tu as été dans la ,, ſainte montagne de Dieu, tu as marché entre les ,, pierres flamboyantes, tu as été parfait en tes voies, ,, dès le jour que tu fus créé, juſqu'à ce que la ,, perverſité a été trouvée en toi. ,,

Au reſte, le nom de *Meſſiah*, en grec *Chriſt*, ſe donnait aux rois, aux prophètes, & aux grands-prêtres des Hébreux. Nous liſons dans le Ier des Rois, ch. XII, v. 3 : *Le Seigneur & ſon Meſſie ſont témoins*, c'eſt-à-dire, *le ſeigneur & le roi qu'il a établi*. Et ailleurs : *Ne touchez point mes oints, & ne faites aucun mal à mes prophètes*. *David*, animé de l'eſprit de Dieu, donne dans plus d'un endroit à *Saül* ſon beau-père qui le perſécutait, & qu'il n'avait pas ſujet d'aimer ; il donne, dis-je, à ce roi réprouvé, & de deſſus lequel l'eſprit de l'Eternel

s'était retiré , le nom & la qualité d'oint , de meffie
du Seigneur. DIEU *me garde* , dit-il fréquemment ,
de porter ma main fur l'oint du Seigneur , fur le meffie
de DIEU.

Si le beau nom de meffie , d'oint de l'Eternel , a été,
donné à des rois idolâtres , à des princes cruels &
tyrans, il a été très-employé dans nos anciens oracles
pour défigner véritablement l'oint du Seigneur , ce.
Meffie par excellence , objet du défir & de l'attente de
tous les fidelles d'Ifraël. Ainfi *Anne* mère de *Samuel*.
conclut fon cantique par ces paroles remarquables, &
qui ne peuvent s'appliquer à aucun roi, (*c*) puifqu'on,
fait que pour lors les Hébreux n'en avaient point. *Le*
Seigneur jugera les extrémités de la terre , il donnera l'empire.
à fon roi , il relèvera la corne de fon Chrift , de fon.
Meffie. On trouve ce même mot dans les oracles fuivans :
Pfeaume II , v. 2. Pfeaume XLIV , v. 8. *Jérémie* IV ,
v. 20. *Daniel* IX , v. 16. *Habacuc* III , v. 13.

Que fi l'on rapproche tous ces divers oracles , & en.
général tous ceux qu'on applique pour l'ordinaire au
Meffie , il en réfulte des contraftes en quelque forte.
inconciliables , & qui juftifient jufqu'à un certain.
point l'obftination du peuple à qui ces oracles furent
donnés.

Comment en effet concevoir , avant que l'événement
l'eût fi bien juftifié dans la perfonne de JESUS fils de
Marie ; comment concevoir , dis-je , une intelligence
en quelque forte divine & humaine tout enfemble, un
être grand & abaiffé qui triomphe du diable , & que
cet efprit infernal , ce prince des puiffances de l'air ,.
tente , emporte & fait voyager malgré lui , maître &

(*c*) I. Rois, chap. XI , v. 10.

ferviteur, roi & fujet, facrificateur & victime tout
enfemble, mortel & vainqueur de la mort, riche &
pauvre, conquérant glorieux dont le règne éternel
n'aura point de fin, qui doit foumettre toute la nature
par fes prodiges, & cependant qui fera un homme
de douleur, privé des commodités, fouvent même de
l'abfolument néceffaire dans cette vie dont il fe dit le
roi, & qu'il vient comblé de gloire & d'honneurs,
terminant une vie innocente, malheureufe, fans ceffe
contredite & traverfée, par un fupplice également
honteux & cruel, trouvant même dans cette humi-
liation, cet abaiffement extraordinaire, la fource d'une
élévation unique qui le conduit au plus haut point
de gloire, de puiffance & de félicité, c'eft-à-dire, au
rang de la première des créatures ?

Tous les chrétiens s'accordent à trouver ces caractères, en apparence fi incompatibles, dans la perfonne
de JESUS de Nazareth qu'ils appellent le *Chrift;* fes
fectateurs lui donnaient ce titre par excellence, non
qu'il eût été oint d'une manière fenfible & matérielle,
comme l'ont été anciennement quelques rois, quelques
prophètes & quelques facrificateurs, mais parce que
l'efprit divin l'avait défigné pour ces grands offices, &
qu'il avait reçu l'onction fpirituelle néceffaire pour cela.

A) Nous en étions là fur un article auffi important,
lorfqu'un prédicateur hollandais, plus célébre par
cette découverte que par les médiocres productions
d'un génie d'ailleurs faible & peu inftruit, nous a

(*A*) On fupprima dans les dictionnaires (depuis *A* jufqu'à *B*) tout ce
paragraphe concernant le prédicateur hollandais, parce qu'on le crut hors
d'œuvre.

fait voir que notre Seigneur JESUS était le Chriſt, le Meſſie de DIEU, ayant été oint dans les trois plus grandes époques de ſa vie, pour être notre roi, notre prophète & notre ſacrificateur.

Lors de ſon baptême, la voix du ſouverain maître de la nature le déclare ſon fils, ſon unique, ſon bien-aimé, & par-là même ſon repréſentant.

Sur le Thabor, transfiguré, aſſocié à *Moïſe* & à *Elie*, cette même voix ſurnaturelle l'annonce à l'humanité comme le fils de celui qui aime & envoie les prophètes, & qui doit être écouté par préférence.

Dans Gethſémané, un ange deſcend du ciel pour le ſoutenir dans les angoiſſes extrêmes où le réduit l'approche de ſon ſupplice ; il le fortifie contre les frayeurs cruelles d'une mort qu'il ne peut éviter, & le met en état d'être un ſacrificateur d'autant plus excellent qu'il eſt lui-même la victime innocente & pure qu'il va offrir.

Le judicieux prédicateur hollandais, diſciple de l'illuſtre *Cocceius*, trouve l'huile ſacramentale de ces diverſes onctions céleſtes, dans les ſignes viſibles que la puiſſance de DIEU fit paraître ſur ſon oint, dans ſon baptême *l'ombre de la colombe*, qui repréſentait le St Eſprit qui deſcendit ſur lui ; au Thabor, *la nue miraculeuſe* qui le couvrit ; en Gethſémané, *la ſueur de grumeaux de ſang* dont tout ſon corps fut couvert.

Après cela, il faut pouſſer l'incrédulité à ſon comble pour ne pas reconnaître à ces traits l'oint du Seigneur par excellence, le Meſſie promis ; & l'on ne pourrait ſans doute aſſez déplorer l'aveuglement inconcevable du peuple juif, s'il ne fût entré dans le plan de l'infinie ſageſſe de DIEU, & n'eût été, dans ſes vues toutes miféricordieufes , effentiel à l'accompliffement de fon œuvre , & au falut de l'humanité. *B*)

Mais auffi il faut convenir que dans l'état d'op-preffion fous lequel gémiffait le peuple juif , & après toutes les glorieufes promeffes que l'Eternel lui avait faites fi fouvent , il devait foupirer après la venue d'un Meffie , l'envifager comme l'époque de fon heureufe délivrance ; & qu'ainfi il eft en quelque forte excufable de n'avoir pas voulu reconnaître ce libérateur dans la perfonne du Seigneur JESUS , d'autant plus qu'il eft de l'homme de tenir plus au corps qu'à l'efprit , & d'être plus fenfible aux befoins préfens , que flatté des avantages à venir , & toujours incertains par-là même.

Au refte , on doit croire qu'*Abraham* , & après lui un affez petit nombre de patriarches & de prophètes , ont pu fe faire une idée de la nature du règne fpirituel du Meffie ; mais ces idées durent refter dans le petit cercle des infpirés ; & il n'eft pas étonnant qu'inconnues à la multitude , ces notions fe foient altérées au point que lorfque le Sauveur parut dans la Judée , & peuple & fes docteurs , fes princes même , attendaient un monarque , un conquérant , qui par la rapidité de fes conquêtes devait s'affujettir tout le monde ; & com-ment concilier ces idées flatteufes avec l'état abject , en apparence , miférable de JESUS-CHRIST ? Auffi , fcan-dalifés de l'entendre s'annoncer comme le Meffie , ils le perfécutèrent , le rejetèrent , & le firent mourir par le dernier fupplice. Depuis ce temps-là , ne voyant rien qui achemine à l'accompliffement de leurs oracles , & ne voulant point y renoncer , ils fe livrent à toutes fortes d'idées plus chimériques les unes que les autres.

Ainfi, lorfqu'ils ont vu les triomphes de la religion chrétienne, qu'ils ont fenti qu'on pouvait expliquer fpirituellement, & appliquer à JESUS-CHRIST la plupart de leurs anciens oracles, ils fe font avifés, contre le fentiment de leurs pères, de nier que les paffages que nous leur alléguons duffent s'entendre du Meffie, tordant ainfi nos faintes écritures à leur propre perte.

Quelques-uns foutiennent que leurs oracles ont été mal entendus; qu'en vain on foupire après la venue du Meffie, puifqu'il eft déjà venu en la perfonne d'*Ezéchias*. C'était le fentiment du fameux *Hillél*. D'autres plus relâchés, ou cédant avec politique aux temps & aux circonftances, prétendent que la croyance de la venue d'un Meffie n'eft point un article fonda- mental de foi, & qu'en niant ce dogme on ne pervertit point la loi, on ne lui donne qu'une légère atteinte. C'eft ainfi que le juif *Albo* difait au pape, que nier la venue du Meffie, c'était feulement couper une branche de l'arbre fans toucher à la racine.

Le fameux rabin *Salomon Jarchy* ou *Rafchy*, qui vivait au commencement du douzième fiècle, dit, dans fes Talmudiques, que les anciens Hébreux ont cru que le Meffie était né le jour de la dernière deftruction de Jérufalem par les armées romaines; c'eft, comme on dit, appeler le médecin après la mort.

Le rabin *Kimchy*, qui vivait auffi au douzième fiècle, annonçait que le Meffie, dont il croyait la venue très- prochaine, chafferait de la Judée les chrétiens qui la poffédaient pour lors; il eft vrai que les chrétiens perdirent la Terre-Sainte; mais ce fut *Saladin* qui les vainquit : pour peu que ce conquérant eût protégé les Juifs , & se fût déclaré pour eux , il est vraisemblable que dans leur enthousiasme ils en auraient fait leur Messie.

Les auteurs sacrés , & notre Seigneur JESUS lui-même , comparent souvent le règne du Messie & l'éternelle béatitude à des jours de noces , à des festins ; mais les talmudistes ont étrangement abusé de ces paraboles ; selon eux , le Messie donnera à son peuple rassemblé dans la terre de Canaan , un repas dont le vin sera celui qu'*Adam* lui-même fit dans le paradis terrestre , & qui se conserve dans de vastes celliers , creusés par les anges au centre de la terre.

On servira pour entrée le fameux poisson appelé le grand *Léviathan* , qui avale tout d'un coup un poisson moins grand que lui , lequel ne laisse pas d'avoir trois cents lieues de long ; toute la masse des eaux est portée sur *Léviathan*. DIEU au commencement en créa un mâle & un autre femelle ; mais de peur qu'ils ne renversassent la terre , & qu'ils ne remplissent l'univers de leurs semblables , DIEU tua la femelle , & la sala pour le festin du Messie.

Les rabins ajoutent qu'on tuera pour ce repas le taureau *Béhémoth* , qui est si gros qu'il mange chaque jour le foin de mille montagnes : la femelle de ce taureau fut tuée au commencement du monde , afin qu'une espèce si prodigieuse ne se multipliât pas , ce qui n'aurait pu que nuire aux autres créatures ; mais ils assurent que l'Eternel ne la sala point , parce que la vache salée n'est pas si bonne que la léviathane. Les Juifs ajoutent encore si bien foi à toutes ces rêveries rabiniques , que souvent ils jurent sur leur part du bœuf *Béhémoth* , comme quelques chrétiens impies jurent sur leur part du paradis.

Après des idées si grossières sur la venue du Messie & sur son règne, faut-il s'étonner si les Juifs tant anciens que modernes, & plusieurs même des premiers chrétiens, malheureusement imbus de toutes ces rêveries, n'ont pu s'élever à l'idée de la nature divine de l'oint du Seigneur, & n'ont pas attribué la qualité de Dieu au Messie? Voyez comme les Juifs s'expriment là-dessus dans l'ouvrage intitulé *Judæi Lusitani quæstiones ad Christianos.* (*d*) „ Reconnaître, disent-ils, „ un homme-Dieu, c'est s'abuser soi-même, c'est „ se forger un monstre, un centaure, le bizarre „ composé de deux natures qui ne sauraient s'allier.„ Ils ajoutent que les prophètes n'enseignent point que le Messie soit homme-Dieu, qu'ils distinguent expressément entre Dieu & *David*, qu'ils déclarent le premier maître & le second serviteur &c. . . . . . .

Lorsque le Sauveur parut, les prophéties, quoique claires, furent malheureusement obscurcies par les préjugés sucés avec le lait. Jesus-Christ lui-même, ou par ménagement, ou pour ne pas révolter les esprits, paraît extrêmement réservé sur l'article de sa divinité; *il voulait*, dit St Chrysostôme, *accoutumer insensiblement ses auditeurs à croire un mystère si fort élevé au-dessus de la raison.* S'il prend l'autorité d'un Dieu en pardonnant les péchés, cette action soulève tous ceux qui en sont les témoins; ses miracles les plus évidens ne peuvent convaincre de sa divinité ceux même en faveur desquels il les opère. Lorsque devant le tribunal du souverain sacrificateur il avoue, avec un modeste détour, qu'il est le fils de Dieu, le grand-prêtre déchire sa robe & crie au blasphème. Avant l'envoi

(*d*) *Quæst.* I, II, IV, XXIII, &c.

du St Efprit, les apôtres ne foupçonnent pas même la divinité de leur cher maître ; il les interroge fur ce que le peuple penfe de lui ; ils répondent que les uns le prennent pour *Elie*, les autres pour *Jérémie*, ou pour quelqu'autre prophète. *St Pierre* a befoin d'une révélation particulière pour connaître que JESUS eft le Chrift, le fils du DIEU vivant.

Les Juifs, révoltés contre la divinité de JESUS-CHRIST, ont eu recours à toutes fortes de voies pour détruire ce grand myftère ; ils détournent le fens de leurs propres oracles, ou ne les appliquent pas au Meffie ; ils prétendent que le nom de Dieu, *Eloï*, n'eft pas particulier à la Divinité, & qu'il fe donne même par les auteurs facrés aux juges, aux magiftrats, en général à ceux qui font élevés en autorité ; ils citent en effet un très-grand nombre de paffages des faintes écritures, qui juftifient cette obfervation, mais qui ne donnent aucune atteinte aux termes exprès des anciens oracles qui regardent le Meffie.

Enfin ils prétendent que fi le Sauveur, & après lui les évangéliftes, les apôtres & les premiers chrétiens, appellent JESUS le fils de DIEU, ce terme augufte ne fignifiait, dans les temps évangéliques, autre chofe que l'oppofé de fils de *Bélial*, c'eft-à-dire, homme de bien, ferviteur de DIEU, par oppofition à un méchant, un homme qui ne craint point DIEU.

Si les Juifs ont contefté à JESUS-CHRIST la qualité de Meffie & fa divinité, ils n'ont rien négligé auffi pour le rendre méprifable, pour jeter fur fa naiffance, fa vie & fa mort, tout le ridicule & tout l'opprobre qu'a pu imaginer leur criminel acharnement.

De tous les ouvrages qu'a produits l'aveuglement des Juifs, il n'en est point de plus odieux & de plus extravagant que le livre ancien intitulé *Sepher Toldos Jeschut*, tiré de la poussière par M. *Vagenseil* dans le second tome de son ouvrage intitulé *Tela ignea &c.*

C'est dans ce *Sepher Toldos Jeschut* qu'on lit une histoire monstrueuse de la vie de notre Sauveur, forgée avec toute la passion & la mauvaise foi possibles. Ainsi, par exemple, ils ont osé écrire qu'un nommé *Panther* ou *Pandera*, habitant de Bethléem, était devenu amoureux d'une jeune femme mariée à *Jokanam*. Il eut de ce commerce impur un fils qui fut nommé *Jesua* ou *Jesu*. Le père de cet enfant fut obligé de s'enfuir, & se retira à Babylone. Quant au jeune *Jesu*, on l'envoya aux écoles ; mais, ajoute l'auteur, il eut l'insolence de lever la tête, & de se découvrir devant les sacrificateurs, au lieu de paraître devant eux la tête baissée & le visage couvert, comme c'était la coutume ; hardiesse qui fut vivement tancée ; ce qui donna lieu d'examiner sa naissance, qui fut trouvée impure, & l'exposa bientôt à l'ignominie.

Ce détestable livre *Sepher Toldos Jeschut* était connu dès le second siècle ; *Celse* le cite avec confiance, & *Origène* le réfute au chapitre neuvième.

Il y a un autre livre intitulé aussi *Toledos Jesu*, publié l'an 1705 par M. *Huldric*, qui suit de plus près l'évangile de l'enfance, mais qui commet à tout moment les anachronismes les plus grossiers ; il fait naître & mourir JESUS-CHRIST sous le règne d'*Hérode le grand* ; il veut que ce soit à ce prince qu'aient été faites les plaintes sur l'adultère de *Panther* & de *Marie* mère de JESUS.

L'auteur

L'auteur qui prend le nom de *Jonathan*, qui fe dit contemporain de JESUS-CHRIST & demeurant à Jérufalem, avance qu'*Hérode* confulta fur le fait de JESUS-CHRIST les fénateurs d'une ville dans la terre de Céfarée : nous ne fuivrons pas un auteur auffi abfurde dans toutes fes contradictions.

Cependant c'eft à la faveur de toutes ces calomnies que les Juifs s'entretiennent dans leur haine implacable contre les chrétiens & contre l'Evangile ; ils n'ont rien négligé pour altérer la chronologie du vieux Tefta- ment, & pour répandre des doutes & des difficultés fur le temps de la venue de notre Sauveur.

Ahmed-ben-Caffum-la-Andacoufy, maure de Grenade, qui vivait fur la fin du feizième fiècle, cite un ancien manufcrit arabe qui fut trouvé avec feize lames de plomb, gravées en caractères arabes, dans une grotte près de Grenade. Dom *Pedro y Quinones* archevêque de Grenade en a rendu lui-même témoignage ; ces lames de plomb, qu'on appelle de Grenade, ont été depuis portées à Rome, où après un examen de plufieurs années, elles ont enfin été condamnées comme apocryphes fous le pontificat d'*Alexandre VII*; elles ne renferment que des hiftoires fabuleufes touchant la vie de *Marie* & de fon fils.

Le nom de Meffie, accompagné de l'épithète de faux, fe donne encore à ces impofteurs qui dans divers temps ont cherché à abufer la nation juive. Il y eut de ces faux meffies avant même la venue du véritable oint de DIEU. Le fage *Gamaliel* parle (e) d'un nommé *Theudas*, dont l'hiftoire fe lit dans les antiquités judaïques de *Jofephe*, liv. XX, chap. II.

(e) *Act. apoft. c.* v. 34, 35, 36.

Dictionn. philofoph. Tome VI.　　　　F

Il fe vantait de paffer le Jourdain à pied fec; il attira beaucoup de gens à fa fuite : mais les Romains étant tombés fur fa petite troupe la diffipèrent, coupèrent la tête au malheureux chef, & l'expofèrent dans Jérufalem.

Gamaliel parle auffi de *Judas* le galiléen, qui eft fans doute le même dont *Jofephe* fait mention dans le douzième chapître du fecond livre de la guerre des Juifs. Il dit que ce faux prophète avait ramaffé près de trente mille hommes ; mais l'hyperbole eft le caractère de l'hiftorien juif.

Dès les temps apoftoliques, l'on vit *Simon* furnommé le magicien, (*f*) qui avait fu féduire les habitans de Samarie, au point qu'ils le confidéraient comme *la vertu de Dieu*.

Dans le fiècle fuivant, l'an 178 & 179 de l'ère chrétienne, fous l'empire d'*Adrien*, parut le faux meffie *Barchochebas*, à la tête d'une armée. L'empereur envoya contre lui *Julius Severus*, qui après plufieurs rencontres enferma les révoltés dans la ville de Bither; elle foutint un fiége opiniâtre & fut emportée : *Barchochebas* y fut pris & mis à mort. *Adrien* crut ne pouvoir mieux prévenir les continuelles révoltes des Juifs, qu'en leur défendant par un édit d'aller à Jérufalem; il établit même des gardes aux portes de cette ville, pour en défendre l'entrée aux reftes du peuple d'Ifraël.

On lit dans *Socrate*, hiftorien eccléfiaftique, (*g*) que l'an 434 il parut dans l'île de Candie un faux meffie qui s'appelait *Moïfe*. Il fe difait l'ancien libérateur des Hébreux, reffufcité pour les délivrer encore.

_____

(*f*) *Act. apoft. c.* 8, 9.
(*g*) *Socr. Hift. eccl.* Liv. II, chap. XXXVIII.

Un siècle après, en 530, il y eut dans la Palestine un faux messie nommé *Julien ;* il s'annonçait comme un grand conquérant, qui, à la tête de sa nation, détruirait par les armes tout le peuple chrétien ; séduits par ses promesses, les Juifs armés massacrèrent plusieurs chrétiens. L'empereur *Justinien* envoya des troupes contre lui ; on livra bataille au faux christ ; il fut pris & condamné au dernier supplice.

Au commencement du huitième siècle, *Serenus* juif espagnol se porta pour messie, prêcha, eut des disciples, & mourut comme eux dans la misère.

Il s'éleva plusieurs faux messies dans le douzième siècle. Il en parut un en France sous *Louis le jeune,* il fut pendu lui & ses adhérens, sans qu'on ait jamais su les noms ni du maître ni des disciples.

Le treizième siècle fut fertile en faux messies, on en compte sept ou huit qui parurent en Arabie, en Perse, dans l'Espagne, en Moravie : l'un d'eux, qui se nommait *David el Ré,* passe pour avoir été un très-grand magicien ; il séduisit les Juifs, & se vit à la tête d'un parti considérable ; mais ce messie fut assassiné.

Jacques Zieglerne de Moravie, qui vivait au milieu du seizième siècle, annonçait la prochaine manifestation du messie, né, à ce qu'il assurait, depuis quatorze ans ; il l'avait vu, disait-il, à Strasbourg, & il gardait avec soin une épée & un sceptre pour les lui mettre en main dès qu'il serait en âge d'enseigner.

L'an 1624, un autre *Zieglerne* confirma la prédiction du premier.

L'an 1666, *Sabatei-Sévi,* né dans Alep, se dit le messie prédit par les *Zieglernes.* Il débuta par prêcher fur les grands chemins & au milieu des campagnes ; les Turcs fe moquaient de lui , pendant que fes difciples l'admiraient. Il paraît qu'il ne mit pas d'abord dans fes intérêts le gros de la nation juive, puifque les chefs de la fynagogue de Smyrne portèrent contre lui une fentence de mort ; mais il en fut quitte pour la peur & le banniffement.

Il contraƈta trois mariages , & l'on prétend qu'il n'en confomma point, difant que cela était au-deffous de lui. Il s'affocia un nommé *Nathan-Lévi :* celui-ci fit le perfonnage du prophète *Elie,* qui devait précéder le meffie. Ils fe rendirent à Jérufalem , & *Nathan* y annonça *Sabatei-Sévi* comme le libérateur des nations. La populace juive fe déclara pour eux ; mais ceux qui avaient quelque chofe à perdre les anathématifèrent.

Sévi pour fuir l'orage fe retira à Conftantinople, & de-là à Smyrne ; *Nathan-Lévi* lui envoya quatre ambaffadeurs , qui le reconnurent & le faluèrent publiquement en qualité de meffie ; cette ambaffade en impofa au peuple & même à quelques doƈteurs, qui déclarèrent *Sabatei-Sévi* meffie & roi des Hébreux. Mais la fynagogue de Smyrne condamna fon roi à être empalé.

Sabatei fe mit fous la proteƈtion du cadi de Smyrne, & eut bientôt pour lui tout le peuple juif ; il fit dreffer deux trônes, un pour lui & l'autre pour fon époufe favorite ; il prit le nom de roi des rois, & donna à *Jofeph Sévi* fon frère celui de roi de Juda. Il promit aux Juifs la conquête de l'empire ottoman affurée. Il pouffa même l'infolence jufqu'à faire ôter de la liturgie juive le nom de l'empereur, & à y faire fubftituer le fien.

On le fit mettre en prifon aux Dardanelles ; les Juifs publièrent qu'on n'épargnait fa vie que parce que les Turcs favaient bien qu'il était immortel. Le gouverneur des Dardanelles s'enrichit des préfens que les Juifs lui prodiguèrent pour vifiter leur roi, leur meffie prifonnier, qui dans les fers confervait toute fa dignité, & fe fefait baifer les pieds.

Cependant le fultan, qui tenait fa cour à Andrinople, voulut faire finir cette comédie ; il fit venir *Sévi*, & lui dit que s'il était meffie il devait être invulnérable ; *Sévi* en convint. Le grand-feigneur le fit placer pour but aux flèches de fes icoglans ; le meffie avoüa qu'il n'était point invulnérable, & protefta que DIEU ne l'envoyait que pour rendre témoignage à la fainte religion mufulmane. Fuftigé par les miniftres de la loi il fe fit mahométan, & il vécut & mourut également méprifé des Juifs & des Mufulmans ; ce qui a fi fort décrédité la profeffion de faux meffie, que *Sévi* eft le dernier qui ait paru. (*)

METAMORPHOSE , METEMPSYCOSE.

N'EST-IL pas bien naturel que toutes les méta- morphofes dont la terre eft couverte aient fait imaginer dans l'Orient, où on a imaginé tout, que nos ames paffaient d'un corps à un autre ; un point prefqu'im- perceptible devient un ver, ce ver devient papillon ; un gland fe transforme en chêne, un œuf en oifeau ; l'eau devient nuage & tonnerre ; le bois fe change en

(*) Voyez l'*Effai fur les mœurs & l'efprit des nations*, tome IV, p. 196, où l'hiftoire de *Sévi* eft plus détaillée.

feu & en cendre ; tout paraît enfin métamorphofé dans la nature. On attribua bientôt aux ames, qu'on regardait comme des figures légères, ce qu'on voyait fenfiblement dans des corps plus groffiers. L'idée de la métemplycofe eft peut-être le plus ancien dogme de l'univers connu, & il règne encore dans une grande partie de l'Inde & de la Chine.

Il eft encore très-naturel que toutes les métamor-phofes dont nous fommes les témoins aient produit ces anciennes fables qu'*Ovide* a recueillies dans fon admirable ouvrage. Les Juifs même ont eu auffi leurs métamorphofes. Si *Niobé* fut changée en marbre, *Edith*, femme de *Loth*, fut changée en ftatue de fel. Si *Eurydice* refta dans les enfers pour avoir regardé derrière elle, c'eft auffi pour la même indifcrétion que cette femme de *Loth* fut privée de la nature humaine. Le bourg qu'habitaient *Baucis* & *Philémon* en Phrygie eft changé en un lac ; la même chofe arrive à Sodome. Les filles d'*Anius* changeaient l'eau en huile, nous avons dans l'Ecriture une métamorphofe à peu près femblable, mais plus vraie & plus facrée. *Cadmus* fut changée en ferpent ; la verge d'*Aaron* devint ferpent auffi.

Les dieux fe changeaient très-fouvent en hommes, les Juifs n'ont jamais vu les anges que fous la forme humaine : les anges mangèrent chez *Abraham*. *Paul*, dans fon épître aux Corinthiens, dit que l'ange de *Sathan* lui a donné des foufflets : *Angelos Sathana me colaphifei*.

M E T A P H Y S I Q U E.

T RANS naturam, au-delà de la nature. Mais ce qui eft au-delà de la nature eft-il quelque chofe? par nature on entend donc matière, & métaphyfique eft ce qui n'eft pas matière.

Par exemple, votre raifonnement qui n'eft ni long ni large, ni haut, ni folide, ni pointu.

Votre ame à vous inconnue qui produit votre raifonnement.

Les efprits dont on a toujours parlé, auxquels on a donné long-temps un corps fi délié qu'il n'était plus corps, & auxquels on a ôté enfin toute ombre de corps, fans favoir ce qui leur reftait.

La manière dont ces efprits fentent fans avoir l'embarras des cinq fens, celle dont ils penfent fans tête, celle dont ils fe communiquent leurs penfées fans paroles & fans fignes.

Enfin, DIEU que nous connaiffons par fes ouvrages, mais que notre orgueil veut définir; DIEU dont nous fentons le pouvoir immenfe; DIEU entre lequel & nous eft l'abyme de l'infini, & dont nous ofons fonder la nature.

Ce font-là les objets de la métaphyfique.

On pourrait encore y joindre les principes mêmes des mathématiques, des points fans étendue, des lignes fans largeur, des furfaces fans profondeur, des unités divifibles à l'infini &c.

Bayle lui-même croyait que ces objets étaient des êtres de raifon ; mais ce ne font en effet que les chofes matérielles confidérées dans leurs maffes, dans leurs superficies, dans leurs simples longueurs ou largeurs, dans les extrémités de ces simples longueurs ou largeurs. Toutes les mesures sont justes & démontrées, & la métaphysique n'a rien à voir dans la géométrie.

C'est pourquoi on peut être métaphysicien sans être géomètre. La métaphysique est plus amusante ; c'est souvent le roman de l'esprit. En géométrie, au contraire, il faut calculer, mesurer. C'est une gêne continuelle, & plusieurs esprits ont mieux aimé rêver doucement que se fatiguer.

MIRACLES.

SECTION PREMIERE.

Un miracle, selon l'énergie du mot, est une chose admirable ; en ce cas tout est miracle. L'ordre prodigieux de la nature, la rotation de cent millions de globes autour d'un million de soleils, l'activité de la lumière, la vie des animaux, sont des miracles perpétuels.

Selon les idées reçues, nous appelons miracle la violation de ces lois divines & éternelles. Qu'il y ait une éclipse de soleil pendant la pleine lune, qu'un mort fasse à pied deux lieues de chemin en portant sa tête entre ses bras, nous appelons cela un miracle.

Plusieurs physiciens soutiennent qu'en ce sens il n'y a point de miracles, & voici leurs argumens.

Un miracle est la violation des lois mathématiques, divines, immuables, éternelles. Par ce seul exposé, un miracle est une contradiction dans les termes : une loi ne peut être à la fois immuable & violée. Mais une loi, leur dit-on, étant établie par D I E U même, ne peut-elle être suspendue par son auteur ? Ils ont la hardiesse de répondre que non, & qu'il est impossible que l'être infiniment sage ait fait des lois pour les violer. Il ne pouvait, disent-ils, déranger sa machine que pour la faire mieux aller ; or il est clair qu'étant D I E U il a fait cette immense machine aussi bonne qu'il l'a pu ; s'il a vu qu'il y aurait quelque imperfection résultante de la nature de la matière , il y a pourvu dès le commencement, ainsi il n'y changera jamais rien.

De plus D I E U ne peut rien faire sans raison ; or quelle raison le porterait à défigurer pour quelque temps son propre ouvrage ?

C'est en faveur des hommes, leur dit-on. C'est donc au moins en faveur de tous les hommes , répondent-ils ; car il est impossible de concevoir que la nature divine travaille pour quelques hommes en particulier , & non pas pour tout le genre-humain ; encore même le genre-humain est bien peu de chose : il est beaucoup moindre qu'une petite fourmillière en comparaison de tous les êtres qui remplissent l'immensité. Or n'est-ce pas la plus absurde des folies d'imaginer que l'être infini intervertisse en faveur de trois ou quatre centaines de fourmis, sur ce petit amas de fange, le jeu éternel de ces ressorts immenses qui font mouvoir tout l'univers ?

Mais supposons que D I E U ait voulu distinguer un petit nombre d'hommes par des faveurs particulières , faudra-t-il qu'il change ce qu'il a établi pour tous les temps & pour tous les lieux ? Il n'a certes aucun besoin de ce changement , de cette inconstance, pour favoriser ses créatures ; ses faveurs sont dans ses lois mêmes. Il a tout prévu, tout arrangé pour elles ; toutes obéissent irrévocablement à la force qu'il a imprimée pour jamais dans la nature.

Pourquoi Dieu ferait-il un miracle ? Pour venir à bout d'un certain dessein sur quelques êtres vivans ! Il dirait donc : Je n'ai pu parvenir par la fabrique de l'univers , par mes décrets divins , par mes lois éternelles , à remplir un certain dessein ; je vais changer mes éternelles idées , mes lois immuables , pour tâcher d'exécuter ce que je n'ai pu faire par elles. Ce serait un aveu de sa faiblesse , & non de sa puissance ; ce serait , ce semble , dans lui la plus inconcevable contradiction. Ainsi donc , oser supposer à Dieu des miracles , c'est réellement l'insulter , (si des hommes peuvent insulter Dieu.) C'est lui dire : Vous êtes un être faible & inconséquent. Il est donc absurde de croire des miracles , c'est déshonorer en quelque sorte la Divinité.

On presse ces philosophes ; on leur dit : Vous avez beau exalter l'immutabilité de l'être suprême , l'éternité de ses lois , la régularité de ses mondes infinis ; notre petit tas de boue a été tout couvert de miracles ; les histoires sont aussi remplies de prodiges que d'événemens naturels. Les filles du grand-prêtre *Anius* changeaient tout ce qu'elles voulaient en blé , en vin ou en huile ; *Athalide* fille de *Mercure* ressuscita plusieurs fois ; *Esculape* ressuscita *Hippolyte* ; *Hercule* arracha *Alceste* à la mort ; *Hérès* revint au monde après avoir passé quinze jours dans les enfers. *Romulus* & *Rémus* naquirent d'un dieu & d'une vestale ; le palladium tomba du ciel dans la ville de Troye ; la chevelure de *Bérénice* devint un assemblage d'étoiles ; la cabane de *Baucis* & de *Philémon* fut changée en un superbe temple ; la tête d'*Orphée* rendait des oracles après sa mort; les murailles de Thèbes se construisirent d'elles-mêmes au son de la flûte, en présence des Grecs ; les guérisons faites dans le temple d'*Esculape* étaient innombrables, & nous avons encore des monumens chargés du nom des témoins oculaires des miracles d'*Esculape*.

Nommez-moi un peuple chez lequel il ne se soit pas opéré des prodiges incroyables, surtout dans des temps où l'on savait à peine lire & écrire.

Les philosophes ne répondent à ces objections qu'en riant & en levant les épaules ; mais les philosophes chrétiens disent : Nous croyons aux miracles opérés dans notre sainte religion ; nous les croyons par la foi, & non par notre raison que nous nous gardons bien d'écouter ; car lorsque la foi parle, on sait assez que la raison ne doit pas dire un seul mot : nous avons une croyance ferme & entière dans les miracles de JESUS-CHRIST & des apôtres, mais permettez-nous de douter un peu de plusieurs autres ; souffrez, par exemple, que nous suspendions notre jugement sur ce que rapporte un homme simple auquel on a donné le nom de grand. Il assure qu'un petit moine était si fort accoutumé de faire des miracles, que le prieur lui défendit enfin d'exercer son talent. Le petit moine obéit ; mais ayant vu un pauvre couvreur qui tombait du haut d'un toit, il balança entre le désir de lui sauver la vie, & la sainte obédience. Il ordonna seulement au couvreur de rester en l'air jusqu'à nouvel ordre,

& courut vîte conter à son prieur l'état des chofes. Le prieur lui donna l'abfolution du péché qu'il avait commis en commençant un miracle fans permiffion, & lui permit de l'achever, pourvu qu'il s'en tînt là, & qu'il n'y revînt plus. On accorde aux philofophes qu'il faut un peu fe défier de cette hiftoire.

Mais comment oferiez-vous nier, leur dit-on, que St *Gervais* & St *Protais* aient apparu en fonge à *faint Ambroife*, qu'ils lui aient enfeigné l'endroit où étaient leurs reliques ? que St *Ambroife* les ait déterrées, & qu'elles aient guéri un aveugle ? St *Augujlin* était alors à Milan ; c'eft lui qui rapporte ce miracle, *immenfo populo tefte*, dit-il dans fa Cité de DIEU, livre XXII. Voilà un miracle des mieux conftatés. Les philofophes difent qu'ils n'en croient rien, que *Gervais* & *Protais* n'apparaiffent à perfonne, qu'il importe fort peu au genre-humain qu'on fache où font les reftes de leurs carcaffes, qu'ils n'ont pas plus de foi à cet aveugle qu'à celui de *Vefpafien ;* que c'eft un miracle inutile ; que DIEU ne fait rien d'inutile ; & ils fe tiennent fermes dans leurs principes. Mon refpeĉt pour St *Gervais* & St *Protais* ne me permet pas d'être de l'avis de ces philofophes ; je rends compte feulement de leur incrédulité. Ils font grand cas du paffage de *Lucien* qui fe trouve dans la mort de *Peregrinus*. ,, Quand un joueur de gobelets adroit fe fait chrétien, ,, il eft fûr de faire fortune. ,, Mais comme *Lucien* eft un auteur profane, il ne doit avoir aucune autorité parmi nous.

Ces philofophes ne peuvent fe réfoudre à croire les miracles opérés dans le fecond fiècle. Des témoins oculaires ont beau écrire que l'évêque de Smyrne

St *Polycarpe* ayant été condamné à être brûlé, & étant jeté dans les flammes, ils entendirent une voix du ciel qui criait : Courage, *Polycarpe*, fois fort, montre-toi homme; qu'alors les flammes du bûcher s'écartèrent de fon corps, & formèrent un pavillon de feu au-deffus de fa tête, & que du milieu du bûcher il fortit une colombe; enfin on fut obligé de trancher la tête de *Polycarpe*. A quoi bon ce miracle? difent les incrédules; pourquoi les flammes ont-elles perdu leur nature, & pourquoi la hache de l'exécuteur n'a-t-elle pas perdu la fienne? D'où vient que tant de martyrs font fortis fains & faufs de l'huile bouillante, & n'ont pu réfifter au tranchant du glaive? On répond que c'eft la volonté de DIEU. Mais les philofophes voudraient avoir vu tout cela de leurs yeux avant de le croire.

Ceux qui fortifient leurs raifonnemens par la fcience vous diront que les pères de l'Eglife ont avoué fouvent eux-mêmes qu'il ne fe fefait plus de miracles de leur temps. St *Chryfoflome* dit expreffément : ,, Les dons ,, extraordinaires de l'efprit étaient donnés même aux ,, indignes, parce qu'alors l'Eglife avait befoin de ,, miracles; mais aujourd'hui ils ne font pas même ,, donnés aux dignes, parce que l'Eglife n'en a plus ,, befoin. ,, Enfuite il avoue qu'il n'y a plus per-fonne qui reffufcite les morts, ni même qui guériffe les malades.

Saint Auguflin lui-même, malgré le miracle de *Gervais* & de *Protais*, dit dans fa Cité de DIEU : ,, Pourquoi ,, ces miracles qui fe fefaient autrefois ne fe font-ils ,, plus aujourd'hui ? ,, Et il en donne la même raifon. *Cur, inquiunt, nunc illa miracula quæ prædicatis facta effe non fiunt? Poffem quidem dicere neceffaria priùs fuiffe, quàm crederet mundus, ad hoc ut crederet mundus.*

On objecte aux philosophes que *St Augustin*, malgré cet aveu, parle pourtant d'un vieux savetier d'Hippone qui, ayant perdu son habit, alla prier à la chapelle *des vingt martyrs*, qu'en retournant il trouva un poisson dans le corps duquel il y avait un anneau d'or, & que le cuisinier qui fit cuire le poisson dit au savetier: Voilà ce que les vingt martyrs vous donnent.

A cela les philosophes répondent qu'il n'y a rien dans cette histoire qui contredise les lois de la nature, que la physique n'est point du tout blessée qu'un poisson ait avalé un anneau d'or, & qu'un cuisinier ait donné cet anneau à un savetier, qu'il n'y a là aucun miracle.

Si on fait souvenir ces philosophes que, selon *saint Jérôme*, dans sa vie de l'ermite *Paul*, cet ermite eut plusieurs conversations avec des satyres & avec des faunes, qu'un corbeau lui apporta tous les jours pendant trente ans la moitié d'un pain pour son dîner, & un pain tout entier le jour que *St Antoine* vint le voir, ils pourront répondre encore que tout cela n'est pas absolument contre la physique, que des satyres & des faunes peuvent avoir existé, & qu'en tout cas, si ce conte est une puérilité ; cela n'a rien de commun avec les vrais miracles du Sauveur & de ses apôtres. Plusieurs bons chrétiens ont combattu l'histoire de *St Siméon Stylite*, écrite par *Théodoret ;* beaucoup de miracles qui passent pour authentiques dans l'Eglise grecque ont été révoqués en doute par plusieurs latins, de même que des miracles latins ont été suspects à l'Eglise grecque; les protestans sont venus ensuite, qui ont fort maltraité les miracles de l'une & l'autre Eglise.

Un savant jésuite, (*) qui a prêché long-temps dans

(*) *Ospiniam*, pag. 230.

les Indes, se plaint de ce que ni ses confrères ni lui n'ont jamais pu faire de miracle. *Xavier* se lamente, dans plusieurs de ses lettres, de n'avoir point le don des langues ; il dit qu'il n'est chez les Japonais que comme une statue muette : cependant les jésuites ont écrit qu'il avait ressuscité huit morts, c'est beaucoup ; mais il faut aussi considérer qu'il les ressuscitait à six mille lieues d'ici. Il s'est trouvé depuis des gens qui ont prétendu que l'abolissement des jésuites en France est un beaucoup plus grand miracle que ceux de *Xavier* & d'*Ignace*.

Quoi qu'il en soit, tous les chrétiens conviennent que les miracles de JESUS-CHRIST & des apôtres sont d'une vérité incontestable ; mais qu'on peut douter à toute force de quelques miracles faits dans nos derniers temps, & qui n'ont pas eu une authenticité certaine.

On souhaiterait, par exemple, pour qu'un miracle fût bien constaté, qu'il fût fait en présence de l'académie des sciences de Paris, ou de la société royale de Londres, & de la faculté de médecine, assistées d'un détachement du régiment des gardes, pour contenir la foule du peuple qui pourrait par son indiscrétion empêcher l'opération du miracle.

On demandait un jour à un philosophe ce qu'il dirait s'il voyait le soleil s'arrêter, c'est-à-dire si le mouvement de la terre autour de cet astre cessait ; si tous les morts ressuscitaient, & si toutes les montagnes allaient se jeter de compagnie dans la mer, le tout pour prouver quelque vérité importante, comme, par exemple, la grâce versatile ? Ce que je dirais, répondit le philosophe, je me ferais manichéen ; je dirais qu'il y a un principe qui défait ce que l'autre a fait.

DÉFINISSEZ les termes, vous dis-je, ou jamais nous ne nous entendrons. *Miraculum, res miranda, prodigium, portentum, monstrum*. Miracle, chose admirable ; *prodigium*, qui annonce chose étonnante ; *portentum*, porteur de nouveauté ; *monstrum*, chose à montrer par rareté.

Voilà les premières idées qu'on eut d'abord des miracles.

Comme on raffine sur tout, on raffina sur cette définition ; on appela *miracle* ce qui est impossible à la nature. Mais on ne songea pas que c'était dire que tout miracle est réellement impossible. Car qu'est-ce que la nature ? vous entendez par ce mot l'ordre éternel des choses. Un miracle serait donc impossible dans cet ordre. En ce sens DIEU ne pourrait faire de miracle.

Si vous entendez par miracle un effet dont vous ne pouvez voir la cause, en ce sens tout est miracle. L'attraction & la direction de l'aimant font des miracles continuels. Un limaçon auquel il revient une tête est un miracle. La naissance de chaque animal, la production de chaque végétal font des miracles de tous les jours.

Mais nous sommes si accoutumés à ces prodiges, qu'ils ont perdu leur nom d'*admirables*, de *miraculeux*. Le canon n'étonne plus les Indiens.

Nous nous sommes donc fait une autre idée de miracle. C'est, selon l'opinion vulgaire, ce qui n'était jamais arrivé & ce qui n'arrivera jamais. Voilà l'idée

qu'on

qu'on fe forme de la mâchoire d'âne de *Samfon*, des
difcours de l'ânefle de *Balaam*, de ceux d'un ferpent
avec *Eve*, des quatre chevaux qui enlevèrent *Elie*,
du poiffon qui garda *Jonas* foixante & douze heures
dans fon ventre, des dix plaies d'Egypte, des murs
de Jéricho, du foleil & de la lune arrêtés à midi
&c. &c. &c. &c.

Pour croire un miracle, ce n'eft pas affez de l'avoir
vu ; car on peut fe tromper. On appelle un fot,
témoin de miracles : & non-feulement bien des gens
penfent avoir vu ce qu'ils n'ont pas vu, & avoir
entendu ce qu'on ne leur a point dit ; non-feulement
ils font témoins de miracles, mais ils font fujets de
miracles. Ils ont été tantôt malades, tantôt guéris
par un pouvoir furnaturel. Ils ont été changés en
loups ; ils ont traverfé les airs fur un manche à
balai, ils ont été incubes & fuccubes.

Il faut que le miracle ait été bien vu par un grand
nombre de gens très-fenfés, fe portant bien, & n'ayant
nul intérêt à la chofe. Il faut furtout qu'il ait été
folemnellement attefté par eux ; car fi on a befoin de
formalités authentiques pour les actes les plus fimples,
comme l'achat d'une maifon, un contrat de mariage,
un teftament, quelles formalités ne faudra-t-il pas
pour conftater des chofes naturellement impoffibles,
& dont le deftin de la terre doit dépendre ?

Quand un miracle authentique eft fait, il ne prouve
encore rien ; car l'Ecriture vous dit en vingt endroits
que des impofteurs peuvent faire des miracles, & que
fi un homme, après en avoir fait, annonce un autre
dieu que le dieu des Juifs, il faut le lapider.

Diction. philofoph. Tome VI.   **G**

On exige donc que la doctrine foit appuyée par les miracles, & les miracles par la doctrine.

Ce n'eft point encore affez. Comme un fripon peut prêcher une très-bonne morale pour mieux féduire, & qu'il eft reconnu que des fripons, comme les forciers de *Pharaon*, peuvent faire des miracles, il faut que ces miracles foient annoncés par des prophéties.

Pour être fûr de la vérité de ces prophéties, il faut les avoir entendu annoncer clairement, & les avoir vu s'accomplir réellement. (*) Il faut poffeder parfaitement la langue dans laquelle elles font confervées.

Il ne fuffit pas même que vous foyez témoin de leur accompliffement miraculeux : car vous pouvez être trompé par de fauffes apparences. Il eft néceffaire que le miracle & la prophétie foient juridiquement conflatés par les premiers de la nation ; & encore fe trouvera-t-il des douteurs. Car il fe peut que la nation foit intereffée à fuppofer une prophétie & un miracle ; & dès que l'intérêt s'en mêle, ne comptez fur rien. Si un miracle prédit n'eft pas auffi public, auffi avéré qu'une éclipfe annoncée dans l'almanach, foyez fûr que ce miracle n'eft qu'un tour de gibecière, ou un conte de vieille.

S E C T I O N I I I.

UN gouvernement théocratique ne peut être fondé que fur des miracles, tout doit y être divin. Le grand fouverain ne parle aux hommes que par des prodiges ; ce font-là fes miniftres & fes lettres-patentes. Ses ordres font intimés par l'Océan qui couvre toute la

(*) Voyez *Prophétie*.

terre pour noyer les nations, ou qui ouvre le fond
de son abyme pour leur donner paſſage.

Auſſi vous voyez que dans l'hiſtoire juive tout eſt
miracle depuis la création d'*Adam* & la formation
d'*Eve*, pétrie d'une côte d'*Adam*, juſqu'au melch ou
roitelet *Saül*.

Au temps de ce *Saül* la théocratie partage encore
le pouvoir avec la royauté. Il y a encore par conſéquent des miracles de temps en temps ; mais ce n'eſt
plus cette ſuite éclatante de prodiges qui étonnent
continuellement la nature. On ne renouvelle point
les dix plaies d'Egypte ; le ſoleil & la lune ne s'arrêtent
point en plein midi pour donner le temps à un
capitaine d'exterminer quelques fuyards déjà écraſés
par une pluie de pierres tombées des nues. Un *Samſon*
n'extermine plus mille Philiſtins avec une mâchoire
d'âne. Les âneſſes ne parlent plus, les murailles ne
tombent plus au ſon du cornet ; les villes ne ſont
plus abymées dans un lac par le feu du ciel ; la race
humaine n'eſt plus détruite par le déluge. Mais le
doigt de Dieu ſe manifeſte encore ; l'ombre de *Saül*
apparaît à une magicienne. Dieu lui-même promet
à *David* qu'il défera les Philiſtins à Baal-pharaſim.

Dieu *aſſemble ſon armée céleſte du temps d'Achab, &
demande aux eſprits :* (a) *Qui eſt-ce qui trompera Achab,
& qui le fera aller à la guerre contre Ramoth en Galgala?
& un eſprit s'avança devant le Seigneur, & dit : Ce ſera
moi qui le tromperai.* Mais ce ne fut que le prophète
Michée qui fut témoin de cette converſation, encore
reçut-il un ſoufflet d'un autre prophète nommé
Sédékias, pour avoir annoncé ce prodige.

(a) Rois, liv. III, chap. XXII.

Des miracles qui s'opèrent aux yeux de toute la nation, & qui changent les lois de la nature entière, on n'en voit guère jufqu'au temps d'*Elie*, à qui le Seigneur envoya un char de feu & des chevaux de feu qui enlevèrent *Elie* des bords du Jourdain au ciel, fans qu'on fache en quel endroit du ciel.

Depuis le commencement des temps hiftoriques, c'eft-à-dire depuis les conquêtes d'*Alexandre*, vous ne voyez plus de miracles chez les Juifs.

Quand *Pompée* vient s'emparer de Jérufalem, quand *Craffus* pille le temple, quand *Pompée* fait paffer le roi juif *Alexandre* par la main du bourreau, quand *Antoine* donne la Judée à l'arabe *Hérode*, quand *Titus* prend d'affaut Jérufalem, quand elle eft rafée par *Adrien*, il ne fe fait aucun miracle. Il en eft ainfi chez tous les peuples de la terre. On commence par la théocratie, on finit par les chofes purement humaines. Plus les fociétés perfectionnent les connaiffances, moins il y a de prodiges.

Nous favons bien que la théocratie des Juifs était la feule véritable, & que celles des autres peuples étaient fauffes ; mais il arriva la même chofe chez eux que chez les Juifs.

En Egypte, du temps de *Vulcain* & de celui d'*Ifis* & d'*Ofiris*, tout était hors des lois de la nature ; tout y rentra fous les *Ptolomées*.

Dans les fiècles de *Phos*, de *Chryfos* & d'*Ephefte*, les dieux & les mortels converfaient très-familière-ment en Chaldée. Un dieu avertit le roi *Xiffutre* qu'il y aura un déluge en Arménie, & qu'il faut qu'il bâtiffe vîte un vaiffeau de cinq ftades de longueur & de deux de largeur. Ces chofes n'arrivent pas aux *Darius* & aux *Alexandres*.

Le poiſſon *Oannés* ſortait autrefois tous les jours de l'Euphrate pour aller prêcher ſur le rivage. Il n'y a plus aujourd'hui de poiſſon qui prêche. Il eſt bien vrai que *S¹ Antoine* de Padoue les a prêchés, mais c'eſt un fait qui arrive ſi rarement qu'il ne tire pas à conſéquence.

Numa avait de longues converſations avec la nymphe *Egérie ;* on ne voit pas que *Céſar* en eût avec *Vénus,* quoiqu'il deſcendît d'elle en droite ligne. Le monde va toujours, dit-on, ſe raffinant un peu.

Mais après s'être tiré d'un bourbier pour quelque temps, il retombe dans un autre ; à des ſiècles de politeſſe ſuccèdent des ſiècles de barbarie. Cette barbarie eſt enſuite chaſſée ; puis elle reparaît : c'eſt l'alternative continuelle du jour & de la nuit.

SECTION IV.

De ceux qui ont eu la témérité impie de nier abſolument la réalité des miracles de JESUS-CHRIST.

PARMI les modernes, *Thomas Wolſton* docteur de Cambridge fut le premier, ce me ſemble, qui oſa n'admettre dans les évangiles qu'un ſens typique, allégorique, entièrement ſpirituel, & qui ſoutint effrontément qu'aucun des miracles de JESUS n'avait été réellement opéré. Il écrivit ſans méthode, ſans art, d'un ſtyle confus & groſſier, mais non pas ſans vigueur. Ses ſix diſcours contre les miracles de JESUS-CHRIST ſe vendaient publiquement à Londres dans ſa propre maiſon. Il en fit en deux ans, depuis 1737

G 3

jufqu'à 1739, trois éditions de vingt mille exemplaires chacune ; & il eft difficile aujourd'hui d'en trouver chez les libraires.

Jamais chrétien n'attaqua plus hardiment le chriftianifme. Peu d'écrivains refpectèrent moins le public, & aucun prêtre ne fe déclara plus ouvertement l'ennemi des prêtres. Il ofait même autorifer cette haine de celle de JESUS-CHRIST envers les pharifiens & les fcribes ; & il difait qu'il n'en ferait pas comme lui la victime, parce qu'il était venu dans un temps plus éclairé.

Il voulut, à la vérité, juftifier fa hardieffe en fe fauvant par le fens myftique ; mais il emploie des expreffions fi méprifantes & fi injurieufes que toute oreille chrétienne en eft offenfée.

Si on l'en croit, (b) le diable envoyé par JESUS-CHRIST dans le corps de deux mille cochons eft un vol fait au propriétaire de ces animaux. Si on en difait autant de *Mahomet* on le prendrait pour un méchant forcier *a vizard*, un efclave juré du diable, *a fworn slave to the devil.* Et fi le maître des cochons, & les marchands qui vendaient dans la première enceinte du temple des bêtes pour les facrifices, (c) & que JESUS chaffa à coups de fouet, vinrent demander juftice quand il fut arrêté, il eft évident qu'il dut être condamné, puifqu'il n'y a point de jurés en Angleterre qui ne l'euffent déclaré coupable.

Il dit la bonne aventure à la Samaritaine comme un franc bohémien ; (d) cela feul fuffifait pour le faire chaffer comme *Tibère* en ufait alors avec les devins. Je m'étonne, dit-il, que les Bohémiens d'aujourd'hui ;

(b) Tome I, page 38.   (c) Page 39.   (d) Page 52.

les *Gipſy*, ne ſe diſent pas les vrais diſciples de JESUS,
puiſqu'ils font le même métier. Mais je ſuis fort aiſe
qu'il n'ait pas extorqué de l'argent de la Samaritaine,
comme font nos prêtres modernes, qui ſe font large-
ment payer pour leurs divinations. (*e*)

Je ſuis les numéros des pages. L'auteur paſſe de-là
à l'entrée de JESUS-CHRIST dans Jéruſalem. On ne
fait, dit-il, (*f*) s'il était monté ſur un âne, ou ſur une
âneſſe, ou ſur un ânon, ou ſur tous les trois à la fois.

Il compare JESUS tenté par le diable à St *Dunſtan*
qui prit le diable par le nez, (*g*) & il donne à
St *Dunſtan* la préférence.

A l'article du miracle du figuier ſéché pour n'avoir
pas porté des figues hors de la ſaiſon ; c'était, dit-il,
(*h*) un vagabond, un gueux, tel qu'un frère quêteur,
a wanderer, *a mendicant like*, *a friar*, & qui, avant de
ſe faire prédicateur de grand chemin, n'avait été qu'un
miſérable garçon charpentier, *no better than a journey-
man carpenter*. Il eſt ſurprenant que la cour de Rome
n'ait pas parmi ſes reliques quelque ouvrage de ſa
façon, un eſcabeau, un caſſe-noiſette. En un mot, il
eſt difficile de pouſſer plus loin le blaſphème.

Il s'égaie ſur la piſcine probatique de Betſaïda,
dont un ange venait troubler l'eau tous les ans. Il
demande comment il ſe peut que ni *Flavien Joſephe*,
ni *Philon* n'aient point parlé de cet ange, pourquoi
St *Jean* eſt le ſeul qui raconte ce miracle annuel, par
quel autre miracle aucun romain ne vit jamais cet
ange, (*i*) & n'en entendit jamais parler.

(*e*) Page 55.   (*h*) Troiſième diſcours, p. 8.
(*f*) Page 65.   (*i*) Tome I, pag. 60.
(*g*) Page 66.

G 4

L'eau changée en vin aux noces de Cana excite, felon lui, le rire & le mépris de tous les hommes qui ne font pas abrutis par la fuperftition.

Quoi ! s'écrie-t-il, (*k*) *Jean* dit expreffément que les convives 'étaient déjà ivres, *methus toſi ;* & DIEU defcendu fur la terre opère fon premier miracle pour les faire boire encore !

DIEU fait homme commence fa miffion par affifter à une noce de village. Il n'eft pas certain que JESUS & fa mère fuffent ivres comme le refte de la compagnie. (*l*) *Whether Jeſus and his mother them ſelves were all out as were others of the company, it is not certain.* Quoique la familiarité de la dame avec ùn foldat faffe pré-fumer qu'elle aimait la bouteille, il paraît cependant que fon fils était en pointe de vin, puifqu'il lui répondit avec tant d'aigreur & d'infolence, (*m*) *Waſpiſhly and ſnappiſhly* ; femme, qu'ai-je à faire à toi? Il paraît par ces paroles que *Marie* n'était point vierge, & que JESUS n'était point fon fils ; autrement, JESUS n'eût point ainfi infulté fon père & fa mère, & violé un des plus facrés commandemens de la loi Cependant il fait ce que fa mère lui demande , il remplit dix-huit cruches d'eau, & en fait du punch. Ce font les propres paroles de *Thomas Wolſton.* Elles faififfent d'indignation toute ame chrétienne.

C'eft à regret, c'eft en tremblant que je rapporte ces paffages ; mais il y a eu foixante mille exem-plaires de ce livre, portant tous le nom de l'auteur, & tous vendus publiquement chez lui. On ne peut pas dire que je le calomnie.

(*k*) Quatrième difcours , p. 31.   (*l*) Page 32.   (*m*) Page 34.

C'eſt aux morts reſſuſcités par JESUS-CHRIST qu'il en veut principalement. Il affirme qu'un mort reſſuſcité eût été l'objet de l'attention & de l'étonnement de l'univers ; que toute la magiſtrature juive , que ſurtout *Pilate* en auraient fait les procès - verbaux les plus authentiques ; que *Tibère* ordonnait à tous les proconſuls , préteurs , préſidens des provinces de l'informer exactement de tout ; qu'on aurait interrogé *Lazare* qui avait été mort quatre jours entiers, qu'on aurait voulu ſavoir ce qu'était devenue ſon ame pendant ce temps-là.

Avec quelle curioſité avide *Tibère* & tout le ſénat de Rome ne l'euſſent-ils pas interrogé ; & non-ſeulement lui, mais la fille de *Jaïr* & le fils de *Naïn* ? Trois morts rendus à la vie auraient été trois témoignages de la divinité de JESUS , qui auraient rendu en un moment le monde entier chrétien. Mais au contraire , tout l'univers ignore pendant plus de deux ſiècles ces preuves éclatantes. Ce n'eſt qu'au bout de cent ans que quelques hommes obſcurs ſe montrent les uns aux autres dans le plus grand ſecret les écrits qui contiennent ces miracles. Quatre - vingt - neuf empereurs , en comptant ceux à qui on ne donna que le nom de *tyrans* , n'entendent jamais parler de ces réſurrections qui devaient tenir toute la nature dans la ſurpriſe. Ni l'hiſtorien juif *Flavien Joſephe* , ni le ſavant *Philon* , ni aucun hiſtorien grec ou romain ne fait mention de ces prodiges. Enfin , *Wolſton* a l'impudence de dire que l'hiſtoire du *Lazare* eſt ſi pleine d'abſurdités , que Sˡ *Jean* radotait quand il l'écrivit. *Is ſo brim-full of abſurdities that Sˡ John , when he wrote, it had liv'd beyond his ſenſes.* Pag. 38 , tom. II.

Suppofons, dit *Wolfton*, (*n*) que DIEU envoyât aujourd'hui un ambaffadeur à Londres pour convertir le clergé mercenaire, & que cet ambaffadeur reffufcitât des morts, que diraient nos prêtres ?

Il blafphème l'incarnation, la réfurrection, l'afcenfion de JESUS-CHRIST fuivant les mêmes principes. (*o*) Il appelle ces miracles, l'impofture la plus effrontée & la plus manifefte qu'on ait jamais produite dans le monde. *The moft manifeft, and the moft bare-faced impofture that ever was put upon the world.*

Ce qu'il y a peut-être de plus étrange encore, c'eft que chacun de fes difcours eft dédié à un évêque. Ce ne font pas affurément des dédicaces à la françaife. Il n'y a ni compliment ni flatterie. Il leur reproche leur orgueil, leur avarice, leur ambition, leurs cabales ; il rit de les voir foumis aux lois de l'Etat comme les autres citoyens.

A la fin, ces évêques laffés d'être outragés par un fimple membre de l'univerfité de Cambridge, implorèrent contre lui les lois auxquelles ils font affujettis. Ils lui intentèrent procès au banc du roi pardevant le lord juftice *Raimon* en 1739. *Wolfton* fut mis en prifon, & condamné à une amende & à donner caution pour cent cinquante livres fterling. Ses amis fourniffent la caution, & il ne mourut point en prifon, comme il eft dit dans quelques-uns de nos dictionnaires faits au hafard. Il mourut chez lui à Londres après avoir prononcé ces paroles : *This is a pafſ that every man muſt come to.* C'eft un pas que tout homme doit faire. Quelque temps avant fa mort, une dévote le rencontrant dans la rue, lui cracha au vifage ;

(*n*) Tome II, page 47.   (*o*) Tome II, difcours VI, p. 27.

il s'essuya, & la salua. Ses mœurs étaient simples &
douces : il s'était trop entêté du sens myftique, & avait
blasphémé le sens littéral ; mais il eft à croire qu'il se
repentit à la mort, & que DIEU lui a fait miféricorde.

En ce même temps parut en France le teftament
de *Jean Meflier* curé de But & d'Etrepigni en Champagne, duquel nous avons déjà parlé à l'article
Contradiction.

C'était une chofe bien étonnante & bien trifte, que
deux prêtres écriviffent en même temps contre la religion chrétienne. Le curé *Meflier* eft encore plus emporté
que *Wolfton* ; il ofe traiter le tranfport de notre Sauveur
par le diable fur la montagne, la noce de Cana, les
pains & les poiffons, de contes abfurdes, injurieux à
la Divinité, qui furent ignorés pendant trois cents
ans de tout l'empire romain, & qui enfin paffèrent
de la canaille jufqu'au palais des empereurs, quand
la politique les obligea d'adopter les folies du peuple
pour le mieux fubjuguer. Les déclamations du prêtre
champenois n'approchent pas de celles de l'anglais.
Wolfton a quelquefois des ménagemens ; *Meflier* n'en a
point ; c'eft un homme fi profondément ulcéré des
crimes dont il a été témoin, qu'il en rend la religion
chrétienne refponfable, en oubliant qu'elle les
condamne. Point de miracle qui ne foit pour lui un
objet de mépris & d'horreur ; point de prophétie qu'il
ne compare à celles de *Noftradamus*. Il va même jufqu'à comparer JESUS-CHRIST à dom *Quichotte* &
St Pierre à *Sancho-Pança* : & ce qui eft plus déplorable,
c'eft qu'il écrivait ces blafphèmes contre JESUS-
CHRIST entre les bras de la mort, dans un temps
où les plus diffimulés n'ofent mentir, & où les plus

intrépides tremblent. Trop pénétré de quelques
injuſtices de ſes ſupérieurs, trop frappé des grandes
difficultés qu'il trouvait dans l'Ecriture, il ſe déchaîna
contr'elle plus que les *Acoſta* & tous les Juifs, plus
que les fameux *Porphyres*, les *Celſes*, les *Iambliques*,
les *Juliens*, les *Libanius*, les *Maximes*, les *Simmaques* &
tous les partiſans de la raiſon humaine n'ont jamais
éclaté contre nos incompréhenſibilités divines. On a
imprimé pluſieurs abrégés de ſon livre : mais heureuſement ceux qui ont en main l'autorité, les ont
ſupprimés autant qu'ils l'ont pu.

Un curé de Bonne-Nouvelle près de Paris écrivit
encore ſur le même ſujet ; de ſorte qu'en même temps
l'abbé *Becheran* & les autres convulſionnaires feſaient
des miracles, & trois prêtres écrivaient contre les
miracles véritables.

Le livre le plus fort contre les miracles & contre
les prophéties eſt celui de milord *Bolingbrocke*. (*p*)
Mais par bonheur, il eſt ſi volumineux, ſi dénué de
méthode, ſon ſtyle eſt ſi verbeux, ſes phraſes ſi longues,
qu'il faut une extrême patience pour le lire.

Il s'eſt trouvé des eſprits qui, étant enchantés des
miracles de *Moïſe* & de *Joſué*, n'ont pas eu pour ceux
de JESUS-CHRIST la vénération qu'on leur doit ; leur
imagination élevée par le grand ſpectacle de la mer
qui ouvrait ſes abymes & qui ſuſpendait ſes flots pour
laiſſer paſſer la horde hébraïque, par les dix plaies
d'Egypte, par les aſtres qui s'arrêtaient dans leur
courſe ſur Gabaon & ſur Aïalon &c. ne pouvait plus
ſe rabaiſſer à de petits miracles comme de l'eau changée en vin, un figuier ſéché, des cochons noyés dans
un lac.

(*p*) En ſix volumes.

Vaghenſel diſait avec impiété que c'était entendre une chanſon de village au ſortir d'un grand concert.

Le Talmud prétend qu'il y a eu beaucoup de chrétiens qui, comparant les miracles de l'ancien Teſtament à ceux du nouveau, ont embraſſé le judaïſme : ils croyaient qu'il n'eſt pas poſſible que le maître de la nature eût fait tant de prodiges pour une religion qu'il voulait anéantir. Quoi ! diſaient-ils, il y aura eu pendant des ſiècles une ſuite de miracles épouvantables en faveur d'une religion véritable qui deviendra fauſſe ! quoi ! DIEU même aura écrit que cette religion ne périra jamais, & qu'il faut lapider ceux qui voudront la détruire ! & cependant il enverra ſon propre fils, qui eſt lui-même, pour anéantir ce qu'il a édifié pendant tant de ſiècles !

Il y a bien plus ; ce fils, continuent-ils, ce DIEU éternel s'étant fait juif, eſt attaché à la religion juive pendant toute ſa vie ; il en fait toutes les fonctions, il fréquente le temple juif, il n'annonce rien de contraire à la loi juive, tous ſes diſciples ſont juifs, tous obſervent les cérémonies juives. Ce n'eſt certainement pas lui, diſent-ils, qui a établi la religion chrétienne ; ce ſont des juifs diffidens qui ſe ſont joints à des platoniciens. Il n'y a pas un dogme du chriſtianiſme qui ait été prêché par JESUS-CHRIST.

C'eſt ainſi que raiſonnent ces hommes téméraires qui, ayant à la fois l'eſprit faux & audacieux, oſent juger les œuvres de DIEU, & n'admettent les miracles de l'ancien Teſtament que pour rejeter tous ceux du nouveau.

De ce nombre fut cet infortuné prêtre de Pont-à-Mouſſon en Lorraine, nommé *Nicolas Antoine;* on ne lui connaît point d'autre nom. Ayant reçu ce qu'on appelle les *quatre mineurs* en Lorraine, le prédicant *Ferri* en paſſant à Pont-à-Mouſſon lui donna de grands ſcrupules, & lui perſuada que les quatre mineurs étaient le ſigne de la bête. *Antoine*, déſeſpéré de porter le ſigne de la bête, le fit effacer par *Ferri*, embraſſa la religion proteſtante, & fut miniſtre à Genève vers l'an 1630.

Plein de la lecture des rabbins, il crut que ſi les proteſtans avaient raiſon contre les papiſtes, les Juifs avaient bien plus raiſon contre toutes les ſectes chrétiennes. Du village de Divonne où il était paſteur il alla ſe faire recevoir juif à Veniſe, avec un petit apprentif en théologie qu'il avait perſuadé, & qui après l'abandonna, n'ayant point de vocation pour le martyre.

D'abord le miniſtre *Nicolas Antoine* s'abſtint de prononcer le nom de Jesus-Christ dans ſes ſermons & dans ſes prières : mais bientôt échauffé & enhardi par l'exemple des ſaints juifs qui profeſſaient hardiment le judaïſme devant les princes de Tyr & de Babylone, il s'en alla pieds nus à Genève confeſſer devant les juges & devant les commis des halles, qu'il n'y a qu'une ſeule religion ſur la terre, parce qu'il n'y a qu'un Dieu ; que cette religion eſt la juive, qu'il faut abſolument ſe faire circoncire ; que c'eſt un crime horrible de manger du lard & du boudin. Il exhorta pathétiquement tous les genevois qui s'attroupèrent, à ceſſer d'être enfans de *Bélial*, à être bons juifs, afin de mériter le royaume des cieux. On le prit, on le lia.

Le petit confeil de Genève, qui ne fefait rien alors fans confulter le confeil des prédicans, leur demanda leur avis. Les plus fenfés de ces prêtres opinèrent à faire faigner *Nicolas Antoine* à la veine céphalique, à le baigner & le nourrir de bons potages, après quoi on l'accoutumerait infenfiblement à prononcer le nom de JESUS-CHRIST, ou du moins à l'entendre prononcer fans grincer des dents comme il lui arrivait toujours. Ils ajoutèrent que les lois fouffraient les Juifs, qu'il y en avait huit mille à Rome, que beaucoup de marchands font de vrais juifs; & que puifque Rome admettait huit mille enfans de la fynagogue, Genève pouvait bien en tolérer un. A ce mot de *tolérance*, les autres pafteurs en plus grand nombre, grinçant des dents beaucoup plus qu'*Antoine* au nom de JESUS-CHRIST, & charmés d'ailleurs de trouver une occafion de pouvoir faire brûler un homme, ce qui arrivait très-rarement, furent abfolument pour la brûlure. Ils décidèrent que rien ne fervirait mieux à raffermir le véritable chriftianifme; que les Efpagnols n'avaient acquis tant de réputation dans le monde que parce qu'ils fefaient brûler des juifs tous les ans; & qu'après tout, fi l'ancien Teftament devait l'emporter fur le nouveau, DIEU ne manquerait pas de venir éteindre lui-même la flamme du bûcher, comme il fit dans Babylone pour *Sidrac*, *Mifac* & *Abdenago;* qu'alors on reviendrait à l'ancien Teftament; mais qu'en attendant il fallait abfolument brûler *Nicolas Antoine*. Partant, ils conclurent *à ôter le méchant;* ce font leurs propres paroles.

Le fyndic *Sarafin* & le fyndic *Godefroi*, qui étaient de bonnes tetes, trouvèrent le raifonnement du ſanhédrin genevois admirable ; & comme les plus forts, ils condamnèrent *Nicolas Antoine* le plus faible, à mourir de la mort de *Calanus* & du conſeiller *Dubourg*. Cela fut exécuté le 20 avril 1632 dans une très-belle place champêtre appelée *Plain-palais*, en préſence de vingt mille hommes qui béniſſaient la nouvelle loi & le grand ſens du ſyndic *Saraſin* & du ſyndic *Godefroi*.

Le Dieu d'*Abraham*, d'*Iſaac* & de *Jacob*, ne renouvela point le miracle de la fournaiſe de Babylone en faveur d'*Antoine*.

Abauzit, homme très-véridique, rapporte dans ſes notes, qu'il mourut avec la plus grande conſtance, & qu'il perſiſta ſur le bûcher dans ſes ſentimens. Il ne s'emporta point contre ſes juges lorſqu'on le lia au poteau; il ne montra ni orgueil ni baſſeſſe, il ne pleura point, il ne ſoupira point, il ſe réſigna. Jamais martyr ne conſomma ſon ſacrifice avec une foi plus vive; jamais philoſophe n'enviſagea une mort horrible avec plus de fermeté. Cela prouve évidemment que ſa folie n'était autre choſe qu'une forte perſuaſion. Prions le DIEU de l'ancien & du nouveau Teſtament de lui faire miſéricorde.

J'en dis autant pour le jéſuite *Malagrida* qui était encore plus fou que *Nicolas Antoine*, pour l'ex-jéſuite *Patouillet* & pour l'ex-jéſuite *Paulian*, ſi jamais on les brûle.

Des écrivains en grand nombre, qui ont eu le malheur d'être plús philoſophes que chrétiens, ont été aſſez hardis pour nier les miracles de notre Seigneur : mais après les quatre prêtres dont nous

avons

avons parlé, il ne faut plus citer perfonne. Plaignons ces quatre infortunés aveuglés par leurs lumières trompeufes, & animés par leur mélancolie qui les précipita dans un abyme fi funefte. (*)

M I S S I O N S.

C E n'eft pas du zèle de nos miffionnaires, & de la vérité de notre religion qu'il s'agit, on les connaît affez dans notre Europe chrétienne, & on les refpecte affez.

Je ne veux parler que des lettres curieufes & édifiantes des révérends pères jéfuites qui ne font pas auffi refpectables. A peine font-ils arrivés dans l'Inde, qu'ils y prêchent, qu'ils y convertiffent des milliers d'indiens, & qu'ils font des milliers de miracles. D I E U me préferve de les contredire : on fait combien il eft facile à un bifcayen, à un bergamafque, à un normand d'apprendre la langue indienne en peu de jours, & de prêcher en indien.

A l'égard des miracles, rien n'eft plus aifé que d'en faire à fix mille lieues de nous, puifqu'on en a tant fait à Paris dans la paroiffe St Médard. La grâce fuffifante des moliniftes a pu fans doute opérer fur les bords du Gange, auffi-bien que la grâce efficace des janféniftes au bord de la rivière des Gobelins. Mais nous avons déjà tant parlé de miracles que nous n'en dirons plus rien.

Un révérend père jéfuite arriva l'an paffé à Déli à la cour du grand-mogol : ce n'était pas un jéfuite

(*) Voyez l'ouvrage intitulé, *Queſtions ſur les miracles*, volume de *Facéties*.

mathématicien & homme d'esprit, venu pour corriger le calendrier & pour faire fortune ; c'était un de ces pauvres jésuites de bonne foi, un de ces soldats que leur général envoie, & qui obéissent sans raisonner.

M. *Audrais* mon commissionnaire lui demanda ce qu'il venait faire à Déli ; il répondit qu'il avait ordre du révérend père *Ricci* de délivrer le grand-mogol des griffes du diable, & de convertir toute sa cour. J'ai déjà, dit-il, baptisé plus de vingt enfans dans la rue sans qu'ils en fussent rien, en leur jetant quelques gouttes d'eau sur la tête. Ce sont autant d'anges, pourvu qu'ils aient le bonheur de mourir incessamment. J'ai guéri une pauvre vieille femme de la migraine en fesant le signe de la croix derrière elle. J'espère en peu de temps convertir les mahométans de la cour & les gentous du peuple. Vous verrez dans Déli, dans Agra & dans Bénarès autant de bons catholiques adorateurs de la vierge *Marie*, que d'idolâtres adorateurs du démon.

M. AUDRAIS.

Vous croyez donc, mon révérend père, que les peuples de ces contrées immenses adorent des idoles & le diable ?

LE JESUITE.

Sans doute, puisqu'ils ne font pas de ma religion.

M. AUDRAIS.

Fort bien. Mais quand il y aura dans l'Inde autant de catholiques que d'idolâtres, ne craignez-vous point qu'ils ne se battent, que le sang ne coule long-temps, que tout le pays ne soit saccagé ? cela est déjà arrivé par-tout où vous avez mis le pied.

LE JESUITE.

Vous m'y faites penfer ; rien ne ferait plus falutaire. Les catholiques égorgés iraient en paradis (dans le jardin) & les gentous dans l'enfer éternel créé pour eux de toute éternité, felon la grande miféricorde de DIEU, & pour fa grande gloire, car DIEU eft exceffi-vement glorieux.

M. AUDRAIS.

Mais fi on vous dénonçait, & fi on vous donnait les étrivières ?

LE JESUITE.

Ce ferait encore pour fa gloire ; mais je vous conjure de me garder le fecret, & de m'épargner le bonheur du martyre.

M O I S E.

SECTION PREMIERE.

LA philofophie dont on a quelquefois paffé les bornes, les recherches de l'antiquité, l'efprit de dif-cuffion & de critique, ont été pouffés fi loin, qu'enfin plufieurs favans ont douté s'il y avait jamais eu un *Moïfe*, & fi cet homme n'était pas un être fantaftique tels que l'ont été probablement *Perfée*, *Bacchus*, *Atlas*, *Penthéfilée*, *Vefta*, *Rhéa Sylvia*, *Ifis*, *Sammonocodom*, *Fo*, *Mercure Trifmégifte*, *Odin*, *Merlin*, *Francus*, *Robert* le diable & tant d'autres héros de romans, dont on a écrit la vie & les proueffes.

Il n'eft pas vraifemblable, difent les incrédules, qu'il ait exifté un homme dont toute la vie eft un prodige continuel.

H 2

Il n'eſt pas vraiſemblable qu'il eût fait tant de miracles épouvantables en Egypte, en Arabie & en Syrie,
ſans qu'ils euſſent retenti dans toute la terre.

Il n'eſt pas vraiſemblable qu'aucun écrivain égyptien ou grec n'eût tranſmis ces miracles à la poſtérité.
Il n'en eſt cependant fait mention que par les ſeuls
Juifs : & dans quelque temps que cette hiſtoire ait été
écrite par eux, elle n'a été connue d'aucune nation
que vers le ſecond ſiècle. Le premier auteur qui cite
expreſſément les livres de *Moïſe*, eſt *Longin*, miniſtre
de la reine *Zénobie* du temps de l'empereur *Aurélien*. (a)

Il eſt à remarquer que l'auteur du *Mercure Triſmé-
giſte*, qui certainement était égyptien, ne dit pas un
ſeul mot de ce *Moïſe*.

Si un ſeul auteur ancien avait rapporté un ſeul de
ces miracles, *Euſèbe* aurait ſans doute triomphé de ce
témoignage, ſoit dans ſon hiſtoire, ſoit dans ſa *Prépa-
ration évangélique*.

Il reconnaît à la vérité des auteurs qui ont cité ſon
nom ; mais aucun qui ait cité ſes prodiges. Avant lui
les juifs *Joſephe* & *Philon*, qui ont tant célébré leur
nation, ont recherché tous les écrivains chez leſquels
le nom de *Moïſe* ſe trouvait ; mais il n'y en a pas un
ſeul qui faſſe la moindre mention des actions mer-
veilleuſes qu'on lui attribue.

Dans ce ſilence général du monde entier, voici
comme les incrédules raiſonnent avec une témérité
qui ſe réfute d'elle-même.

Les Juifs ſont les ſeuls qui aient eu le Pentateuque
qu'ils attribuent à *Moïſe*. Il eſt dit dans leurs livres
même, que ce Pentateuque ne fut connu que ſous

_____
(a) *Longin*, *Traité du ſublime*.

leur roi *Joſias*, trente-ſix ans avant la première deſtruction de Jéruſalem & de la captivité; on n'en trouva
qu'un ſeul exemplaire chez le pontife *Helcias* (*b*) qui
le déterra au fond d'un coffre-fort en comptant de
l'argent. Le pontife l'envoya au roi par ſon ſcribe
Saphan.

Cela pourrait, diſent-ils, obſcurcir l'authenticité
du Pentateuque.

En effet, eût-il été poſſible que ſi le Pentateuque
eût été connu de tous les Juifs, *Salomon*, le ſage
Salomon inſpiré de D I E U même, en lui bâtiſſant un
temple par ſon ordre, eût orné ce temple de tant de
figures contre la loi expreſſe de *Moïſe*?

Tous les prophètes juifs qui avaient prophétiſé au
nom du Seigneur depuis *Moïſe* juſqu'à ce roi *Joſias*,
ne ſe ſeraient-ils pas appuyés dans leurs prédications
de toutes les lois de *Moïſe*? n'auraient-ils pas cité mille
fois ſes propres paroles? ne les auraient-ils pas com-
mentées? aucun d'eux cependant n'en cite deux lignes;
aucun ne rappelle le texte de *Moïſe*; ils lui ſont même
contraires en pluſieurs endroits.

Selon ces incrédules, les livres attribués à *Moïſe*
n'ont été écrits que parmi les Babyloniens pendant la
captivité, ou immédiatement après par *Eſdras*. On ne
voit en effet que des terminaiſons perſanes & chal-
déennes dans les écrits juifs; *Babel*, porte de dieu;
Phégor-beel ou *Beel-phégor*, dieu du précipice; *Ʒebuth-
beel* ou *Beel-Ʒebuth*, dieu des inſectes; *Bethel*, maiſon
de dieu; *Daniel*, jugement de dieu; *Gabriel*, homme
de dieu; *Jahel*, affligé de dieu; *Jaïel*, la vie de

_____

(*b*) IV. Rois, chap. XII, & Paralipom. II, chap. XXXIV.

dieu ; *Ifraël*, voyant dieu ; *Oziel*, force de dieu ;
Raphaël, fecours de dieu ; *Uriel*, le feu de dieu.

Ainfi tout eft étranger chez la nation juive, étrangère elle-même en Paleftine ; circoncifion, cérémonies,
facrifices, arche, chérubins, bouc *Hazazel;* baptême
de juftice, baptême fimple, épreuves, divination,
explication des fonges, enchantement des ferpens,
rien ne venait de ce peuple ; rien ne fut inventé par
lui.

Le célébre milord *Bolingbroke* ne croit point du
tout que *Moïfe* ait exifté : il croit voir dans le Pentateuque une foule de contradictions & de fautes de
chronologie & de géographie qui épouvantent ; des
noms de plufieurs villes qui n'étaient pas encore bâties,
des préceptes donnés aux rois, dans un temps où
non-feulement les Juifs n'avaient point de rois, mais
où il n'était pas probable qu'ils en euffent jamais ;
puifqu'ils vivaient dans des déferts fous des tentes
à la manière des Arabes Bédouins.

Ce qui lui paraît furtout de la contradiction la plus
palpable, c'eft le don de quarante-huit villes avec
leurs faubourgs fait aux lévites, dans un pays où il
n'y avait pas un feul village : c'eft principalement fur
ces quarante-huit villes qu'il relance *Abadie*, & qu'il
a même la dureté de le traiter avec l'horreur & le
mépris d'un feigneur de la chambre haute & d'un
miniftre d'Etat pour un petit prêtre étranger qui veut
faire le raifonneur.

Je prendrai la liberté de repréfenter au vicomte de
Bolingbroke, & à tous ceux qui penfent comme lui,
que non-feulement la nation juive a toujours cru à
l'exiftence de *Moïfe* & à celle de fes livres, mais que

JESUS-CHRIST même lui a rendu témoignage. Les quatre évangéliftes, les Actes des apôtres la reconnaif-fent; *St Matthieu* dit expreffément que *Moïfe* & *Elie* apparurent à JESUS-CHRIST fur la montagne, pendant la nuit de la transfiguration, & *St Luc* en dit autant.

JESUS-CHRIST déclare dans *St Matthieu* qu'il n'eft point venu pour abolir cette loi, mais pour l'accom-plir. On renvoie fouvent dans le nouveau Teftament à la loi de *Moïfe* & aux prophètes; l'Eglife entière a toujours cru le Pentateuque écrit par *Moïfe;* & de plus, de cinq cents fociétés différentes qui fe font établies depuis fi long-temps dans le chriftianifme, aucune n'a jamais douté de l'exiftence de ce grand prophète: il faut donc foumettre notre raifon, comme tant d'hommes ont foumis la leur.

Je fais fort bien que je ne gagnerai rien fur l'efprit du vicomte ni de fes femblables. Ils font trop per-fuadés que les livres juifs ne furent écrits que très-tard, qu'ils ne furent écrits que pendant la captivité des deux tribus qui reftaient. Mais nous aurons la confolation d'avoir l'Eglife pour nous.

Si vous voulez vous inftruire & vous amufer de l'antiquité, lifez la vie de *Moïfe* à l'article *Apocryphe.*

S E C T I O N I I.

EN vain plufieurs favans ont cru que le Penta-teuque ne peut avoir été écrit par *Moïfe.* (*c*) Ils difent que par l'Ecriture même il eft avéré que le premier

_____

(*c*) Eft-il bien vrai qu'il y ait eu un *Moïfe*? Si un homme qui comman-dait à la nature entière eût exifté chez les Egyptiens, de fi prodigieux exemplaire connu fut trouvé du temps du roi *Josias*, & que cet unique exemplaire fut apporté au roi par le secrétaire *Saphan*. Or entre *Moïse* & cette aventure du secrétaire *Saphan*, il y a mille cent soixante-sept années par le comput hébraïque. Car DIEU apparut à *Moïse* dans le buisson ardent l'an du monde 2213, & le secrétaire *Saphan* publia le livre de la loi l'an du monde 3380. Ce livre trouvé sous *Josias* fut inconnu jusqu'au retour de la captivité de Babylone; & il est dit que ce fut *Esdras*, inspiré de D I E U, qui mit en lumière toutes les saintes écritures.

Mais que ce soit *Esdras* ou un autre qui ait rédigé événemens n'auraient-ils pas fait la partie principale de l'histoire d'Egypte? *Sanchoniathon*, *Manethon*, *Mégasthène*, *Hérodote* n'en auraient-ils point parlé? *Josephe* l'historien a recueilli tous les témoignages possibles en faveur des Juifs; il n'ose dire qu'aucun des auteurs qu'il cite, ait dit un seul mot des miracles de *Moïse*. Quoi! le Nil aura été changé en sang; un ange aura égorgé tous les premiers-nés dans l'Egypte; la mer se sera ouverte, ses eaux auront été suspendues à droite & à gauche, & nul auteur n'en aura parlé! & les nations auront oublié ces prodiges, & il n'y aura qu'un petit peuple d'esclaves barbares qui nous aura conté ces histoires des milliers d'années après l'événement.

Quel est donc ce *Moïse* inconnu à la terre entière jusqu'au temps où un *Ptolomée* eut, dit-on, la curiosité de faire traduire en grec les écrits des Juifs? Il y avait un grand nombre de siècles que les fables orientales attribuaient à *Bacchus* tout ce que les Juifs ont dit de *Moïse*. *Bacchus* avait passé la mer Rouge à pied sec, *Bacchus* avait changé les eaux en sang, *Bacchus* avait journellement opéré des miracles avec sa verge; tous ces faits étaient chantés dans les orgies de *Bacchus* avant qu'on eût le moindre commerce avec les Juifs, avant qu'on sût seulement si ce pauvre peuple avait des livres. N'est-il pas de la plus extrême vraisemblance que ce peuple si nouveau, si long-temps errant, si tard connu, établi si tard en Palestine, prit avec la langue phénicienne les fables phéniciennes, sur lesquelles il enchérit encore ainsi que font tous les imitateurs grossiers? Un peuple si pauvre, si ignorant, si étranger dans tous les arts, pouvait-il faire autre chose que de copier ses voisins? Ne sait-on pas que jusqu'au nom d'*Adonaï*, d'*Ihaho*, d'*Eloï*, où *Eloa* qui signifia Dieu chez la nation juive, tout était phénicien?

ce livre, cela eſt abſolument indifférent dès que le
livre eſt inſpiré. Il n'eſt point dit dans le Pentateuque
que *Moïſe* en ſoit l'auteur ; il ſerait donc permis de
l'attribuer à un autre homme , à qui l'Eſprit divin
l'aura diélé, ſi l'Egliſe n'avait pas d'ailleurs décidé que
le livre eſt de *Moïſe*.

Quelques contradiéleurs ajoutent qu'aucun prophète n'a cité les livres du Pentateuque, qu'il n'en eſt
queſtion ni dans les pſeaumes, ni dans les livres attribués à *Salomon*, ni dans *Jérémie*, ni dans *Iſaïe*, ni enfin
dans aucun livre canonique des Juifs. Les mots qui
répondent à ceux de Genèſe , Exode, Nombres , Lévitique , Deutéronome , ne ſe trouvent dans aucun
autre écrit reconnu par eux pour authentique.

D'autres plus hardis ont fait les queſtions ſuivantes.

1°. En quelle langue *Moïſe* aurait-il écrit dans un
déſert ſauvage ? Ce ne pouvait être qu'en égyptien ;
car par ce livre même on voit que *Moïſe* & tout ſon
peuple étaient nés en Egypte. Il eſt probable qu'ils ne
parlaient pas d'autre langue. Les Egyptiens ne ſe
ſervaient pas encore du papyros ; on gravait des hiéro-
glyphes ſur le marbre ou ſur le bois. Il eſt même dit
que les tables des commandemens furent gravées ſur
des pierres polies , ce qui demandait des efforts & un
temps prodigieux.

2°. Eſt-il vraiſemblable que dans un déſert où le
peuple juif n'avait ni cordonnier ni tailleur, & où le
D I E U de l'univers était obligé de faire un miracle
continuel pour conſerver les vieux habits & les vieux
ſouliers des Juifs, il ſe ſoit trouvé des hommes aſſez
habiles pour graver les cinq livres du Pentateuque
ſur le marbre ou ſur le bois ? On dira qu'on trouva

bien des ouvriers qui firent un veau d'or en une nuit, & qui réduisirent ensuite l'or en poudre, opération impossible à la chimie ordinaire non encore inventée ; qui construisirent le tabernacle , qui l'ornèrent de trente-quatre colonnes d'airain avec des chapiteaux d'argent , qui ourdirent & qui brodèrent des voiles de lin, d'hyacinthe, de pourpre & d'écarlate; mais cela même fortifie l'opinion des contradicteurs. Ils répondent qu'il n'est pas possible que dans un désert où l'on manquait de tout, on ait fait des ouvrages si recherchés ; qu'il aurait fallu commencer par faire des souliers & des tuniques ; que ceux qui manquent du nécessaire ne donnent point dans le luxe ; & que c'est une contradiction évidente de dire qu'il y ait eu des fondeurs, des graveurs, des brodeurs, quand on n'avait ni habits ni pain.

3°. Si *Moïse* avait écrit le premier chapitre de la Genèse, aurait-il été défendu à tous les jeunes gens de lire ce premier chapitre ? aurait-on porté si peu de respect au législateur ? Si c'était *Moïse* qui eût dit que Dieu punit l'iniquité des pères jusqu'à la quatrième génération , *Ezéchiel* aurait-il osé dire le contraire ?

4°. Si *Moïse* avait écrit le Lévitique , aurait-il pu se contredire dans le Deutéronome ? Le Lévitique défend d'épouser la femme de son frère, le Deutéronome l'ordonne.

5°. *Moïse* aurait-il parlé dans son livre de villes qui n'existaient pas de son temps ? Aurait-il dit que des villes qui étaient pour lui à l'orient du Jourdain, étaient à l'occident ?

6°. Aurait-il assigné quarante-huit villes aux lévites dans un pays où il n'y a jamais eu dix villes, & dans un défert où il a toujours erré fans avoir une maifon?

7°. Aurait-il prefcrit des règles pour les rois juifs, tandis que non-feulement il n'y avait point de rois chez ce peuple, mais qu'ils étaient en horreur, & qu'il n'était pas probable qu'il y en eût jamais? Quoi! *Moïfe* aurait donné des préceptes pour la conduite des rois qui ne vinrent qu'environ cinq cents années après lui, & il n'aurait rien dit pour les juges & les pontifes qui lui fuccédèrent? Cette réflexion ne conduit-elle pas à croire que le Pentateuque a été compofé du temps des rois, & que les cérémonies inftituées par *Moïfe* n'avaient été qu'une tradition?

8°. Se pourrait-il faire qu'il eût dit aux Juifs: Je vous ai fait fortir au nombre de fix cents mille combattans de la terre d'Egypte, fous la protection de votre Dieu? Les Juifs ne lui auraient-ils pas répondu: Il faut que vous ayez été bien timide pour ne nous pas mener contre le pharaon d'Egypte; il ne pouvait pas nous oppofer une armée de deux cents mille hommes. Jamais l'Egypte n'a eu tant de foldats fur pied; nous l'aurions vaincu fans peine, nous ferions les maîtres de fon pays? Quoi! le dieu qui vous parle a égorgé pour nous faire plaifir tous les premiers-nés d'Egypte, & s'il y a dans ce pays-là trois cents mille familles, cela fait trois cents mille hommes morts en une nuit pour nous venger; & vous n'avez pas fecondé votre dieu? & vous ne nous avez pas donné ce pays fertile que rien ne pouvait défendre? vous nous avez fait fortir de l'Egypte en larrons & en lâches, pour nous faire périr dans des déferts, entre les précipices & les montagnes? Vous pouviez nous conduire au moins par le droit chemin dans cette terre de Canaan fur laquelle nous n'avons nul droit, que vous nous avez promife, & dans laquelle nous n'avons pu encore entrer.

Il était naturel que de la terre de Geffen nous marchaffions vers Tyr & Sidon le long de la Méditerranée; mais vous nous faites paffer l'ifthme de Suez prefque tout entier; vous nous faites rentrer en Egypte, remonter jufque par-delà Memphis, & nous nous trouvons à Béel-Sephon, au bord de la mer Rouge, tournant le dos à la terre de Canaan, ayant marché quatre-vingts lieues dans cette Egypte que nous voulions éviter, & enfin prêts de périr entre la mer & l'armée de *Pharaon* !

Si vous aviez voulu nous livrer à nos ennemis, auriez-vous pris une autre route & d'autres mefures? DIEU nous a fauvés par un miracle, dites-vous; la mer s'eft ouverte pour nous laiffer paffer; mais après une telle faveur fallait-il nous faire mourir de faim & de fatigue dans les déferts horribles d'Ethan, de Cadès-Barné, de Mara, d'Elim, d'Oreb & de Sinaï? Tous nos pères ont péri dans ces folitudes affreufes, & vous nous venez dire au bout de quarante ans que DIEU a eu un foin particulier de nos pères!

Voilà ce que ces juifs murmurateurs, ces enfans injuftes de juifs vagabonds, morts dans les déferts, auraient pu dire à *Moïfe*, s'il leur avait lu l'Exode & la Genèfe. Et que n'auraient-ils pas dû dire & faire à l'article du veau d'or? Quoi! vous ofez nous conter que votre frère fit un veau pour nos pères, quand vous étiez avec DIEU fur la montagne; vous qui tantôt nous dites que vous avez parlé avec DIEU face à face

& tantôt que vous n'avez pu le voir que par derrière!
Mais enfin, vous étiez avec ce Dieu, & votre frère
jette en fonte un veau d'or en un feul jour, & nous
le donne pour l'adorer ; & au lieu de punir votre
indigne frère , vous le faites notre pontife , & vous
ordonnez à vos lévites d'égorger vingt-trois mille
hommes de votre peuple ; nos pères l'auraient-ils
fouffert , fe feraient-ils laiffé affommer comme des
victimes par des prêtres fanguinaires? Vous nous dites
que non content de cette boucherie incroyable, vous
avez fait encore maffacrer vingt-quatre mille de vos
pauvres fuivans, parce que l'un d'eux avait couché
avec une madianite ; tandis que vous-même avez
époufé une madianite ; & vous ajoutez que vous êtes
le plus doux de tous les hommes. Encore quelques
actions de cette douceur, & il ne ferait plus refté
perfonne.

Non, fi vous aviez été capable d'une telle cruauté,
fi vous aviez pu l'exercer, vous feriez le plus barbare
de tous les hommes, & tous les fupplices ne fuffiraient
pas pour expier un fi étrange crime.

Ce font-là, à peu près, les objections que font les
favans à ceux qui penfent que *Moïfe* eft l'auteur du
Pentateuque. Mais on leur répond que les voies de
Dieu ne font pas celles des hommes ; que Dieu a
éprouvé, conduit & abandonné fon peuple par une
fageffe qui nous eft inconnue ; que les Juifs eux-mêmes
depuis plus de deux mille ans ont cru que *Moïfe* eft
l'auteur de ces livres ; que l'Eglife qui a fuccédé à la
fynagogue, & qui eft infaillible comme elle, a décidé
ce point de controverfe, & que les favans doivent fe
taire quand l'Eglife parle.

SECTION III. (1)

ON ne peut douter qu'il n'y ait eu un *Moïse*
légiflateur du peuple juif. On examinera ici fon hiftoire
fuivant les feules règles de la critique, le divin n'eft
pas foumis à l'examen. Il faut donc fe borner au
probable ; les hommes ne peuvent juger qu'en hommes.
Il eft d'abord très-naturel & très-probable qu'une
nation arabe ait habité fur les confins de l'Egypte,
du côté de l'Arabie déferte, qu'elle ait été tributaire
ou efclave des rois égyptiens, & qu'enfuite elle ait
cherché à s'établir ailleurs ; mais ce que la raifon
feule ne faurait admettre, c'eft que cette nation
compofée de foixante & dix perfonnes tout au plus,
du temps de *Jofeph*, fe fût accrue en deux cents-
quinze ans, depuis *Jofeph* jufqu'à *Moïse*, au nombre
de fix cents mille combattans, felon le livre de
l'Exode ; car fix cents mille hommes en état de porter
les armes fuppofent une multitude d'environ deux
millions, en comptant les vieillards, les femmes &
les enfans. Il n'eft certainement pas dans le cours
de la nature qu'une colonie de foixante & dix perfonnes, tant mâles que femelles, ait pu produire en
deux fiècles deux millions d'habitans. Les calculs
faits fur cette progreffion par des hommes très-peu
verfés dans les chofes de ce monde font démentis par
l'expérience de toutes les nations & de tous les temps.
On ne fait pas, comme on a dit, des enfans d'un trait

(1) Cette troifième fection eft tirée du manufcrit dont nous avons parlé
dans l'avertiffement. Nous avons cru devoir conferver cet article, quoiqu'il
fe trouve en partie dans les précédens.

de plume. Songe-t-on bien qu'à ce compte une peuplade de dix mille perfonnes en deux cents ans produirait beaucoup plus d'habitans que le globe de la terre n'en peut nourrir ?

Il n'eft pas plus probable que ces fix cents mille combattans favorifés par le maître de la nature, qui fefait pour eux tant de prodiges, fe fuffent bornés à errer dans des déferts où ils moururent, au lieu de chercher à s'emparer de la fertile Egypte.

Ces premières règles d'une critique humaine & raifonnable établies, il faut convenir qu'il eft très-vraifemblable que *Moïfe* ait conduit hors des confins de l'Egypte une petite peuplade. Il y avait chez les Egyptiens une ancienne tradition rapportée par *Plutarque* dans fon traité d'*Ifis* & d'*Ofiris*, que *Tiphon* père de *Jéroffalaïm* & de *Juddecus* s'était enfui d'Egypte fur un âne. Il eft clair par ce paffage que les ancêtres des Juifs habitans de Jérufalem paffaient pour avoir été des fugitifs de l'Egypte. Une tradition non moins ancienne & plus répandue, eft que les Juifs avaient été chaffés d'Egypte, foit comme une troupe de brigands indifciplinable, foit comme une peuplade infectée de la lèpre. Cette double accufation tirait fa vraifemblance de la terre même de Geffen qu'ils avaient habitée, terre voifine des Arabes vagabonds, & où la maladie de la lèpre particulière aux Arabes devait être commune. Il paraît par l'Ecriture même, que ce peuple était forti d'Egypte malgré lui. Le dix-feptième chapitre du Deutéronome défend aux rois de fonger à ramener les Juifs en Egypte.

La conformité de plufieurs coutumes égyptiennes & juives fortifient encore l'opinion que ce peuple

était une colonie égyptienne, & ce qui lui donne un
nouveau degré de probabilité, c'eſt la fête de la
pâque, c'eſt-à-dire de la fuite ou du paſſage, inſtituée
en mémoire de leur évaſion. Cette fête ſeule ne ſerait
pas une preuve, car il y a eu chez tous les peuples
des ſolemnités établies pour célébrer des événemens
fabuleux & incroyables, telles étaient la plupart des
fêtes des Grecs & des Romains ; mais une fuite d'un
pays dans un autre n'a rien que de très-commun, &
ſe concilie la créance. La preuve tirée de cette fête de
la pâque reçoit encore une force nouvelle par celle
des tabernacles en mémoire du temps où les Juifs
habitaient les déſerts au ſortir de l'Egypte. Ces vrai-
ſemblances réunies avec tant d'autres prouvent qu'en
effet une colonie ſortie d'Egypte s'établit enfin pour
quelque temps dans la Paleſtine.

Preſque tout le reſte eſt d'un genre ſi merveilleux
que la ſagacité humaine n'y a plus de priſe. Tout ce
qu'on peut faire, c'eſt de rechercher en quel temps
l'hiſtoire de cette fuite, c'eſt-à-dire le livre de l'Exode
a pu être écrit, & de démêler les opinions qui régnaient
alors, opinions dont la preuve eſt dans ce livre même
comparé avec les anciens uſages des nations.

A l'égard des livres attribués à *Moïſe*, les règles
les plus communes de la critique ne permettent pas
de croire qu'il en ſoit l'auteur.

1°. Il n'y a pas d'apparence qu'il eût appelé les
endroits dont il parle de noms qui ne leur furent
impoſés que long-temps après. Il eſt fait mention
dans ce livre des villes de Jaïr, & tout le monde
convient qu'elles ne furent ainſi nommées que long-
temps après la mort de *Moïſe*, il y eſt parlé du pays

de

de *Dan*, & la tribu de *Dan* n'avait pas encore donné son nom à ce pays dont elle n'était pas la maîtresse.

2°. Comment *Moïse* aurait-il cité le livre des guerres du Seigneur, quand ces guerres & ce livre perdu lui sont postérieurs?

3°. Comment *Moïse* aurait-il parlé de la défaite prétendue d'un géant nommé *Og*, roi de Bazan, vaincu dans le désert la dernière année de son gouvernement; & comment aurait-il ajouté qu'on voit encore son lit de fer de neuf coudées dans Rabath? Cette ville de Rabath était la capitale des Ammonites, les Hébreux n'avaient point encore pénétré dans ce pays, n'est-il pas apparent qu'un tel passage est d'un écrivain postérieur que son inadvertance trahit. Il veut apporter en témoignage de la victoire remportée sur un géant, le lit qu'on disait être encore à Rabath, & il oublie qu'il fait parler *Moïse*.

4°. Comment *Moïse* aurait-il appelé villes au-delà du Jourdain les villes qui, à son égard, étaient en deçà? N'est-il point palpable que le livre qu'on lui attribue fut écrit long-temps après que les Israëlites eurent passé cette petite rivière du Jourdain, qu'ils ne passèrent jamais sous sa conduite?

5°. Est-il bien vraisemblable que *Moïse* ait dit à son peuple que dans la dernière année de son gouvernement, il a pris dans le petit canton d'Argob, pays stérile & affreux de l'Arabie pétrée, soixante grandes villes entourées de hautes murailles fortifiées, sans compter un nombre infini de villes ouvertes? N'est-il pas de la plus grande probabilité que ces exagérations furent écrites dans la suite par un homme qui voulait flatter une nation grossière?

Dictionn. philosoph. Tome VI.   I

6°. Il eft encore moins vraifemblable que *Moïfe* ait rapporté les miracles dont cette hiftoire eft remplie.

On peut bien perfuader à un peuple heureux & victorieux que DIEU a combattu pour lui ; mais il n'eft pas dans la nature humaine qu'un peuple croie avoir vu cent miracles en fa faveur, quand tous ces prodiges n'aboutiffent qu'à le faire périr dans un défert. Examinons quelques miracles rapportés dans l'Exode.

7°. Il paraît contradictoire & injurieux à l'effence divine que DIEU s'étant formé un peuple pour être le feul dépofitaire de fes lois, & pour dominer fur toutes les nations, il envoie un homme de ce peuple demander au roi fon oppreffeur la permiffion d'aller facrifier à fon dieu dans le défert, afin que ce peuple puiffe s'enfuir fous le prétexte de ce facrifice ? Nos idées communes ne peuvent qu'attacher une idée de baffeffe & de fourberie à ce manége, loin d'y reconnaître la majefté & la puiffance de l'Etre fuprême.

Quand nous lifons immédiatement après que *Moïfe* change devant le roi fa baguette en ferpent, & toutes les eaux du royaume en fang, qu'il fait naître des grenouilles qui couvrent la terre, qu'il change en poux toute la pouffière, qu'il remplit les airs d'infectes ailés venimeux, qu'il frappe tous les hommes & tous les animaux du pays d'affreux ulcères, qu'il appelle la grêle, les tempêtes & le tonnerre pour ruiner toute la contrée, qu'il la couvre de fauterelles, qu'il la plonge dans des ténèbres palpables pendant trois jours, qu'enfin un ange exterminateur frappe de mort tous les premiers-nés des hommes & des animaux d'Egypte, à commencer par le fils du roi ; quand nous voyons enfuite ce peuple marchant à travers les flots de la mer Rouge fufpendus en montagnes d'eau à droite & à gauche, & retombant enfuite fur l'armée de *Pharaon* qu'ils engloutiffent ; lors, dis-je, qu'on lit tous ces miracles, la première idée qui vient dans l'efprit c'eft de dire : Ce peuple pour qui D I E U a fait des chofes fi étonnantes va fans doute être le maître de l'univers ; mais non, le fruit de tant de merveilles eft de fouffrir la difette & la faim dans des fables arides ; & de prodige en prodige, tout meurt avant d'avoir vu le petit coin de terre où leurs defcendans s'établiffent enfuite pour quelques années. Il eft pardonnable fans doute de ne pas croire cette foule de merveilles dont la moindre révolte la raifon.

Cette raifon abandonnée à elle-même ne peut fe perfuader que *Moïfe* ait écrit des chofes fi étranges. Comment peut-on faire accroire à une génération tant de miracles inutilement faits pour elle, & tous ceux qu'on dit opérés dans le défert ? Quel perfonnage fait-on jouer à la Divinité, de l'employer à conferver les habits & les fouliers de ce peuple pendant qua-rante ans, après avoir armé en leur faveur toute la nature !

Il eft donc très-naturel de penfer que toute cette hiftoire prodigieufe fut écrite long-temps après *Moïfe*, comme les romans de *Charlemagne* furent forgés trois fiècles après lui, & comme les origines de toutes les nations ont été écrites dans des temps où ces origines perdues de vue laiffaient à l'imagination la liberté d'inventer. Plus un peuple eft groffier & malheureux, plus il cherche à relever fon ancienne hiftoire, & quel peuple a été plus long-temps miférable & barbare que le peuple juif ?

I 2

Il n'eſt pas à croire que lorſqu'ils n'avaient pas de quoi ſe faire des ſouliers dans leurs déſerts, ſous la domination de *Moïſe*, on fût chez eux fort curieux d'écrire. On doit préſumer que les malheureux nés dans ces déſerts ne reçurent pas une éducation bien brillante, & que la nation ne commença à lire & à écrire que lorſqu'elle eut quelque commerce avec les Phéniciens. C'eſt probablement dans les commencemens de la monarchie que les Juifs qui ſe ſentirent quelque génie mirent par écrit le Pentateuque, & ajuſtèrent comme ils purent leurs traditions. Aurait-on fait recommander par *Moïſe* aux rois de lire & d'écrire même ſa loi, dans le temps qu'il n'y avait pas encore de rois ? n'eſt-il pas probable que le dix-ſeptième chapitre du Deutéronome eſt fait pour modérer le pouvoir de la royauté, & qu'il fut écrit par les prêtres du temps de *Saül?*

C'eſt vraiſemblablement à cette époque qu'il faut placer la rédaction du Pentateuque. Les fréquens eſclavages que ce peuple avait ſubis, ne ſemblent pas propres à établir la littérature dans une nation, & à rendre les livres fort communs, & plus ces livres furent rares dans les commencemens, plus les auteurs s'enhardirent à les remplir de prodiges.

Le Pentateuque attribué à *Moïſe* eſt très-ancien, ſans doute, s'il eſt rédigé du temps de *Saül* & de *Samuel;* c'eſt environ vers le temps de la guerre de Troye, & c'eſt un des plus curieux monumens de la manière de penſer des hommes de ce temps-là. On voit que toutes les nations connues étaient amoureuſes des prodiges à proportion de leur ignorance. Tout ſe feſait alors par le miniſtère céleſte, en Egypte, en Phrygie, en Grèce, en Aſie.

Les auteurs du Pentateuque donnent à entendre que chaque nation a fes dieux, & que ces dieux ont, à peu de chofe près, un égal pouvoir.

Si *Moïfe* change au nom de fon dieu fa verge en ferpent, les prêtres de *Pharaon* en font autant : s'il change toutes les eaux de l'Egypte en fang, jufqu'à celle qui était dans les vafes, les prêtres font fur le champ le même prodige fans qu'on puiffe concevoir fur quelles eaux ces prêtres opéraient cette métamorphofe, à moins qu'ils n'euffent créé de nouvelles eaux exprès. L'écrivain juif aime encore mieux être réduit néceffairement à cette abfurdité, que de laiffer douter que les dieux d'Egypte n'euffent pas le pouvoir de changer l'eau en fang auffi-bien que le Dieu de *Jacob*.

Mais quand celui-ci vient à remplir de poux toute la terre d'Egypte, à changer en poux toute la pouffière, alors paraît fa fupériorité toute entière, les mages ne peuvent l'imiter, & on fait parler ainfi le dieu des Juifs : *Pharaon faura que rien n'eft femblable à moi*. Ces paroles qu'on met dans fa bouche marquent un être qui fe croit feulement plus puiffant que fes rivaux : il a été égalé dans la métamorphofe d'une verge en ferpent, & dans celle des eaux en fang, mais il gagne la partie fur l'article des poux & fur les fuivans.

Cette idée de la puiffance furnaturelle des prêtres de tous les pays eft marquée dans plufieurs endroits de l'Ecriture. Quand *Balaam*, prêtre du petit Etat d'un roitelet nommé *Balac*, au milieu des déferts, eft prêt de maudire les Juifs, leur dieu apparaît à ce prêtre pour l'en empêcher. Il femble que la malédiction

I 3

de *Balaam* fût très à craindre. Ce n'eft pas même affez pour contenir ce prêtre que Dieu lui ait parlé, il envoie devant lui un ange avec une épée, & lui fait encore parler par fon âneffe. Toutes ces pré-cautions prouvent certainement l'opinion où l'on était que la malédiction d'un prêtre, quel qu'il fût, entraî-nait des effets funeftes.

Cette idée d'un dieu fupérieur feulement aux autres dieux, quoiqu'il eût fait le ciel & la terre, était tellement enracinée dans toutes les têtes, que *Salomon*, dans fa dernière prière, s'écrie : *O mon Dieu, il n'y a aucun dieu femblable à toi, fur la terre, ni dans le ciel.* C'eft cette opinion qui rendait les Juifs fi crédules fur tous les fortiléges, fur tous les enchantemens des autres nations. C'eft ce qui donna lieu à l'hiftoire de la pythoniffe d'Endor, qui eut le pouvoir d'évo-quer l'ombre de *Samuel.* Chaque peuple eut fes prodiges & fes oracles, & il ne vint même dans l'efprit d'aucune nation de douter des miracles & des prophéties des autres. On fe contentait de leur oppofer de pareilles armes, il femblait que les prêtres, en niant les prodiges des nations voifines, euffent craint de décréditer les leurs. Cette efpèce de théologie prévalut long-temps dans toute la terre.

Ce n'eft pas ici le lieu d'entrer dans le détail de tout ce qui eft écrit fur *Moïfe.* On parle de fes lois en plus d'un endroit de cet ouvrage. On fe bornera ici à remarquer combien on eft étonné de voir un légiflateur infpiré de Dieu, un prophète qui fait parler Dieu même, & qui ne propofe point aux hommes une vie à venir. Il n'y a pas un feul mot dans le Lévitique qui puiffe faire foupçonner l'immortalité de l'ame. On répond à cette accablante difficulté que Dieu fe proportionnait à la groffièreté des Juifs. Quelle miférable réponfe ! c'était à Dieu à élever les Juifs jufqu'aux connaiffances néceffaires, ce n'était pas à lui à fe rabaiffer jufqu'à eux. Si l'ame eft immortelle , s'il eft des récompenfes & des peines dans une autre vie, il eft néceffaire que les hommes en foient inftruits. Si Dieu parle , il faut qu'il les informe de ce dogme fondamental. Quel légiflateur & quel dieu que celui qui ne propofe à fon peuple que du vin , de l'huile & du lait ! quel dieu qui encourage toujours fes croyans comme un chef de brigands encourage fa troupe par l'efpérance de la rapine ! Il eft bien pardonnable , encore une fois, à la raifon humaine de ne voir dans une telle hiftoire que la groffièreté barbare des premiers temps d'un peuple fauvage. L'homme, quoi qu'il faffe, ne peut raifonner autrement : mais fi Dieu en effet eft l'auteur du Pentateuque, il faut fe foumettre fans raifonner.

M O N D E.

Du meilleur des mondes poffibles.

En courant de tous côtés pour m'inftruire, je rencontrai un jour des difciples de *Platon.* Venez avec nous, me dit l'un d'eux ; vous êtes dans le meilleur des mondes ; nous avons bien furpaffé notre maître. Il n'y avait de fon temps que cinq mondes poffibles , parce qu'il n'y a que cinq corps réguliers ; mais actuellement qu'il y a une infinité d'univers poffibles , Dieu a choifi le meilleur; venez, & vous vous en trouverez

I 4

bien. Je lui répondis humblement : Les mondes que
DIEU pouvait créer étaient ou meilleurs, ou parfaitement égaux, ou pires ; il ne pouvait prendre le pire ;
ceux qui étaient égaux, suppofé qu'il y en eût, ne
valaient pas la préférence ; ils étaient entièrement les
mêmes : on n'a pu choifir entr'eux ; prendre l'un,
c'eft prendre l'autre. Il était donc impoffible qu'il ne
prît pas le meilleur. Mais comment les autres étaient-
ils poffibles, quand il était impoffible qu'ils exiftaffent ?

Il me fit de très-belles diftinctions, affurant toujours,
fans s'entendre, que ce monde-ci eft le meilleur de
tous les mondes réellement impoffibles. Mais me fen-
tant alors tourmenté de la pierre, & fouffrant des douleurs infupportables, les citoyens du meilleur des
mondes me conduifirent à l'hôpital voifin. Chemin
fefant, deux de ces bienheureux habitans furent enlevés
par des créatures leurs femblables : on les chargea de
fers, l'un pour quelques dettes, l'autre fur un fimple
foupçon. Je ne fais pas fi je fus conduit dans le meilleur des hôpitaux poffibles, mais je fus entaffé avec
deux ou trois mille miférables qui fouffraient comme
moi. Il y avait là plufieurs défenfeurs de la patrie qui
m'apprirent qu'ils avaient été trépanés & difféqués
vivans, qu'on leur avait coupé des bras, des jambes,
& que plufieurs milliers de leurs généreux compatriotes
avaient été maffacrés dans l'une des trente batailles
données dans la dernière guerre, qui eft environ la
cent-millième guerre depuis que nous connaiffons des
guerres. On voyait auffi dans cette maifon environ
mille perfonnes des deux fexes qui reffemblaient à
des fpectres hideux, & qu'on frottait d'un certain
métal, parce qu'ils avaient fuivi la loi de la nature,

& parce que la nature avait, je ne fais comment, pris
la précaution d'empoifonner en eux la fource de la
vie. Je remerciai mes deux conducteurs.

Quand on m'eut plongé un fer bien tranchant dans
la veffie, & qu'on eut tiré quelques pierres de cette
carrière; quand je fus guéri, & qu'il ne me refta plus
que quelques incommodités douloureufes pour le refte
de mes jours, je fis mes repréfentations à mes guides ;
je pris la liberté de leur dire qu'il y avait du bon dans
ce monde, puifqu'on m'avait tiré quatre cailloux du
fein de mes entrailles déchirées, mais que j'aurais
encore mieux aimé que les veffies euffent été des
lanternes, que non pas qu'elles fuffent des carrières.
Je leur parlai des calamités & des crimes innombrables
qui couvrent cet excellent monde. Le plus intrépide
d'entr'eux, qui était un allemand, mon compatriote,
m'apprit que tout cela n'eft qu'une bagatelle.

Ce fut, dit-il, une grande faveur du ciel envers
le genre-humain, que *Tarquin* violât *Lucrèce*, & que
Lucrèce fe poignardât, parce qu'on chaffa les tyrans,
& que le viol, le fuicide & la guerre établirent une
république qui fit le bonheur des peuples conquis.
J'eus peine à convenir de ce bonheur. Je ne conçus
pas d'abord quelle était la félicité des Gaulois & des
Efpagnols, dont on dit que *Céfar* fit périr trois millions.
Les dévaftations & les rapines me parurent auffi
quelque chofe de défagréable. Mais le défenfeur de
l'optimifme n'en démordit point; il me difait toujours
comme le geolier de dom *Carlos : Paix, paix, c'eft pour
votre bien.* Enfin, étant pouffé à bout, il me dit qu'il
ne fallait pas prendre garde à ce globule de la terre,
où tout va de travers ; mais que dans l'étoile de Sirius,

dans Orion, dans l'œil du Taureau & ailleurs, tout eſt parfait. Allons-y donc, lui dis-je.

Un petit théologien me tira alors par le bras ; il me confia que ces gens-là étaient des rêveurs, qu'il n'était point du tout néceſſaire qu'il y eût du mal ſur la terre, qu'elle avait été formée exprès pour qu'il n'y eût jamais que du bien ; & pour vous le prouver, ſachez que les choſes ſe paſſèrent ainſi autrefois pendant dix ou douze jours. Hélas ! lui répondis-je , c'eſt bien dommage, mon révérend père, que cela n'ait pas continué.

M O N S T R E S.

IL eſt plus difficile qu'on ne penſe de définir les monſtres. Donnerons-nous ce nom à un animal énorme, à un poiſſon , à un ſerpent de quinze pieds de long ? mais il y en a de vingt, de trente pieds , auprès deſquels les premiers ſeraient peu de choſe.

Il y a les monſtres par défaut. Mais ſi les quatre petits doigts des pieds & des mains manquent à un homme bien fait, & d'une figure gracieuſe, ſera-t-il un monſtre ? Les dents lui ſont plus néceſſaires. J'ai vu un homme né ſans aucune dent ; il était d'ailleurs très-agréable. La privation des organes de la géné-ration , bien plus néceſſaires encore, ne conſtituent point un animal monſtrueux.

Il y a les monſtres par excès ; mais ceux qui ont ſix doigts, le croupion alongé en forme de petite queue, trois teſticules, deux orifices à la verge, ne ſont pas réputés monſtres.

La troisième espèce est de ceux qui auraient des membres d'autres animaux, comme un lion avec des ailes d'autruche, un serpent avec des ailes d'aigle, tel que le griffon & l'ixion des Juifs. Mais toutes les chauve-souris sont pourvues d'ailes ; les poissons volans en ont, & ne sont point des monstres.

Réservons donc ce nom pour les animaux dont les difformités nous font horreur.

Le premier nègre pourtant fut un monstre pour les femmes blanches, & la première de nos beautés fut un monstre aux yeux des Nègres.

Si *Polyphème* & les cyclopes avaient existé, les gens qui portaient des yeux aux deux côtés de la racine du nez, auraient été déclarés monstres dans l'île de Lipari & dans le voisinage de l'Etna.

J'ai vu une femme à la foire qui avait quatre mamelles & une queue de vache à la poitrine. Elle était monstre sans difficulté, quand elle laissait voir sa gorge, & femme de mise quand elle la cachait.

Les centaures, les minotaures auraient été des monstres, mais de beaux monstres. Surtout un corps de cheval bien proportionné, qui aurait servi de base à la partie supérieure d'un homme, aurait été un chef-d'œuvre sur la terre ; ainsi que nous nous figurons comme des chefs-d'œuvre du ciel, ces esprits que nous appelons *anges*, & que nous peignons, que nous sculptons dans nos églises, tantôt ornés de deux ailes, tantôt de quatre, & même de six.

Nous avons déjà demandé avec le sage *Locke* quelle est la borne entre la figure humaine & l'animale, quel est le point de monstruosité auquel il faut se fixer pour ne pas baptiser un enfant, pour ne le pas compter

de notre efpèce, pour ne lui pas accorder une ame.
Nous avons vu que cette borne eft auffi difficile à
pofer qu'il eft difficile de favoir ce que c'eft qu'une
ame, car il n'y a que les théologiens qui le fachent.

Pourquoi les fatyres que vit S*t* *Jérôme*, nés de filles
& de finges, auraient-ils été réputés monftres ? ne fe
feraient-ils pas crus au contraire mieux partagés que
nous ? n'auraient-ils pas eu plus de force & plus
d'agilité ? ne fe feraient-ils pas moqués de notre
efpèce, à qui la cruelle nature a refufé des vêtemens
& des queues ? un mulet né de deux efpèces différentes,
un jumart fils d'un taureau & d'une jument, un terin
né, dit-on, d'un ferin & d'une linote, ne font point
des monftres.

Mais comment les mulets, les jumarts, les terins &c,
qui font engendrés, n'engendrent ils point ? & comment
les féminiftes, les oviftes, les animalculiftes expliquent-
ils la formation de ces métis ?

Je vous répondrai qu'ils ne l'expliquent point du
tout. Les féminiftes n'ont jamais connu la façon dont
la femence d'un âne ne communique à fon mulet que
fes oreilles & un peu de fon derrière. Les oviftes ne
font comprendre, ni ne comprennent par quel art
une jument peut avoir dans fon œuf autre chofe
qu'un cheval. Et les animalculiftes ne voient point
comment un petit embryon d'âne vient mettre fes
oreilles dans une matrice de cavale.

Celui qui, dans fa *Vénus phyfique*, prétendit que
tous les animaux & tous les monftres fe formaient
par attraction, réuffit encore moins que les autres
à rendre raifon de ces phénomènes fi communs & fi
furprenans.

Hélas ! mes amis, nul de vous ne fait comment il fait des enfans ; vous ignorez les fecrets de la nature dans l'homme, & vous voulez les deviner dans le mulet !

A toute force vous pourrez dire d'un monftre par défaut : Toute la femence néceffaire n'eft pas parvenue à fa place, ou bien le petit ver fpermatique a perdu quelque chofe de fa fubftance, ou bien l'œuf s'eft froiffé. Vous pourrez, fur un monftre par excès, imaginer que quelques parties fuperflues du fperme ont furabondé, que de deux vers fpermatiques réunis, l'un n'a pu animer qu'un membre de l'animal, & que ce membre eft refté de furérogation ; que deux œufs fe font mêlés, & qu'un de ces œufs n'a produit qu'un membre, lequel s'eft joint au corps de l'autre.

Mais que direz-vous de tant de monftruofités par addition de parties animales étrangères ? comment expliquerez-vous une écreviffe fur le cou d'une fille ? une queue de rat fur une cuiffe, & furtout les quatre pis de vache avec la queue qu'on a vus à la foire St Germain ? vous ferez réduits à fuppofer que la mère de cette femme était de la famille de *Pafiphaé*.

Allons, courage, difons enfemble : *Que fais-je ?*

MONTAGNE.

C'EST une fable bien ancienne, bien univerfelle que celle de la montagne, qui, ayant effrayé tout le pays par fes clameurs en travail d'enfant, fut fifflée de tous les affiftans, quand elle ne mit au monde qu'une fouris. Le parterre n'était pas philofophe. Les fiffleurs devaient admirer. Il était auffi beau à la montagne d'accoucher d'une fouris, qu'à la fouris d'accoucher d'une montagne. Un rocher qui produit un rat, eft quelque chofe de très-prodigieux ; & jamais la terre n'a vu rien qui approche d'un tel miracle. Tous les globes de l'univers enfemble ne pourraient pas faire naître une mouche. Là où le vulgaire rit, le philofophe admire ; & il rit où le vulgaire ouvre de grands yeux ftupides d'étonnement.

M O R A L E.

Bavards prédicateurs, extravagans controverfiftes, tâchez de vous fouvenir que votre maître n'a jamais annoncé que le facrement était le figne vifible d'une chofe invifible ; il n'a jamais admis quatre vertus cardinales & trois théologales ; il n'a jamais examiné fi fa mère était venue au monde maculée ou immaculée ; il n'a jamais dit que les petits enfans qui mouraient fans baptême feraient damnés. Ceffez de lui faire dire des chofes auxquelles il ne penfa point. Il a dit, felon la vérité auffi ancienne que le monde : Aimez Dieu & votre prochain ; tenez-vous-en là, miférables ergoteurs, prêchez la morale & rien de plus. Mais obfervez-la cette morale ; que les tribunaux ne retentiffent plus de vos procès ; n'arrachez plus par la griffe d'un procureur un peu de farine à la bouche de la veuve & de l'orphelin. Ne difputez plus un petit bénéfice avec la même fureur qu'on difputa la papauté dans le grand fchifme d'Occident. Moines, ne mettez plus (autant qu'il eft en vous) l'univers à contribution ; & alors nous pourrons vous croire.

Je viens de lire ces mots dans une déclamation en quatorze volumes, intitulée : *Histoire du bas empire.*

Les chrétiens avaient une morale ; mais les païens n'en avaient point.

Ah ! M. *le Beau*, auteur de ces quatorze volumes, où avez-vous pris cette fottife ! eh ! qu'eft-ce donc que la morale de *Socrate*, de *Zaleucus*, de *Charondas*, de *Cicéron*, d'*Epiĉtète*, de *Marc-Antonin* ?

Il n'y a qu'une morale, M. *le Beau*, comme il n'y a qu'une géométrie. Mais, me dira-t-on, la plus grande partie des hommes ignore la géométrie. Oui ; mais dès qu'on s'y applique un peu, tout le monde eft d'accord. Les agriculteurs, les manœuvres, les artiftes n'ont point fait de cours de morale ; ils n'ont lu ni *de finibus* de *Cicéron*, ni les éthiques d'*Ariftote* : mais fitôt qu'ils réfléchiffent, ils font fans le favoir les difciples de *Cicéron* ; le teinturier indien, le berger tartare, & le matelot d'Angleterre connaiffent le jufte & l'injufte. *Confucius* n'a point inventé un fyftème de morale, comme on bâtit un fyftème de phyfique. Il l'a trouvé dans le cœur de tous les hommes.

Cette morale était dans le cœur du préteur *Feftus* quand les Juifs le preffèrent de faire mourir *Paul* qui avait amené des étrangers dans leur temple. *Sachez, leur dit-il, que jamais les Romains ne condamnent perfonne fans l'entendre.*

Si les Juifs manquaient de morale ou manquaient à la morale, les Romains la connaiffaient & lui rendaient gloire.

La morale n'eft point dans la fuperftition, elle n'eft point dans les cérémonies, elle n'a rien de commun avec les dogmes. On ne peut trop répéter que tous les dogmes font différens, & que la morale eft la même chez tous les hommes qui font ufage de leur raifon. La morale vient donc de DIEU comme la lumière. Nos fuperftitions ne font que ténèbres. Lecteur, réfléchiffez : étendez cette vérité ; tirez vos conféquences.

MOUVEMENT.

UN philofophe des environs du mont Krapac, me difait que le mouvement eft effentiel à la matière.

Tout fe meut, difait-il ; le foleil tourne continuellement fur lui-même, les planètes en font autant, chaque planète a plufieurs mouvemens différens, & dans chaque planète tout tranfpire, tout eft crible, tout eft criblé ; le plus dur métal eft percé d'une infinité de pores, par lefquels s'échappe continuellement un torrent de vapeurs qui circulent dans l'efpace. L'univers n'eft que mouvement ; donc le mouvement eft effentiel à la matière.

Monfieur, lui dis-je, ne pourrait-on pas vous répondre : ce bloc de marbre, ce canon, cette maifon, cette montagne ne remuent pas ; donc le mouvement n'eft pas effentiel.

Ils remuent, répondit-il ; ils vont dans l'efpace avec la terre par leur mouvement commun, & ils remuent fi bien, (quoiqu'infenfiblement) par leur mouvement propre, qu'au bout de quelques fiècles, il ne reftera rien de leurs maffes, dont chaque inftant détache continuellement des particules.

Mais, Monfieur, je puis concevoir la matière en repos ; donc le mouvement n'eft pas de fon effence.

Vraiment,

Vraiment, je me foucie bien que vous conceviez ou que vous ne conceviez pas la matière en repos. Je vous dis qu'elle ne peut y être.

Cela eft hardi ; & le chaos, s'il vous plaît ?

Ah, ah ! le chaos ! fi nous voulions parler du chaos, je vous dirais que tout y était néceffairement en mouvement, & que le *fouffle de Dieu y était porté fur les eaux ;* que l'élément de l'eau étant reconnu exiftant, les autres élémens exiftaient auffi ; que par conféquent le feu exiftait, qu'il n'y a point de feu fans mouvement, que le mouvement eft effentiel au feu. Vous n'auriez pas beau jeu avec le chaos.

Hélas ! qui peut avoir beau jeu avec tous ces fujets de difpute ? mais vous qui en favez tant, dites-moi pourquoi un corps en pouffe un autre, parce que la matière eft impénétrable ; parce que deux corps ne peuvent être enfemble dans le même lieu ? Parce qu'en tout genre le plus faible eft chaffé par le plus fort ?

Votre dernière raifon eft plus plaifante que philofophique. Perfonne n'a pu encore deviner la caufe de la communication du mouvement.

Cela n'empêche pas qu'il ne foit effentiel à la matière. Perfonne n'a pu deviner la caufe du fentiment dans les animaux ; cependant, ce fentiment leur eft fi effentiel, que fi vous fupprimez l'idée de fentiment, vous anéantiffez l'idée d'animal.

Hé bien, je vous accorde pour un moment que le mouvement foit effentiel à la matière. (pour un moment au moins, car je ne veux pas me brouiller avec les théologiens) Dites-nous donc comment une boule en fait mouvoir une autre ?

Dictionn. philofoph. Tome VI.   K

Vous êtes trop curieux, vous voulez que je vous dife ce qu'aucun philofophe n'a pu nous apprendre.

Il eft plaifant que nous connaiffions les lois du mouvement, & que nous ignorions le principe de toute communication de mouvement.

Il en eft ainfi de tout; nous favons les lois du raifonnement, & nous ne favons pas ce qui raifonne en nous. Les canaux dans lefquels notre fang & nos liqueurs coulent nous font très-connus, & nous ignorons ce qui forme notre fang & nos liqueurs. Nous fommes en vie, & nous ne favons pas ce qui nous donne la vie.

Apprenez-moi du moins fi le mouvement étant effentiel, il n'y a pas toujours égale quantité de mouvement dans le monde.

C'eft une ancienne chimère d'*Epicure* renouvelée par *Defcartes*. Je ne vois pas que cette égalité de mouvement dans le monde foit plus néceffaire qu'une égalité de triangles. Il eft effentiel qu'un triangle ait trois angles & trois côtés; mais il n'eft pas effentiel qu'il y ait toujours un nombre égal de triangles fur ce globe.

Mais n'y a-t-il pas toujours égalité de forces, comme le difent d'autres philofophes ? (1)

(1) Il y a toujours égalité de forces vives , mais avec deux conditions. La première , que fi une force variable dépendante du temps ou du lieu du corps influe fur fon mouvement , ce n'eft plus la fomme des forces qui refte conftante , mais la fomme des forces vives ; plus une certaine quantité variable qui dépend de cette force. La feconde , que cette égalité des forces vives ceffe d'avoir lieu toutes les fois qu'on eft obligé de fuppofer un changement qui ne fe faffe pas d'une manière infenfible. Ainfi ce principe peut être vrai comme un principe mathématique d'une vérité de définition , mais non comme principe métaphyfique.

C'eft la même chimère. Il faudrait qu'en ce cas il y eût toujours un nombre égal d'hommes, d'animaux, d'êtres mobiles, ce qui eft abfurde.

A propos, qu'eft-ce que la force d'un corps en mouvement? C'eft le produit de fa maffe par fa vîteffe dans un temps donné. La maffe d'un corps eft quatre, fa vîteffe eft quatre, la force de fon coup fera feize. Un autre corps eft deux, fa vîteffe deux, fa force eft quatre; c'eft le principe de toutes les mécaniques. *Leibnitz* annonça emphatiquement que ce principe était défectueux. Il prétendit qu'il fallait mefurer cette force, ce produit par la maffe multipliée par le quarré de la vîteffe. Ce n'était qu'une chicane, une équivoque indigne d'un philofophe, fondée fur l'abus de la découverte du grand *Galilée*, que les efpaces parcourus dans le mouvement uniformément accéléré étaient comme les quarrés des temps & des vîteffes.

Leibnitz ne confidérait pas le temps qu'il fallait confidérer. Aucun mathématicien anglais n'adopta ce fyftème de *Leibnitz*. Il fut reçu quelque temps en France par un petit nombre de géomètres. Il infecta quelques livres & même les Inftitutions phyfiques d'une perfonne illuftre. *Maupertuis* traite fort mal *Mairan*, dans un livret intitulé A B C, comme s'il avait voulu enfeigner l'*a b c* à celui qui fuivait l'ancien & véritable calcul. *Mairan* avait raifon; il tenait pour l'ancienne mefure de la maffe multipliée par la vîteffe. On revint enfin à lui; le fcandale mathématique difparut, & on renvoya dans les efpaces imaginaires le charlatanifme du quarré de la vîteffe, avec les monades, qui font le miroir concentrique de l'univers, & avec l'harmonie préétablie.

N.

N A T U R E.

Dialogue entre le philosophe & la nature.

LE PHILOSOPHE.

Qui es-tu, Nature, je vis dans toi, il y a cinquante ans que je te cherche, & je n'ai pu te trouver encore.

LA NATURE.

Les anciens Égyptiens, qui vivaient, dit-on, des douze cents ans, me firent le même reproche. Ils m'appelaient *Ifis;* ils me mirent un grand voile fur la tête, & ils dirent que perfonne ne pouvait le lever.

LE PHILOSOPHE.

C'eft ce qui fait que je m'adreffe à toi. J'ai bien pu mefurer quelques-uns de tes globes, connaître leurs routes, affigner les lois du mouvement; mais je n'ai pu favoir qui tu es.

Es-tu toujours agiffante? es-tu toujours paffive? tes élémens fe font-ils arrangés d'eux-mêmes, comme l'eau fe place fur le fable, l'huile fur l'eau, l'air fur l'huile? as-tu un efprit qui dirige toutes tes opérations, comme les conciles font infpirés dès qu'ils font affemblés, quoique leurs membres foient quelquefois des ignorans? de grâce, dis-moi le mot de ton énigme.

LA NATURE.

Je fuis le grand tout. Je n'en fais pas davantage. Je ne fuis pas mathématicienne; & tout eft arrangé chez moi felon les lois mathématiques. Devine fi tu peux comment tout cela s'eft fait.

LE PHILOSOPHE.

Certainement, puifque ton grand tout ne fait pas les mathématiques, & que tes lois font de la plus profonde géométrie, il faut qu'il y ait un éternel géomètre qui te dirige, une intelligence fuprême qui préfide à tes opérations.

LA NATURE.

Tu as raifon; je fuis eau, terre, feu, atmofphère, métal, minéral, pierre, végétal, animal. Je fens bien qu'il y a dans moi une intelligence; tu en as une, tu ne la vois pas. Je ne vois pas non plus la mienne; je fens cette puiffance invifible; je ne puis la connaître : pourquoi voudrais-tu, toi qui n'es qu'une petite partie de moi-même, favoir ce que je ne fais pas?

LE PHILOSOPHE.

Nous fommes curieux. Je voudrais favoir comment étant fi brute dans tes montagnes, dans tes déferts, dans tes mers, tu parais pourtant fi induftrieufe dans tes animaux, dans tes végétaux.

LA NATURE.

Mon pauvre enfant, veux-tu que je te dife la vérité? c'eft qu'on m'a donné un nom qui ne me convient pas; on m'appelle *nature* & je fuis tout art.

LE PHILOSOPHE.

Ce mot dérange toutes mes idées. Quoi! la nature ne ferait que l'art?

LA NATURE.

Non, fans doute. Ne fais-tu pas qu'il y a un art infini dans ces mers, dans ces montagnes que tu trouves fi brutes? ne fais-tu pas que toutes ces eaux

K 3

gravitent vers le centre de la terre, & ne s'élèvent que
par des lois immuables; que ces montagnes qui cou-
ronnent la terre font les immenfes réfervoirs des neiges
éternelles qui produifent fans ceffe ces fontaines, ces
lacs, ces fleuves, fans lefquels mon genre animal &
mon genre végétal périraient? Et quant à ce qu'on
appelle mes règnes animal, végétal, minéral, tu n'en
vois ici que trois, apprends que j'en ai des millions.
Mais fi tu confidères feulement la formation d'un
infecte, d'un épi de blé, de l'or & du cuivre, tout te
paraîtra merveilles de l'art.

LE PHILOSOPHE.

Il eft vrai. Plus j'y fonge, plus je vois que tu n'es
que l'art de je ne fais quel grand être bien puiffant
& bien induftrieux, qui fe cache & qui te fait paraître.
Tous les raifonneurs depuis *Thalès*, & probablement
long-temps avant lui, ont joué à colin-maillard avec
toi; ils ont dit : je te tiens, & ils ne tenaient rien.
Nous reffemblons tous à *Ixion* ; il croyait embraffer
Junon, & il ne jouiffait que d'une nuée.

LA NATURE.

Puifque je fuis tout ce qui eft, comment un être
tel que toi, une fi petite partie de moi-même pourrait-
elle me faifir? contentez-vous, atomes mes enfans,
de voir quelques atomes qui vous environnent, de
boire quelques gouttes de mon lait, de végéter quelques
momens fur mon fein, & de mourir fans avoir connu
votre mère & votre nourrice.

LE PHILOSOPHE.

Ma chère mère, dis-moi un peu pourquoi tu exiftes,
pourquoi il y a quelque chofe?

LA NATURE.

Je te répondrai ce que je réponds depuis tant de fiècles à tous ceux qui m'interrogent fur les premiers principes ; *je n'en fais rien.*

LE PHILOSOPHE.

Le néant vaudrait-il mieux que cette multitude d'exiftences faites pour être continuellement diffoutes , cette foule d'animaux nés & reproduits pour en dévorer d'autres & pour être dévorés , cette foule d'êtres fenfibles formés pour tant de fenfations douloureufes ; cette autre foule d'intelligences qui fi rarement entendent raifon , à quoi bon tout cela , nature ?

LA NATURE.

Oh ! va interroger celui qui m'a faite.

NÉCESSAIRE.

OSMIN.

NE dites-vous pas que tout eft néceffaire ?

SELIM.

Si tout n'était pas néceffaire , il s'enfuivrait que Dieu aurait fait des chofes inutiles.

OSMIN.

C'eft-à-dire, qu'il était néceffaire à la nature divine qu'elle fît tout ce qu'elle a fait ?

SELIM.

Je le crois, ou du moins je le foupçonne, il y a des gens qui penfent autrement; je ne les entends point, peut-être ont-ils raifon. Je crains la difpute fur cette matière.

K 4

O S M I N.

C'eſt auſſi d'un autre néceſſaire que je veux vous parler.

S E L I M.

Quoi donc? de ce qui eſt néceſſaire à un honnête homme pour vivre? du malheur où l'on eſt réduit quand on manque du néceſſaire?

O S M I N.

Non, car ce qui eſt néceſſaire à l'un ne l'eſt pas toujours à l'autre; il eſt néceſſaire à un Indien d'avoir du riz, à un Anglais d'avoir de la viande, il faut une fourrure à un Ruſſe, & une étoffe de gaze à un Africain; tel homme croit que douze chevaux de carroſſe lui ſont néceſſaires, tel autre ſe borne à une paire de ſouliers, tel autre marche gaiement pieds nus : je veux vous parler de ce qui eſt néceſſaire à tous les hommes.

S E L I M.

Il me ſemble que D I E U a donné tout ce qu'il fallait à cette eſpèce; des yeux pour voir, des pieds pour marcher, une bouche pour manger, un œſophage pour avaler, un eſtomac pour digérer, une cervelle pour raiſonner, des organes pour produire leurs ſemblables.

O S M I N.

Comment donc arrive-t-il que des hommes naiſſent privés d'une partie de ces choſes néceſſaires?

S E L I M.

C'eſt que les lois générales de la nature ont amené des accidens qui ont fait naître des monſtres; mais en général l'homme eſt pourvu de tout ce qu'il lui faut pour vivre en ſociété.

O S M I N.

Y a-t-il des notions communes à tous les hommes qui fervent à les faire vivre en fociété ?

S E L I M.

Oui, j'ai voyagé avec *Paul Lucas*, & par-tout où j'ai paffé j'ai vu qu'on refpectait fon père & fa mère, qu'on fe croyait obligé de tenir fa promeffe, qu'on avait de la pitié pour les innocens opprimés, qu'on déteftait la perfécution, qu'on regardait la liberté de penfer comme un droit de la nature, & les ennemis de cette liberté comme les ennemis du genre-humain; ceux qui penfent différemment m'ont paru des créatures mal organifées, des monftres comme ceux qui font nés fans yeux & fans mains.

O S M I N.

Ces chofes néceffaires, le font-elles en tout temps & en tous lieux ?

S E L I M.

Oui, fans cela elles ne feraient pas néceffaires à l'efpèce humaine.

O S M I N.

Ainfi une créance qui eft nouvelle n'était pas néceffaire à cette efpèce. Les hommes pouvaient très-bien vivre en fociété & remplir leurs devoirs envers Dieu avant de croire que *Mahomet* avait eu de fréquens entretiens avec l'ange *Gabriel*.

S E L I M.

Rien n'eft plus évident, il ferait ridicule de penfer qu'on n'eût pu remplir fes devoirs d'homme avant que *Mahomet* fût venu au monde; il n'était point du tout néceffaire à l'efpèce humaine de croire à l'Alcoran: le monde allait avant *Mahomet* tout comme il va aujourd'hui. Si le mahométifme avait été néceffaire au monde il aurait exifté en tous lieux ; DIEU, qui nous a donné à tous deux yeux pour voir fon foleil, nous aurait donné à tous une intelligence pour voir la vérité de la religion mufulmane. Cette fecte n'eft donc que comme les lois pofitives qui changent felon les temps & felon les lieux, comme les modes, comme les opinions des phyficiens qui fe fuccèdent les unes aux autres.

La fecte mufulmane ne pouvait donc être effentiellement néceffaire à l'homme.

O S M I N.

Mais puifqu'elle exifte, DIEU l'a permife?

S E L I M.

Oui, comme il permet que le monde foit rempli de fottifes, d'erreurs & de calamités. Ce n'eft pas à dire que les hommes foient tous effentiellement faits pour être fots & malheureux, il permet que quelques hommes foient mangés par les ferpens ; mais on ne peut pas dire : DIEU a fait l'homme pour être mangé par des ferpens.

O S M I N.

Qu'entendez-vous en difant DIEU permet ? rien peut-il arriver fans fes ordres ? permettre, vouloir, & faire n'eft-ce pas pour lui la même chofe ?

S E L I M.

Il permet le crime, mais il ne le fait pas.

O S M I N.

Faire un crime, c'eft agir contre la juftice divine, c'eft défobéir à DIEU. Or DIEU ne peut défobéir à lui-même, il ne peut commettre de crime ; mais il a fait l'homme de façon que l'homme en commet beaucoup, d'où vient cela ?

S E L I M.

Il y a des gens qui le favent, mais ce n'eft pas moi ; tout ce que je fais bien, c'eft que l'Alcoran eft ridicule, quoique de temps en temps il y ait d'affez bonnes chofes ; certainement l'Alcoran n'était point néceffaire à l'homme, je m'en tiens là, je vois clairement ce qui eft faux, & je connais très-peu ce qui eft vrai.

O S M I N.

Je croirais que vous m'inftruiriez, & vous ne m'apprenez rien.

S E L I M.

N'eft-ce pas beaucoup de connaître les gens qui vous trompent, & les erreurs groffières & dangereufes qu'ils vous débitent ?

O S M I N.

J'aurais à me plaindre d'un médecin qui me ferait une expofition des plantes nuifibles, & qui ne m'en montrerait pas une falutaire.

S E L I M.

Je ne fuis point médecin, & vous n'êtes point malade ; mais il me femble que je vous donnerais une fort bonne recette, fi je vous difais : Défiez-vous de toutes les inventions des charlatans ; adorez DIEU ; foyez honnête homme, & croyez que deux & deux font quatre.

NEWTON ET DESCARTES.

SECTION PREMIERE.

UN français qui arrive à Londres, trouve les choses bien changées en philosophie comme dans tout le reste. (1) Il a laissé le monde plein, il le trouve vide. A Paris on voit l'univers composé de tourbillons de matière subtile ; à Londres on ne voit rien de cela. Chez vous c'est la pression de la lune qui cause le flux de la mer : chez les Anglais c'est la mer qui gravite vers la lune ; de façon que quand vous croyez que la lune devrait nous donner marée haute, ces messieurs croient qu'on doit avoir marée basse; ce qui malheureusement ne peut se vérifier ; car il aurait fallu, pour s'en éclaircir, examiner la lune & les marées au premier instant de la création. Vous remarquerez encore que le soleil, qui en France n'entre pour rien dans cette affaire, y contribue ici environ pour son quart. Chez vos cartésiens tout se fait par une impulsion qu'on ne comprend guère ; chez M. *Newton*, c'est par une attraction dont on ne connaît pas mieux la cause. A Paris, vous vous figurez la terre faite comme un melon; à Londres elle est applatie des deux côtés. La lumière pour un cartésien existe dans l'air ; pour un newtonien, elle vient du soleil en six minutes & demie. Votre chimie fait toutes ses opérations avec des acides, des alkalis, & de la matière subtile; l'attraction domine jusque dans la chimie anglaise.

(1) Lorsque cet article a été écrit, c'est-à-dire, vers 1730, plus de quarante ans après la publication du livre des Principes, toute la France était encore cartésienne.

L'effence même des chofes a totalement changé. Vous ne vous accordez ni fur la définition de l'ame, ni fur celle de la matière. *Defcartes* affure que l'ame eft la même chofe que la penfée, & M. *Locke* lui prouve affez bien le contraire. *Defcartes* affure encore que l'étendue feule fait la matière; *Newton* y ajoute la folidité. Voilà de ferieufes contrariétés !

Non noftrum inter vos tantas componere lites.

Ce fameux *Newton*, ce deftructeur du fyftème cartéfien, mourut au mois de mars de l'an 1727. Il a vécu honoré de fes compatriotes, & a été enterré comme un roi qui aurait fait du bien à fes fujets. On a lu avec avidité, & l'on a traduit en anglais l'éloge de M. *Newton*, que M. de *Fontenelle* a prononcé dans l'académie des fciences. On attendait en Angleterre fon júgement, comme une déclaration folemnelle de la fupériorité de la philofophie anglaife : mais quand on a vu que nonfeulement il s'était trompé en rendant compte de cette philofophie, mais qu'il comparait *Defcartes* à *Newton*, toute la fociété royale de Londres s'eft foulevée ; loin d'acquiefcer au jugement, on a fort critiqué le difcours. Plufieurs même (& ceux-là ne font pas les plus philofophes) ont été choqués de cette comparaifon, feulement parce que *Defcartes* était français.

Il faut avouer que ces deux grands-hommes ont été bien différens l'un de l'autre dans leur conduite, dans leur fortune, & dans leur philofophie. *Defcartes* était né avec une imagination brillante & forte, qui en fit un homme fingulier dans fa vie privée, comme dans fa manière de raifonner. Cette imagination ne put fe cacher même dans fes ouvrages philofophiques, où l'on voit à tous momens des comparaifons ingénieules & brillantes. La nature en avait prefque fait un poëte ; & en effet, il compofa pour la reine de Suède un divertiffement en vers, que pour l'honneur de fa mémoire on n'a pas fait imprimer. Il effaya quelque temps du métier de la guerre ; & depuis étant devenu tout-à-fait philofophe, il ne crut pas indigne de lui de faire l'amour. Il eut de fa maîtreffe une fille nommée *Francine*, qui mourut jeune, & dont il regretta beaucoup la perte. Ainfi il éprouva tout ce qui appartient à l'humanité.

Il crut long-temps qu'il était néceffaire de fuir les hommes, & furtout fa patrie, pour philofopher en liberté. Il avait raifon ; les hommes de fon temps n'en favaient pas affez pour l'éclairer, & n'étaient guère capables que de lui nuire. Il quitta la France, parce qu'il cherchait la vérité, qui était perfécutée alors par la miférable philofophie de l'école ; mais il ne trouva pas plus de raifon dans les univerfités de la Hollande où il fe retira. Car dans le temps qu'on condamnait en France les feules propofitions de fa philofophie qui fuffent vraies, il fut auffi perfécuté par les prétendus philofophes de Hollande, qui ne l'entendaient pas mieux, & qui voyant de plus près fa gloire, haïffaient davantage fa perfonne. Il fut obligé de fortir d'Utrecht : il effuya l'accufation d'athéifme, dernière reffource des calomniateurs ; & lui, qui avait employé toute la fagacité de fon efprit à chercher de nouvelles preuves de l'exiftence d'un DIEU, fut accufé de n'en point reconnaître. Tant de perfécutions fuppofaient un très-grand mérite & une réputation éclatante; auffi avait-il l'un & l'autre. La raifon perça même un peu dans le monde à travers les ténèbres de l'école & les préjugés de la fuperſtition populaire. Son nom fit enfin tant de bruit, qu'on voulut l'attirer en France par des récompenfes. On lui propoſa une penfion de mille écus. Il vint fur cette eſpérance, paya les frais de la patente qui ſe vendait alors, n'eut point la penfion, & s'en retourna philoſopher dans ſa ſolitude de Nord-Hollande, dans le temps que le grand *Galilée*, à l'âge de quatre-vingts ans, gémiſſait dans les priſons de l'inquiſition, pour avoir démontré le mouvement de la terre. Enfin il mourut à Stockholm d'une mort prématurée, & cauſée par un mauvais régime, au milieu de quelques favans ſes ennemis, & entre les mains d'un médecin qui le haïſſait.

La carrière du chevalier *Newton* a été toute différente : il a vécu près de quatre-vingt-cinq ans, toujours tranquille, heureux & honoré dans ſa patrie. Son grand bonheur a été non-feulement d'être né dans un pays libre, mais dans un temps où les impertinences ſcolaſtiques étant bannies, la raiſon feule était cultivée ; le monde ne pouvait être que ſon écolier & non ſon ennemi.

Une oppoſition fingulière dans laquelle il ſe trouve avec *Deſcartes*, c'eſt que dans le cours d'une ſi longue vie, il n'a eu ni paſſion ni faibleſſe. Il n'a jamais approché d'aucune femme : c'eſt ce qui m'a été confirmé par le médecin & le chirurgien entre les bras de qui il eſt mort : (2) on peut admirer en cela *Newton ;* mais il ne faut pas blâmer *Deſcartes*.

(2) Cela prouve que le médecin de *Newton* n'était pas auſſi bon phyſicien que lui. Il n'exiſte pour les hommes aucun ſigne certain de virginité ; & un homme qui meurt à quatre-vingt-cinq ans, dont l'ame

L'opinion publique en Angleterre fur ces deux philofophes, eft que le premier était un rêveur, & que
l'autre était un fage. Très-peu de perfonnes à Londres
lifent *Defcartes*, dont effectivement les ouvrages font
devenus inutiles ; très-peu lifent auffi *Newton*, parce
qu'il faut être fort favant pour le comprendre. Cependant tout le monde parle d'eux ; on n'accorde rien
au français, & on donne tout à l'anglais. Quelques
gens croient que fi l'on ne s'en tient plus à l'horreur
du vide, fi l'on fait que l'air eft pefant, fi l'on
fe fert de lunettes d'approche, on en a l'obligation à
Newton ; il eft ici l'*Hercule* de la fable, à qui les ignorans attribuaient tous les faits des autres héros.

Dans une critique qu'on a faite à Londres du difcours
de M. de *Fontenelle*, on a ofé avancer que *Defcartes*
n'était pas un grand géomètre. Ceux qui parlent ainfi,
peuvent fe reprocher de battre leur nourrice. *Defcartes*
a fait un auffi grand chemin, du point où il a trouvé
la géométrie jufqu'au point où il l'a pouffée, que
Newton en a fait après lui. Il eft le premier qui ait
enfeigné la manière de donner les équations algébriques
des courbes. Sa géométrie, grâces à lui, devenue
commune, était de fon temps fi profonde, qu'aucun
profeffeur n'ofa entreprendre de l'expliquer, & qu'il
n'y avait guère en Hollande que *Schouten*, & en France
que *Fermat*, qui l'entendiffent. Il porta cet efprit de
géométrie & d'invention dans la dioptrique, qui devint entre fes mains un art tout nouveau ; & s'il s'y

a été modérée, & qui a mené une vie retirée & paifible, peut avoir eu
des faibleffes fans qu'il refte de témoins. D'ailleurs, quand *Newton* n'aurait
jamais connu ce genre de plaifir, quel bien en réfulterait-il pour le genre
humain ?

trompa

trompa beaucoup, c'eſt qu'un homme qui découvre de nouvelles terres , ne peut tout d'un coup en connaître toutes les propriétés. Ceux qui le ſuivent lui ont au moins l'obligation de la découverte. Je ne nierai pas que tous les autres ouvrages de M. *Deſcartes* ne fourmillent d'erreurs.

- La géométrie était un guide que lui-même avait en quelque façon formé, & qui l'aurait conduit ſurement dans ſa phyſique; cependant il abandonna à la fin ce guide , & ſe livra à l'eſprit de ſyſtème. Alors ſa philoſophie ne fut plus qu'un roman ingénieux, & tout au plus vraiſemblable pour les philoſophes ignorans du même temps. Il ſe trompa ſur la nature de l'ame , ſur les lois du mouvement, ſur la nature de la lumière. Il admit des idées innées ; il inventa de nouveaux élémens; il créa un monde ; il fit l'homme à ſa mode ; & on dit avec raiſon que l'homme de *Deſcartes* n'eſt en effet que celui de *Deſcartes*, fort éloigné de l'homme véritable. Il pouſſa ſes erreurs métaphyſiques, juſqu'à prétendre que deux & deux font quatre parce que DIEU l'a voulu ainſi ; mais ce n'eſt point trop dire qu'il était eſtimable , même dans ſes égaremens. Il ſe trompa ; mais ce fut au moins avec méthode, & de conſéquence en conſéquence. S'il inventa de nouvelles chimères en phyſique , au moins il en détruiſit d'anciennes ; il apprit aux hommes de ſon temps à raiſonner & à ſe ſervir contre lui-même de ſes armes. S'il n'a pas payé en bonne monnaie , c'eſt beaucoup d'avoir décrié la fauſſe. ·

Deſcartes donna un œil aux aveugles : ils virent les fautes de l'antiquité, & les ſiennes ; la route qu'il ouvrit eſt depuis lui devenue immenſe. Le petit livre de

Dictionn. philoſoph. Tome VI.　　　　L

Rohault a fait pendant quelque temps une phyſique complète ; aujourd'hui tous les recueils des académies de l'Europe ne ſont pas même un commencement de ſyſtème. En approfondiſſant cet abyme, il s'eſt trouvé infini.

SECTION II.

*N*EWTON fut d'abord deſtiné à l'Egliſe. Il commença par être théologien, & il lui en reſta des marques toute ſa vie. Il prit ſérieuſement le parti d'*Arius* contre *Athanaſe*. Il alla même un peu plus loin qu'*Arius* ; ainſi que tous les ſociniens. Il y a aujourd'hui en Europe beaucoup de ſavans de cette opinion ; je ne dirai pas de cette communion, car ils ne ſont point de corps. Ils ſont même partagés, & pluſieurs d'entr'eux réduiſent leur ſyſtème au pur déiſme, accommodé avec la morale du CHRIST. *Newton* n'était pas de ces derniers. Il ne différait de l'Egliſe anglicane que ſur le point de la conſubſtantiabilité, & il croyait tout le reſte.

Une preuve de ſa bonne foi, c'eſt qu'il a commenté l'Apocalypſe. Il y trouve clairement que le pape eſt l'antechriſt, & il explique d'ailleurs ce livre comme tous ceux qui s'en ſont mêlés. Apparemment qu'il a voulu par ce commentaire conſoler la race humaine de la ſupériorité qu'il avait ſur elle.

Bien des gens en liſant le peu de métaphyſique que *Newton* a mis à la fin de ſes *Principes mathématiques*, y ont trouvé quelque choſe d'auſſi obſcur que l'Apocalypſe. Les métaphyſiciens & les théologiens reſſemblent aſſez à cette eſpèce de gladiateurs qu'on feſait combattre les yeux couverts d'un bandeau. Mais quand *Newton* travailla les yeux ouverts à ſes mathématiques, ſa vue porta aux bornes du monde.

Il a inventé le calcul qu'on appelle de l'*infini ;* il a découvert & démontré un principe nouveau qui fait mouvoir toute la nature. On ne connaiſſait point la lumière avant lui. On n'en avait que des idées confu- ſes & fauſſes. Il a dit : Que la lumière ſoit connue , & elle l'a été.

Les téleſcopes de réflexion ont été inventés par lui. Le premier a été fait de ſes mains ; & il a fait voir pourquoi on ne peut pas augmenter la force & la portée des téleſcopes ordinaires. Ce fut à l'occaſion de ſon nouveau téleſcope qu'un jéſuite allemand prit *Newton* pour un ouvrier , pour un feſeur de lunettes. *Artifex quidam nomine Newton* , dit-il dans un petit livre. La poſtérité l'a bien vengé depuis. On lui feſait en France plus d'injuſtice ; on le prenait pour un feſeur d'expériences qui s'était trompé ; & parce que *Mariotte* ſe ſervit de mauvais priſmes , on rejeta les découvertes de *Newton.*

Il fut admiré de ſes compatriotes dès qu'il eut écrit & opéré. Il n'a été bien connu en France qu'au bout de quarante années. Mais en récompenſe nous avions la matière cannelée & la matière rameuſe de *Deſcartes* , & les petits tourbillons mollaſſes du révérend père *Mallebranche* , & le ſyſtème de M. *Privat de Molière* , qui ne vaut pas pourtant *Poquelin de Molière.*

De tous ceux qui ont un peu vécu avec monſieur le cardinal de *Polignac* , il n'y a perſonne qui ne lui ait entendu dire que *Newton* était péripatéticien , & que ſes rayons colorifiques , & ſurtout ſon attraction ,

fentaient beaucoup l'athéifme. Le cardinal de *Polignac*
joignait à tous les avantages qu'il avait reçus de la
nature une très-grande éloquence ; il fefait des vers
latins avec une facilité heureufe & étonnante ; mais il
ne favait que la philofophie de *Defcartes*, & il avait
retenu par cœur fes raifonnemens comme on retient
des dates. Il n'était point devenu géomètre, & il n'était
pas né philofophe. Il pouvait juger les Catilinaires &
l'Enéide, mais non pas *Newton* & *Locke*.

Quand on confidère que *Newton*, *Locke*, *Clarke*,
Leibnitz auraient été perfécutés en France, emprifonnés
à Rome, brûlés à Lisbonne, que faut-il penfer de la
raifon humaine ? Elle eft née dans ce fiècle en Angleterre. Il y avait eu du temps de la reine *Marie* une
perfécution affez forte fur la manière de prononcer le
grec, & les perfécuteurs fe trompaient. Ceux qui mirent
Galilée en pénitence fe trompaient encore plus. Tout
inquifiteur devrait rougir jufqu'au fond de l'ame, en
voyant feulement une fphère de *Copernic*. Cependant
fi *Newton* était né en Portugal, & qu'un dominicain
eût vu une héréfie dans la raifon inverfe du quarré des
diftances, on aurait revêtu le chevalier *Ifaac Newton*
d'un *fanbenito* dans un *auto-da-fé*.

On a fouvent demandé pourquoi ceux que leur
miniftère engage à être favans & indulgens, ont été fi
fouvent ignorans & impitoyables. Ils ont été ignorans
parce qu'ils avaient long-temps étudié, & ils ont été
cruels parce qu'ils fentaient que leurs mauvaifes études
étaient l'objet du mépris des fages. Certainement les
inquifiteurs qui eurent l'effronterie de condamner le
fyftème de *Copernic*, non-feulement comme hérétique,
mais comme abfurde, n'avaient rien à craindre de ce

fyftème. La terre a beau être emportée autour du foleil ainfi que les autres planètes , ils ne perdaient rien de leurs revenus ni de leurs honneurs. Le dogme même eft toujours en fureté , quand il n'eft combattu que par des philofophes : toutes les académies de l'univers ne changeront rien à la croyance du peuple. Quel eft donc le principe de cette rage qui a tant de fois animé les *Anitus* contre les *Socrates*? c'eft que les *Anitus* difent dans le fond de leur cœur : Les *Socrates* nous méprifent.

J'avais cru dans ma jeuneffe que *Newton* avait fait fa fortune par fon extrême mérite. Je m'étais imaginé que la cour & la ville de Londres l'avaient nommé par acclamation grand-maître des monnaies du royaume. Point du tout. *Ifaac Newton* avait une nièce affez aimable nommée madame *Conduit ;* elle plut beaucoup au grand-tréforier *Hallifax.* Le calcul infinitéfimal & la gravitation ne lui auraient fervi de rien fans une jolie nièce.

S E C T I O N I I I.

De la chronologie réformée par Newton , qui fait le monde moins vieux de cinq cents ans.

IL me refte à vous parler d'un autre ouvrage plus à la portée du genre-humain , mais qui fe fent toujours de cet efprit créateur que M. *Newton* portait dans toutes fes recherches. C'eft une chronologie toute nouvelle ; car dans tout ce qu'il entreprenait, il fallait qu'il changeât les idées reçues par les autres hommes. Accoutumé à débrouiller des chaos, il a voulu porter au moins quelque lumière dans celui des fables anciennes confondues avec l'hiftoire, & fixer une chronologie incertaine. Il eft vrai qu'il n'y a point de famille, de ville, de nation qui ne cherche à reculer fon origine. De plus, les premiers hiftoriens font les plus négligens à marquer les dates. Les livres étant moins communs mille fois qu'aujourd'hui, & par conféquent moins expofés à la critique, on trompait le monde plus impunément; & puifqu'on a évidemment fuppofé des faits, il eft affez probable qu'on a fuppofé des dates. En général, il parut à M. *Newton* que le monde était de cinq cents ans plus jeune que les chronologiftes ne le difent. Il fonde fon idée fur le cours ordinaire de la nature, & fur les obfervations aftronomiques.

On entend ici par le cours de la nature, le temps de chaque génération des hommes. Les Egyptiens s'étaient fervis les premiers de cette manière incertaine de compter, quand ils voulurent écrire les commencemens de leur hiftoire. Ils comptaient trois cents quarante-une générations depuis *Menès* jufqu'à *Sethon;* & n'ayant pas de dates fixes, ils évaluèrent trois générations à cent ans. Ainfi ils comptèrent du règne de *Menès* au règne de *Sethon*, onze mille trois cents quarante années. Les Grecs, avant de compter par olympiades, fuivirent la méthode des Egyptiens, & étendirent un peu la durée des générations, en pouffant chaque génération jufqu'à quarante années. Or en cela les Egyptiens & les Grecs fe trompèrent dans leur calcul. Il eft bien vrai que, felon le cours ordinaire de la nature, trois générations font environ cent à fix-vingts ans; mais il s'en faut bien que trois règnes

tiennent ce nombre d'années. Il eſt très-évident qu'en
général les hommes vivent plus long-temps que les
rois ne règnent. Ainſi un homme qui voudra écrire
l'hiſtoire ſans avoir de dates préciſes, & qui ſaura qu'il
y a neuf rois chez une nation, aura grand tort s'il
compte trois cents ans pour ces neuf rois. Chaque
génération eſt d'environ trente ans, chaque règne eſt
d'environ vingt, l'un portant l'autre. Prenez les trente
rois d'Angleterre depuis *Guillaume le conquérant* juſqu'à
George I, ils ont régné ſix cents quarante-huit ans ;
ce qui réparti ſur les trente rois donne à chacun vingt-
un ans & demi de règne. Soixante-trois rois de France
ont régné, l'un portant l'autre, chacun à peu près
vingt ans. Voilà le cours ordinaire de la nature.
Donc les anciens ſe ſont trompés, quand ils ont
égalé en général la durée des règnes à la durée des
générations ; donc ils ont trop compté, donc il eſt
à propos de retrancher un peu de leur calcul.

   Les obſervations aſtronomiques ſemblent prêter
encore un plus grand ſecours à notre philoſophe.
Il paraît plus fort en combattant ſur ſon terrain.
Vous ſavez que la terre, outre ſon mouvement annuel,
qui l'emporte autour du ſoleil d'occident en orient,
dans l'eſpace d'une année, a encore une révolution
ſingulière plutôt ſoupçonnée que connue juſqu'à ces
derniers temps. Ses pôles ont un mouvement très-lent
de rétrogradation d'orient en occident, qui fait que
chaque jour leur poſition ne répond pas préciſément au
même point du ciel. Cette différence, inſenſible en
une année, devient aſſez forte avec le temps ; & au
bout de ſoixante & douze ans on trouve que la différence eſt d'un degré, c'eſt-à-dire, de la trois cent

foixantième partie de tout le ciel. Ainfi après foixante & douze années le colure de l'équinoxe du printemps, qui paffait par une fixe, répond à une autre fixe éloignée de la première d'un degré. De-là vient que le foleil, au lieu d'être dans la partie du ciel où était le bélier du temps d'*Hipparque*, fe trouve répondre à cette partie du ciel où font les poiffons; & que les gemeaux font à la place où le taureau était alors. Tous les fignes ont changé de place; cependant nous retenons toujours la manière de parler des anciens. Nous difons que le foleil eft dans le bélier au printemps, par la même condefcendance que nous difons que le foleil tourne.

Hipparque fut le premier chez les Grecs qui s'aperçut de quelque changement dans les conftellations par rapport aux équinoxes, ou plutôt qui l'apprit des Egyptiens. Les philofophes attribuèrent ce mouvement aux étoiles; car alors on était bien loin d'imaginer une telle révolution dans la terre. On la croyait en tout fens immobile. Ils créèrent donc un ciel où ils attachèrent toutes les étoiles, & donnèrent à ce ciel un mouvement particulier, qui le fefait avancer vers l'orient, pendant que toutes les étoiles femblaient faire leur route journalière d'orient en occident. A cette erreur ils en ajoutèrent une feconde bien plus effentielle. Ils crurent que le ciel prétendu des étoiles fixes avançait d'un degré vers l'orient en cent années. Ainfi ils fe trompèrent dans leur calcul aftronomique, auffi-bien que dans leur fyftéme phyfique. Par exemple, un aftronome aurait dit alors : L'équinoxe du printemps a été du temps d'un tel obfervateur dans un tel figne, à une telle étoile ; il a fait deux degrés de chemin depuis cet observateur jusqu'à nous : or deux degrés valent deux cents ans ; donc cet observateur vivait deux cents ans avant moi. Il est certain qu'un astronome, qui aurait raisonné ainsi, se ferait trompé environ de cinquante ans. Voilà pourquoi les anciens, doublement trompés, composèrent leur grande année du monde, c'est-à-dire, de la révolution de tout le ciel, d'environ trente-six mille ans. Mais les modernes savent que cette révolution imaginaire du ciel des étoiles n'est autre chose que la révolution des pôles de la terre, qui se fait en vingt-cinq mille neuf cents ans. Il est bon de remarquer ici en passant que M. *Newton*, en déterminant la figure de la terre, a très-heureusement expliqué la raison de cette révolution.

Tout ceci posé, il reste, pour fixer la chronologie, de voir par quelle étoile le colure des équinoxes coupe aujourd'hui l'écliptique au printemps, & de savoir s'il ne se trouve point quelque ancien, qui nous ait dit en quel point l'écliptique était coupée de son temps par le même colure des équinoxes. *Clément Alexandrin* rapporte que *Chiron*, qui était de l'expédition des Argonautes, observa les constellations au temps de cette fameuse expédition, & fixa l'équinoxe du printemps au milieu du bélier, l'équinoxe d'automne au milieu de la balance, le solstice de notre été au milieu du cancre, & le solstice d'hiver au milieu du capricorne.

Long-temps après l'expédition des Argonautes, & un an avant la guerre du Péloponèse, *Meton* observa que le point du solstice d'été passait par le sixième degré du cancre.

Or chaque figne du zodiaque eft de trente degrés. Du temps de *Chiron*, le folftice était à la moitié du figne, c'eft-à-dire, au quinzième degré ; un an avant la guerre du Péloponèfe il était au huitième ; donc il avait rétrogradé de fept degrés; (un degré vaut foixante & douze ans) donc, du commencement de la guerre du Péloponèfe, à l'entreprife des Argonautes, il n'y a que fept fois foixante & douze ans, qui font cinq cents quatre ans, & non pas fept cents années, comme le difaient les Grecs. Ainfi, en comparant l'état du ciel d'aujourd'hui à l'état où il était alors, nous voyons que l'expédition des Argonautes doit être placée neuf cents ans avant JESUS-CHRIST , & non pas environ quatorze cents ans ; & que par conféquent le monde eft moins vieux d'environ cinq cents ans qu'on ne penfait. Par-là toutes les époques font rapprochées, & tout eft fait plus tard qu'on ne le dit. Ce fyftème paraît vrai , je ne fais s'il fera fortune , & fi l'on voudra fe réfoudre fur ces idées à réformer la chronologie du monde. Peut-être les favans trouveraient-ils que c'en ferait trop d'accorder à un même homme l'honneur d'avoir perfectionné à la fois la phyfique , la géométrie & l'hiftoire ; ce ferait une efpèce de monarchie univerfelle, dont l'amour-propre s'accommode mal-aifément. Auffi dans le temps que les partifans des tourbillons & de la matière cannelée attaquaient la gravitation démontrée , le révérend père *Souciet* & M. *Fréret* écrivaient contre la chronologie de *Newton* avant qu'elle fût imprimée.

N O E L.

Personne n'ignore que c'eſt la fête de la naiſſance de Jesus. La plus ancienne fête qui ait été célébrée dans l'Egliſe après celles de la pâque & de la pentecôte, ce fut celle du baptême de Jesus. Il n'y avait encore que ces trois fêtes quand Sᵗ Chryſoſtôme prononça ſon Homélie ſur la pentecôte. Nous ne parlons pas des fêtes de martyrs qui étaient d'un ordre fort inférieur. On nomma celle du baptême de Jesus l'Epiphanie, à l'exemple des Grecs qui donnaient ce nom aux fêtes qu'ils célébraient en mémoire de l'apparition ou de la manifeſtation des Dieux ſur la terre, parce que ce ne fut qu'après ſon baptême que Jesus commença de prêcher l'évangile.

On ne ſait ſi vers la fin du quatrième ſiècle on ſolemniſait cette fête dans l'île de Chypre le 6 de novembre; mais Sᵗ Epiphane (a) ſoutenait que Jesus avait été baptiſé ce jour-là. Sᵗ Clément d'Alexandrie (b) nous apprend que les baſilidiens feſaient cette fête le 15 de tybi, pendant que d'autres la mettaient au 11 du même mois, c'eſt-à-dire les uns au 10 de janvier, & les autres au 6 : cette dernière opinion eſt celle que l'on ſuit encore. A l'égard de ſa naiſſance, comme on n'en ſavait préciſément ni le jour, ni le mois, ni l'année, elle n'était point fêtée.

Suivant les remarques qui ſont à la fin des œuvres du même père, ceux qui avaient recherché le plus curieuſement le jour auquel Jesus était né, diſaient

(a) Héréſie 51, n. 17 & 19.   (b) Stromates, l. I, p. 340.

les uns que c'était le 25 du mois égyptien pachon,
c'eſt-à-dire le 20 de mai, & les autres le 24 ou le 25
de pharmuthi, jours qui répondent au 19 ou 20
d'avril. Le ſavant M. de *Beauſobre* (*c*) croit que ces
derniers étaient les valentiniens. Quoi qu'il en ſoit,
l'Orient & l'Egypte feſaient la fête de la nativité de
Jesus le 6 de janvier, le même jour que celle de ſon
baptême, ſans qu'on puiſſe ſavoir au moins avec
certitude, ni quand cette coutume commença, ni
quelle en fut la véritable raïſon.

L'opinion & la pratique des Occidentaux furent
toutes différentes de celles de l'Orient. Les centuria-
teurs de Magdebourg (*d*) rapportent un paſſage de
Théophile de Céſarée qui fait parler ainſi les Egliſes
des Gaules : Comme on célèbre la naiſſance de Jesus-
Christ le 25 décembre, quelque jour de la ſemaine
que tombe ce 25, on doit célébrer de même la réſurrection de Jesus-Christ le 25 mars, quelque jour
que ce ſoit, parce que le Seigneur eſt reſſuſcité ce
jour-là.

Si le fait eſt vrai, il faut avouer que les évêques
des Gaules étaient bien prudens & bien raiſonnables.
Perſuadés, comme toute l'antiquité, que Jesus avait
été crucifié le 23 mars, & qu'il était reſſuſcité le 25,
ils feſaient la pâque de ſa mort le 23, & celle de ſa
réſurrection le 25, ſans ſe mettre en peine d'obſerver
la pleine lune, ce qui était au fond une cérémonie
judaïque, & ſans s'aſtreindre au dimanche. Si l'Egliſe
les avait imités, elle eût évité les diſputes longues &
ſcandaleuſes qui penſèrent diviſer l'Orient & l'Occident, & qui, après avoir duré un ſiècle & demi, ne

(*c*) Hiſt. du Manich. t. II, p. 692.　(*d*) Cent. 2, col. 118.

furent terminées que par le premier concile de Nicée.

Quelques favans conjecturent que les Romains choisirent le solstice d'hiver pour y mettre la naissance de Jesus, parce que c'est alors que le soleil commence à se rapprocher de notre hémisphère. Dès le temps de *Jules-Céfar*, le solstice civil, politique fut fixé au 25 décembre. C'était à Rome une fête où l'on célébrait le retour du soleil ; ce jour s'appelait *bruma*, comme le remarque *Pline*, (*e*) qui le fixe, ainsi que *Servius*, (*f*) au 8 des kalendes de janvier. Il se peut que cette pensée eût quelque part au choix du jour, mais elle n'en fut pas l'origine. Un passage de *Josephe*, qui est évidemment faux, trois ou quatre erreurs des anciens, & une explication très-myslique d'un mot de *St Jean-Baptiste* en ont été la cause, comme *Joseph Scaliger* va nous l'apprendre.

Il plut aux anciens, dit ce savant critique, (*g*) de supposer premièrement que *Zacharie* était souverain facrificateur lorsque J E S U S naquit. Rien n'est plus faux, & il n'y a plus personne qui le croie, au moins parmi ceux qui ont quelques connaissances.

Secondement, les anciens suppoférent ensuite que *Zacharie* était dans le lieu très-saint, & qu'il y offrait le parfum ; lorsque l'ange lui apparut & lui annonça la naissance d'un fils.

Troisièmement, comme le souverain facrificateur n'entrait dans le fanctuaire qu'une fois l'année, le jour des expiations, qui était le 10 du mois judaïque

---

(*e*) Histoire naturelle, liv. XVIII, chap. 25.

(*f*) Sur le vers 720 du septième livre de l'Enéide.

(*g*) Can. isagog. liv. III, pag. 305.

tifri, qui répond en partie à celui de feptembre, les anciens fuppofèrent que ce fut le 27, & enfuite le 23 ou le 24 que *Zacharie* étant de retour chez lui après la fête, *Elifabeth* fa femme conçut *Jean-Baptifte*. C'eft ce qui fit mettre la fête de la conception de ce faint à ces jours-là. Comme les femmes portent leurs enfans ordinairement deux cents foixante & dix ou deux cents foixante & quatorze jours, il fallut placer la naiffance de *St Jean* au 24 juin. Voilà l'origine de la St Jean ; voici celle de Noël qui en dépend.

Quatrièmement, on fuppofe qu'il y eut fix mois entiers entre la conception de *Jean-Baptifte* & celle de JESUS, quoique l'ange dit fimplement à *Marie* (h) que c'était alors le fixième mois de la groffeffe d'*Elifabeth*. On mit donc conféquemment la conception de JESUS au 25 mars, & l'on conclut de ces diverfes fuppofitions que JESUS devait être né le 25 décembre, neuf mois précifément après fa conception.

Il y a bien du merveilleux dans ces arrangemens. Ce n'eft pas un des moindres que les quatre points cardinaux de l'année, qui font les deux équinoxes & les deux folftices tels qu'on les avait placés alors, foient marqués des conceptions & des naiffances de *Jean-Baptifte* & de JESUS. Mais voici un merveilleux bien plus digne d'être remarqué. C'eft que le folftice où JESUS naquit, eft l'époque de l'accroiffement des jours, au lieu que celui où *Jean-Baptifte* vint au monde eft l'époque de leur diminution. C'eft ce que le faint précurfeur avait infinué d'une manière très-myftique dans ces mots, où parlant de JESUS, (i) il faut, dit-il, qu'il croiffe & que je diminue.

(h) *Luc*, chap. I, v. 36.   (i) *Jean*, chap. IV, v. 30.

C'eſt à quoi *Prudence* fait alluſion dans une hymne ſur la nativité du Seigneur. Cependant *St Léon* (*k*) dit que de ſon temps il y avait à Rome des gens qui diſaient que ce qui rendait la fête vénérable, était moins la naiſſance de JESUS que le retour, & comme ils s'exprimaient, la nouvelle naiſſance du ſoleil. *St Epiphane* (*l*) aſſure qu'il eſt conſtant que JESUS naquit le 6 de janvier; mais *St Clément* d'Alexandrie, bien plus ancien & plus ſavant que lui, place cette naiſſance au 18 novembre de la vingt-huitième année d'*Auguſte*. Cela ſe déduit, ſelon la remarque du jéſuite *Petau* ſur *St Epiphane*, de ces paroles de *St Clément*: (*m*) Depuis la naiſſance de JESUS-CHRIST juſqu'à la mort de *Commode*, il y a en tout 194 ans un mois & treize jours. Or *Commode* mourut, ſuivant *Petau*, le dernier décembre de l'année 192 de l'ère vulgaire; il faut donc que, ſelon *Clément*, JESUS ſoit né un mois & treize jours avant le dernier décembre, & par conſéquent le 18 novembre de la vingt-huitième année d'*Auguſte*. Sur quoi il faut obſerver que *St Clément* ne compte les années d'*Auguſte* que depuis la mort d'*Antoine* & la priſe d'Alexandrie, parce que ce fut alors que ce prince reſta ſeul maître de l'empire.

Ainſi l'on n'eſt pas plus aſſuré de l'année que du jour & du mois de cette naiſſance. Quoique *St Luc* déclare (*n*) qu'il s'eſt exactement informé de toutes ces choſes depuis leur premier commencement, il fait aſſez voir qu'il ne ſavait pas exactement l'âge de JESUS quand il dit (*o*) qu'il avait environ trente ans lorſqu'il

---

(*k*) Sermon 21, t. II, p. 148.
(*l*) Héréſie 51, n. 29.
(*m*) Stromates, l. I, p. 340.
(*n*) Ch. I, v. 3.
(*o*) Ch. III, v. 21.

fut baptifé. En effet, cet évangélifte (*p*) fait naître
JESUS l'année d'un dénombrement qui fut fait, felon
lui, par *Cirinus* ou *Cirinius* gouverneur de Syrie, tandis
que ce fut par *Sentius Saturnius*, fi l'on en croit
Tertullien. (*q*) Mais *Saturnius* avait déjà quitté la province la dernière année d'*Hérode*, & avait eu pour
fucceffeur *Quintilius Varus*, comme nous l'apprenons
de *Tacite*, (*r*) & *Publius Sulpitius Quirinus* ou *Quirinius*,
dont veut apparemment parler *St Luc*, ne fuccéda à
Quintilius Varus qu'environ dix ans après la mort
d'*Hérode*, lorfqu'*Archelaüs* roi de Judée fut relégué
par *Augufte*, comme le dit *Jofephe* dans fes Antiquités
judaïques. (*s*)

Il eft vrai que *Tertullien*, (*t*) & avant lui *St Juftin*, (*u*)
renvoyaient les païens & les hérétiques de leur temps
aux archives publiques où fe confervaient les regiftres
de ce prétendu dénombrement ; mais *Tertullien* ren-
voyait également aux archives publiques pour y
trouver la nuit arrivée en plein midi au temps de la
paffion de JESUS, comme nous l'avons dit à l'article
Eclipfe, où nous avons obfervé le peu d'exactitude de
ces deux pères & de leurs pareils, en citant les monumens publics, à propos de l'infcription d'une ftatue
que *St Juftin*, lequel affurait l'avoir vue à Rome,
difait être dédiée à *Simon le magicien*, & qui l'était à
un dieu des anciens Sabins.

(*p*) Ch. II, v. 2.
(*q*) Liv. IV, ch. XIX contre *Marcion*.
(*r*) L. V, fect. 9.
(*s*) L. XVI, c. XIII, & I. XVII, c. XIII & XIV.
(*t*) Liv. IV, chap. VII contre *Marcion*.
(*u*) II. Apol.

Au refte, on ne fera point étonné de ces incertitudes, fi l'on fait attention que JESUS ne fut connu de fes difciples qu'après qu'il eut reçu le baptême de *Jean*. C'eft expreffément à commencer depuis ce baptême, que *Pierre* veut que le fucceffeur de *Judas* rende témoignage de JESUS, & felon les Actes des apôtres, (*x*) *Pierre* entend parler de tout le temps que JESUS a vécu avec eux.

NOMBRE.

Euclide avait-il raifon de définir le nombre, collection d'unités de même efpèce?

Quand *Newton* dit que le nombre eft un rapport abftrait d'une quantité à une autre de même efpèce, n'a-t-il pas entendu par-là l'ufage des nombres en arithmétique, en géométrie?

Wolf dit: le nombre eft ce qui a le même rapport avec l'unité, qu'une ligne droite avec une ligne droite. N'eft-ce pas plutôt une propriété attribuée au nombre qu'une définition?

Si j'ofais, je définirais fimplement le nombre, l'*idée de plufieurs unités*.

Je vois du blanc; j'ai une fenfation, une idée de blanc. Je vois du verd à côté. Il n'importe que ces deux chofes foient ou ne foient pas de la même efpèce; je puis compter deux idées. Je vois quatre hommes & quatre chevaux; j'ai l'idée de huit: de même trois pierres & fix arbres me donneront l'idée de neuf.

(*x*) Ch. I, v. 22.

Que j'additionne, que je multiplie, que je fouf-
traie, que je divife ; ce font des opérations de ma
faculté de penfer que j'ai reçue du maître de la nature ;
mais ce ne font point des propriétés inhérentes au
nombre. Je puis quarrer 3, le cuber ; mais il n'y a
certainement dans la nature aucun nombre qui foit
quarré ou cube.

Je conçois bien ce que c'eft qu'un nombre pair ou
impair ; mais je ne concevrai jamais ce que c'eft qu'un
nombre parfait ou imparfait.

Les nombres ne peuvent avoir rien par eux-mêmes.
Quelles propriétés, quelle vertu pourraient avoir dix
cailloux, dix arbres, dix idées, feulement en tant
qu'ils font dix ? Quelle fupériorité aura un nombre
divifible en trois pairs fur un autre divifible en deux
pairs ?

Pythagore eft le premier, dit-on, qui ait découvert
des vertus divines dans les nombres. Je doute qu'il
foit le premier, car il avait voyagé en Egypte, à
Babylone & dans l'Inde ; & il devait en avoir rapporté
bien des connaiffances & des rêveries. Les Indiens
furtout inventeurs de ce jeu fi combiné & fi compli-
qué des échecs, & de ces chiffres fi commodes que les
Arabes apprirent d'eux, & qui nous ont été commu-
niqués après tant de fiècles ; ces Indiens, dis-je,
joignaient à leurs fciences d'étranges chimères ; les
Chaldéens en avaient encore davantage, & les Egyptiens encore plus. On fait affez que la chimère tient à
notre nature. Heureux qui peut s'en préferver !
heureux qui, après avoir eu quelques accès de cette
fièvre de l'efprit, peut recouvrer une fanté tolérable !

Porphyre, dans la Vie de *Pythagore*, dit que le nombre 2 eſt funeſte. On pourrait dire que c'eſt au contraire le plus favorable de tous. Malheur à celui qui eſt toujours ſeul ! malheur à la nature , ſi l'eſpèce humaine & celle des animaux n'étaient ſouvent deux à deux !

Si 2 était de mauvais augure , en récompenſe 3 était admirable; 4 était divin : mais les pythagoriciens, & leurs imitateurs oubliaient alors que ce chiffre myſtérieux 4, ſi divin, était compoſé de deux fois deux, nombre diabolique. Six avait ſon mérite, parce que les premiers ſtatuaires avaient partagé leurs figures en ſix modules. Nous avons vu que, ſelon les Chaldéens, DIEU avait créé le monde en 6 gahambars : mais 7 était le nombre le plus merveilleux; car il n'y avait alors que ſept planètes ; chaque planète avait ſon ciel, & cela compoſait ſept cieux , ſans qu'on fût ce que voulait dire ce mot de *ciel*. Toute l'Aſie comptait par ſemaine de ſept jours. On diſtinguait la vie de l'homme en ſept âges. Que de raiſons en faveur de ce nombre !

Les Juifs ramaſſèrent avec le temps quelques balayures de cette philoſophie. Elle paſſa chez les premiers chrétiens d'Alexandrie avec les dogmes de *Platon*. Elle éclata principalement dans l'Apocalypſe de *Cérinthe*, attribuée à *Jean le baptiſeur.*

On en voit un grand exemple dans le nombre de la bête. (*a*)

On ne peut acheter ni vendre, à moins qu'on n'ait le caractère de la bête, ou ſon nom ou ſon nombre. C'eſt ici la ſcience. Que celui qui a de l'entendement compte le nombre

(*a*) Apocalypſe , chap. XIII.

M 2

de la bête ; car son nom est d'homme, & son nombre est 666. (1)

On sait quelle peine tous les grands docteurs ont prise pour deviner le mot de l'énigme. Ce nombre, composé de 3 fois 2 à chaque chiffre, signifiait-il 3 fois funeste à la troisième puissance ? Il y avait deux bêtes ; & l'on ne sait pas encore de laquelle l'auteur a voulu parler. Nous avons vu que l'évêque *Bossuet*, moins heureux en arithmétique qu'en oraisons funèbres, a démontré que *Dioclétien* est la bête, parce qu'on trouve en chiffres romains 666 dans les lettres de son nom, en retranchant les lettres qui gâteraient cette opération. Mais en se servant de chiffres romains, il ne s'est pas souvenu que l'Apocalypse est écrite en grec. Un homme éloquent peut tomber dans cette méprise. (*)

Le pouvoir des nombres fut d'autant plus respecté parmi nous, qu'on n'y comprenait rien.

Vous avez pu, ami lecteur, observer au mot *Figure* quelles fines allégories *Augustin*, évêque d'Hippone, tira des nombres.

Ce goût subsista si long-temps, qu'il triompha au concile de Trente. On y conserva les mystères, appelés *sacremens* dans l'Eglise latine, parce que les dominicains, & *Soto* à leur tête, alléguèrent qu'il y avait sept choses principales qui contribuaient à la vie, sept planètes, sept vertus, sept péchés mortels,

---

(1) Ce passage peut servir à trouver le temps où l'Apocalypse a été composé. Il est probable que c'est sous l'empire du tyran dont le nom est formé par des lettres telles que la somme de leurs valeurs numérales soit 666. D'après cela on a trouvé qu'il avait été fait sous le règne de *Caligula*.

(*) Voyez *Apocalypse*.

fix jours de créations & un de repos qui font fept ; plus fept plaies d'Egypte ; plus fept béatitudes : mais malheureufement les pères oublièrent que l'Exode compte *dix* plaies, & que les béatitudes font au nombre de huit dans *St Matthieu*, & au nombre de quatre dans *St Luc*. Mais des favans ont applani cette petite difficulté, en retranchant de *St Matthieu* les quatre béatitudes de *St Luc ;* refte à fix : ajoutez l'unité à ces fix, vous aurez fept. Confultez *Fra Paolo Sarpi* au livre fecond de fon hiftoire du concile.

NOUVEAU, NOUVEAUTÉS.

IL femble que les premiers mots des Métamorphofes d'*Ovide*, *in nova fert animus*, foient la devife du genre-humain. Perfonne n'eft touché de l'admirable fpec-tacle du foleil qui fe lève, ou plutôt femble fe lever tous les jours ; tout le monde court au moindre petit météore qui paraît un moment dans cet amas de vapeurs qui entourent la terre, & qu'on appelle *le ciel.*

> *Vilia funt nobis quæcumque prioribus annis*
> *Vidimus, & fordet quidquid fpectavimus olim.*

Un colporteur ne fe chargera pas d'un Virgile, d'un Horace, mais d'un livre nouveau, fût-il détef-table. Il vous tire à part & vous dit : Monfieur, voulez-vous des livres de Hollande ?

Les femmes fe plaignent depuis le commencement du monde des infidélités qu'on leur fait en faveur du premier objet nouveau qui fe préfente, & qui n'a fouvent que cette nouveauté pour tout mérite. Plu-fieurs dames (il faut bien l'avouer, malgré le refpect infini qu'on a pour elles) ont traité les hommes comme elles fe plaignent qu'on les a traitées ; & l'hiftoire de *Joconde* eft beaucoup plus ancienne que l'*Ariofte*.

Peut-être ce goût univerfel pour la nouveauté eft-il un bienfait de la nature. On nous crie : contentez-vous de ce que vous avez, ne défirez rien au-delà de votre état ; réprimez votre curiofité, domptez les inquiétudes de votre efprit. Ce font de très-bonnes maximes ; mais fi nous les avions toujours fuivies, nous mangerions encore du gland, nous coucherions à la belle étoile, & nous n'aurions eu ni *Corneille*, ni *Racine*, ni *Molière*, ni *Pouffin*, ni *le Brun*, ni *le Moine*, ni *Pigal*.

N U D I T É.

POURQUOI enfermerait-on un homme, une femme qui marcheraient tout nus dans les rues, & pourquoi perfonne n'eft-il choqué des ftatues abfolument nues, des peintures de *Magdelène* & de JESUS qu'on voit dans quelques Eglifes ?

Il eft vraifemblable que le genre-humain a fubfifté long-temps fans être vêtu.

On a trouvé dans plus d'une île, & dans le continent de l'Amérique, des peuples qui ne connaiffaient pas les vêtemens.

Les plus civilifés cachaient les organes de la génération par des feuilles, par des joncs entrelacés, par des plumes.

D'où vient cette efpèce de pudeur ? était-ce l'inftinct d'allumer des défirs en voilant ce qu'on aimait à découvrir ?

Eſt-il bien vrai que chez des nations un peu plus policées comme les Juifs & demi-juifs, il y ait eu des ſeêtes entières qui n'aient voulu adorer DIEU qu'en ſe dépouillant de tous leurs habits ? tels ont été, dit-on, les adamites & les abéliens. Ils s'aſſemblaient tout nus pour chanter les louanges de DIEU. S*t* *Epiphane* & S*t* *Auguſtin* le diſent. Il eſt vrai qu'ils n'étaient pas contemporains, & qu'ils étaient fort loin de leur pays. Mais enfin cette ſolie eſt poſſible : elle n'eſt pas même plus extraordinaire, plus folie que cent autres folies qui ont fait le tour du monde l'une après l'autre.

Nous avons vu à l'article *Emblème* qu'aujourd'hui même encore les mahométans ont des ſaints qui ſont fous, & qui vont nus comme des ſinges. Il ſe peut très-bien que des énergumènes aient cru qu'il vaut mieux ſe préſenter à la Divinité dans l'état où elle nous a formés, que dans le déguiſement inventé par les hommes. Il ſe peut qu'ils aient montré tout par dévotion. Il y a ſi peu de gens bien faits dans les deux ſexes, que la nudité pouvait inſpirer la chaſteté, ou plutôt le dégoût, au lieu d'augmenter les déſirs.

On dit ſurtout que les abéliens renonçaient au mariage. S'il y avait parmi eux de beaux garçons & de belles filles, ils étaient pour le moins comparables à S*t* *Adhelme* & au bienheureux *Robert d'Arbriſſelle*, qui couchaient avec les plus jolies perſonnes, pour mieux faire triompher leur continence.

J'avoue pourtant qu'il eût été aſſez plaiſant de voir une centaine d'*Hélènes* & de *Pâris* chanter des antiennes & ſe donner le baiſer de paix, & faire les agapes.

Tout cela montre qu'il n'y a point de ſingularité, point d'extravagance, point de ſuperſtition qui n'ait

paſſé par la tête des hommes. Heureux quand ces
ſuperſtitions ne troublent pas la ſociété & n'en font
pas une ſcène de diſcorde, de haine & de fureur !
Il vaut mieux ſans doute prier D I E U tout nu, que
de fouiller de ſang humain ſes autels & les places
publiques.

O.

O   C   C   U   L   T   E   S.

Qualités occultes.

O N s'eſt moqué fort long-temps des qualités
occultes ; on doit ſe moquer de ceux qui n'y croient
pas. Répétons cent fois que tout principe, tout premier reſſort de quelque œuvre que ce puiſſe être du
grand Demiourgos, eſt occulte & caché pour jamais
aux mortels.

Qu'eſt-ce que la force centripète, la force de la gravitation qui agit ſans contact à des diſtances immenſes?

Quelle puiſſance fait tordre notre cœur & ſes oreil-
lettes ſoixante fois par minute ? quel autre pouvoir
change cette herbe en lait dans les mamelles d'une
vache, & ce pain en ſang, en chair, en os dans cet
enfant qui croît à meſure qu'il mange, juſqu'au
point déterminé qui fixe la hauteur de ſa taille ſans
qu'aucun art puiſſe jamais y ajouter une ligne?

Végétaux, minéraux, animaux, où eſt votre premier principe ? il eſt dans la main de celui qui fait
tourner le ſoleil ſur ſon axe, & qui l'a revêtu de
lumière.

Ce plomb ne deviendra jamais argent ; cet argent ne fera jamais or ; cet or ne fera jamais diamant ; de même que cette paille ne deviendra jamais poncire ou ananas.

Quelle phyfique corpufculaire, quels atomes déterminent ainfi leur nature ? vous n'en favez rien ; la caufe fera éternellement occulte pour vous. Tout ce qui vous entoure, tout ce qui eft dans vous, eft une énigme dont il n'eft pas donné à l'homme de deviner le mot.

Cet ignorant fourré croit favoir quelque chofe quand il a dit que les bêtes ont une ame végétative, & une fenfitive, & que les hommes ont l'ame végétative, la fenfitive, & l'intellectuelle.

Pauvre homme pétri d'orgueil, qui n'as prononcé que des mots, as-tu jamais vu une ame, fais-tu comment cela eft fait ? Nous avons beaucoup parlé d'ame dans nos *Queftions*, & nous avons toujours confeffé notre ignorance. Je ratifie aujourd'hui cette confeffion avec d'autant plus d'empreffement, qu'ayant depuis ce temps beaucoup plus lu, plus médité, & étant plus inftruit, je fuis plus en état d'affirmer que je ne fais rien.

ONAN, ONANISME.

Nous avons promis à l'article *Amour focratique* de parler d'*Onan* & de l'onanifme, quoique cet onanifme n'ait rien de commun avec l'amour focratique, & qu'il foit plutôt un effet très-défordonné de l'amour propre.

La race d'*Onan* a de très-grandes fingularités. Le patriarche *Juda* fon père coucha, comme on fait, avec fa belle-fille *Thamar* la phénicienne, dans un grand chemin. *Jacob*, père de *Juda*, avait été à la fois le mari de deux fœurs, filles d'un idolâtre, & il avait trompé fon père & fon beau-père. *Loth*, grand-oncle de *Jacob*, avait couché avec fes deux filles. *Salmon*, l'un des defcendans de *Jacob* & de *Juda*, époufa *Rahab* la cananéenne proftituée. *Booz*, fils de *Salmon* & de *Rahab*, reçut dans fon lit *Ruth* la madianite, & fut bifaïeul de *David*. *David* enleva *Betzabée* au capitaine *Uriah* fon mari, qu'il fit affaffiner pour être plus libre dans fes amours. Enfin, dans les deux généalogies de notre Seigneur JESUS-CHRIST fi différentes en plufieurs points, mais entièrement femblables en ceux-ci, on voit qu'il naquit de cette foule de fornications, d'adultères & d'inceftes. Rien n'eft plus propre à confondre la prudence humaine; à humilier notre efprit borné, à nous convaincre que les voies de la Providence ne font pas nos voies.

Le révérend père dom *Calmet* fait cette réflexion à propos de l'incefte de *Juda* avec *Thamar* & du péché d'*Onan*, chap. XXXVIII de la Genèfe : ,, L'Ecriture, ,, dit-il, nous donne le détail d'une hiftoire qui dans ,, le premier fens qui frappe l'efprit, ne paraît pas ,, fort propre à édifier ; mais le fens caché & myfté- ,, rieux qu'elle renferme eft auffi élevé que celui de ,, la lettre paraît bas aux yeux de la chair. Ce n'eft ,, pas fans de bonnes raifons que le faint-Efprit a ,, permis que l'hiftoire de *Thamar*, de *Rahab*, de *Ruth* ,, & de *Betzabée*, fe trouvât mêlée dans la généalogie ,, de JESUS-CHRIST. ,,

Il eût été à fouhaiter que dom *Calmet* nous eût développé ces bonnes raifons ; il aurait éclairé les

doutes & calmé les fcrupules de toutes les ames honnêtes & timorées qui voudraient comprendre comment
l'être éternel, le créateur des mondes a pu naître dans
un village juif d'une race de voleurs & de proftituées.
Ce myftère, qui n'eft pas le moins inconcevable de
tous les myftères, était digne affurément d'être expliqué par un favant commentateur. Tenons-nous-en
ici à l'onanifme.

On fait bien quel eft le crime du patriarche *Juda* ;
ainfi qu'on connaît le crime des patriarches *Siméon* &
Lévi fes frères, commis dans Sichem ; & le crime de
tous les autres patriarches, commis contre leur frère
Jofeph : mais il eft difficile de favoir précifément quel
était le péché d'*Onan*. *Juda* avait marié fon fils aîné
Her à cette phénicienne *Thamar*. *Her* mourut *pour
avoir été méchant*. Le patriarche voulut que fon fecond
fils *Onan* époufât la veuve, felon l'ancienne loi des
Egyptiens & des Phéniciens leurs voifins : cela s'appelait *fufciter des enfans à fon frère*. Le premier né du
fecond mariage portait le nom du défunt, & c'eft ce
qu'*Onan* ne voulait pas. Il haïffait la mémoire de fon
frère ; & pour ne point faire d'enfant qui portât le
nom de *Her*, il eft dit qu'il *jetait fa femence à terre*.

Or il refte à favoir fi c'était dans la copulation avec
fa femme qu'il trompait ainfi la nature, ou fi c'était
au moyen de la mafturbation qu'il éludait le devoir
conjugal. La Genèfe ne nous apprend point cette
particularité. Mais aujourd'hui ce qu'on appelle communément le *péché d'Onan*, c'eft l'abus de foi-même
avec le fecours de la main, vice affez commun aux
jeunes garçons & même aux jeunes filles qui ont
trop de tempérament.

On a remarqué que l'efpèce des hommes & celle des finges font les feules qui tombent dans ce défaut contraire au vœu de la nature.

Un médecin a écrit en Angleterre contre ce více un petit volume intitulé : *De l'Onanifme*, dont on compte environ quatre-vingts éditions, fuppofé que ce nombre prodigieux ne foit pas un tour de libraire pour amorcer les lecteurs ; ce qui n'eft que trop ordinaire.

M. *Tiffot*, fameux médecin de Laufane, a fait auffi fon *Onanifme*, plus approfondi & plus méthodique que celui d'Angleterre. Ces deux ouvrages étalent les fuites funeftes de cette malheureufe habitude, la perte des forces, l'impuiffance, la dépravation de l'eftomac & des vifcères, les tremblemens, les vertiges, l'hébétation & fouvent une mort prématurée. Il y en a des exemples qui font frémir.

M. *Tiffot* a trouvé par l'expérience que le quinquina était le meilleur remède contre ces maladies, pourvu qu'on fe défît abfolument de cette habitude honteufe & funefte, fi commune aux écoliers, aux pages & aux jeunes moines.

Mais il s'eft aperçu qu'il était plus aifé de prendre du quinquina que de vaincre ce qui eft devenu une feconde nature.

Joignez les fuites de l'onanifme avec la vérole, & vous verrez combien l'efpèce humaine eft ridicule & malheureufe.

Pour confoler cette efpèce, M. *Tiffot* rapporte autant d'exemples de malades de réplétion que de malades d'émiffion ; & ces exemples, il les trouve chez les femmes comme chez les hommes. Il n'y a point de plus fort argument contre les vœux téméraires de chafteté. Que voulez-vous en effet que devienne une liqueur précieufe, formée par la nature pour la propagation du genre-humain? Si on la prodigue indifcrétement, elle peut vous tuer : fi on la retient, elle peut vous tuer de même. On a obfervé que les pollutions noc-turnes font fréquentes chez les perfonnes des deux fexes non mariées, mais beaucoup plus chez les jeunes religieux que chez les reclufes; parce que le tempé-rament des hommes eft plus dominant. On en a conclu que c'eft une énorme folie de fe condamner foi-même à ces turpitudes, & que c'eft une efpèce de facrilége dans les gens fains de proftituer ainfi le don du Créateur, & de renoncer au mariage, ordonné expref-fément par D I E U même. C'eft ainfi que penfent les proteftans, les juifs, les mufulmans & tant d'autres peuples; mais les catholiques ont d'autres raifons en faveur des couvens. Je dirai des catholiques ce que le profond *Calmet* dit du Saint-Efprit : ils ont eu fans doute de bonnes raifons.

O P I N I O N.

QUELLE eft l'opinion de toutes le nations du nord de l'Amérique, & de celles qui bordent le détroit de la Sonde, fur le meilleur des gouvernemens, fur la meilleure des religions, fur le droit public eccléfiafti-que, fur la manière d'écrire l'hiftoire, fur la nature de la tragédie, de la comédie, de l'opéra, de l'églogue, du poëme épique, fur les idées innées, la grâce concomitante & les miracles du diacre *Pâris*? il eft clair que tous ces peuples n'ont aucune opinion fur les chofes dont ils n'ont point d'idées.

Ils ont un sentiment confus de leurs coutumes, &
ne vont pas au-delà de cet instinct. Tels sont les
peuples qui habitent les côtes de la mer Glaciale dans
l'espace de quinze cents lieues. Tels sont les habitans
des trois quarts de l'Afrique, & ceux de presque
toutes les îles de l'Asie, & vingt hordes de Tartares,
& presque tous les hommes uniquement occupés du
soin pénible & toujours renaissant de pourvoir à leur
subsistance. Tels sont à deux pas de nous la plupart
des morlaques & des uscoques, beaucoup de savoyards
& quelques bourgeois de Paris.

Lorsqu'une nation commence à se civiliser, elle a
quelques opinions qui toutes sont fausses. Elle croit
aux revenans, aux sorciers, à l'enchantement des
serpens, à leur immortalité, aux possessions du diable,
aux exorcismes, aux aruspices. Elle est persuadée
qu'il faut que les grains pourrissent en terre pour
germer, & que les quartiers de la lune sont les causes
des accès de fièvre.

Un talapoin persuade à ses dévotes que le Dieu
Sammonocodom a séjourné quelque temps à Siam, &
qu'il a raccourci tous les arbres d'une forêt qui
l'empêchaient de jouer à son aise au cerf-volant, qui
était son jeu favori. Cette opinion s'enracine dans les
têtes, & à la fin un honnête homme, qui douterait de
cette aventure de *Sammonocodom*, courrait risque d'être
lapidé. Il faut des siècles pour détruire une opinion
populaire.

On la nomme la *reine du monde* ; elle l'est si bien,
que quand la raison vient la combattre, la raison est
condamnée à la mort. Il faut qu'elle renaisse vingt
fois de ses cendres pour chasser enfin tout doucement
l'usurpatrice.

O R A C L E S.

SECTION PREMIERE.

DEPUIS que la secte des pharisiens, chez le peuple juif, eut fait connaissance avec le diable, quelques raisonneurs d'entr'eux commencèrent à croire que ce diable & ses compagnons inspiraient chez toutes les autres nations les prêtres & les statues qui rendaient des oracles. Les saducéens n'en croyaient rien; ils n'admettaient ni anges ni démons. Il paraît qu'ils étaient plus philosophes que les pharisiens, par conséquent moins faits pour avoir du crédit sur le peuple.

Le diable sefait tout parmi la populace juive du temps de *Gamaliel*, de *Jean le baptiseur*, de *Jacques Oblia*, & de JÉSUS son frère, qui fut notre sauveur JÉSUS-CHRIST. Aussi vous voyez que le diable transporte JÉSUS tantôt dans le désert, tantôt sur le faîte du temple, tantôt sur une colline voisine dont on découvre tous les royaumes de la terre; le diable entre dans le corps des garçons & des filles, & des animaux.

Les chrétiens, quoiqu'ennemis mortels des pharisiens, adoptèrent tout ce que les pharisiens avaient imaginé du diable, ainsi que les Juifs avaient autrefois introduit chez eux les coutumes & les cérémonies des Egyptiens. Rien n'est si ordinaire que d'imiter ses ennemis, & d'employer leurs armes.

Bientôt les pères de l'Eglise attribuèrent au diable toutes les religions qui partageaient la terre, tous les prétendus prodiges, tous les grands événemens, les comètes, les peftes, le mal caduc, les écrouelles &c. Ce pauvre diable, qu'on difait rôti dans un trou fous la terre, fut tout étonné de fe trouver le maître du monde. Son pouvoir s'accrut enfuite merveilleufement par l'inftitution des moines.

La devife de tous ces nouveaux venus était : donnez-moi de l'argent, & je vous délivrerai du diable. Leur puiffance célefte & terreftre reçut enfin un terrible échec de la main de leur confrère *Luther*, qui fe brouillant avec eux pour un intérêt de beface, découvrit tous les myftères. *Hondorf*, témoin oculaire, nous rapporte que les réformés ayant chaffé les moines d'un couvent d'Eifenach dans la Thuringe, y trouvèrent une ftatue de la vierge *Marie* & de l'enfant JESUS faite par tel art, que lorfqu'on mettait des offrandes fur l'autel, la vierge & l'enfant baiffaient la tête en figne de reconnaiffance, & tournaient le dos à ceux qui venaient les mains vides.

Ce fut bien pis en Angleterre : lorfqu'on fit par ordre de *Henri VIII* la vifite juridique de tous les couvens, la moitié des religieufes était groffe ; & ce n'était point par l'opération du diable. L'évêque *Burnet* rapporte que dans cent quarante-quatre couvens, les procès-verbaux des commiffaires du roi atteftèrent des abominations dont n'approchaient pas celles de Sodome & de Gomorrhe. En effet, les moines d'Angleterre devaient être plus débauchés que les Sodomites, puif-qu'ils étaient plus riches. Ils poffédaient les meilleures terres du royaume. Le terrain de Sodome & de Gomorrhe au contraire, ne produifant ni blé, ni fruits, ni légumes, & manquant d'eau potable, ne pouvait être qu'un

défert

défert affreux, habité par des miférables trop occupés
de leurs befoins pour connaître les voluptés.

. Enfin, ces fuperbes afiles de la fainéantife ayant
été fupprimés par acte du parlement, on étala dans
la place publique tous les inftrumens de leurs fraudes
pieufes : le fameux crucifix de Bokfley, qui fe remuait
& qui marchait comme une marionnette ; des phioles
de liqueur rouge qu'on fefait paffer pour du fang
que verfaient quelquefois des ftatues des faints. quand
ils étaient mécontens de la cour ; des moules de fer-
blanc dans lefquels on avait foin de mettre continuellement des chandelles allumées, pour faire croire
au peuple que c'était la même chandelle qui ne s'étei-
gnait jamais ; des farbacanes, qui paffaient de la
facriftie dans la voûte de l'églife, par lefquelles des
voix céleftes fe fefaient quelquefois entendre à des
dévotes payées pour les écouter ; enfin tout ce que la
friponnerie inventa jamais pour fubjuguer l'imbé-
cillité.

Alors plufieurs favans de l'Europe, bien certains
que les moines & non les diables avaient mis en ufage
tous ces pieux ftratagèmes, commencèrent à croire
qu'il en avait été de même chez les anciennes religions ;
que tous les oracles & tous les miracles tant vantés
dans l'antiquité n'avaient été que des preftiges de
charlatans ; que le diable ne s'était jamais mêlé de
rien ; mais que feulement les prêtres grecs, romains,
fyriens, égyptiens avaient été encore plus habiles que
nos moines.

Le diable perdit donc beaucoup de fon crédit,
jufqu'à ce qu'enfin le bon-homme *Béker*, dont vous
pouvez confulter l'article, écrivit fon ennuyeux livre

contre le diable, & prouva par cent argumens ,qu'il n'exiftait point. Le diable ne lui répondit point; mais les miniftres du St Evangile, comme vous l'avez vu, lui répondirent ; ils punirent le bon *Béker* d'avoir divulgué leur fecret, & lui ôtèrent fa cure ; de forte que *Béker* fut la victime de la nullité de *Belzébuth*.

C'était le fort de la Hollande de produire les plus grands ennemis du diable. Le médecin *Van-Dale*, philofophe humain, favant très-profond, citoyen plein de charité, efprit d'autant plus hardi que fa hardieffe était fondée fur la vertu, entreprit enfin d'éclairer les hommes, toujours efclaves des anciennes erreurs, & toujours épaiffiffant le bandeau qui leur couvre les yeux, jufqu'à ce que quelque grand trait de lumière leur découvre un coin de vérité, dont la plupart font très-indignes. Il prouva, dans un livre plein de l'érudition la plus recherchée, que les diables n'avaient jamais rendu aucun oracle, n'avaient opéré aucun prodige, ne s'étaient jamais mêlés de rien, & qu'il n'y avait eu de véritables démons que les fripons qui avaient trompé les hommes. Il ne faut pas que le diable fe joue jamais à un favant médecin. Ceux qui connaiffent un peu la nature font fort dangereux pour les fefeurs de preftiges. Je confeille au diable de s'adreffer toujours aux facultés de théologie, & jamais aux facultés de médecine.

Van-Dale prouva donc par mille monumens, que non-feulement les oracles des païens n'avaient été que des tours de prêtres, mais que ces friponneries confacrées dans tout l'univers n'avaient point fini du temps de *Jean le baptifeur* & de JESUS-CHRIST, comme on le croyait pieufement. Rien n'était plus vrai, plus palpable, plus démontré que cette vérité annoncée par le médecin *Van-Dale ;* & il n'y a pas aujourd'hui un honnête homme qui la révoque en doute.

Le livre de *Van-Dale* n'est peut-être pas bien méthodique ; mais c'est un des plus curieux qu'on ait jamais faits. Car depuis les fourberies grossières du prétendu *Hiftape* & des sibylles ; depuis l'histoire apocryphe du voyage de *Simon Barjone* à Rome, & des complimens que *Simon* le magicien lui envoya faire par son chien ; depuis les miracles de *St Grégoire-Thaumaturge*, & furtout de la lettre que ce faint écrivit au diable, & qui fut portée à fon adreffe, jufqu'aux miracles des révérends pères jéfuites & des révérends pères capucins, rien n'est oublié. L'empire de l'impofture & de la bêtife est dévoilé dans ce livre aux yeux de tous les hommes qui favent lire, mais ils font en petit nombre.

Il s'en fallait beaucoup que cet empire fût détruit alors en Italie, en France, en Efpagne, dans les Etats autrichiens, & furtout en Pologne où les jéfuites dominaient. Les poffeffions du diable, les faux miracles inondaient encore la moitié de l'Europe abrutie. Voici ce que *Van-Dale* raconte d'un oracle fingulier qui fut rendu de fon temps à Terni dans les Etats du pape vers l'an 1650, & dont la relation fut imprimée à Venife par ordre de la feigneurie.

Un ermite, nommé *Pafquale*, ayant ouï-dire que *Jacovello*, bourgeois de Terni, était fort avare & fort riche, vint faire à Terni fes oraifons dans l'églife que fréquentait *Jacovello*, lia bientôt amitié avec lui, le flatta dans fa paffion, & lui perfuada que c'était une œuvre très-agréable à DIEU de faire valoir fon argent, que cela même était expreffément recommandé dans l'Evangile, puifque le ferviteur négligent, qui n'a pas fait valoir l'argent de fon maître à cinq cents pour cent, eft jeté dans les ténèbres extérieures.

Dans les converfations que l'ermite avait avec *Jacovello*, il l'entretint fouvent des beaux difcours tenus par plufieurs crucifix, & par une quantité de bonnes vierges d'Italie. *Jacovello* convenait que les ftatues des faints parlaient quelquefois aux hommes, & lui difait qu'il fe croirait prédeftiné fi jamais il pouvait entendre parler l'image d'un faint.

Le bon *Pafquale* lui répondit qu'il efpérait lui donner cette fatisfaction dans peu de temps ; qu'il attendait inceffamment de Rome une tête de mort, dont le pape avait fait préfent à un ermite fon confrère ; que cette tête parlait comme les arbres de Dodone, & comme l'âneffe de *Balaam*. Il lui montra en effet la tête quatre jours après. Il demanda à *Jacovello* la clef d'une petite cave, & d'une chambre au-deffus, afin que perfonne ne fût témoin du myftère. L'ermite *Pafquale* ayant fait paffer de la cave un tuyau qui entrait dans la tête, & ayant tout difpofé, fe mit en prière avec fon ami *Jacovello* : la tête alors parla en ces mots : ,, *Jacovello*, DIEU veut récompenfer ton ,, zèle. Je t'avertis qu'il y a un tréfor de cent mille ,, écus fous un if à l'entrée de ton jardin. Tu mourras ,, de mort fubite, fi tu cherches ce tréfor avant ,, d'avoir mis devant moi une marmite remplie de dix ,, marcs d'or en efpèces. ,,

Jacovello courut vîte à fon coffre, & apporta devant l'oracle fa marmite & fes dix marcs. Le bon ermite avait eu la précaution de fe munir d'une marmite

femblable qu'il remplit de fable. Il la fubftitua pru-
demment à la marmite de *Jacovello* quand celui-ci
eut le dos tourné, & laiffa le bon *Jacovello* avec une
tête de mort de plus, & dix marcs d'or de moins.

C'eft à peu près ainfi que fe rendaient tous les
oracles, à commencer par celui de *Jupiter-Ammon*,
& à finir par celui de *Trophonius*.

Un des fecrets des prêtres de l'antiquité, comme
des nôtres, était la confeffion dans les myftères.
C'était là qu'ils apprenaient toutes les affaires des
familles, & qu'ils fe mettaient en état de répondre
à la plupart de ceux qui venaient les interroger. C'eft
à quoi fe rapporte ce grand mot que *Plutarque* a
rendu célébre. Un prêtre voulant confeffer un initié,
celui-ci lui demanda : A qui me confefferai-je ? eft-ce
à toi ou à DIEU ? C'eft à DIEU, reprit le prêtre. —
Sors donc d'ici, homme ; & laiffe-moi avec DIEU.

Je ne finirais point fi je rapportais toutes les chofes
intéreffantes dont *Van-Dale* a enrichi fon livre. *Fontenelle*
ne le traduifit pas ; mais il en tira ce qu'il crut de
plus convenable à fa nation qui aime mieux les agrémens que la fcience. Il fe fit lire par ceux qu'on
appelait en France la bonne compagnie ; & *Van-Dale*,
qui avait écrit en latin & en grec, n'avait été lu que
par des favans. Le diamant brut de *Van-Dale* brilla
beaucoup, quand il fut taillé par *Fontenelle ;* le fuccès
fut fi grand que les fanatiques furent en alarmes.
Fontenelle avait eu beau adoucir les expreffions de *Van-
Dale*, & s'expliquer quelquefois en normand ; il ne
fut que trop entendu par les moines, qui n'aiment
pas qu'on leur dife que leurs confrères ont été des
fripons.

Un nommé *Baltus* jéfuite, né dans le pays Meffin, l'un de ces favans qui favent confulter de vieux livres, les falfifier & les citer mal-à-propos, prit le parti du diable contre *Van-Dale* & *Fontenelle*. Le diable ne pouvait choifir un avocat plus ennuyeux : fon nom n'eft aujourd'hui connu que par l'honneur qu'il eut d'écrire contre deux hommes célébres qui avaient raifon,

Baltus, en qualité de jéfuite, cabala auprès de fes confrères qui étaient alors autant élevés en crédit qu'ils font depuis tombés dans l'opprobre. Les janféniftes, de leur côté, plus énergumènes que les jéfuites, crièrent encore plus haut qu'eux. Enfin tous les fanatiques furent perfuadés que la religion chrétienne était perdue, fi le diable n'était confervé dans fes droits.

Peu à peu les livres des janféniftes & des jéfuites font tombés dans l'oubli. Le livre de *Van-Dale* eft refté pour les favans, & celui de *Fontenelle* pour les gens d'efprit.

A l'égard du diable, il eft comme les jéfuites & les janféniftes, il perd fon crédit de plus en plus.

SECTION II.

QUELQUES hiftoires furprenantes d'oracles, qu'on croyait ne pouvoir attribuer qu'à des génies, ont fait penfer aux chrétiens qu'ils étaient rendus par les démons, & qu'ils avaient ceffé à la venue de JESUS-CHRIST : on fe difpenfait par-là d'entrer dans la difcuffion des faits qui eût été longue & difficile, & il femblait qu'on confirmât la religion qui nous apprend l'exiftence des démons, en leur rapportant ces événemens.

Cependant les hiftoires qu'on débitait fur les oracles doivent être fort fufpectes. (*a*) Celle de *Thamus* à laquelle *Eufébe* donne fa croyance, & que *Plutarque* feul rapporte, eft fuivie dans le même hiftorien d'un autre conte fi ridicule qu'il fuffirait pour la décréditer ; mais de plus elle ne peut recevoir un fens raifonnable. Si ce grand *Pan* était un démon, les démons ne pouvaient-ils pas fe faire favoir fa mort les uns aux autres fans y employer *Thamus* ? Si ce grand *Pan* était JESUS-CHRIST, comment perfonne ne fut-il défabufé dans le paganifme, & ne vint-il à penfer que le grand *Pan* fût JESUS-CHRIST mort en Judée, fi c'était DIEU lui-même qui forçait les démons à annoncer cette mort aux païens ?

L'hiftoire de *Thulis*, dont l'oracle eft pofitif fur la Trinité, n'eft rapportée que par *Suidas*. Ce *Thulis* roi d'Egypte n'était pas affurément un des *Ptolomées*. Que deviendra tout l'oracle de *Sérapis*, étant certain qu'*Hérodote* ne parle point de ce dieu, tandis que *Tacite* conte tout au long comment & pourquoi un des *Ptolomées* fit venir de Pont le dieu *Sérapis* qui n'était alors connu que là.

L'oracle rendu à *Augufte* fur l'enfant hébreu à qui tous les dieux obéiffent, n'eft point du tout recevable. *Cedrenus* le cite d'*Eufébe*, & aujourd'hui il ne s'y trouve plus. Il ne ferait pas impoffible que *Cedrenus* citât à faux, ou citât quelque ouvrage fauffement

(*a*) Voyez pour les citations l'ouvrage latin du docte *Antoine Van-Dale*, d'où cet article eft extrait.

attribué à *Eufèbe ;* mais comment les premiers apologistes du christianisme ont-ils tous gardé le silence sur un oracle si favorable à leur religion?

Les oracles qu'*Eufèbe* rapporte de *Porphyre* attaché au paganisme, ne font pas plus embarraffans que les autres. Il nous les donne dépouillés de tout ce qui les accompagnait dans les écrits de *Porphyre.* Que favons-nous si ce païen ne les réfutait pas? felon l'intérêt de fa caufe il devait le faire, & s'il ne l'a pas fait, affurément il avait quelque intention cachée, comme de les préfenter aux chrétiens à deffein de fe moquer de leur crédulité, s'ils les recevaient pour vrais, & s'ils appuyaient leur religion fur de pareils fondemens.

D'ailleurs quelques anciens chrétiens ont reproché aux païens qu'ils étaient joués par leurs prêtres. Voici comme en parle *Clément* d'Alexandrie *:* Vantenous, dit-il, fi tu veux, ces oracles pleins de folie & d'impertinence, ceux de Claros, d'*Apollon pythien*, de Didime, d'*Amphilochus ;* tu peux y ajouter les augures & les interprètes des fonges & des prodiges. Fais-nous paraître auffi devant l'*Apollon pythien* ces gens qui devinent par la farine ou par l'orge, & ceux qui ont été fi eftimés parce qu'ils parlaient du ventre. Que les fecrets des temples des Egyptiens, & que la nécromancie des Etrufques demeurent dans les ténèbres ; toutes ces chofes ne font certainement que des impoftures extravagantes & de pures tromperies pareilles à celles des jeux de dés. Les chèvres qu'on a dreffées à la divination, les corbeaux qu'on a inftruits à rendre des oracles, ne font, pour ainfi dire, que les affociés des charlatans qui fourbent tous les hommes.

Eufèbe étale à fon tour d'excellentes raifons pour prouver que les oracles ont pu n'être que des impof-tures ; & s'il les attribue aux démons, c'eft par l'effet d'un préjugé pitoyable, & par un refpect forcé pour l'opinion commune. Les païens n'avaient garde de confentir que leurs oracles ne fuffent qu'un artifice de leurs prêtres ; on crut donc, par une mauvaife manière de raifonner, gagner quelque chofe dans la difpute, en leur accordant que quand même il y aurait eu du furnaturel dans leurs oracles, cet ouvrage n'était pas celui de la Divinité, mais des démons.

Il n'eft plus queftion de deviner les fineffes des prêtres par des moyens qui pourraient eux-mêmes paraître trop fins. Un temps a été qu'on les a décou-vertes de toutes parts aux yeux de toute la terre ; ce fut quand la religion chrétienne triompha hautement du paganifme fous les empereurs chrétiens.

Théodoret dit que *Théophile* évêque d'Alexandrie fit voir à ceux de cette ville les ftatues creufes où les prêtres entraient par des chemins cachés pour y rendre les oracles. Lorfque par l'ordre de *Conftantin* on abattit le temple d'*Efculape* à Egès en Cilicie, on chaffa, dit *Eufèbe* dans la vie de cet empereur, non pas un dieu, ni un démon, mais le fourbe qui avait fi long-temps impofé à la crédulité des peuples. A cela il ajoute en général que dans les fimulacres des dieux abattus, on n'y trouvait rien moins que des dieux ou des démons, non pas même quelques malheureux fpectres obfcurs & ténébreux, mais feulement du foin, de la paille, ou des os de morts.

La plus grande difficulté qui regarde les oracles eft furmontée depuis que nous avons reconnu que les démons n'ont point dû y avoir de part. On n'a plus aucun intérêt à les faire finir précifément à la venue de JESUS-CHRIST. Voici d'ailleurs plufieurs preuves que les oracles ont duré plus de quatre cents ans après JESUS-CHRIST, & qu'ils ne font devenus tout-à-fait muets que lors de l'entière deftruction du paganifme.

Suétone, dans la vie de *Néron*, dit que l'oracle de Delphes l'avertit qu'il fe donnât de garde des foixante & treize ans ; que *Néron* crut qu'il ne devait mourir qu'à cet âge-là, & ne fongea point au vieux *Galba* qui étant âgé de foixante & treize ans, lui ôta l'empire.

Philoftrate dans la vie d'*Apollonius* de Thyane, qui a vu *Domitien*, nous apprend qu'*Apollonius* vifita tous les oracles de la Grèce, & celui de Dodone, & celui de Delphes, & celui d'Amphiaraüs.

Plutarque, qui vivait fous *Trajan*, nous dit que l'oracle de Delphes était encore fur pied, quoique réduit à une feule prêtreffe après en avoir eu deux ou trois.

Sous *Adrien*, *Dion Chryfoftôme* raconte qu'il confulta l'oracle de Delphes ; & il en rapporta une réponfe qui lui parut affez embarraffée, & qui l'eft effectivement.

Sous les *Antonins*, *Lucien* affure qu'un prêtre de Thyane alla demander à ce faux prophète *Alexandre*, fi les oracles qui fe rendaient alors à Didime, à Claros & à Delphes, étaient véritablement des réponfes d'*Apollon*, ou des impoftures. *Alexandre* eut des égards pour ces oracles qui étaient de la nature du fien, & répondit au prêtre qu'il n'était pas permis de favoir cela. Mais quand cet habile prêtre demanda

ce qu'il ferait après fa mort, on lui répondit hardiment : Tu feras chameau, puis cheval, puis philofophe, puis prophète auffi grand qu'*Alexandre*.

Après les *Antonins*, trois empereurs fe difputèrent
l'empire. On confulta Delphes, dit *Spartien*, pour
favoir lequel des trois la république devait fouhaiter ?
Et l'oracle répondit en un vers : Le noir eft le meilleur ;
l'africain eft le bon ; le blanc eft le pire. Par le noir
on entendait *Pefcennius Niger* ; par l'africain, *Severus
Septimus* qui était d'Afrique ; & par le blanc, *Claudius
Albinus*.

Dion qui ne finit fon hiftoire qu'à la huitième
année d'*Alexandre-Sévère*, c'eft-à-dire l'an 230, rapporte que de fon temps *Amphilochus* rendait encore
des oracles en fonge. Il nous apprend auffi qu'il y
avait dans la ville d'Apollonie un oracle où l'avenir
fe déclarait par la manière dont le feu prenait à
l'encens qu'on jetait fur un autel.

Sous *Aurélien*, vers l'an 272, les Palmyréniens
révoltés confultèrent un oracle d'*Apollon farpédonien*
en Cilicie ; ils confultèrent encore celui de *Vénus
aphacite*.

Licinius, au rapport de *Sozoméne*, ayant deffein de
recommencer la guerre contre *Conftantin*, confulta
l'oracle d'*Apollon* de Didime, & en eut pour réponfe
deux vers d'*Homére* dont le fens eft : Malheureux
vieillard, ce n'eft point à toi à combattre contre
les jeunes gens ; tu n'as point de force, & ton âge
t'accable.

Un dieu affez inconnu nommé *Befa*, felon *Ammien
Marcellin*, rendait encore des oracles fur des billets
à Abide, dans l'extrémité de la Thébaïde, fous
l'empire de *Conftantius*.

Enfin *Macrobe*, qui vivait fous *Arcadius* & *Honorius* fils de *Théodofe*, parle du dieu d'Héliopolis de Syrie & de fon oracle, & des Fortunes d'Antium, en des termes qui marquent pofitivement que tout cela fubfiftait encore de fon temps.

Remarquons qu'il n'importe que toutes ces hiftoires foient vraies, ni que ces oracles aient effectivement rendu les réponfes qu'on leur attribue. Il fuffit qu'on n'a pu attribuer de fauffes réponfes qu'à des oracles que l'on favait qui fubfiftaient encore effectivement; & les hiftoires que tant d'auteurs en ont débitées prouvent affez qu'ils n'avaient pas ceffé, non plus que le paganifme.

Conftantin abattit peu de temples; encore n'ofa-t-il les abattre qu'en prenant le prétexte des crimes qui s'y commettaient. C'eft ainfi qu'il fit renverfer celui de *Vénus aphacite* & celui d'*Efculape* qui était à Èges en Cilicie, tous deux temples à oracles; mais il défendit que l'on facrifiât aux Dieux, & commença à rendre par cet édit les temples inutiles.

Il reftait encore beaucoup d'oracles lorfque *Julien* parvint à l'empire; il en rétablit quelques-uns qui étaient ruinés, & il voulut même être prophète de celui de Didime. *Jovien* fon fucceffeur commençait à fe porter avec zèle à la deftruction du paganifme; mais en fept mois qu'il régna, il ne put faire de grands progrès. *Théodofe* pour y parvenir ordonna de fermer tous les temples des païens. Enfin l'exercice de cette religion fut défendu fous peine de la vie par une conftitution des empereurs *Valentinien* & *Marcien*, l'an 451 de l'ère vulgaire, & le paganifme enveloppa néceffairement les oracles dans fa ruine.

Cette manière de finir n'a rien de surprenant, elle était la suite naturelle de l'établissement d'un nouveau culte. Les faits miraculeux, ou plutôt qu'on veut donner pour tels, diminuent dans une fausse religion, ou à mesure qu'elle s'établit, parce qu'elle n'en a plus besoin, ou à mesure qu'elle s'affaiblit, parce qu'ils n'obtiennent plus de croyance. Le désir si vif & si inutile de connaître l'avenir donna naissance aux oracles ; l'imposture les accrédita, & le fanatisme y mit le sceau : car un moyen infaillible de faire des fanatiques, c'est de persuader avant que d'instruire. La pauvreté des peuples qui n'avaient plus rien à donner, la fourberie découverte dans plusieurs oracles, & conclue dans les autres, enfin les édits des empereurs chrétiens, voilà les causes véritables de l'établissement & de la cessation de ce genre d'imposture : des circonstances contraires l'ont fait disparaître ; ainsi les oracles ont été soumis à la vicissitude des choses humaines.

On se retranche à dire que la naissance de JESUS-CHRIST est la première époque de leur cessation ; mais pourquoi certains démons ont-ils fui tandis que les autres restaient ? D'ailleurs l'histoire ancienne prouve invinciblement que plusieurs oracles avaient été détruits avant cette naissance ; tous les oracles brillans de la Grèce n'existaient plus, ou presque plus, & quelquefois l'oracle se trouvait interrompu par le silence d'un honnête prêtre qui ne voulait pas tromper le peuple. L'oracle de Delphes, dit *Lucain*, est demeuré muet depuis que les princes craignent l'avenir ; ils ont défendu aux Dieux de parler, & les Dieux ont obéi.

ORAISON, PRIERE PUBLIQUE, ACTION DE GRACES &c.

IL refte très-peu de formules de prières publiques des peuples anciens.

Nous n'avons que la belle hymne d'*Horace* pour les jeux féculaires des anciens Romains. Cette prière eft du rythme & de la mefure que les autres Romains ont imités long-temps après dans l'hymne *Ut queant laxis refonare fibris.*

Le *pervigilium Veneris* eft dans un goût recherché, & n'eft pas peut-être digne de la noble fimplicité du règne d'*Augufle*. Il fe peut que cette hymne à *Vénus* ait été chantée dans les fêtes de la déeffe ; mais on ne doute pas qu'on n'ait chanté le poëme d'*Horace* avec la plus grande folemnité.

Il faut avouer que le poëme féculaire d'*Horace* eft un des plus beaux morceaux de l'antiquité, & que l'hymne *Ut queant laxis* eft un des plus plats ouvrages que nous ayons eus dans les temps barbares de la décadence de la langue latine. L'Eglife catholique dans ces temps-là cultivait mal l'éloquence & la poëfie. On fait bien que DIEU préfère de mauvais vers récités avec un cœur pur, aux plus beaux vers du monde bien chantés par des impies : mais enfin de bons vers n'ont jamais rien gâté, toutes chofes étant d'ailleurs égales.

Rien n'approcha jamais parmi nous des jeux féculaires qu'on célébrait de cent dix ans en cent dix ans. Notre jubilé n'en eft qu'une bien faible copie. On dreffait trois autels magnifiques fur les bords du

Tibre. Rome entière était illuminée pendant trois nuits ; quinze prêtres diftribuaient l'eau luftrale & des cierges aux Romains & aux Romaines qui devaient chanter les prières. On facrifiait d'abord à *Jupiter* comme au grand dieu, au maître des dieux, & enfuite à *Junon*, à *Apollon*, à *Latone*, à *Diane*, à *Cérès*, à *Pluton*, à *Proferpine*, aux Parques comme à des puiffances fubalternes. Chacune de ces divinités avait fon hymne & fes cérémonies. Il y avait deux chœurs, l'un de vingt-fept garçons, l'autre de vingt-fept filles pour chacun des dieux. Enfin, le dernier jour les garçons & les filles couronnés de fleurs chantaient l'ode d'*Horace*.

Il eft vrai que dans les maifons on chantait à table fes autres odes pour le petit *Ligurinus*, pour *Licifcus* & pour d'autres petits fripons, lefquels n'infpiraient pas la plus grande dévotion : mais il y a temps pour tout ; *pictoribus atque poëtis*. Le *Carrache*, qui deffina les figures de l'*Arétin*, peignit auffi des faints ; & dans tous nos colléges nous avons paffé à *Horace* ce que les maîtres de l'empire romain lui paffaient fans difficulté.

Pour des formules de prières, nous n'avons que de très-légers fragmens de celle qu'on récitait aux myftères d'*Ifis*. Nous l'avons citée ailleurs, nous la rapporterons encore ici parce qu'elle n'eft pas longue & qu'elle eft belle.

Les puiffances céleftes te fervent ; les enfers te font foumis ; l'univers tourne fous ta main ; tes pieds foulent le Tartare ; les aftres répondent à ta voix ; les faifons reviennent à tes ordres ; les élémens t'obéiffent.

Nous répétons auſſi la formule qu'on attribue à l'ancien *Orphée*, laquelle nous paraît encore ſupérieure à celle d'*Iſis*.

Marchez dans la voie de la juſtice, adorez le ſeul maître de l'univers; il eſt un, il eſt ſeul par lui-même; tous les êtres lui doivent leur exiſtence; il agit dans eux & par eux; il voit tout, & jamais il n'a été vu des yeux mortels.

Ce qui eſt fort extraordinaire, c'eſt que dans le Lévitique, dans le Deutéronome des Juifs, il n'y a pas une ſeule prière publique, pas une ſeule formule. Il ſemble que les lévites ne fuſſent occupés qu'à partager les viandes qu'on leur offrait. On ne voit pas même une ſeule prière inſtituée pour leurs grandes fêtes de la pâque, de la pentecôte, des trompettes, des tabernacles, de l'expiation générale, & des néoménies.

Les ſavans conviennent aſſez unanimement qu'il n'y eut de prières réglées chez les Juifs, que lorſqu'étant eſclaves à Babylone, ils en prirent un peu les mœurs, & qu'ils apprirent quelques ſciences de ce peuple ſi policé & ſi puiſſant. Ils empruntèrent tout des Chaldéens perſans juſqu'à leur langue, leurs caractères, leurs chiffres; & joignant quelques coutumes nouvelles à leurs anciens rites égyptiaques, ils devinrent un peuple nouveau, qui fut d'autant plus ſuperſtitieux, qu'au ſortir d'un long eſclavage ils furent toujours encore dans la dépendance de leurs voiſins.

$$\text{. . . . . . . } \textit{In rebus acerbis}$$
Acriùs advertunt animos ad relligionem.

Pour les dix autres tribus qui avaient été diſperſées auparavant, il eſt à croire qu'elles n'avaient pas
plus

plus de prières publiques que les deux autres, &
qu'elles n'avaient pas même encore une religion bien
fixe & bien déterminée, puisqu'elles l'abandonnèrent
si facilement, & qu'elles oublièrent jusqu'à leur nom ;
ce que ne fit pas le petit nombre de pauvres infortunés qui vint rebâtir Jérufalem.

C'eft donc alors que ces deux tribus, ou plutôt
ces deux tribus & demje, femblèrent s'attacher à des
rites invariables, qu'ils écrivirent, qu'ils eurent des
prières réglées. C'eft alors feulement que nous com-
mençons à voir chez eux des formules de prières.
Efdras ordonna deux prières par jour, & il en ajouta
une troifième pour le jour du fabbat : on dit même
qu'il inftitua dix-huit prières, (afin qu'on pût choifir)
dont la première commence ainfi :

,, Sois béni, Seigneur, DIEU de nos pères, DIEU
,, d'*Abraham*, d'*Ifaac*, de *Jacob*, le grand DIEU, le
,, puiffant, le terrible, le haut élevé, le diftributeur
,, libéral des biens, le plafmateur & le poffèffeur
,, du monde, qui te fouviens des bonnes actions,
,, & qui envoies un libérateur à leurs defcendans
,, pour l'amour de ton nom. O roi, notre fecours,
,, notre fauveur, notre bouclier, fois béni, Seigneur,
,, bouclier d'*Abraham*. ,,

On affure que *Gamaliel*, qui vivait du temps de
JESUS-CHRIST, & qui eut de fi grands démêlés avec
St *Paul*, inftitua une dix-neuvième prière que voici :

,, Accorde la paix, les bienfaits, la bénédiction,
,, la grâce, la bénignité & la piété à nous & à Ifraël
,, ton peuple. Bénis-nous, ô notre père ! bénis-nous
,, tous enfemble par la lumière de ta face ; car par
,, la lumière de ta face tu nous as donné, Seigneur

Dictionn. philofoph. Tome VI.   O

,, notre DIEU, la loi de vie, l'amour, la bénignité,
,, l'équité, la bénédiction, la piété, la vie & la paix.
,, Qu'il te plaise de bénir en tout temps, & à tout
,, moment ton peuple d'Israël en lui accordant la
,, paix. Béni sois-tu, Seigneur, qui bénis ton peu-
,, ple d'Israël en lui donnant la paix. *Amen.* ,, (*)

Il y a une chose assez importante à observer dans
plusieurs prières, c'est que chaque peuple a toujours
demandé tout le contraire de ce que demandait son
voisin.

Les Juifs priaient DIEU, par exemple, d'exterminer les Syriens, Babyloniens, Egyptiens ; & ceux-ci
priaient DIEU d'exterminer les Juifs : aussi le furent-
ils comme les dix tribus qui avaient été confondues
parmi tant de nations ; & ceux-ci furent plus malheureux ; car s'étant obstinés à demeurer séparés de
tous autres peuples, étant au milieu des peuples,
ils n'ont pu jouir d'aucun avantage de la société
humaine.

De nos jours, dans nos guerres si souvent entre-
prises pour quelques villes ou pour quelques villages,
les Allemands & les Espagnols, quand ils étaient les
ennemis des Français, priaient la Ste Vierge du
fond de leur cœur de bien battre les Welches &
les Gavaches, lesquels de leur côté suppliaient la
Ste Vierge de détruire les Maranes & les Teutons.

En Angleterre, la Rose rouge fesait les plus ardentes
prières à *St George*, pour obtenir que tous les partisans
de la Rose blanche fussent jetés au fond de la mer.

(*) Consultez sur cela les premier & second volumes de la *Mishna*, &
l'article *Prière*.

La Rofe blanche répondait par de pareilles fupplications. On fent combien *Saint George* devait être embarraffé ; & fi *Henri VII* n'était pas venu à fon fecours, *George* ne fe ferait jamais tiré de là.

O R D I N A T I O N.

SI un militaire, chargé par le roi de France de conférer l'ordre de St Louis à un autre militaire, n'avait pas, en lui donnant la croix, l'intention de le faire chevalier, le récipiendaire en ferait-il moins chevalier de St Louis ? non fans doute.

Pourquoi donc plufieurs prêtres fe firent-ils réordonner après la mort du fameux *Lavardin* évêque du Mans ? Ce fingulier prélat qui avait établi l'ordre des Côteaux (*a*) s'avifa, à l'article de la mort, d'une efpiéglerie peu commune. Il était connu pour un des plus violens efprits forts du fiècle de *Louis XIV ;* & plufieurs de ceux auxquels il avait conféré l'ordre de la prêtrife lui avaient publiquement reproché fes fentimens. Il eft naturel qu'aux approches de la mort une ame fenfible & timorée rentre dans la religion qu'elle a reçue dans fes premières années. La bienféance feule exigeait que l'évêque édifiât en mourant fes diocéfains que fa vie avait fcandalifés ; mais il était fi piqué contre fon clergé, qu'il déclara qu'aucun de ceux qu'il avait ordonnés n'était prêtre en effet, que tous leurs actes de prêtres étaient nuls, & qu'il n'avait jamais eu l'intention de donner aucun facrement.

(*a*) C'était un ordre de gourmets. Les ivrognes étaient alors fort à la mode ; l'évêque du Mans était à leur tête.

C'était, ce me femble, raifonner comme un ivrogne; les prêtres manfaux pouvaient lui répondre : Ce n'eft pas votre intention qui eft néceffaire , c'eft la nôtre. Nous avions une envie bien déterminée d'être prêtres; nous avons fait tout ce qu'il faut pour l'être ; nous fommes dans la bonne foi ; fi vous n'y avez pas été, il ne nous importe guère. La maxime eft , *quidquid recipitur ad modum recipientis recipitur* , & non pas *ad modum dantis.* Lorfque notre marchand de vin nous a vendu une feuillette , nous la buvons , quand même il aurait l'intention fecrète de nous empêcher de la boire ; nous ferons prêtres malgré votre teftament.

Ces raifons étaient fort bonnes : cependant la plupart de ceux qui avaient été ordonnés par l'évêque *Lavardin* , ne fe crurent point prêtres, & fe firent ordonner une feconde fois. *Mafcaron* , médiocre & célébre prédicateur, leur perfuada par fes difcours & par fon exemple de réitérer la cérémonie. Ce fut un grand fcandale au Mans, à Paris & à Verfailles. Il fut bientôt oublié , comme tout s'oublie.

ORGUEIL.

CICÉRON dans une de fes lettres dit familièrement à fon ami : Mandez - moi à qui vous voulez que je faffe donner les Gaules. Dans une autre il fe plaint d'être fatigué des lettres de je ne fais quels princes qui le remercient d'avoir fait ériger leurs provinces en royaumes, & il ajoute qu'il ne fait feulement pas où ces royaumes font fitués.

Il se peut que *Cicéron*, qui d'ailleurs avait souvent vu le peuple romain, le peuple roi, lui applaudir & lui obéir, & qui était remercié par des rois qu'il ne connaissait pas, ait eu quelques mouvemens d'orgueil & de vanité.

Quoique ce sentiment ne soit point du tout convenable à un aussi chétif animal que l'homme, cependant on pourrait le pardonner à un *Cicéron*, à un *César*, à un *Scipion* : mais que dans le fond d'une de nos provinces à demi-barbares, un homme qui aura acheté une petite charge, & fait imprimer des vers médiocres, s'avise d'être orgueilleux, il y a là de quoi rire long-temps. (*)

ORIGINEL. (PECHÉ)

SECTION PREMIERE.

C'EST ici le prétendu triomphe des sociniens ou unitaires. Ils appellent ce fondement de la religion chrétienne, son *péché originel*. C'est outrager DIEU, disent-ils ; c'est l'accuser de la barbarie la plus absurde que d'oser dire qu'il forma toutes les générations des hommes pour les tourmenter par des supplices éternels, sous prétexte que leur premier père mangea d'un fruit dans un jardin. Cette sacrilége imputation est d'autant plus inexcusable chez les chrétiens, qu'il n'y a pas un seul mot touchant cette invention du péché originel ni dans le Pentateuque ni dans les prophètes ni dans les évangiles, soit apocryphes, soit canoniques,

(*) Voyez *Jésuites*.

O 3

ni dans aucun des écrivains qu'on appelle *les premiers pères de l'Eglise.*

Il n'eft pas même conté dans la Genèfe que DIEU ait condamné *Adam* à la mort pour avoir avalé une pomme. Il lui dit bien, *tu mourras très-certainement le jour que tu en mangeras*, mais cette même Genèfe fait vivre *Adam* neuf cents trente ans après ce déjeûner criminel. Les animaux, les plantes qui n'avaient point mangé de ce fruit, moururent dans le temps prefcrit par la nature. L'homme eft né pour mourir, ainfi que tout le refte.

Enfin, la punition d'*Adam* n'entrait en aucune manière dans la loi juive. *Adam* n'était pas plus juif que perfan ou chaldéen. Les premiers chapitres de la Genèfe (en quelque temps qu'ils fuffent compofés) furent regardés par tous les favans juifs comme une allégorie, & même comme une fable très-dangereufe, puifqu'il fut défendu de la lire avant l'âge de vingt-cinq ans.

En un mot, les Juifs ne connurent pas plus le péché originel que les cérémonies chinoifes; & quoique les théologiens trouvent tout ce qu'ils veulent dans l'Ecriture ou *totidem verbis*, ou *totidem litteris*, on peut affurer qu'un théologien raifonnable n'y trouvera jamais ce myftère furprenant.

Avouons que *St Auguftin* accrédita le premier cette étrange idée, digne de la tête chaude & romanefque d'un africain débauché & repentant, manichéen & chrétien, indulgent & perfécuteur, qui paffa fa vie à fe contredire lui-même.

Quelle horreur, s'écrient les unitaires rigides, que de calomnier l'auteur de la nature jufqu'à lui imputer des miracles continuels pour damner à jamais des hommes qu'il fait naître pour fi peu de temps ! Ou il a créé les ames de toute éternité, & dans ce fyftème étant infiniment plus anciennes que le péché d'*Adam*, elles n'ont aucun rapport avec lui ; ou ces ames font formées à chaque moment qu'un homme couche avec une femme, & en ce cas, DIEU eft continuellement à l'affût de tous les rendez-vous de l'univers pour créer des efprits qu'il rendra éternellement malheureux ; ou DIEU eft lui-même l'ame de tous les hommes, & dans ce fyftème il fe damne lui-même. Quelle eft la plus horrible & la plus folle de ces trois fuppofitions ? Il n'y en a pas une quatrième ; car l'opinion que DIEU attend fix femaines pour créer une ame damnée dans un fœtus, revient à celle qui la fait créer au moment de la copulation : qu'importe fix femaines de plus ou de moins ?

J'ai rapporté le fentiment des unitaires, & les hommes font parvenus à un tel point de fuperftition que j'ai tremblé en le rapportant.

SECTION II.

IL le faut avouer, nous ne connaiffons point de père de l'Eglife jufqu'à St *Auguftin* & à St *Jérôme*, qui ait enfeigné la doctrine du péché originel. St *Clément* d'Alexandrie, cet homme fi favant dans l'antiquité, loin de parler en un feul endroit de cette corruption qui a infecté le genre-humain, & qui l'a rendu coupable en naiffant, dit en propres mots : (a) *Quel mal*

(a) Stromates, liv. III.

peut faire un enfant qui ne vient que de naître? comment a-t-il pu prévariquer? comment celui qui n'a encore rien fait a-t-il pu tomber sous la malédiction d'Adam?

Et remarquez qu'il ne dit point ces paroles pour combattre l'opinion rigoureuse du péché originel, laquelle n'était point encore développée, mais seulement pour montrer que les passions, qui peuvent corrompre tous les hommes, n'ont pu avoir encore aucune prise sur cet enfant innocent. Il ne dit point: cette créature d'un jour ne sera pas damnée si elle meurt aujourd'hui: car personne n'avait encore supposé qu'elle serait damnée. *St Clément* ne pouvait combattre un système absolument inconnu.

Le grand *Origène* est encore plus positif que *faint Clément* d'Alexandrie. Il avoue bien que le péché est entré dans le monde par *Adam*, dans son explication de l'épître de *St Paul* aux Romains; mais il tient que c'est la pente au péché qui est entrée, qu'il est très-facile de commettre le mal, mais qu'il n'est pas dit pour cela qu'on le commettra toujours, & qu'on sera coupable dès qu'on sera né.

Enfin, le péché originel, sous *Origène*, ne consistait que dans le malheur de se rendre semblable au premier homme en péchant comme lui.

Le baptême était nécessaire; c'était le sceau du christianisme, il lavait tous les péchés; mais personne n'avait dit encore qu'il lavât les péchés qu'on n'avait point commis. Personne n'assurait encore qu'un enfant fût damné & brûlât dans des flammes éternelles pour être mort deux minutes après sa naissance. Et une preuve sans réplique, c'est qu'il se passa beaucoup de temps avant que la coutume de baptiser les enfans prévalût. *Tertullien* ne voulait point qu'on les baptisât. Or, leur refuser ce bain sacré, c'eût été les livrer visiblement à la damnation, si on avait été persuadé que le péché originel (dont ces pauvres innocens ne pouvaient être coupables) opérât leur réprobation, & leur fît souffrir des supplices infinis pendant toute l'éternité, pour un fait dont il était impossible qu'ils eussent la moindre connaissance. Les ames de tous les bourreaux, fondues ensemble, n'auraient pu rien imaginer qui approchât d'une horreur si exécrable. En un mot, il est de fait qu'on ne baptisait pas les enfans ; donc il est démontré qu'on était bien loin de les damner.

Il y a bien plus encore ; JESUS-CHRIST n'a jamais dit : *L'enfant non baptisé sera damné.* (*b*) Il était venu au contraire pour expier tous les péchés, pour racheter le genre-humain par son sang ; donc les petits enfans ne pouvaient être damnés. Les enfans au berceau étaient à bien plus forte raison privilégiés. Notre divin Sauveur ne baptisa jamais personne. *Paul* circoncit son disciple *Timothée* , & il n'est point dit qu'il le baptisât.

En un mot, dans les deux premiers siècles, le baptême des enfans ne fut point en usage; donc on ne croyait point que des enfans fussent victimes de la faute d'*Adam*. Au bout de quatre cents ans on crut leur salut fort en danger, & on fut fort incertain.

Enfin, *Pélage* vint au cinquième siècle; il traita l'opinion du péché originel de monstrueuse. Selon lui,

---

(*b*) Dans *saint Jean* , JESUS dit à *Nicodème* , chap. III , que le vent, l'esprit souffle où il veut, que personne ne sait où il va, qu'il faut renaître, qu'on ne peut entrer dans le royaume de DIEU si on ne renaît par l'eau & par l'esprit : mais il ne parle point des enfans.

ce dogme n'était fondé que sur une équivoque comme toutes les autres opinions.

DIEU avait dit à *Adam* dans le jardin : *Le jour que vous mangerez du fruit de l'arbre de la science, vous mourrez.* Or, il n'en mourut pas, & DIEU lui pardonna. Pourquoi donc n'aurait-il pas épargné sa race à la millième génération ? pourquoi livrerait-il à des tourmens infinis & éternels les petits enfans innocens d'un père qu'il avait reçu en grâce ?

Pélage regardait DIEU non-seulement comme un maître absolu, mais comme un père qui, laissant la liberté à ses enfans, les récompensait au-delà de leurs mérites, & les punissait au-dessous de leurs fautes.

Lui & ses disciples disaient : Si tous les hommes naissent les objets de la colère éternelle de celui qui leur donne la vie ; si avant de penser ils sont coupables, c'est donc un crime affreux de les mettre au monde ; le mariage est donc le plus horrible des forfaits. Le mariage en ce cas n'est donc qu'une émanation du mauvais principe des manichéens ; ce n'est plus adorer DIEU, c'est adorer le diable.

Pélage & les siens débitaient cette doctrine en Afrique, où *St Augustin* avait un crédit immense. Il avait été manichéen ; il était obligé de s'élever contre *Pélage*. Celui-ci ne put résister ni à *Augustin* ni à *Jérôme* ; & enfin, de questions en questions la dispute alla si loin qu'*Augustin* donna son arrêt de damnation contre tous les enfans nés & à naître dans l'univers, en ces propres termes : *La foi catholique enseigne que tous les hommes naissent si coupables, que les enfans mêmes sont certainement damnés quand ils meurent sans avoir été régénérés en* JESUS.

C'eût été un bien trifte compliment à faire à une reine de la Chine ou du Japon, ou de l'Inde, ou de la Scythie, ou de la Gothie, qui venait de perdre fon fils au berceau, que de lui dire : Madame, confolez-vous, monfeigneur le prince royal eft actuellement entre les griffes de cinq cents diables, qui le tournent & le retournent dans une grande fournaife pendant toute l'éternité, tandis que fon corps embaumé repofe auprès de votre palais.

La reine épouvantée demande pourquoi ces diables rôtiffent ainfi fon cher fils le prince royal à jamais ? On lui répond que c'eft parce que fon arrière-grand-père mangea autrefois du fruit de la fcience dans un jardin. Jugez ce que doivent penfer le roi, la reine, tout le confeil & toutes les belles dames.

Cet arrêt ayant paru un peu dur à quelques théologiens, (car il y a de bonnes ames par-tout) il fut mitigé par un *Pierre Chryfologue*, ou *Pierre parlant d'or*, lequel imagina un faubourg d'enfer nommé les *limbes*, pour placer tous les petits garçons & toutes les petites filles qui feraient morts fans baptême. C'eft un lieu où ces innocens végètent fans rien fentir, le féjour de l'apathie; & c'eft ce qu'on appelle le *paradis des fots*. Vous trouvez encore cette expreffion dans *Milton* : *The paradife of fools*. Il le place vers la lune. Cela eft tout-à-fait digne d'un poëme épique.

Explication du péché originel.

La difficulté pour les limbes eft demeurée la même que pour l'enfer. Pourquoi ces pauvres petits font-ils dans les limbes ? qu'avaient-ils fait ? comment leur ame, qu'ils ne possédaient que d'un jour, était-elle coupable d'une gourmandise de six mille ans ?

St Augustin, qui les damne, dit pour raison que les ames de tous les hommes étant dans celle d'*Adam*, il est probable qu'elles furent toutes complices. Mais comme l'Eglise décida depuis que les ames ne font faites que quand le corps est commencé, ce système tomba malgré le nom de son auteur.

D'autres dirent que le péché originel s'était transmis d'ame en ame par voie d'émanation, & qu'une ame venue d'une autre arrivait dans ce monde avec toute la corruption de l'ame-mère. Cette opinion fut condamnée.

Après que les théologiens y eurent jeté leur bonnet, les philosophes s'essayèrent. *Leibnitz*, en jouant avec ses monades, s'amusa à rassembler dans *Adam* toutes les monades humaines avec leurs petits corps de monades. C'était moitié plus que *St Augustin*. Mais cette idée, digne de *Cyrano de Bergerac*, n'a pas fait fortune en philosophie.

Mallebranche explique la chose par l'influence de l'imagination des mères. *Eve* eut la cervelle si furieusement ébranlée de l'envie de manger du fruit, que ses enfans eurent la même envie, à peu près comme cette femme qui, ayant vu rouer un homme, accoucha d'un enfant roué.

Nicole réduit la chose à *une certaine inclination, une certaine pente à la concupiscence que nous avons reçue de nos mères. Cette inclination n'est pas un acte ; elle le deviendra un jour.* Fort bien, courage, *Nicole*: mais en attendant, pourquoi me damner ? *Nicole* ne touche point du tout à la difficulté ; elle consiste à savoir comment nos ames d'aujourd'hui, qui font formées depuis peu, peuvent répondre de la faute d'une autre ame qui vivait il y a fi long-temps.

Mes maîtres, que fallait-il dire fur cette matière ? rien. Auffi je ne donne point mon explication, je ne dis mot.

ORTHOGRAPHE.

L'ORTHOGRAPHE de la plupart des livres français eft ridicule. Prefque tous les imprimeurs ignorans impriment *Wifigoths*, *Weftphalie*, *Wirtemberg*, *Wétéravie* &c.

Ils ne favent pas que le double V allemand, qu'on écrit ainfi W, eft notre V confonne, & qu'en Allemagne on prononce Vétéravie, Virtemberg, Veftphalie, Vifigoths.

Ils impriment *Altona* au lieu d'Altena, ne fachant pas qu'en allemand un O furmonté de deux points vaut un E.

Ils ne favent pas qu'en Hollande *oe* fait *ou* ; & ils font toujours des fautes en imprimant cette diphthongue.

Celles que commettent tous les jours nos traducteurs de livres font innombrables.

Pour l'orthographe purement françaife, l'habitude feule peut en fupporter l'incongruité. *Em-ploi-e-roi-ent*, *oc-troi-e-roi-ent*, qu'on prononce, octroiraient, emploiraient. *Pa-on* qu'on prononce pan, *fa-on* qu'on prononce fan, *La-on* qu'on prononce Lan, & cent autres barbaries pareilles font dire :

Hodieque manent veftigia ruris.

Cela n'empêche pas que *Racine*, *Boileau* & *Quinault* ne charment l'oreille, & que *la Fontaine* ne doive plaire à jamais.

Les Anglais font bien plus inconféquens : ils ont perverti toutes les voyelles ; ils les prononcent autrement que toutes les autres nations. C'eft en orthographe qu'on peut dire d'eux avec *Virgile* :

Et penitus toto divifos orbe Britannos.

Cependant, ils ont changé leur orthographe depuis cent ans ; ils n'écrivent plus *Loveth*, *Speaketh*, *Maketh*, mais *Loves*, *Speaks*, *Makes.*

Les Italiens ont fupprimé toutes leurs *H.* Ils ont fait plufieurs innovations en faveur de la douceur de leur langue.

L'écriture eft la peinture de la voix : plus elle eft reffemblante, meilleure elle eft.

O V I D E.

LES favans n'ont pas laiffé de faire des volumes pour nous apprendre au jufte dans quel coin de terre *Ovide Nafon* fut exilé par *Octave Cépias* furnommé *Augufte.* Tout ce qu'on en fait, c'eft que né à Sulmone, & élevé à Rome, il paffa dix ans fur la rive droite du Danube, dans le voifinage de la mer Noire. Quoiqu'il appelle cette terre *barbare*, il ne faut pas fe figurer que ce fût un pays de fauvages. On y fefait des vers. *Cotis* petit roi d'une partie de la Thrace fit des vers gètes pour *Ovide.* Le poëte latin apprit le gète, & fit auffi des vers dans cette langue. Il femble qu'on aurait dû attendre des vers grecs dans l'ancienne

patrie d'*Orphée* ; mais ces pays étaient alors peuplés
par des nations du Nord qui parlaient probablement
un dialecte tartare, une langue approchante de l'ancien flavon. *Ovide* ne femblait pas deftiné à faire des
vers tartares. Le pays des Tomites, où il fut relégué,
était une partie de la Méfie, province romaine, entre
le mont Hémus & le Danube. Il eft fitué au quarante-
quatrième degré & demi, comme les plus beaux cli-
mats de la France ; mais les montagnes qui font au
fud, & les vents du nord & de l'eft qui foufflent du
Pont-Euxin, le froid, & l'humidité des forêts & du
Danube, rendaient cette contrée infupportable à un
homme né en Italie : auffi *Ovide* n'y vécut-il pas long-
temps ; il y mourut à l'âge de foixante années. Il fe
plaint dans fes élégies du climat, & non des habitans :

Quos ego, cùm loca fim veftra perofus, amo.

Ces peuples le couronnèrent de laurier, & lui donnèrent des priviléges qui ne l'empêchèrent pas de
regretter Rome. C'était un grand exemple de l'efclavage des Romains, & de l'extinction de toutes les
lois, qu'un homme né dans une famille équeftre,
comme *Octave*, exilât un homme d'une famille équeftre,
& qu'un citoyen de Rome envoyât d'un mot un autre
citoyen chez les Scythes. Avant ce temps il fallait un
plébifcite, une loi de la nation, pour priver un romain
de fa patrie. *Cicéron*, exilé par une cabale, l'avait été
du moins avec les formes des lois.

Le crime d'*Ovide* était inconteftablement d'avoir vu
quelque chofe de honteux dans la famille d'*Octave* :

Cur aliquid vidi, cur noxia lumina fecit ?

Les doctes n'ont pas décidé s'il avait vu *Augufte* avec

un jeune garçon plus joli que ce *Mannius* dont *Augufte* dit qu'il n'avait point voulu, parce qu'il était trop laid ; ou s'il avait vu quelque écuyer entre les bras de l'impératrice *Livie*, que cet *Augufte* avait époufée groffe d'un autre ; ou s'il avait vu cet empereur *Augufte* occupé avec fa fille ou fa petite-fille, ou enfin s'il avait vu cet empereur *Augufte* fefant quelque chofe de pis, *torva tuentibus hircis*. Il eft de la plus grande probabilité qu'*Ovide* furprit *Augufte* dans un incefte. Un auteur prefque contemporain nommé *Minutianus Apuleius*, dit : *Pulfum quoque in exilium quod Augufti inceftum vidiffet*.

Octave *Augufte* prit le prétexte du livre innocent de l'*Art d'aimer*, livre très-décemment écrit, & dans lequel il n'y a pas un mot obfcène, pour envoyer un chevalier romain fur la mer Noire. Le prétexte était ridicule. Comment *Augufte*, dont nous avons encore des vers remplis d'ordures, pouvait-il férieufement exiler *Ovide* à Tomes, pour avoir donné à fes amis plufieurs années auparavant des copies de l'*Art d'aimer* ? Comment avait-il le front de reprocher à *Ovide* un ouvrage écrit avec quelque modeftie, dans le temps qu'il approuvait les vers où *Horace* prodigue tous les termes de la plus infame proftitution, & le *futuo*, & le *mentula*, & le *cunnus* ? Il y propofe indifférem- ment ou *une fille lafcive*, ou *un beau garçon qui renoue fa longue chevelure*, ou *une fervante*, ou *un laquais* : tout lui eft égal. Il ne lui manque que la beftialité. Il y a certainement de l'impudence à blâmer *Ovide*, quand on tolère *Horace*. Il eft clair qu'*Octave* alléguait une très-méchante raifon, n'ofant parler de la bonne. Une preuve qu'il s'agiffait de quelque ftupre,

de

de quelque incefte , de quelque aventure fecrète
de la facrée famille impériale , c'eft que le bouc de
Caprée , *Tibère* , immortalifé par les médailles de
fes débauches , *Tibère* , monftre de lafciveté comme de
diffimulation , ne rappela point *Ovide*. Il eut beau
demander grâce à l'auteur des profcriptions & à
l'empoifonneur de *Germanicus* , il refta fur les bords
du Danube.

Si un gentilhomme Hollandais , ou Polonais , ou
Suédois , ou Anglais , ou Vénitien , avait vu par hafard
un ftadhouder , ou un roi de la Grande-Bretagne , ou
un roi de Suède , ou un roi de Pologne , ou un doge ,
commettre quelque gros péché ; fi ce n'était pas même
par hafard qu'il l'eût vu ; s'il en avait cherché l'occafion ;
fi enfin il avait l'indifcrétion d'en parler ; certainement
ce ftadhouder , ou ce roi , ou ce doge , ne feraient
pas en droit de l'exiler.

On peut faire à *Ovide* un reproche prefque auffi
grand qu'à *Augufte* & qu'à *Tibère*, c'eft de les avoir
loués. Les éloges qu'il leur prodigue font fi outrés ,
qu'ils exciteraient encore aujourd'hui l'indignation ,
s'il les eût donnés à des princes légitimes fes bienfai-
teurs ; mais il les donnait à des tyrans , & à fes
tyrans. On pardonne de louer un peu trop un prince
qui vous careffe , mais non pas de traiter en Dieu un
prince qui vous perfécute. Il eût mieux valu cent fois
s'embarquer fur la mer Noire , & fe retirer en Perfe ,
par les Palus-Méotides , que de faire fes *Triftes de
Ponto*. Il eût appris le perfan auffi aifément que le
gète , & aurait pu du moins oublier le maître de Rome
chez le maître d'Ecbatane. Quelque efprit dur dira
qu'il y avait encore un parti à prendre ; c'était d'aller

fecrétement à Rome, s'adreffer à quelques parens de *Brutus* & de *Caffius*, & de faire une douzième conf-piration contre *Octave*; mais cela n'était pas dans le goût élégiaque.

Chofe étrange que les louanges! Il eft bien clair qu'*Ovide* fouhaitait de tout fon cœur que quelque *Brutus* délivrât Rome de fon *Augufte*; & il lui fouhaite en vers l'immortalité.

Je ne reproche à *Ovide* que fes *Trifles*. *Bayle* lui fait fon procès fur fa philofophie du chaos, fi bien expofée dans le commencement des *Métamorphofes*:

> *Ante mare & terras, & quod tegit omnia cælum,*
> *Unus erat toto naturæ vultus in orbe.*

Bayle traduit ainfi ces premiers vers: *Avant qu'il y eût un ciel, une terre & une mer, la nature était un tout homogène.* Il y a dans *Ovide*: *La face de la nature était la même dans tout l'univers.* Cela ne veut pas dire que tout fût homogène, mais que ce tout hétérogène, cet affemblage de chofes différentes, paraiffait le même; *unus vultus.*

Bayle critique tout le chaos. *Ovide*, qui n'eft dans fes vers que le chantre de l'ancienne philofophie, dit que les chofes molles & dures, les légères & les pe-fantes, étaient mêlées enfemble:

> *Mollia cum duris, fine pondere, habentia pondus:*

Et voici comme *Bayle* raifonne contre lui.

» Il n'y a rien de plus abfurde que de fuppofer un » chaos qui a été homogène pendant toute une éter-» nité, quoiqu'il eût les qualités élémentaires, tant

„ celles qu'on nomme *altératrices*, qui font la chaleur,
„ la froideur , l'humidité & la fécherefle , que celles
„ qu'on nomme *motrices* , qui font la légéreté & la
„ pefanteur : celle-là caufe du mouvement en-haut ,
„ celle-ci du mouvement en-bas. Une matière de
„ cette nature ne peut point être homogène, & doit
„ contenir néceffairement toutes fortes d'hétérogé-
„ néités. La chaleur & la froideur , l'humidité &
„ la fécherefle , ne peuvent pas être enfemble fans
„ que leur action & leur réaction les tempère & les
„ convertifle en d'autres qualités qui font la forme
„ des corps mixtes ; & comme ce tempérament fe
„ peut faire felon les diverfités innombrables de com-
„ binaifons , il a fallu que le chaos renfermât une
„ multitude incroyable d'efpèces de compofés. Le feul
„ moyen de le concevoir homogène ferait de dire que
„ les qualités altératrices des élémens fe modifièrent
„ au même degré dans toutes les molécules de la
„ matière , de forte qu'il y avait par-tout précifément
„ la même tiédeur, la même mollefle, la même odeur,
„ la même faveur &c.... mais ce ferait ruiner d'une
„ main ce que l'on bâtit de l'autre , ce ferait par une
„ contradiction dans les termes appeler *chaos* l'ouvrage
„ le plus régulier, le plus merveilleux en fa fymétrie,
„ le plus admirable en matière de proportions qui fe
„ puifle concevoir. Je conviens que le goût de
„ l'homme s'accommode mieux d'un ouvrage diverfifié
„ que d'un ouvrage uniforme ; mais nos idées ne
„ laiffent pas de nous apprendre que l'harmonie des
„ qualités contraires , confervée uniformément dans
„ tout l'univers , ferait une perfection auffi merveil-
„ leufe que le partage inégal qui a fuccédé au chaos „.

„ Quelle science, quelle puissance ne demanderait
„ pas cette harmonie uniforme répandue dans toute
„ la nature ? Il ne suffirait pas de faire entrer dans
„ chaque mixte la même quantité de chacun des quatre
„ ingrédiens ; il faudrait y mettre des uns plus, des
„ autres moins, selon que la force des uns est plus
„ grande ou plus petite pour agir que pour résister ;
„ car on sait que les philosophes partagent dans un
„ degré différent l'action, & la réaction aux qualités
„ élémentaires. Tout bien compté il se trouverait que
„ la cause qui métamorphosa le chaos l'aurait tiré,
„ non pas d'un état de confusion & de guerre,
„ comme on le suppose, mais d'un état de justesse, qui
„ était la chose du monde la plus accomplie, & qui
„ par la réduction à l'équilibre des forces contraires
„ le tenait dans un repos équivalent à la paix. Il est
„ donc constant que, si les poëtes veulent sauver
„ l'homogénéité du chaos, il faut qu'ils effacent tout
„ ce qu'ils ajoutent concernant cette confusion bizarre
„ des semences contraires, & ce mêlange indigeste,
„ & ce combat perpétuel des principes ennemis.

„ Passons-leur cette contradiction, nous trouverons
„ assez de matière pour les combattre par d'autres
„ endroits. Recommençons l'attaque de l'éternité. Il
„ n'y a rien de plus absurde que d'admettre pendant
„ un temps infini le mêlange des parties insensibles des
„ quatre élémens ; car, dès que vous supposez dans ces
„ parties l'activité de la chaleur, l'action & la réac-
„ tion des quatre premières qualités ; & outre cela le
„ mouvement vers le centre dans les particules de la
„ terre & de l'eau, & le mouvement vers la circonfé-
„ rence dans celles du feu & de l'air, vous établissez

,, un principe qui féparera néceffairement les unes des
,, autres ces quatre efpèces de corps , & qui n'aura
,, befoin pour cela que d'un certain temps limité. Con-
,, fidérez un peu ce qu'on appelle *la fiole des quatre*
,, *élémens*. On y enferme de petites particules métal-
,, liques, & puis trois liqueurs beaucoup plus légères
,, les unes que les autres. Brouillez tout cela enfem-
,, ble , vous n'y difcernez plus aucun de ces quatre
,, mixtes , les parties de chacun fe confondent avec
,, les parties des autres : mais laiffez un peu votre
,, fiole en repos , vous trouverez que chacun reprend
,, fa fituation ; toutes les particules métalliques fe
,, raffemblent au fond de la fiole ; celles de la
,, liqueur la plus légère fe raffemblent au haut ; celles
,, de la liqueur moins légère que celle-là , & moins
,, pefante que l'autre , fe rangent au troifième étage ;
,, celles de la liqueur plus pefante que ces deux-là ,
,, mais moins pefante que les particules métalliques ,
,, fe mettent au fecond étage ; & ainfi vous retrouvez
,, les fituations diftinctes que vous aviez confondues
,, en fecouant la fiole : vous n'avez pas befoin de
,, patience ; un temps fort court vous fuffit pour revoir
,, l'image de la fituation que la nature a donnée dans
,, le monde aux quatre élémens. On peut conclure ,
,, en comparant l'univers à cette fiole , que fi la terre
,, réduite en poudre avait été mêlée avec la matière
,, des aftres , & avec celle de l'air & de l'eau , en telle
,, forte que le mêlange eût été fait jufqu'aux particules
,, infenfibles de chacun de ces élémens , tout aurait
,, d'abord travaillé à fe dégager , & qu'au bout d'un
,, terme préfix , les parties de la terre auraient formé
,, une maffe , celles du feu une autre , & ainfi du refte ,

,, à proportion de la pefanteur & de la légéreté de
,, chaque efpèce de corps. ,,

. Je nie à *Bayle* que l'expérience de la fiole eût
pu fe faire du temps du chaos. Je lui dis qu'*Ovide* &
les philofophes entendaient par chofes pefantes & légères , celles qui le devinrent quand un Dieu y eut
mis la main. Je lui dis : Vous fuppofez que la nature
eût pu s'arranger toute feule , fe donner elle-même
la pefanteur. Il faudrait que vous commençaffiez par
me prouver que la gravité eft une qualité effentiellement inhérente à la matière , & c'eft ce qu'on n'a
jamais pu prouver. *Defcartes* dans fon roman a prétendu
que les corps n'étaient devenus pefans que quand fes
tourbillons de matière fubtile avaient commencé à les
pouffer à un centre. *Newton* dans fa véritable philofophie ne dit point que la gravitation, l'attraction foit
une qualité effentielle à la matière. Si *Ovide* avait pu
deviner le livre des *Principes mathématiques* de *Newton*,
il vous dirait : *La matière n'était ni pefante ni en mouvement dans mon chaos ; il a fallu que* DIEU *lui imprimât
ces deux qualités : mon chaos ne renfermait pas la force que
vous lui fuppofez : nec quidquam nifi pondus iners* , ce
n'était qu'une maffe impuiffante; *pondus* ne fignifie
point ici *poids* , il veut dire *maffe*.

Rien ne pouvait pefer avant que DIEU eût
imprimé à la matière le principe de la gravitation. De
quel droit un corps tendrait-il vers le centre d'un autre,
ferait-il attiré par un autre , pourferait-il un autre ,
fi l'artifan fuprême ne lui avait communiqué cette
vertu inexplicable ? Ainfi *Ovide* fe trouverait non-
feulement un bon philofophe, mais encore un paffable
théologien.

Vous dites : ,, Un théologien fcolaftique avouerait
,, fans peine que , fi les quatre élémens avaient exifté
,, indépendamment de Dieu avec toutes les facultés
,, qu'ils ont aujourd'hui , ils auraient formé d'eux-
,, mêmes cette machine du monde , & l'entretien-
,, draient dans l'état où nous la voyons. On doit donc
,, reconnaître deux grands défauts dans la doctrine
,, du chaos : l'un & le principal eft qu'elle ôte à Dieu
,, la création de la matière & la production des qualités
,, propres au feu, à l'air, à la terre & à la mer ; l'autre,
,, qu'après lui avoir ôté cela , elle le fait venir fans
,, néceffité fur le théâtre du monde pour diftribuer
,, les places aux quatre élémens. Nos nouveaux phi-
,, lofophes, qui ont rejeté les qualités & les facultés de
,, la phyfique péripatéticienne , trouveraient les mêmes
,, défauts dans la defcription du chaos d'*Ovide ;* car
,, ce qu'ils appellent *lois générales du mouvement , prin-*
,, *cipes de mécanique , modifications de la matière , figure ,*
,, *fituation & arrangement des corpufcules,* ne comprend
,, autre chofe que cette vertu active & paffive de la
,, nature, que les péripatéticiens entendent fous les
,, mots de *qualités altératrices & motrices des quatre élé-*
,, *mens.* Puis donc que , fuivant la doctrine de ceux-ci,
,, ces quatre corps, fitués felon leur légéreté & leur
,, pefanteur naturelle , font un principe qui fuffit
,, à toutes les générations, les cartéfiens, les gaffen-
,, diftes , & les autres philofophes modernes doivent
,, foutenir que le mouvement , la fituation & la figure
,, des parties de la matière fuffifent à la production de
,, tous les effets naturels , fans excepter même l'arrange-
,, ment général qui a mis la terre , l'air, l'eau & les
,, aftres où nous les voyons. Ainfi la véritable caufe

P 4

,, du monde & des effets qui s'y produifent n'eft point
,, différente de la caufe qui a donné le mouvement
,, aux parties de la matière, foit qu'en même temps
,, elle ait affigné à chaque atome une figure déter-
,, minée, comme le veulent les gaffendiftes, foit qu'elle
,, ait feulement donné à des parties toutes cubiques
,, une impulfion qui, par la durée du mouvement ré-
,, duit à certaines lois, leur ferait prendre dans la
,, fuite toutes fortes de figures. C'eft l'hypothéfe des
,, cartéfiens. Les uns & les autres doivent convenir,
,, par conféquent, que fi la matière avait été telle
,, avant la génération du monde qu'*Ovide* l'a prétendu,
,, elle aurait été capable de fe tirer du chaos par fes
,, propres forces, & de fe donner la forme de monde
,, fans l'affiftance de DIEU. Ils doivent donc accufer
,, *Ovide* d'avoir commis deux bévues : l'une eft d'avoir
,, fuppofé que la matière avait eu, fans l'aide de la
,, divinité, les femences de tous les mixtes, la cha-
,, leur, le mouvement, &c. l'autre eft de dire que,
,, fans l'affiftance de DIEU, elle ne fe ferait point tirée
,, de l'état de confufion. C'eft donner trop & trop peu
,, à l'un & à l'autre ; c'eft fe paffer de fecours au
,, plus grand befoin, & le demander lorfqu'il n'eft
,, pas néceffaire. ,,

    Ovide pourra vous répondre encore : Vous fuppofez à
tort que mes élémens avaient toutes les qualités qu'ils
ont aujourd'hui ; ils n'en avaient aucune ; le fujet exiftait nu, informe, impuiffant ; & quand j'ai dit que le
chaud était mêlé dans mon chaos avec le froid, le
fec avec l'humide, je n'ai pu employer que ces expreffions, qui fignifient qu'il n'y avait ni froid ni chaud,
ni fec ni humide. Ce font des qualités que DIEU a

mifes dans nos fenfations, & qui ne font point dans la
matière. Je n'ai point fait les bévues dont vous m'ac-
cufez. Ce font vos cartéfiens , & vos gaffendiftes qui
font des bévues avec leurs atomes & leurs parties cubiques ; & leurs imaginations ne font pas plus vraies
que mes métamorphofes. J'aime mieux *Daphné* changée
en laurier , & *Narciffe* en fleur, que de la matière fubtile
changée en foleils, & de la matière rameufe devenue
terre & eau.

Je vous ai donné des fables pour des fables ; & vos
philofophes donnent des fables pour des vérités.

O Z É E.

EN relifant hier , avec édification, l'ancien Teftament, je tombai fur ce paffage d'*Ozée*, ch. XIV,
verf. 1. *que Samarie périffe , parce qu'elle a tourné fon*
Dieu *à l'amertume ! que les Samaritains meurent par le*
glaive ! que leurs petits enfans foient écrafés , & qu'on fende
le ventre aux femmes groffes !

Je trouvai ces paroles un peu dures : j'allai confulter
un docteur de l'univerfité de Prague, qui était alors à
fa maifon de campagne au mont Krapac ; il me dit :
Il ne faut pas que cela vous étonne. Les Samaritains
étaient des fchifmatiques qui voulaient facrifier chez
eux, & ne point envoyer leur argent à Jérufalem ; ils
méritaient au moins les fupplices auxquels le prophète
Ozée les condamne. La ville de Jéricho, qui fut traitée
ainfi, après que fes murs furent tombés au fon du
cornet, était moins coupable. Les trente & un rois
que *Jofué* fit pendre n'étaient point fchifmatiques.

Les quarante mille éphraïmites, maſſacrés pour avoir prononcé *ſiboleth* au lieu de *ſchiboleth*, n'étaient point tombés dans l'abyme du ſchiſme. Sachez, mon fils, que le ſchiſme eſt tout ce qu'il y a de plus exécrable. Quand les jéſuites firent pendre dans Thorn, en 1724, de jeunes écoliers, c'eſt que ces pauvres enfans étaient ſchiſmatiques. Ne doutez pas que nous autres catholiques, apoſtoliques, romains & bohémiens, nous ne ſoyons tenus de paſſer au fil de l'épée tous les ruſſes que nous rencontrerons déſarmés, d'écraſer leurs enfans ſur la pierre, d'éventrer leurs femmes enceintes, & de tirer de leur matrice déchirée & ſanglante leurs fœtus à demi-formés. Les Ruſſes ſont de la religion grecque ſchiſmatique ; ils ne portent point leur argent à Rome ; donc nous devons les exterminer, puiſqu'il eſt démontré que les Jéroſolymites devaient exterminer les Samaritains. C'eſt ainſi que nous traitâmes les Huſſites qui voulaient auſſi garder leur argent. Ainſi a péri ou dû périr, ainſi a été éventrée ou dû être éventrée toute femme ou fille ſchiſmatique.

Je pris la liberté de diſputer contre lui ; il ſe fâcha ; la diſpute ſe prolongea ; il fallut ſouper chez lui ; il m'empoiſonna ; mais je n'en mourus pas.

P.

P A P I S M E.

Le papiste & le tréforier.

LE PAPISTE.

Monseigneur a dans fa principauté des luthé-riens, des calviniftes, des quakers, des anabaptiftes & même des juifs; & vous voudriez encore qu'il admît des unitaires.

LE TRESORIER.

Si ces unitaires vous apportent de l'induftrie & de l'argent, quel mal nous feront-ils? vous n'en ferez que mieux payé de vos gages.

LE PAPISTE.

J'avoue que la fouftraction de mes gages me ferait plus douloureufe que l'admiffion de ces meffieurs; mais enfin ils ne croient pas que JESUS-CHRIST foit fils de DIEU.

LE TRESORIER.

Que vous importe, pourvu qu'il vous foit permis de le croire, & que vous foyez bien nourri, bien vétu, bien logé? Les Juifs font bien loin de croire qu'il foit fils de DIEU, & cependant vous êtes fort aife de trou-ver ici des juifs fur qui vous placez votre argent à fix pour cent. *St Paul* lui-même n'a jamais parlé de la divinité de JESUS-CHRIST; il l'appelle franchement

un homme : la mort, dit-il, eſt entrée dans le monde
par le péché d'un ſeul *homme.*.... le don de DIEU s'eſt
répandu par la grâce d'un ſeul homme qui eſt JESUS.
(*) Et ailleurs : Vous êtes à JESUS & JESUS eſt à DIEU...
Tous vos premiers pères de l'Egliſe ont penſé comme
St Paul : il eſt évident que pendant trois cents ans,
JESUS s'eſt contenté de ſon humanité ; figurez-vous que
vous êtes un chrétien des trois premiers ſiècles.

LE PAPISTE.

Mais, monſieur, ils ne croient point à l'éternité
des peines.

LE TRESORIER.

Ni moi non plus : ſoyez damné à jamais ſi vous
voulez ; pour moi je ne compte point du tout l'être.

LE PAPISTE.

Ah! monſieur, il eſt bien dur de ne pouvoir damner
à ſon plaiſir tous les hérétiques de ce monde! mais la
rage qu'ont les unitaires de rendre un jour les ames
heureuſes n'eſt pas ma ſeule peine. Vous ſavez que
ces monſtres-là ne croient pas plus à la réſurrection
des corps que les ſaducéens ; ils diſent que nous
ſommes tous anthropophages, que les particules qui
compoſaient votre grand-père & votre biſaïeul, ayant
été néceſſairement diſperſées dans l'athmoſphère,
ſont devenues carottes & aſperges, & qu'il eſt impoſſible que vous n'ayez mangé quelques petits morceaux
de vos ancêtres.

LE TRESORIER.

Soit : mes petits enfans en feront autant de moi,
ce ne ſera qu'un rendu ; il en arrivera autant aux

(*) Epiſt. ad Rom. chap. V, v. 12-15, & juſqu'à la fin.

papiftes. Ce n'eft pas une raifon pour qu'on vous chaffe des états de monfeigneur, ce n'eft pas une raifon non plus pour qu'il en chaffe les unitaires. Reffufcitez comme vous pourrez; il m'importe fort peu que les unitaires reffufcitent ou non, pourvu qu'ils nous foient utiles pendant leur vie.

L E   P A P I S T E.

Et que direz-vous, monfieur, du péché originel qu'ils nient effrontément? N'êtes-vous pas tout fcandalifé quand ils affurent que le Pentateuque n'en dit pas un mot; que l'évêque d'Hippone, *St Auguflin*, eft le premier qui ait enfeigné pofitivement ce dogme, quoiqu'il foit évidemment indiqué par *St Paul*.

L E   T R E S O R I E R.

Ma foi fi le Pentateuque n'en a point parlé, ce n'eft pas ma faute; pourquoi n'ajoutiez-vous pas un petit mot du péché originel dans l'ancien Teftament, comme vous y avez, dit-on, ajouté tant d'autres chofes? Je n'entends rien à ces fubtilités. Mon métier eft de vous payer régulièrement vos gages quand j'ai de l'argent....

P A R A D I S.

P_{ARADIS} : il n'y a guère de mot dont la fignification fe foit plus écartée de fon étymologie. On fait affez qu'originairement il fignifiait un lieu planté d'arbres fruitiers ; enfuite on donna ce nom à des jardins plantés d'arbres d'ombrage. Tels furent dans l'antiquité les jardins de Saana vers Eden dans l'Arabie heureuſe, connus ſi long-temps avant que les hordes des Hébreux euſſent envahi une partie de la Paleſtine.

Ce mot *paradis* n'eſt célébre chez les Juifs que dans la Genèſe. Quelques auteurs juifs canoniques parlent de jardins ; mais aucun n'a jamais dit un mot du jardin nommé *paradis terreſtre*. Comment s'eſt-il pu faire qu'aucun écrivain juif, aucun prophète juif, aucun cantique juif n'ait cité ce paradis terreſtre dont nous parlons tous les jours ? cela eſt preſque incompréhenſible. C'eſt ce qui a fait croire à pluſieurs ſavans audacieux que la Genèſe n'avait été écrite que très-tard.

Jamais les Juifs ne prirent ce verger, cette plantation d'arbres, ce jardin, ſoit d'herbes, ſoit de fleurs, pour le ciel.

St Luc eſt le premier qui faſſe entendre le ciel par ce mot *paradis*, quand JESUS-CHRIST dit au bon larron : (a) *Tu ſeras aujourd'hui avec moi dans le paradis.*

Les anciens donnèrent le nom de ciel aux nuées : ce nom n'était pas convenable, attendu que les nuées touchent à la terre par les vapeurs dont elles ſont formées, & que le ciel eſt un mot vague qui ſignifie l'eſpace immenſe dans lequel ſont tant de ſoleils, de planètes & de comètes ; ce qui ne reſſemble nullement à un verger.

St Thomas dit qu'il y a trois paradis : le terreſtre, le céleſte & le ſpirituel. Je n'entends pas trop la différence qu'il met entre le ſpirituel & le céleſte. Le verger ſpirituel eſt, ſelon lui, la viſion béatifique. Mais c'eſt

(a) *Luc*, chap. XXIII, v. 43.

précifément ce qui conftitue le paradis célefte, c'eft la jouiffance de Dieu même. (b) Je ne prends pas la liberté de difputer contre l'ange de l'école. Je dis feulement : Heureux qui peut toujours être dans un de ces trois paradis !

Quelques favans curieux ont cru que le jardin des Hefpérides, gardé par un dragon, était une imitation du jardin d'Eden gardé par un bœuf ailé, ou par un chérubin. D'autres favans plus téméraires ont ofé dire que le bœuf était une mauvaife copie du dragon, & que les Juifs n'ont jamais été que de groffiers plagiaires : mais c'eft blafphémer, & cette idée n'eft pas foutenable.

Pourquoi a-t-on donné le nom de paradis à des cours quarrées au-devant d'une églife?

Pourquoi a-t-on appelé paradis le rang des troifièmes loges à la comédie & à l'opéra? Eft-ce parce que ces places, étant moins chères que les autres, on a cru qu'elles étaient faites pour les pauvres ; & qu'on prétend que dans l'autre paradis il y a beaucoup plus de pauvres que de riches? eft-ce parce que ces loges, étant fort hautes, on leur a donné un nom qui fignifie auffi le ciel? il y a pourtant un peu de différence entre monter au ciel & monter aux troifièmes loges.

Que penferait un étranger arrivant à Paris, à qui un parifien dirait : Voulez-vous que nous allions voir Pourceaugnac au paradis?

Que d'incongruités, que d'équivoques dans toutes les langues! Que tout annonce la faibleffe humaine!

(b) I. partie, queftion CII.

Voyez l'article *Paradis* dans le grand dictionnaire encyclopédique ; il est assurément meilleur que celui-ci.

Paradis aux bienfesans, disait toujours l'abbé de *Saint-Pierre*.

PARLEMENT DE FRANCE.

Depuis Philippe le Bel jusqu'à Charles VII.

PARLEMENT vient sans doute de parler ; & l'on prétend que parler venait du mot celte *paler*, dont les Cantabres & autres Espagnols firent *palabra*. D'autres assurent que c'est de *parabola*, & que de *parabole* on fit parlement. C'est-là sans doute une érudition fort utile.

Il y a du moins je ne sais quelle apparence de doctrine plus sérieuse dans ceux qui vous disent que nous n'avons pu encore découvrir de monumens où se trouve le mot barbare *parlamentum*, que vers le temps des premières croisades.

On peut répondre : Le terme *parlamentum* était en usage alors pour signifier les assemblées de la nation ; donc il était en usage très-long-temps auparavant. On n'inventa jamais un terme nouveau pour les choses ordinaires.

Philippe III, dans la charte de cet établissement à Paris, parle d'anciens parlemens. Nous avons des séances de parlement judiciaire depuis 1254 ; & une preuve qu'on s'était servi souvent du mot général *parlement*, en désignant les assemblées de la nation, c'est que nous donnâmes ce nom à ces assemblées,

dès

dès que nous avons écrit en langue française : & les Anglais, qui prirent toutes nos coutumes, appelèrent *parlement* leurs affemblées des pairs.

Ce mot, fource de tant d'équivoques, fut affecté à plufieurs autres corps, aux officiers municipaux des villes, à des moines, à des écoles ; autre preuve d'un antique ufage.

On ne répétera pas ici comment le roi *Philippe le bel*, qui détruifit & forma tant de chofes, forma une chambre de parlement à Paris, pour juger dans cette capitale les grands procès portés auparavant par-tout où fe trouvait la cour ; comment cette chambre qui ne fiégait que deux fois l'année fut falariée par le roi à cinq fous par jour pour chaque confeiller juge. Cette chambre était néceffairement compofée de membres amovibles, puifque tous avaient d'autres emplois : de forte que qui était juge à Paris, à la touffaint, allait commander les troupes, à la pentecôte.

Nous ne redirons point comment cette chambre ne jugea de long-temps aucun procès criminel ; comment les clercs ou gradués, enquêteurs établis pour rapporter les procès aux feigneurs confeillers juges, & non pour donner leurs voix, furent bientôt mis à la place de ces juges d'épée qui rarement favaient lire & écrire.

On fait par quelle fatalité étonnante & funefte le premier procès criminel que jugèrent ces nouveaux confeillers gradués, fut celui de *Charles VII* leur roi alors dauphin de France, qu'ils déclarèrent, fans le nommer, déchu de fon droit à la couronne ; & comment, quelques jours après, ces mêmes juges, fub-jugués par le parti anglais dominant, condamnèrent

Di&tionn. philofoph. Tome VI.   Q

le dauphin, le defcendant de *St Louis*, au banniffement perpétuel le 3 janvier 1420 ; arrêt auffi incompétent qu'infame, monument éternel de l'opprobre & de la défolation où la France était plongée ; & que le préfident *Hénault* a tâché en vain de pallier dans fon abrégé auffi eftimable qu'utile. Mais tout fort de fa fphère dans les temps de trouble. La démence du roi *Charles VI*, l'affaffinat du duc de Bourgogne commis par les amis du dauphin ; le traité folemnel de Troyes, la défection de tout Paris & des trois quarts de la France ; les grandes qualités, les victoires, la gloire, l'efprit, le bonheur de *Henri V*, folemnellement déclaré roi de France ; tout femblait excufer le parlement.

Après la mort de *Charles VI* en 1422, & dix jours après fes obfèques, tous les membres du parlement de Paris jurèrent fur un miffel, dans la grand'chambre, obéiffance & fidélité au jeune roi d'Angleterre *Henri VI* fils de *Henri V ;* & ce tribunal fit mourir une bourgeoife de Paris qui avait eu le courage d'ameuter plufieurs citoyens pour recevoir leur roi légitime dans fa capitale. Cette refpectable bourgeoife fut exécutée avec tous les citoyens fidelles que le parlement put faifir. *Charles VII* érigea un autre parlement à Poitiers ; il fut peu nombreux, peu puiffant, & point payé.

Quelques membres du parlement de Paris, dégoûtés des Anglais, s'y réfugièrent. Et enfin, quand *Charles* eut repris Paris, & donné une amniftie générale, les deux parlemens furent réunis.

Parlement. L'étendue de ses droits.

Machiavel, dans ses remarques politiques sur *Tite-Live*, dit que les parlemens font la force du roi de France. Il avait très-grande raison en un sens. *Machiavel* italien voyait le pape comme le plus dangereux monarque de la chrétienté. Tous les rois lui fefaient la cour ; tous voulaient l'engager dans leurs querelles ; & quand il exigeait trop, quand un roi de France n'ofait le refuser en face, ce roi avait son parlement tout prêt qui déclarait les prétentions du pape contraires aux lois du royaume, tortionnaires, abusives, absurdes. Le roi s'excusait auprès du pape en disant qu'il ne pouvait venir à bout de son parlement.

C'était bien pis encore quand le roi & le pape se querellaient. Alors les arrêts triomphaient de toutes les bulles, & la tiare était renversée par la main de justice. Mais ce corps ne fit jamais la force des rois quand ils eurent befoin d'argent. Comme c'est avec ce seul ressort qu'on est sûr d'être toujours le maître, les rois en voulaient toujours avoir ; il en fallut demander d'abord aux états-généraux. La cour du parlement de Paris, sédentaire & instituée pour rendre la justice, ne se mêla jamais de finance jusqu'à *François I*. La fameuse réponse du premier président *Jean de la Vaquerie* au duc d'Orléans (depuis *Louis XII*) en est une preuve assez forte : *Le parlement est pour rendre justice au peuple ; les finances, la guerre, le gouvernement du roi ne font point de son ressort.*

On ne peut pardonner au président *Hénault* de n'avoir pas rapporté ce trait qui servit long-temps de

Q 2

bafe au droit public en France, fuppofé que ce pays connût un droit public.

Parlement. Droit d'enregiftrer.

ENREGISTREMENT, mémorial, journal, livre de raifon. Cet ufage fut de tout temps obfervé chez les nations policées, & fort négligé par les Barbares qui vinrent fondre fur l'empire romain. Le clergé de Rome fut plus attentif, il enregiftra tout, & toujours à fon avantage. Les Vifigoths, les Vandales, les Bourguignons, les Francs, & tous les autres fauvages n'avaient pas feulement de regiftres pour les mariages, les naiffances & les morts. Les empereurs firent, à la vérité, écrire leurs traités & leurs ordonnances ; elles étaient confervées tantôt dans un château, tantôt dans un autre ; & quand ce château était pris par quelque brigand, le regiftre était perdu. Il n'y a guère eu que les anciens actes dépofés à la tour de Londres qui aient fubfifté. On n'en retrouva ailleurs que chez les moines, qui fuppléérent fouvent par leur induftrie à la difette des monumens publics.

Quelle foi peut-on avoir à ces anciens monumens après l'aventure des fauffes décrétales qui ont été refpectées pendant cinq cents ans, autant & plus que l'Evangile ; après tant de faux martyrologes, de fauffes légendes & de faux actes ? Notre Europe fut trop long-temps compofée d'une multitude de brigands qui pillaient tout, d'un petit nombre de fauffaires qui trompèrent ces brigands ignorans, & d'une populace auffi abrutie qu'indigente, courbée vers la terre toute l'année pour nourrir tous ces gens-là.

On tient que *Philippe-Augufle* perdit fon chartrier, fes titres ; on ne fait pas trop à quelle occafion, ni comment, ni pourquoi il fefait tranfporter aux injures de l'air des parchemins qu'il devait foigneufement enfermer fous la clef.

On croit qu'*Etienne Boileau*, prévôt de Paris du temps de St *Louis*, fut le premier qui tint un journal, & qu'il fut imité par *Jean de Montluc* greffier du parlement de Paris en 1313, & non en 1256 ; faute de pure inadvertance dans le grand dictionnaire, au mot *Enregiflrement*.

Peu à peu les rois s'accoutumèrent à faire enregiftrer au parlement plufieurs de leurs ordonnances, & furtout les lois que le parlement était obligé de maintenir.

C'eft une opinion commune que la première ordonnance enregiftrée eft celle de *Philippe de Valois* fur fes droits de régale en 1332 au mois de feptembre, laquelle pourtant ne fut enregiftrée qu'en 1334. Aucun édit fur les finances ne fut enregiftré en cette cour, ni par ce roi, ni par fes fuccefleurs jufqu'à *François I.*

Charles V tint un lit de juftice en 1374, pour faire enregiftrer la loi qui fixe la majorité des rois à quatorze ans.

Une obfervation fort fingulière eft que l'érection de prefque tous les parlemens du royaume ne fut point préfentée au parlement de Paris pour y être enregiftrée & vérifiée.

Les traités de paix y furent quelquefois enregiftrés. Plus fouvent on s'en difpenfa. Rien n'a été ftable & permanent, rien n'a été uniforme. L'on n'enregiftra

point le traité d'Utrecht qui termina la funeste guerre
de la succession d'Espagne. On enregistra les édits qui
établirent & qui supprimèrent les mouleurs de bois,
les essayeurs de beurre, & les mesureurs de charbon.

Remontrances des parlemens.

TOUTE compagnie, tout citoyen a droit de porter
ses plaintes au souverain par la loi naturelle qui
permet de crier quand on souffre. Les premières
remontrances du parlement de Paris furent adressées
à *Louis XI* par l'exprès commandement de ce roi,
qui, étant alors mécontent du pape, voulut que le
parlement lui remontrât publiquement les excès de
la cour de Rome. Il fut bien obéi ; le parlement était
dans son centre ; il défendait les lois contre les
rapines. Il montra que la cour romaine avait extorqué en trente années quatre millions six cents qua-
rante-cinq mille écus de la France. Ces simonies
multipliées, ces vols réels commis sous le nom de
piété, commençaient à faire horreur. Mais la cour
romaine ayant enfin apaisé & séduit *Louis XI*, il fit
taire ceux qu'il avait fait si bien parler. Il n'y eut
aucune remontrance sur les finances, du temps de
Louis XI, ni de *Charles VIII*, ni de *Louis XII ;* car
il ne faut pas qualifier du nom de *remontrances solem-*
nelles le refus que fit cette compagnie de prêter à
Charles VIII cinquante mille francs pour sa malheureuse expédition d'Italie en 1496. Le roi lui envoya
le sire d'*Albret*, le sire de *Rieux* gouverneur de Paris,
le sire de *Graville* amiral de France , & le cardinal
Dumaine pour la prier de se cotiser pour lui prêter
cet argent. Etrange députation ! les registres portent

que le parlement repréfenta *la néceffité & l'indigence du royaume, & le cas fi piteux , quod non indiget manu fcribentis.* Garder fon argent n'était pas une de ces remontrances publiques au nom de la France.

Il en fit pour la grille d'argent de St Martin que *François I* acheta des chanoines, & dont il devait payer l'intérêt & le principal fur fes domaines. Voilà la première remontrance pour affaire pécuniaire.

La feconde fut pour la vente de vingt charges de nouveaux confeillers au parlement de Paris, & de trente dans les provinces. Ce fut le chancelier cardinal *Duprat* qui proflitua ainfi la juftice. Cette honte a duré & s'eft étendue fur toute la magiftrature de la France depuis 1515 jufqu'à 1771, l'efpace de deux cents cinquante-cinq ans, jufqu'à ce qu'un autre chancelier a commencé à effacer cette tache.

Depuis ce temps le parlement remontra fur toutes fortes d'objets. Il y était autorifé par l'édit paternel de *Louis XII* père du peuple : *Qu'on fuive toujours la loi malgré les ordres contraires à la loi que l'importunité pourrait arracher au monarque.*

Après *François I*, le parlement fut continuellement en querelle avec le miniftère, ou du moins en défiance. Les malheureufes guerres de religion augmentèrent fon crédit ; & plus il fut néceffaire, plus il fut entreprenant. Il fe regardait comme le tuteur des rois dès le temps de *François II*. C'eft ce que *Charles IX* lui reprocha au temps de fa majorité par ces propres mots :

,, Je vous ordonne de ne pas agir avec un roi ,, majeur comme vous avez fait pendant fa minorité ; ,, ne vous mêlez pas des affaires dont il ne vous

,, appartient pas de connaître ; fouvenez-vous que
,, votre compagnie n'a été établie par les rois que
,, pour rendre la juftice fuivant les ordonnances du
,, fouverain. Laiffez au roi & à fon confeil les affaires
,, d'Etat ; défaites-vous de l'erreur de vous regarder
,, comme les tuteurs des rois, comme les défenfeurs
,, du royaume, & comme les gardiens de Paris. ,,

Le malheur des temps l'engagea dans le parti de
la ligue contre *Henri III.* Il foutint les *Guifes* au
point qu'après le meurtre de *Henri de Guife* & du
cardinal fon frère, il commença des procédures contre
Henri III, & nomma deux confeillers, *Pichon* &
Courtin, pour informer. (1)

Après la mort de *Henri III,* il fe déclara contre
Henri le grand. La moitié de ce corps était entraînée
par la faction d'Efpagne, & l'autre par un faux zèle
de religion.

Henri IV eut un autre petit parlement auprès de
lui ainfi que *Charles VII.* Il rentra comme lui dans
Paris par des négociations fecrètes plus que par la
force, & il réunit les deux parlemens ainfi que
Charles VII en avait ufé.

Tout le miniftère du cardinal de *Richelieu* fut
fignalé par des réfiftances fréquentes de cette compagnie ; réfiftances d'autant plus fermes qu'elles
étaient approuvées de la nation.

On connaît affez la guerre de la fronde, dans
laquelle le parlement fut précipité par des factieux.
La reine régente le transféra à Pontoife par une
déclaration du roi fon fils déjà majeur, datée du 3

(1) L'arrêt ne parle que des meurtriers du duc de *Guife* & de leurs complices.
Il n'était que hardi, & non irrégulier.

juillet 1652. Mais trois préfidens feulement & quatorze confeillers obéirent.

Louis XIV en 1655, après l'amniflie, vint à la grand'chambre, le fouet à la main, défendre les affemblées des chambres. En 1657 il ordonna l'enregiflrement de tout édit, & ne permit les remontrances que dans la huitaine après l'enregiflrement. Tout fut tranquille fous fon règne.

Sous Louis XV.

LE parlement de Paris avait déjà, du temps de la fronde, établi l'ufage de ne plus rendre la juflice lorfqu'il fe croyait léfé par le gouvernement. C'était un moyen qui femblait devoir forcer le miniflère à plier fous fes volontés, fans qu'on eût une rebellion à lui reprocher comme dans la minorité de *Louis XIV.*

Il employa cette reffource en 1718, dans la minorité de *Louis XV.* Le duc d'Orléans régent l'exila à Pontoife en 1720.

La malheureufe bulle *Unigenitus* le mit quelquefois aux prifes avec le cardinal de *Fleuri.*

Il ceffa encore fes fonctions en 1751 dans les petits troubles excités par *Chriflophe de Beaumont* archevêque de Paris, au fujet des billets de confeffion & des refus de facremens.

Nouvelle ceffation de fervice en 1753. Tout le corps fut exilé dans plufieurs villes de fon reffort ; la grand'chambre le fut à Pontoife. Cet exil dura plus de quinze mois, depuis le 10 mai 1753, jufqu'au 27 août 1754. Le roi dans cet efpace de temps fit rendre la juflice par des confeillers d'Etat & des maîtres des requêtes. Très-peu de caufes furent

plaidées devant ce nouveau tribunal. La plupart de
ceux qui étaient en procès aimèrent mieux s'accom-
moder, ou attendre le retour du parlement. Il femblait
que la chicane eût été exilée avec ceux qui étaient
inftitués pour la réprimer.

On rappela enfin le parlement à fes fonctions, &
il revint aux acclamations de toute la France.

Deux ans après fon retour, les efprits étant plus
aigris que jamais, le roi vint tenir un lit de juftice
à Paris en 1756 le 13 décembre. Il fupprima deux
chambres du parlement, & fit plufieurs réglemens
pour mettre dans ce corps une police noüvelle. A
peine fut-il forti, que tous les confeillers donnèrent
leur démiffion, à la réferve des préfidens à mortier,
& de dix confeillers de grand'chambre.

La cour ne croyait pas alors pouvoir établir un
nouveau tribunal à fa place. On fut de tous les côtés
très-aigri & très-incertain.

L'attentat inconcevable de *Damiens* parut reconci-
lier pendant quelque temps le parlement avec la cour.
Ce malheureux, non moins infenfé que coupable,
accufa fept membres du parlement dans une lettre
qu'il ofa dicter pour le roi même, & qui lui fut portée.
Cette accufation abfurde n'empêcha pas le roi de
remettre au parlement même le jugement de *Damiens*,
qui fut condamné au fupplice de *Ravaillac* par ce qui
reftait de la grand'chambre. Plufieurs pairs & des
princes du fang opinèrent.

Après l'exécution terrible du criminel faite le 28
mars 1757, le miniftère, engagé dans une guerre
ruineufe & funefte, négocia avec ces mêmes officiers
du parlement qui avaient donné leur démiffion ; les
exilés furent rappelés.

Ce corps, à force d'avoir été humilié par la cour, eut plus d'autorité que jamais.

Il signala cette autorité en abolissant par un arrêt l'ordre des jésuites en France, & en les dépouillant de tous leurs biens (par l'arrêt du 6 août 1762.) Rien ne le rendit plus cher à la nation. Il fut en cela parfaitement secondé par tous les parlemens du royaume, & par toute la France.

Il s'unissait en effet avec ces autres parlemens, & prétendait ne faire avec eux qu'un corps, dont il était le principal membre. Tous s'appelaient alors *classes du parlement ;* celui de Paris était la première classe ; chaque classe fesait des remontrances sur les édits, & ne les enregistrait pas. Il y eut même quelques-uns de ces corps qui poursuivirent juridiquement les commandans de province envoyés à eux de la part du roi pour faire enregistrer. Quelques classes décernèrent des prises de corps contre ces officiers. Si ces décrets avaient été mis à exécution , il en aurait résulté un effet bien étrange. C'est sur les domaines royaux que se prennent les deniers dont on paye les frais de justice ; de sorte que le roi aurait payé de ses propres domaines les arrêts rendus par ceux qui lui désobéissaient contre ses officiers principaux qui avaient exécuté ses ordres.

Le plus singulier de ces arrêts rendus contre les commandans des provinces , & en quelque sorte contre le roi lui-même, fut celui du parlement de Toulouse contre le duc de *Fitzjames* , *Barwik* , en date du 17 décembre 1763. *Ordonne que ledit duc de Fitzjames sera pris, saisi & arrêté en quelque endroit du royaume qu'il se trouve,* c'est-à-dire que les huissiers toulousains pouvaient faifir au corps le duc de *Fitzjames* dans la chambre du roi même, ou à fa chapelle de Verfailles. La cour diffimula long-temps cet affront ; auffi elle en effuya d'autres.

Cette étonnante anarchie ne pouvait pas fubfifter; il fallait ou que la couronne reprît fon autorité, ou que les parlemens prévaluffent.

On avait befoin dans des conjonctures fi critiques d'un chancelier auffi hardi que l'*Hofpital*, on le trouva. Il fallait changer toute l'adminiftration de la juftice dans le royaume, & elle fut changée.

Le roi commença par effayer de ramener le parlement de Paris ; il le fit venir à un lit de juftice qu'il tint à Verfailles le 7 décembre 1770, avec les princes, les pairs & les grands officiers de la couronne. Là, il lui défendit de fe fervir jamais des termes d'*unité*, d'*indivifibilité*, & de *claffes*.

D'envoyer aux autres parlemens d'autres mémoires que ceux qui font fpécifiés par les ordonnances.

De ceffer le fervice, finon dans les cas que ces mêmes ordonnances ont prévus.

De donner leur démiffion en corps.

De rendre jamais d'arrêt qui retarde les enregiftremens, le tout fous peine d'être caffés.

Le parlement fur cet édit folemnel ayant encore ceffé le fervice, le roi leur fit porter des lettres de juffion ; ils défobéirent. Nouvelles lettres de juffion, nouvelle défobéiffance. Enfin, le monarque, pouffé à bout, leur envoya pour dernière tentative le 20 janvier 1771, à quatre heures du matin, des moufquetaires qui portèrent à chaque membre un papier à figner. Ce papier ne contenait qu'un ordre de déclarer s'ils obéiraient, ou s'ils refuferaient. Plufieurs voulurent interpréter la volonté du roi : les moufquetaires leur dirent qu'ils avaient ordre d'éviter les commentaires, qu'il fallait un ouï, ou un non.

Quarante membres fignèrent ce *oui*, les autres s'en difpenfèrent. Les oui étant venus le lendemain au parlement avec leurs camarades, leur demandèrent pardon d'avoir accepté, & fignèrent *non*; tous furent exilés.

La juftice fut encore adminiftrée par les confeillers d'Etat & les maîtres des requêtes comme elle l'avait été en 1753 : mais ce ne fut que par provifion. On tira bientôt de ce chaos un arrangement utile.

D'abord le roi fe rendit aux vœux des peuples qui fe plaignaient depuis des fiècles de deux griefs, dont l'un était ruineux, l'autre honteux & difpendieux à la fois. Le premier était le reffort trop étendu du parlement de Paris, qui contraignait les citoyens de venir de cent cinquante lieues fe confumer devant lui en frais, qui fouvent excédaient le capital. Le fecond était la vénalité des charges de judicature ; vénalité qui avait introduit la forte taxation des épices.

Pour réformer ces deux abus, fix parlemens nouveaux furent inftitués le 23 février de la même année, fous le titre de *confeils fupérieurs*, avec injonction de rendre *gratis* la juftice. Ces confeils furent établis dans Arras, Blois, Châlons, Clermont, Lyon, Poitiers (en fuivant l'ordre alphabétique.) On y en ajouta d'autres depuis.

Il fallait furtout former un nouveau parlement à Paris, lequel ferait payé par le roi fans acheter fes

places, & fans rien exiger des plaideurs. Cet établif-
fement fut fait le 13 avril 1771. L'opprobre de la
vénalité dont *François I* & le chancelier *Duprat* avaient
malheureufement fouillé la France, fut lavé par
Louis XV & par les foins du chancelier de *Maupeou*,
fecond du nom. On finit par la réforme de tous les
parlemens, & on efpéra de voir réformer la jurifprudence. On fut trompé : rien ne fut réformé. *Louis XVI*
rétablit avec fageffe les parlemens que *Louis XV*
avait caffés avec juftice. Le peuple vit leur retour
avec des tranfports de joie.

PARLEMENT D'ANGLETERRE.

Les membres du parlement d'Angleterre aiment à
fe comparer aux anciens Romains autant qu'ils le
peuvent. (*)

Il n'y a pas long-temps que M. *Schipping*, dans la
chambre des communes, commença fon difcours par
ces mots : *La majefté du peuple anglais ferait bleffée.* La
fingularité de l'expreffion caufa un grand éclat de
rire ; mais fans fe déconcerter, il répéta les mêmes
paroles d'un air ferme, & on ne rit plus. J'avoue que
je ne vois rien de commun entre la majefté du peuple
anglais & celle du peuple romain, encore moins entre
leurs gouvernemens. Il y a un fénat à Londres dont
quelques membres font foupçonnés, quoiqu'à tort
fans doute, de vendre leurs voix dans l'occafion,
comme on fefait à Rome : voilà toute la reffemblance.

(*) Cet article a été écrit vers 1731.

D'ailleurs les deux nations me paraissent entièrement différentes, soit en bien, soit en mal. On n'a jamais connu chez les Romains la folie horrible des guerres de religion ; cette abomination était réservée à des dévots, prêcheurs d'humilité & de patience. *Marius* & *Sylla*, *Pompée* & *César*, *Antoine* & *Auguste*, ne se battaient point pour décider si le *Flamen* devait porter sa chemise par-dessus sa robe, ou sa robe par-dessus sa chemise ; & si les poulets sacrés devaient manger & boire, ou bien manger seulement, pour qu'on prît les augures. Les Anglais se sont fait pendre autrefois réciproquement à leurs assises, & se sont détruits en bataille rangée pour des querelles de pareille espèce. La secte des épiscopaux & le presbytérianisme ont tourné, pour un temps, ces têtes mélancoliques. Je m'imagine que pareille sottise ne leur arrivera plus ; ils me paraissent devenir sages à leurs dépens, & je ne leur vois nulle envie de s'égorger dorénavant pour des syllogismes. Toutefois qui peut répondre des hommes ?

Voici une différence plus essentielle entre Rome & l'Angleterre, qui met tout l'avantage du côté de la dernière ; c'est que le fruit des guerres civiles de Rome a été l'esclavage, & celui des troubles d'Angleterre, la liberté. La nation anglaise est la seule de la terre qui soit parvenue à régler le pouvoir des rois en leur résistant, & qui d'efforts en efforts ait enfin établi ce gouvernement sage, où le prince, tout-puissant pour faire du bien, a les mains liées pour faire du mal, où les seigneurs sont grands sans insolence & sans vassaux, & où le peuple partage le gouvernement sans confusion.

La chambre des pairs & celle des communes font les arbitres de la nation ; le roi eft le fur-arbitre. Cette balance manquait aux Romains ; les grands & le peuple étaient toujours en divifion à Rome, fans qu'il y eût un pouvoir mitoyen qui pût les accorder. Le fénat de Rome qui avait l'injufte & puniffable orgueil de ne vouloir rien partager avec les plébéïens, ne connaiffait d'autre fecret pour les éloigner du gouvernement, qué de les occuper toujours dans les guerres étrangères ; il regardait le peuple comme une bête féroce, qu'il fallait lâcher fur leurs voifins, de peur qu'elle ne dévorât fes maîtres. Ainfi le plus grand défaut du gouvernement des Romains en fit des conquérans ; c'eft parce qu'ils étaient malheureux chez eux, qu'ils devinrent les maîtres du monde, jufqu'à ce qu'enfin leurs divifions les rendirent efclaves.

Le gouvernement d'Angleterre n'eft point fait pour un fi grand éclat, ni pour une fin fi funefte ; fon but n'eft point la brillante folie de faire des conquêtes, mais d'empêcher que fes voifins n'en faffent. Ce peuple n'eft pas feulement jaloux de fa liberté, il l'eft encore de celle des autres. Les Anglais étaient acharnés contre *Louis XIV*, uniquement parce qu'ils lui croyaient de l'ambition.

Il en a coûté, fans doute, pour établir la liberté en Angleterre ; c'eft dans des mers de fang qu'on a noyé l'idole du pouvoir defpotique : mais les Anglais ne croient point avoir acheté trop cher leurs lois. Les autres nations n'ont pas verfé moins de fang qu'eux ; mais ce fang qu'elles ont répandu pour la caufe de leur liberté, n'a fait que cimenter leur fervitude.

Ce

Ce qui devient une révolution en Angleterre, n'eft qu'une fédition dans les autres pays. Une ville prend les armes pour défendre fes priviléges, foit en Barbarie, foit en Turquie; auffitôt des foldats mercenaires la fubjuguent, des bourreaux la puniffent, & le refte de la nation baife fes chaînes. Les Français penfent que le gouvernement de cette île eft plus orageux que la mer qui l'environne, & cela eft vrai; mais c'eft quand le roi commence la tempête, c'eft quand il veut fe rendre le maître du vaiffeau, dont il n'eft que le premier pilote. Les guerres civiles de France ont été plus longues, plus cruelles, plus fécondes en crimes que celles d'Angleterre ; mais de toutes ces guerres civiles aucune n'a eu une liberté fage pour objet. Dans le temps déteftable de *Charles IX* & de *Henri III*, il s'agiffait feulement de favoir fi on ferait l'efclave des *Guifes;* pour la dernière guerre de Paris elle ne mérite que des fifflets. Il me femble que je vois des écoliers qui fe mutinent contre le préfet d'un collége, & qui finiffent par être fouettés. Le cardinal de *Retz*, avec beaucoup d'efprit & de courage mal employé, rebelle fans aucun fujet, factieux fans deffein, chef de parti fans armée, cabalait pour cabaler, & femblait faire la guerre civile pour fon plaifir. Le parlement de Paris ne favait ce qu'il voulait, ni ce qu'il ne voulait pas. Il levait des troupes par arrêt, il les caffait : il menaçait, & demandait pardon ; il mettait à prix la tête du cardinal *Mazarin*, & enfuite venait le complimenter en cérémonie. Nos guerres civiles fous *Charles VI* avaient été cruelles ; celles de la ligue furent abominables ; celle de la fronde fut ridicule.

Ce qu'on reproche le plus en France aux Anglais, & avec raison, c'eſt le ſupplice de *Charles I*, monarque digne d'un meilleur ſort, qui fut traité par ſes vainqueurs, comme il les eût traités s'il eût été heureux. Après tout, regardez d'un côté *Charles I* vaincu en bataille rangée, priſonnier, jugé, condamné dans Weſtminſter, & décapité; & de l'autre, l'empereur *Henri VII* empoiſonné par ſon chapelain en communiant, *Henri III* aſſaſſiné par un moine, trente aſſaſſinats médités contre *Henri IV*, pluſieurs exécutés, & le dernier privant enfin la France de ce grand roi : peſez ces attentats, & jugez.

P A S S I O N S.

Leur influence ſur le corps, & celle du corps ſur elles.

Dis-moi, docteur, (je n'entends pas un docteur en médecine qui ſait quelque choſe, qui a long-temps examiné les ſinuoſités du cervelet, qui a recherché ſi les nerfs ont un ſuc circulant, qui a fouillé en vain dans des matrices pour voir comment un être penſant s'y forme, & qui connaît tout ce qu'on peut connaître de notre machine) hélas! j'entends un docteur en théologie. Je t'adjure par la raiſon au nom de laquelle tu frémis : dis-moi pourquoi ayant vu faire à ta ſervante un mouvement de gauche à droite & de droite à gauche formé par le muſcle gluteus & par le vaſte externe, ſur le champ ton imagination s'alluma; deux muſcles érecteurs, qui partent de l'iskion, donnèrent un mouvement de perpendicule à ton phallus? Ses corps caverneux se remplirent de sang; tu introduisis ton *balanus intra vaginam* de ta servante; & ton *balanus* frottant *suum clitorida* lui donna comme à toi un plaisir d'une ou deux secondes, dont ni elle ni toi ne connaîtront jamais la cause, & dont naîtra cependant un être pensant, tout pourri du péché originel? Quel rapport, je te prie, de toute cette action avec un mouvement du muscle gluteus de ta gouvernante? Tu auras beau relire *Sanchez* & *Thomas d'Aquin* & *Scot* & *Bonaventure*, tu ne sauras jamais un mot de cette mécanique incompréhensible, par laquelle l'éternel architecte dirige tes idées, tes désirs, tes actions, & fait naître un petit bâtard de prêtre prédestiné à la damnation de toute éternité.

Le lendemain matin, après avoir pris ton chocolat, ta mémoire te retrace l'image du plaisir que tu goûtas la veille, & tu recommences. Conçois-tu, mon gros automate, ce que c'est que cette mémoire qui t'est commune avec tous les animaux? Sais-tu quelles fibres rappellent tes idées, & peignent dans ton cerveau les voluptés de la veille par un sentiment continué, qui a dormi avec toi & qui s'est réveillé avec toi? Le docteur me répond après *Thomas d'Aquin* que tout cela est une production de son ame végétative, de son ame sensitive, & de son ame intellectuelle, qui toutes trois composent une ame, laquelle n'étant point étendue agit évidemment sur un corps étendu.

Je vois à son air embarrassé qu'il a balbutié des mots dont il n'a aucune idée; & je lui dis enfin: Docteur, si tu conviens malgré toi que tu ne sais ce que c'est qu'une ame, & que tu as parlé toute ta vie sans t'entendre, que ne l'avoués-tu en honnête homme? que ne conclus-tu ce qu'il faut conclure de la prémotion physique du docteur *Bourser*, & de certains endroits de *Mallebranche*, & surtout de ce sage *Locke* si supérieur à *Mallebranche*? que ne conclus-tu, dis-je, que ton ame est une faculté que Dieu t'a donnée, sans te dire son secret, ainsi qu'il t'en a donné tant d'autres? Apprends que plusieurs raisonneurs prétendent qu'à proprement parler il n'y a que le pouvoir inconnu du divin *Demiourgos* & ses lois inconnues qui opèrent tout en nous; & qu'à parler encore mieux, nous ne saurons jamais de quoi il s'agit.

Mon homme se fâche; le sang lui monte au visage. Il me battrait s'il était le plus fort, & s'il n'était retenu par les bienséances. Son cœur se gonfle; la systole & la diastole se font irrégulièrement; son cervelet est comprimé; il tombe en apoplexie. Quel rapport y avait-il donc entre ce sang, ce cœur, ce cervelet & une vieille opinion du docteur qui était contraire à la mienne? Un esprit pur, intellectuel tombe-t-il en syncope, quand on n'est pas de son avis? J'ai proféré des sons; il a proféré des sons; & le voilà en apoplexie; le voilà mort.

Je suis à table moi & mon ame en sorbonne, au *prima mensis* avec cinq ou six docteurs *socii sorbonici*. On nous donne d'un mauvais vin frelaté; d'abord nos ames sont folles; une demi-heure après nos ames sont stupides, elles sont nulles; & le lendemain nos mêmes docteurs donnent un beau décret par lequel l'ame ne tenant point de place, & étant absolument immatérielle, est logée matériellement dans le corps calleux, pour faire leur cour au chirurgien *la Peironie*.

Un convive eft à table gaiement. On lui apporte une lettre qui lui infpire l'étonnement, la trifteffe & la crainte. Dans l'inftant même les mufcles de fon ventre fe contractent & fe relâchent, le mouvement périftaltique des inteftins s'augmente; le fphincter du rectum s'ouvre avec une petite convulfion ; & mon homme, au lieu d'achever fon dîner, fait une copieufe évacuation. Dis-moi donc quelle connexion fecrète la nature a mife entre une idée & une felle ?

De tous ceux qu'on a trépanés, il y en a toujours plufieurs qui reftent imbécilles. On a donc offenfé les fibres penfantes de leur cerveau ; & où font ces fibres penfantes ? O *Sanchez*, ô *magifter* de *Grillandis, Tamponet, Riballier*, ô *Cogé Pecus* régent de feconde & recteur de l'univerfité, rendez-moi raifon nettement de tout cela, fi vous pouvez !

Comme j'écrivais ces chofes au mont Krapac, pour mon inftruction particulière, on m'a apporté le livre de la *Médecine de l'efprit* du docteur *Camus*, profeffeur en médecine de l'univerfité de Paris. J'ai efpéré d'y voir la folution de toutes mes difficultés. Qu'y ai-je trouvé ? rien. Ah, monfieur *Camus !* vous n'avez pas fait avec efprit la *Médecine de l'efprit.* C'eft lui qui recommande fortement le fang d'ânon, tiré derrière l'oreille, comme un fpécifique contre la folie. *Cette vertu du fang d'âne*, dit-il, *réintégre l'ame dans fes fonctions.* Il prétend auffi qu'on guérit les fous en leur donnant la gale. Il affure de plus que pour avoir de la mémoire, il faut manger du chapon, du levraut & des alouettes, & furtout fe bien garder des oignons & du beurre. Cela fut imprimé en 1769 avec approbation & privilége du roi. Et on mettait fa fanté entre

les mains de maître *Camus* profeſſeur en médecine!
Pourquoi n'aurait-il pas été premier médecin du
roi ?

Pauvres marionnettes de l'éternel *Demiourgos*,
qui ne ſavons ni pourquoi ni comment une main
inviſible fait mouvoir nos reſſorts, & enſuite nous jette
& nous entaſſe dans la boîte! Répétons plus que jamais
avec *Ariſtote : Tout eſt qualité occulte.*

PATRIE.

SECTION PREMIERE.

Nous nous bornerons ici ſelon notre uſage à
propoſer quelques queſtions que nous ne pouvons
réſoudre.

Un juif a-t-il une patrie ? s'il eſt né à Coimbre,
c'eſt au milieu d'une troupe d'ignorans abſurdes qui
argumenteront contre lui, & auxquels il ferait des
réponſes abſurdes, s'il oſait répondre. Il eſt ſurveillé
par des inquiſiteurs qui le feront brûler s'ils ſavent
qu'il ne mange point de lard, & tout ſon bien leur
appartiendra. Sa patrie eſt-elle à Coimbre ? peut-il
aimer tendrement Coimbre ? peut-il dire comme dans
les Horaces de *Pierre Corneille :*

> Mon cher pays eſt mon premier amour....
> Mourir pour la patrie eſt un ſi digne ſort
> Qu'on briguerait en foule une ſi belle mort. — Tarare!

Sa patrie eſt-elle Jéruſalem ? il a ouï-dire vaguement
qu'autrefois ſes ancêtres, quels qu'ils fuſſent, ont

habité ce terrain pierreux & ſtérile, bordé d'un déſert
abominable, & que les Turcs ſont maîtres aujour-
d'hui de ce petit pays dont ils ne retirent preſque
rien. Jéruſalem n'eſt pas ſa patrie. Il n'en a point; il n'a
pas ſur la terre un pied quarré qui lui appartienne.

Le Guèbre plus ancien, & cent fois plus reſpeɥtable
que le juif, eſclave des Turcs, ou des Perſans, ou du
grand-mogol, peut-il compter pour ſa patrie quelques
pyrées qu'il élève en ſecret ſur des montagnes?

Le Banian, l'Arménien, qui paſſent leur vie à
courir dans tout l'Orient, & à faire le métier de
courtiers, peuvent-ils dire, ma chère patrie, ma
chère patrie? Ils n'en ont d'autre que leur bourſe &
leur livre de compte.

Parmi nos nations d'Europe, tous ces meurtriers qui
louent leurs ſervices, & qui vendent leur ſang au premier
roi qui veut les payer, ont-ils une patrie? Ils en ont
bien moins qu'un oiſeau de proie qui revient tous les
ſoirs dans le creux du rocher où ſa mère fit ſon nid.

Les moines oſeraient-ils dire qu'ils ont une patrie?
elle eſt, diſent-ils, dans le ciel; à la bonne heure,
mais dans ce monde je ne leur en connais pas.

Ce mot de *patrie* ſera-t-il bien convenable dans
la bouche d'un Grec, qui ignore s'il y eut jamais un
Miltiade, un *Ageſilas*, & qui ſait ſeulement qu'il eſt
l'eſclave d'un janiſſaire, lequel eſt eſclave d'un aga,
lequel eſt eſclave d'un bacha, lequel eſt eſclave d'un
viſir, lequel eſt eſclave d'un padisha que nous appelons à Paris le *Grand-Turc*?

Qu'eſt-ce donc que la patrie? ne ſerait-ce pas par
haſard un bon champ, dont le poſſeſſeur logé commo-
dément dans une maiſon bien tenue, pourrait dire:

R 4

Ce champ que je cultive, cette maifon que j'ai bâtie
font à moi; j'y vis fous la protection des lois qu'aucun
tyran ne peut enfreindre. Quand ceux qui poffèdent,
comme moi, des champs & des maifons s'affemblént
pour leurs intérêts communs, j'ai ma voix dans cette
affemblée; je fuis une partie du tout, une de la
communauté, une partie de la fouveraineté; voilà ma
patrie. Tout ce qui n'eft pas cette habitation d'hommes,
n'eft-ce pas quelquefois une écurie de chevaux fous
un palefrenier qui leur donne à fon gré des coups de
fouet? On a une patrie fous un bon roi; on n'en a
point fous un méchant.

SECTION II.

UN jeune garçon pâtiffier qui avait été au collége,
& qui favait encore quelques phrafes de *Cicéron*, fe
donnait un jour les airs d'aimer fa patrie. Qu'entends-tu
par ta patrie? lui dit un voifin, eft-ce ton four?
eft-ce le village où tu es né & que tu n'as jamais
revu? eft-ce la rue où demeuraient ton père & ta
mère qui fe font ruinés, & qui t'ont réduit à enfourner
des petits pâtés pour vivre? eft-ce l'hôtel-de-ville où
tu ne feras jamais clerc d'un quartinier? eft-ce l'églife
de Notre-Dame où tu n'as pu parvenir à être enfant
de chœur, tandis qu'un homme abfurde eft archevêque & duc avec vingt mille louis d'or de rente?

Le garçon pâtiffier ne fut que répondre. Un penfeur
qui écoutait cette converfation, conclut que dans
une patrie un peu étendue, il y avait fouvent plufieurs
millions d'hommes qui n'avaient point de patrie.

Toi, voluptueux Parifien, qui n'as jamais fait d'autre grand voyage que celui de Dieppe pour y manger de la marée fraîche ; qui ne connais que ta maifon vernie de la ville, ta jolie maifon de campagne & ta loge à cet opéra où le refte de l'Europe s'obftine à s'ennuyer ; qui parles affez agréablement ta langue parce que tu n'en fais point d'autre, tu aimes tout cela, & tu aimes encore les filles que tu entretiens, le vin de Champagne qui t'arrive de Rheims, tes rentes que l'hôtel-de-ville te paye tous les fix mois, & tu dis que tu aimes ta patrie !

En confcience, un financier aime-t-il cordialement fa patrie !

L'officier & le foldat qui dévafteront leur quartier d'hiver, fi on les laiffe faire, ont-ils un amour bien tendre pour les payfans qu'ils ruinent ?

Où était la patrie du duc de *Guife le balafré*, était-ce à Nancy, à Paris, à Madrid, à Rome ?

Quelle patrie aviez-vous, cardinaux de *la Balue*, *Duprat*, *Lorraine*, *Mazarin* ?

Où fut la patrie d'*Attila* & de cent héros de ce genre, qui en courant toujours n'étaient jamais hors de leur chemin ?

Je voudrais bien qu'on me dît quelle était la patrie d'*Abraham* ?

Le premier qui a écrit que la patrie eft par-tout où l'on fe trouve bien, eft je crois *Euripide* dans fon Phaëton.

Os pantakos ge patris es boskoufa ge.

Mais le premier homme qui fortit du lieu de fa naiffance pour chercher ailleurs fon bien-être, l'avait dit avant lui.

S E C T I O N   I I I.

Une patrie eft un compofé de plufieurs familles; & comme on foutient communément fa famille par amour-propre, lorfqu'on n'a pas un intérêt contraire, on foutient par le même amour-propre fa ville ou fon village qu'on appelle fa patrie.

Plus cette patrie devient grande, moins on l'aime, car l'amour partagé s'affaiblit. Il eft impoffible d'aimer tendrement une famille trop nombreufe qu'on connaît à peine.

Celui qui brûle de l'ambition d'être édile, tribun, préteur, conful, dictateur, crie qu'il aime fa patrie, & il n'aime que lui-même. Chacun veut être fûr de pouvoir coucher chez foi, fans qu'un autre homme s'arroge le pouvoir de l'envoyer coucher ailleurs. Chacun veut être fûr de fa fortune & de fa vie. Tous formant ainfi les mêmes fouhaits, il fe trouve que l'intérêt particulier devient l'intérêt général : on fait des vœux pour la république, quand on n'en fait que pour foi-même.

Il eft impoffible qu'il y ait fur la terre un Etat qui ne fe foit gouverné d'abord en république ; c'eft la marche naturelle de la nature humaine. Quelques familles s'affemblent d'abord contre les ours & contre les loups : celle qui a des grains en fournit en échange à celle qui n'a que du bois.

Quand nous avons découvert l'Amérique, nous avons trouvé toutes les peuplades divifées en républiques; il n'y avait que deux royaumes dans toute cette partie du monde. De mille nations nous n'en trouvâmes que deux fubjuguées.

Il en était ainfi de l'ancien monde ; tout était république en Europe, avant les roitelets d'Etrurie & de Rome. On voit encore aujourd'hui des républiques en Afrique. Tripoli, Tunis, Alger, vers notre feptentrion, font des républiques de brigands. Les Hottentots vers le midi vivent encore comme on dit qu'on vivait dans les premiers âges du monde, libres, égaux entr'eux, fans maîtres, fans fujets, fans argent, & prefque fans befoins. La chair de leurs moutons les nourrit, leur peau les habille, des huttes de bois & de terre font leurs retraites : ils font les plus puans de tous les hommes, mais ils ne le fentent pas ; ils vivent & ils meurent plus doucement que nous.

Il refte dans notre Europe huit républiques fans monarques, Venife, la Hollande, la Suiffe, Gènes, Lucques, Ragufe, Genève & Saint-Marin. (a) On peut regarder la Pologne, la Suède, l'Angleterre, comme des républiques fous un roi, mais la Pologne eft la feule qui en prenne le nom.

Or, maintenant, lequel vaut le mieux que votre patrie foit un Etat monarchique, ou un Etat républicain ? il y a quatre mille ans qu'on agite cette queftion. Demandez la folution aux riches, ils aiment tous mieux l'ariftocratie; interrogez le peuple, il veut la démocratie : il n'y a que les rois qui préfèrent la

_____

(a) Ceci eft écrit en 1764.

royauté. (1) Comment donc eſt-il poſſible que preſque toute la terre ſoit gouvernée par des monarques ? demandez-le aux rats qui propoſèrent de pendre une ſonnette au cou du chat. Mais en vérité, la véritable raiſon eſt, comme on l'a dit, que les hommes ſont très-rarement dignes de ſe gouverner eux-mêmes.

Il eſt triſte que ſouvent pour être bon patriote on ſoit l'ennemi du reſte des hommes. L'ancien *Caton*, ce bon citoyen, diſait toujours en opinant au ſénat : Tel eſt mon avis, & qu'on ruine Carthage. Etre bon patriote, c'eſt ſouhaiter que ſa ville s'enrichiſſe par le commerce, & ſoit puiſſante par les armes. Il eſt clair qu'un pays ne peut gagner ſans qu'un autre perde, & qu'il ne peut vaincre ſans faire des malheureux.

(1) Il n'y a qu'un eſclave qui puiſſe dire qu'il préfère la royauté à une république bien conſtituée, où les hommes ſeraient vraiment libres, & où jouiſſant, ſous de bonnes lois, de tous les droits qu'ils tiennent de la nature, ils ſeraient encore à l'abri de toute oppreſſion étrangère; mais cette république n'exiſte point & n'a jamais exiſté. On ne peut choiſir qu'entre la monarchie, l'ariſtocratie & l'anarchie; & dans ce cas, un homme ſage peut très-bien donner la préférence à la monarchie; ſurtout s'il ſe défie d'un ſentiment naturel, qui le porte à préférer la conſtitution républicaine, non parce que tous les hommes y ſont libres, mais parce qu'il ſe croit fait pour y devenir un de leurs maîtres. Ajoutons que ſur les objets les plus importans pour les hommes, la ſûreté, la liberté civile, la propriété, la répartition des impôts, la liberté du commerce & de l'induſtrie, les lois doivent être les mêmes dans les monarchies ou dans les républiques; que ſur ces objets, l'intérêt du monarque ſe confond avec l'intérêt général, au moins autant que celui d'un corps légiſlatif. Les principes qui doivent dicter les lois ſur tous ces objets, puiſés dans la nature des hommes, fondés ſur la raiſon, ſont indépendans des différentes formes de conſtitution politique. Il eſt malheureux que le célèbre *Monteſquieu*, non-ſeulement ait méconnu cette vérité, mais qu'il ait fondé preſque tout ſon ouvrage ſur le préjugé contraire, que l'autorité de ſon nom ſoutient encore parmi un grand nombre de ſes admirateurs.

Telle eſt donc la condition humaine, que ſouhaiter la grandeur de ſon pays, c'eſt ſouhaiter du mal à ſes voiſins. Celui qui voudrait que ſa patrie ne fût jamais ni plus grande, ni plus petite, ni plus riche, ni plus pauvre, ſerait le citoyen de l'univers. (2)

P A U L.

S E C T I O N   P R E M I E R E.

Queſtions ſur Paul.

*P*AUL était-il citoyen romain, comme il s'en vante? S'il était de Tarſis en Cilicie, Tarſis ne fut colonie romaine que cent ans après lui; tous les antiquaires en ſont d'accord. S'il était de la petite ville ou bourgade de Giſcale, comme *St Jérôme* l'a cru, cette ville était dans la Galilée; & certainement les Galiléens n'étaient pas citoyens romains.

Eſt-il vrai que *Paul* n'entra dans la ſociété naiſſante des chrétiens qui étaient alors demi-juifs, que parce que *Gamaliel* dont il avait été le diſciple lui refuſa ſa fille en mariage? Il me ſemble que cette accuſation ne ſe trouve que dans les actes des apôtres reçus par les ébionites, actes rapportés & réfutés par l'évêque *Epiphane*, dans ſon XXXᵉ chapitre.

Eſt-il vrai que *Stᵉ Thècle* vint trouver *St Paul* déguiſée en homme? & les actes de *Stᵉ Thècle* ſont-ils recevables? *Tertullien* dans ſon livre du baptême,

_____

(2) Un pays peut augmenter ſa richeſſe réelle, ſans diminuer, & même en augmentant celle de ſes voiſins. Il en eſt de même du bonheur public : celui d'une nation ne ſe fait point au dépens du bonheur d'une autre. Il n'en eſt pas ainſi de la puiſſance; mais auſſi aucune nation n'eſt intéreſſée à augmenter la ſienne au-delà de ce qui eſt néceſſaire à ſa ſureté.

chapitre XVII, tient que cette hiftoire fut écrite par un prêtre attaché à *Paul. Jérôme, Cyprien*, en réfutant la fable du lion baptifé par Ste *Thècle*, affirment la vérité de ces actes. C'eft-là que fe trouve un portrait de St *Paul* qui eft affez fingulier ; *il était gros, court, large d'épaules ; fes fourcils noirs fe joignaient fur fon nez aquilin, fes jambes étaient crochues, fa tête chauve, & il était rempli de la grâce du Seigneur.*

C'eft à peu près ainfi qu'il eft dépeint dans le *Phi-lopatris* de *Lucien* : à la grâce du Seigneur près, dont *Lucien* n'avait malheureufement aucune connaiffance.

Peut-on excufer *Paul* d'avoir repris *Pierre* qui judaïfait, quand lui-même alla judaïfer huit jours dans le temple de Jérufalem ?

Lorfque *Paul* fut traduit devant le gouverneur de Judée par les Juifs, pour avoir introduit des étrangers dans le temple, fit-il bien de dire à ce gouverneur, que c'était *pour la réfurrection des morts qu'on lui fefait fon procès*, tandis qu'il ne s'agiffait point de la réfurrection des morts ? (*a*)

Paul fit-il bien de circoncire fon difciple *Timothée*, après avoir écrit aux Galates : *Si vous vous faites circoncire*, JESUS *ne vous fervira de rien ?*

Fit-il bien d'écrire aux Corinthiens, chapitre IX : *N'avons-nous pas le droit de vivre à vos dépens & de mener avec nous une femme ? &c.* Fit-il bien d'écrire aux Corinthiens dans fa feconde épître : *Je ne pardonnerai à aucun de ceux qui ont péché, ni aux autres ?* Que penferait-on aujourd'hui d'un homme qui prétendrait vivre à nos dépens lui & fa femme, nous juger, nous punir, & confondre le coupable & l'innocent ?

(*a*) Actes, chap. XXIV.

Qu'entend-on par le raviffement de *Paul* au troifième ciel ? qu'eft-ce qu'un troifième ciel ?

Quel eft enfin le plus vraifemblable (humainement parlant) ou que *Paul* fe foit fait chrétien pour avoir été renverfé de fon cheval par une grande lumière en plein midi, & qu'une voix célefte lui ait crié : *Saul, Saul, pourquoi me perfécutes-tu?* ou bien que *Paul* ait été irrité contre les pharifiens, foit pour le refus de *Gamaliel* de lui donner fa fille, foit par quelque autre caufe ?

Dans toute autre hiftoire le refus de *Gamaliel* ne femblerait-il pas plus naturel qu'une voix célefte, fi d'ailleurs nous n'étions pas obligés de croire ce miracle ?

Je ne fais aucune de ces queftions que pour m'inftruire ; & j'exige de quiconque voudra m'inftruire, qu'il parle raifonnablement.

S E C T I O N I I.

LES épîtres de *St Paul* font fi fublimes, qu'il eft fouvent difficile d'y atteindre.

Plufieurs jeunes bacheliers demandent ce que fignifient précifément ces paroles : (*b*) ,, Tout homme ,, qui prie & qui prophétife avec un voile fur fa tête ,, fouille fa tête. ,,

Que veulent dire celles-ci ? (*c*) ,, J'ai appris du ,, Seigneur que la nuit même qu'il fut faifi, il prit ,, du pain. ,,

(*b*) Epître aux Corinthiens, chap. IX.
(*c*) 1. Corint. ch. XI, v. 23.

Comment peut-il avoir appris cela de JESUS-
CHRIST auquel il n'avait jamais parlé, & dont il
avait été le plus cruel ennemi fans l'avoir jamais vu?
eſt-ce par inſpiration? eſt-ce par le récit de ſes diſciples? eſt-ce lorſqu'une lumière céleſte le fit tomber
de cheval? il ne nous en inſtruit pas.

Et celles-ci encore: (*d*) ,, La femme fera ſauvée ſi
,, elle fait des enfans? ,,

C'eſt aſſurément encourager la population; il ne
paraît pas que *Paul* ait fondé des couvens de filles.

Il traite d'impies, (*e*) d'impoſteurs, de diaboliques,
de conſciences gangrenées, ceux qui prêchent le
célibat & l'abſtinence des viandes.

Ceci eſt bien plus fort. Il ſemble qu'il proſcrive
moines, nonnes, jours de jeûnes. Expliquez-moi
cela, tirez-moi d'embarras.

Que dire ſur les paſſages où il recommande aux
évêques de n'avoir qu'une femme? (*f*) *Unius uxoris
virum.*

Cela eſt poſitif. Jamais il n'a permis qu'un évêque
eût deux femmes, lorſque les grands pontifes juifs
pouvaient en avoir pluſieurs.

Il dit poſitivement ,, que le jugement dernier ſe
,, fera de ſon temps, que JESUS deſcendra dans les
,, nuées comme il eſt annoncé dans *St Luc*, (*g*) que
,, lui *Paul* montera dans l'air pour aller au devant
,, de lui avec les habitans de Theſſalonique. ,,

La choſe eſt-elle arrivée? eſt-ce une allégorie, une

(*d*) I. *Timothée*, chap. II.   (*f*) I. *Timot.* c. III; & à *Tite*, c. I.
(*e*) I. *Timot.* chap. IV.   (*g*) Theſſal. ch. IV.

figure?

figure ? croyait-il en effet qu'il ferait ce voyage ? croyait-il avoir fait celui du troifième ciel ? qu'eft-ce que ce troifième ciel ? comment ira-t-il dans l'air ? y a-t-il été ?

,, Que le Dieu de notre feigneur JESUS-CHRIST,
,, (*h*) le père de gloire, vous donne l'efprit de
,, fageffe. ,,

Eft-ce là reconnaître JESUS pour le même Dieu que le père ?

,, Il a opéré fa puiffance fur JESUS en le reffuf-
,, citant & le mettant à fa droite. ,,

Eft-ce là conftater la divinité de JESUS ?

,, Vous avez rendu JESUS de peu inférieur aux
,, anges en le couronnant de gloire. ,, (*i*)

S'il eft inférieur aux anges eft-il Dieu ?

,, Si par le délit d'un feul plufieurs font morts, (*k*)
,, la grâce & le don de DIEU ont plus abondé par la
,, grâce d'un feul homme qui eft JESUS-CHRIST. ,,

Pourquoi l'appeler toujours homme & jamais Dieu ?

,, Si à caufe du péché d'un feul homme la mort a
,, régné, l'abondance de grâce régnera bien davantage
,, par un feul homme qui eft JESUS-CHRIST. ,,

Toujours homme, jamais Dieu, excepté un feul endroit contefté par *Erafme*, par *Grotius*, par *le Clerc &c.*

,, Nous fommes enfans de DIEU (*l*) & cohéritiers,
,, de JESUS-CHRIST. ,,

N'eft-ce pas toujours regarder JESUS comme l'un de nous, quoique fupérieur à nous par les grâces de DIEU ?

(*h*) Ephéfiens, ch. I.   (*k*) Aux Romains, ch. V.
(*i*) Aux Hébreux, chap. II.   (*l*) *Ibid.* ch. XVI.

Diclionn. philofoph. Tome VI.   S

,, A·Dieu feul fage, honneur & gloire par Jesus-
,, Christ. ,,

Ce mot D i e u *feul*, ne femble-t-il pas exclure
Jesus de la divinité?

Comment entendre tous ces paffages à la lettre
fans craindre d'offenfer Jesus-Christ ? comment
les entendre dans un fens plus relevé fans craindre
d'offenfer Dieu le père ?

Il y en a plufieurs de cette efpèce qui ont exercé
l'efprit des favans. Les commentateurs fe font combattus ; & nous ne prétendons pas porter la lumière
où ils ont laiffé l'obfcurité. Nous nous foumettons
toujours de cœur & de bouche à la décifion de
l'Eglife.

Nous avons eu auffi quelque peine à bien pénétrer
les paffages fuivans :

,, Votre circoncifion profite fi vous obfervez la loi
,, juive ; (*m*) mais fi vous êtes prévaricateurs de la
,, loi, votre circoncifion devient prépuce.

,, Or nous favons que tout ce que la loi dit à ceux
,, qui font dans la loi, elle le dit afin que toute
,, bouche foit obftruée, (*n*) & que tout le monde
,, foit foumis à Dieu, parce que toute chair ne fera
,, pas juftifiée devant lui par les œuvres de la loi,
,, car par la loi vient la connaiffance du péché.

,, Car un feul Dieu juftifie la circoncifion par la
,, foi, (*o*) & le prépuce par la foi. Détruifons-nous
,, donc la foi par la loi ? à Dieu ne plaife. Car fi
,, *Abraham* a été juftifié par fes œuvres, il en a gloire,
,, mais non chez Dieu. ,,

(*m*) Epitre aux juifs de Rome appelés les *Romains* , chap. II.
(*n*) Chap. III.　　　　　　(*o*) Ch. IV fuite au ch. V.

Nous ofons dire que l'ingénieux & profond dom *Calmet* lui-même ne nous a pas donné fur ces endroits un peu obfcurs, une lumière qui diffipât toutes nos ténébres. C'eft fans doute notre faute de n'avoir pas entendu les commentateurs, & d'avoir été privés de l'intelligence entière du texte, qui n'eft donnée qu'aux ames privilégiées. Mais dès que l'explication viendra de la chaire de vérité, nous entendrons tout parfaitement.

SECTION III.

AJOUTONS ce petit fupplément à l'article *Paul*. Il vaut mieux s'édifier dans les lettres de cet apôtre, que de deffécher fa piété à calculer le temps où elles furent écrites. Les favans recherchent en vain l'an & jour auxquels *St Paul* fervit à lapider *St Etienne*, & à garder les manteaux des bourreaux.

Ils difputent fur l'année où il fut renverfé de cheval par une lumière éclatante en plein midi, & fur l'époque de fon raviffement au troifième ciel.

Ils ne conviennent ni de l'année où il fut conduit prifonnier à Rome, ni de celle où il mourut.

On ne connaît la date d'aucune de fes lettres.

On croit que l'épître aux Hébreux n'eft point de lui. On rejette celle aux Laodicéens ; quoique cette épître ait été reçue fur les mêmes fondemens que les autres.

On ne fait pourquoi il changea fon nom de *Saul* en celui de *Paul*, ni ce que fignifiait ce nom.

St Jérôme, dans son commentaire sur l'épître à *Philémon*, dit que *Paul* signifiait l'embouchure d'une flûte.

Les lettres de *St Paul* à *Sénèque*, & de *Sénèque* à *Paul* passèrent dans la primitive Eglise, pour aussi authentiques que tous les autres écrits chrétiens. *St Jérôme* l'assure, & cite des passages de ces lettres dans son catalogue. *St Augustin* n'en doute pas dans sa cent cinquante-troisième lettre à *Macédonius*. (*p*) Nous avons treize lettres de ces deux grands-hommes, *Paul* & *Sénèque*, qu'on prétend avoir été liés d'une étroite amitié à la cour de *Néron*. La septième lettre de *Sénèque* à *Paul* est très-curieuse. Il lui dit que les juifs & les chrétiens sont souvent condamnés au supplice comme incendiaires de Rome. *Chrisliani & judæi, tanquam machinatores incendii, supplicio affici solent.* Il est vraisemblable en effet que les juifs & les chrétiens, qui se haïssaient avec fureur, s'accusèrent réciproquement d'avoir mis le feu à la ville ; & que le mépris & l'horreur qu'on avait pour les juifs, dont on ne distinguait point les chrétiens, les livrèrent également les uns & les autres à la vengeance publique.

Nous sommes forcés d'avouer que le commerce épistolaire de *Sénèque* & de *Paul* est dans un latin ridicule & barbare ; que les sujets de ces lettres paraissent aussi impertinens que le style ; qu'on les regarde aujourd'hui comme des actes de faussaires. Mais aussi comment ose-t-on contredire le témoignage de *St Jérôme* & de *St Augustin* ? Si ces monumens attestés par eux ne sont que de viles impostures, quelle sûreté aurons-nous pour les autres écrits plus

(*p*) Edition des Benédict. & dans la Cité de Dieu, liv. VI.

refpeĉables ? C'eft la grande objeĉion de plufieurs favans perfonnages. Si on nous a trompés indignement, difent-ils, fur les lettres de *Paul* & de *Sénèque*, fur les conftitutions apoftoliques, & fur les aĉes de *St Pierre*, pourquoi ne nous aura-t-on pas trompés de même fur les aĉes des apôtres ? Le jugement de l'Eglife & la foi font les réponfes péremptoires à toutes ces recherches de la fcience, & à tous les raifonnemens de l'efprit.

On ne fait pas fur quel fondement *Abdias*, premier évêque de Babylone, dit, dans fon hiftoire des apôtres, que *St Paul* fit lapider *St Jacques* le mineur par le peuple. Mais avant qu'il fe fût converti, il fe peut très-facilement qu'il eût perfécuté *St Jacques* auffi-bien que *St Etienne*. Il était très-violent ; il eft dit dans les aĉes des apôtres (*q*) qu'il refpirait le fang & le carnage. Auffi *Abdias* a foin d'obferver *que l'auteur de la fédition dans laquelle St Jacques fut fi cruellement traité, était ce même Paul que* DIEU *appela depuis au miniftère de l'apoftolat.* (*r*)

Ce livre attribué à l'évêque *Abdias* n'eft point admis dans le canon; cependant *Jules* africain, qui l'a traduit en latin, le croit authentique. Dès que l'Eglife ne l'a pas reçu, il ne faut pas le recevoir. Bornons-nous à bénir la Providence, & à fouhaiter que tous les perfécuteurs foient changés en apôtres charitables & compatiffans.

(*q*) Chap. IX, v. 1.
(*r*) *Apoftolica Hiftoria. Lib. VI, pag. 595 & 596, Fabric. codex.*

PERES, MERES, ENFANS:

Leurs devoirs.

ON a beaucoup crié en France contre l'Encyclopédie, parce qu'elle avait été faite en France, & qu'elle lui fefait honneur; on n'a point crié dans les autres pays; au contraire, on s'eft empreffé de la contrefaire ou de la gâter, par la raifon qu'il y avait à gagner quelque argent.

Pour nous qui ne travaillons point pour la gloire comme les encyclopédiftes de Paris; nous qui ne fommes point expofés comme eux à l'envie; nous dont la petite fociété eft cachée dans la Heffe, dans le Virtemberg, dans la Suiffe, chez les Grifons, au mont Krapac, & qui ne craignons point d'avoir à difputer contre le docteur de la comédie italienne ou contre un docteur de forbonne; nous qui ne vendons point nos feuilles à un libraire; nous qui fommes des êtres libres, & qui ne mettons du noir fur du blanc qu'après avoir examiné, autant qu'il eft en nous, fi ce noir pourra être utile au genre-humain; nous enfin qui aimons la vertu; nous expoferons hardiment notre penfée.

Honore ton père & ta mère fi tu veux vivre longtemps.

J'oferais dire: Honore ton père & ta mère duffestu mourir demain.

Aime tendrement, fers avec joie la mère qui t'a porté dans fon fein & qui t'a nourri de fon lait, &

qui a supporté tous les dégoûts de ta première enfance. Remplis ces mêmes devoirs envers ton père qui t'a élevé.

Siècles à venir, jugez un franc nommé *Louis XIII*, qui à l'âge de seize ans commença par faire murer la porte de l'appartement de sa mère, & l'envoya en exil sans en donner la moindre raison, mais seulement parce que son favori le voulait.

Mais, Monsieur, je suis obligé de vous confier que mon père est un ivrogne, qui me fit un jour par hasard, sans songer à moi, qui ne m'a donné aucune éducation que celle de me battre tous les jours quand il revenait ivre au logis. Ma mère était une coquette qui n'était occupée que de faire l'amour. Sans ma nourrice qui s'était prise d'amitié pour moi, & qui après la mort de son fils m'a reçu chez elle par charité, je serais mort de misère.

Hé bien, aime ta nourrice, salue ton père & ta mère quand tu les rencontreras. Il est dit dans la Vulgate : *Honora patrem tuum & matrem tuam*, & non pas *dilige*.

Fort bien, Monsieur, j'aimerai mon père & ma mère s'ils me font du bien ; je les honorerai s'ils me font du mal : j'ai toujours pensé ainsi depuis que je pense, & vous me confirmez dans mes maximes.

Adieu, mon enfant, je vois que tu prospèreras, car tu as un grain de philosophie dans la tête.

Encore un mot, Monsieur ; si mon père s'appelait *Abraham*, & moi *Isaac* ; & si mon père me disait : Mon fils, tu es grand & fort, porte ces fagots au haut de cette montagne pour te servir de bûcher quand je t'aurai coupé la tête ; car c'est DIEU qui me l'a ordonné

S 4

ce matin quand il m'eft venu voir; que me confeille-
riez-vous de faire dans cette occafion chatouilleufe?

Affez chatouilleufe en effet. Mais, toi, que ferais-tu?
car tu me parais une affez bonne tête.

Je vous avoue, Monfieur, que je lui demanderais
fon ordre par écrit, & cela par amitié pour lui. Je
lui dirais : Mon père, vous êtes chez des étrangers
qui ne permettent pas qu'on affaffine fon fils fans une
permiffion expreffe de D I E U duement légalifée &
contrôlée. Voyez ce qui eft arrivé à ce pauvre *Calas*
dans la ville moitié françaife, moitié efpagnole de
Touloufe. On l'a roué ; & le procureur-général
Riquet a conclu à faire brûler madame *Calas* la
mère, le tout fur le fimple foupçon très-mal conçu
qu'ils avaient pendu leur fils *Marc-Antoine Calas* pour
l'amour de D I E U. Je craindrais qu'il ne donnât fes
conclufions contre vous & contre votre fœur, ou votre
nièce madame *Sara* ma mère. Montrez-moi, encore un
coup, une lettre de cachet pour me couper le cou, fignée
de la main de D I E U, & plus bas *Raphaël*, ou *Michel*, ou
Belzébuth, fans quoi, ferviteur; je m'en vais chez *Pharaon*
égyptiaque, ou chez le roi du défert de Gérar, qui
ont été tous deux amoureux de ma mère, & qui
certainement auront de la bonté pour moi. Coupez
fi vous voulez le cou de mon frère *Ifmaël*, mais pour
le mien je vous réponds que vous n'en viendrez pas
à bout.

Comment! c'eft raifonner en vrai fage. Le Dictionnaire encyclopédique ne dirait pas mieux. Tu iras loin,
te dis-je, je t'admire de n'avoir pas dit la moindre
injure à ton père *Abraham*, & de n'avoir point été
tenté de le battre. Et dis-moi, fi tu étais ce *Cram* que

son père *Clotaire* roi franc fit brûler dans une grange,
ou dom *Carlos* fils de ce renard *Philippe II*, ou bien
ce pauvre *Alexis* fils de ce czar *Pierre*, moitié héros
& moitié tigre ?

Ah ! Monsieur, ne me parlez plus de ces horreurs:
vous me feriez détester la nature humaine.

PERSECUTION.

CE n'est pas *Dioclétien* que j'appellerai persécuteur,
car il fut dix-huit ans entiers le protecteur des chrétiens; & si dans les derniers temps de son empire il
ne les sauva pas des ressentimens de *Galérius*, il ne
fut en cela qu'un prince séduit & entraîné par la cabale
au-delà de son caractère, comme tant d'autres.

Je donnerai encore moins le nom de persécuteurs
aux *Trajans*, aux *Antonins*, je croirais prononcer un
blasphème.

Quel est le persécuteur? c'est celui dont l'orgueil
blessé & le fanatisme en fureur irritent le prince ou
les magistrats contre des hommes innocens, qui n'ont
d'autre crime que de n'être pas de son avis. Impudent,
tu adores un DIEU, tu prêches la vertu, & tu la
pratiques; tu as servi les hommes, & tu les as consolés;
tu as établi l'orpheline, tu as secouru le pauvre, tu
as changé les déserts où quelques esclaves traînaient
une vie misérable, en campagnes fertiles peuplées de
familles heureuses ; mais j'ai découvert que tu me
méprises, & que tu n'as jamais lu mon livre de controverse : tu fais que je suis un fripon, que j'ai contrefait
l'écriture de G***, que j'ai volé des ****; tu

pourrais bien le dire, il faut que je te prévienne; j'irai donc chez le confeſſeur du premier miniſtre, ou chez le podeſtat. Je leur remontrerai, en penchant le cou & en tordant la bouche, que tu as une opinion erronée ſur les cellules où furent renfermés les Septante; que tu parlas même il y a dix ans d'une manière peu reſpectueuſe du chien de *Tobie*, lequel tu ſoutenais être un barbet, tandis que je prouvais que c'était un lévrier. Je te dénoncerai comme l'ennemi de DIEU & des hommes. Tel eſt le langage du perſécuteur; & ſi ces paroles ne ſortent pas préciſément de ſa bouche, elles ſont gravées dans ſon cœur avec le burin du fanatiſme trempé dans le fiel de l'envie.

C'eſt ainſi que le jéſuite *le Tellier* oſa perſécuter le cardinal de *Noailles*, & que *Jurieu* perſécuta *Bayle*.

Lorſqu'on commença à perſécuter les proteſtans en France, ce ne fut ni *François I*, ni *Henri II*, ni *François II*, qui épièrent ces infortunés, qui s'armèrent contr'eux d'une fureur réfléchie, & qui les livrèrent aux flammes pour exercer ſur eux leurs vengeances. *François I* était trop occupé avec la ducheſſe d'*Etampes*, *Henri II* avec ſa vieille *Diane*, & *François II* était trop enfant. Par qui la perſécution commença-t-elle? Par des prêtres jaloux qui armèrent les préjugés des magiſtrats & la politique des miniſtres.

Si les rois n'avaient pas été trompés; s'ils avaient prévu que la perſécution produirait cinquante ans de guerres civiles, & que la moitié de la nation ferait exterminée mutuellement par l'autre, ils auraient éteint dans leurs larmes les premiers bûchers qu'ils laiſſèrent allumer.

O Dieu de miséricorde! si quelque homme peut ressembler à cet être malfaisant qu'on nous peint occupé sans cesse à détruire tes ouvrages, n'est-ce pas le persécuteur?

PHILOSOPHE.

SECTION PREMIERE.

Philosophe, *amateur de la sagesse; c'est-à-dire de la vérité.* Tous les philosophes ont eu ce double caractère, il n'en est aucun dans l'antiquité qui n'ait donné des exemples de vertu aux hommes, & des leçons de vérités morales. Ils ont pu se tromper tous sur la physique; mais elle est si peu nécessaire à la conduite de la vie, que les philosophes n'avaient pas besoin d'elle. Il a fallu des siècles pour connaître une partie des lois de la nature. Un jour suffit à un sage pour connaître les devoirs de l'homme.

Le philosophe n'est point enthousiaste, il ne s'érige point en prophète, il ne se dit point inspiré des dieux; ainsi je ne mettrai au rang des philosophes, ni l'ancien *Zoroastre*, ni *Hermès*, ni l'ancien *Orphée*, ni aucun de ces législateurs dont se vantaient les nations de la Chaldée, de la Perse, de la Syrie, de l'Egypte & de la Grèce. Ceux qui se dirent enfans des dieux étaient les pères de l'imposture; & s'ils se servirent du mensonge pour enseigner des vérités, ils étaient indignes de les enseigner; ils n'étaient pas philosophes: ils étaient tout au plus de très-prudens menteurs.

Par quelle fatalité honteuse peut-être pour les peuples occidentaux, faut-il aller au bout de l'Orient

pour trouver un fage fimple, fans fafte, fans impofture, qui enfeignait aux hommes à vivre heureux fix
cents ans avant notre ère vulgaire, dans un temps où
tout le Septentrion ignorait l'ufage des lettres, & où
les Grecs commençaient à peine à fe diftinguer par
la fageffe? Ce fage eft *Confucius*, qui étant légiflateur
ne voulut jamais tromper les hommes. Quelle plus
belle règle de conduite a-t-on jamais donnée depuis
lui dans la terre entière? ,, Réglez un Etat comme
,, vous réglez une famille; on ne peut bien gouverner
,, fa famille qu'en lui donnant l'exemple.

,, La vertu doit être commune au laboureur &
,, au monarque.

,, Occupe-toi du foin de prévenir les crimes pour
,, diminuer le foin de les punir.

,, Sous les bons rois *Yao* & *Xu* les Chinois furent
,, bons; fous les mauvais rois *Kie* & *Chu* ils furent
,, méchans.

,, Fais à autrui comme à toi-même.

,, Aime les hommes en général; mais chéris les gens
,, de bien. Oublie les injures & jamais les bienfaits.

,, J'ai vu des hommes incapables de fciences, je
,, n'en ai jamais vu incapables de vertus. ,,

Avouons qu'il n'eft point de légiflateur qui ait
annoncé des vérités plus utiles au genre-humain.

Une foule de philofophes grecs enfeigna depuis
une morale auffi pure. S'ils s'étaient bornés à leurs
vains fyftèmes de phyfique, on ne prononcerait aujour-
d'hui leur nom que pour fe moquer d'eux. Si on les
refpecte encore, c'eft qu'ils furent juftes & qu'ils
apprirent aux hommes à l'être.

On ne peut lire certains endroits de *Platon*, &
furtout l'admirable exorde des lois de *Zaleucus*, fans
éprouver dans fon cœur l'amour des actions honnêtes
& généreufes. Les Romains ont leur *Cicéron*, qui
feul vaut peut-être tous les philofophes de la Grèce.
Après lui viennent des hommes encore plus refpectables, mais qu'on défefpère prefque d'imiter; c'eft
Epictète dans l'efclavage, ce font les *Antonins* & les
Juliens fur le trône.

Quel eft le citoyen parmi nous qui fe priverait,
comme *Julien*, *Antonin* & *Marc-Aurèle*, de toutes les
délicateffes de notre vie molle & efféminée? qui
dormirait comme eux fur la dure? qui voudrait s'impofer leur frugalité? qui marcherait comme eux à
pied & tête nue à la tête des armées, expofé tantôt
à l'ardeur du foleil, tantôt aux frimats? qui comman-
derait comme eux à toutes fes paffions? Il y a parmi
nous des dévots; mais où font les fages? où font les
ames inébranlables, juftes & tolérantes?

Il y a eu des philofophes de cabinet en France;
& tous, excepté *Montagne*, ont été perfécutés. C'eft,
ce me femble, le dernier degré de la malignité de
notre nature, de vouloir opprimer ces mêmes philofophes qui la veulent corriger.

Je conçois bien que des fanatiques d'une fecte
égorgent les enthoufiaftes d'une autre fecte, que les
francifcains haïffent les dominicains, & qu'un mauvais
artifte cabale pour perdre celui qui le furpaffe; mais
que le fage *Charon* ait été menacé de perdre la vie,
que le favant & généreux *Ramus* ait été affaffiné, que
Defcartes ait été obligé de fuir en Hollande pour fe
fouftraire à la rage des ignorans, que *Gaffendi* ait

été forcé plusieurs fois de se retirer à Digne, loin des calomnies de Paris; c'est-là l'opprobre éternel d'une nation.

Un des philosophes les plus persécutés fut l'immortel *Bayle*, l'honneur de la nature humaine. On me dira que le nom de *Jurieu* son calomniateur & son persécuteur est devenu exécrable, je l'avoue; celui du jésuite *le Tellier* l'est devenu aussi; mais de grands-hommes qu'il opprimait en ont-ils moins fini leurs jours dans l'exil & dans la disette?

Un des prétextes dont on se servit pour accabler *Bayle* & pour le réduire à la pauvreté, fut son article de DAVID dans son utile dictionnaire. On lui reprochait de n'avoir point donné de louanges à des actions qui en elles-mêmes sont injustes, sanguinaires, atroces, ou contraires à la bonne foi, ou qui font rougir la pudeur.

Bayle, à la vérité, ne loua point *David* pour avoir ramassé, selon les livres hébreux, six cents vagabonds perdus de dettes & de crimes; pour avoir pillé ses compatriotes à la tête de ces bandits; pour être venu dans le dessein d'égorger *Nabal* & toute sa famille, parce qu'il n'avait pas voulu payer les contributions; pour avoir été vendre ses services au roi *Achis* ennemi de sa nation; pour avoir trahi ce roi *Achis* son bienfaiteur; pour avoir saccagé les villages alliés de ce roi *Achis*; pour avoir massacré dans ces villages jusqu'aux enfans à la mamelle, de peur qu'il ne se trouvât un jour une personne qui pût faire connaître ses déprédations, comme si un enfant à la mamelle aurait pu révéler son crime; pour avoir fait périr tous les habitans de quelques autres villages sous des scies, sous

des herfes de fer , fous des coignées de fer , & dans
des fours à brique ; pour avoir ravi le trône à *Isbofeth*
fils de *Saül* , par une perfidie ; pour avoir dépouillé
& fait périr *Miphibofeth* , petit-fils de *Saül* & fils de
fon ami , de fon protecteur *Jonathas;* pour avoir livré
aux Gabaonites deux autres enfans de *Saül* , & cinq
de fes petits-enfans qui moururent à la potence.

Je ne parle pas de la prodigieufe incontinence de
David , de fes concubines, de fon adultère avec *Betzabée,*
& du meurtre d'*Urie.*

Quoi donc, les ennemis de *Bayle* auraient-ils voulu
que *Bayle* eût fait l'éloge de toutes ces cruautés & de
tous ces crimes ? faudrait-il qu'il eût dit : *Princes de la*
terre , imitez l'homme felon le cœur de DIEU; *maffacrez fans*
pitié les alliés de votre bienfaiteur ; égorgez ou faites égorger
toute la famille de votre roi ; couchez avec toutes les femmes
en fefant répandre le fang des hommes , & vous ferez un
modèle de vertu quand on dira que vous avez fait des
pfeaumes.

Bayle n'avait-il pas grande raifon de dire que fi
David fut felon le cœur de DIEU, ce fut par fa pénitence & non par fes forfaits ? *Bayle* ne rendait-il pas
fervice au genre-humain , en difant que DIEU, qui a
fans doute dicté toute l'hiftoire juive , n'a pas canonifé
tous les crimes rapportés dans cette hiftoire ?

Cependant *Bayle* fut perfécuté, & par qui ? par
des hommes perfécutés ailleurs, par des fugitifs qu'on
aurait livrés aux flammes dans leur patrie ; & ces fugitifs
étaient combattus par d'autres fugitifs appelés janféniftes, chaffés de leurs pays par les jéfuites, qui ont
enfin été chaffés à leur tour.

Ainſi tous les perſécuteurs ſe ſont déclaré une guerre mortelle, tandis que le philoſophe opprimé par eux tous s'eſt contenté de les plaindre.

On ne ſait pas aſſez que *Fontenelle*, en 1713, fut ſur le point de perdre ſes penſions, ſa place, & ſa liberté, pour avoir rédigé en France, vingt ans auparavant, le Traité des oracles du ſavant *Van-Dale*, dont il avait retranché avec précaution tout ce qui pouvait alarmer le fanatiſme. Un jéſuite avait écrit contre *Fontenelle*, il n'avait pas daigné répondre; & c'en fut aſſez pour que le jéſuite *le Tellier*, confeſſeur de *Louis XIV*, accuſât auprès du roi *Fontenelle* d'athéïſme.

Sans M. d'*Argenſon*, il arrivait que le digne fils d'un fauſſaire, procureur de Vire, & reconnu fauſſaire lui-même, proſcrivait la vieilleſſe du neveu de *Corneille*.

Il eſt ſi aiſé de ſéduire ſon pénitent, que nous devons bénir DIEU que ce *le Tellier* n'ait pas fait plus de mal. Il y a deux gîtes dans le monde, où l'on ne peut tenir contre la ſéduction & la calomnie; ce ſont le lit & le confeſſionnal.

Nous avons toujours vu les philoſophes perſécutés par des fanatiques. Mais eſt-il poſſible que les gens de lettres s'en mêlent auſſi, & qu'eux-mêmes ils aiguiſent ſouvent contre leurs frères les armes dont on les perce tous l'un après l'autre?

Malheureux gens de lettres, eſt-ce à vous d'être délateurs? Voyez ſi jamais chez les Romains il y eut des *Garaſſes*, des *Chaumeix*, des *Hayet*, qui accuſaſſent les *Lucrèces*, les *Poſſidonius*, les *Varrons* & les *Plines*.

Etre hypocrite? quelle baſſeſſe! mais être hypocrite & méchant, quelle horreur! il n'y eut jamais

d'hypocrites

d'hypocrites dans l'ancienne Rome, qui nous comptait pour une petite partie de ses sujets. Il y avait des fourbes, je l'avoue, mais non des hypocrites de religion, qui sont l'espèce la plus lâche & la plus cruelle de toutes. Pourquoi n'en voit-on point en Angleterre, & d'où vient y en a-t-il encore en France ? Philosophes, il vous sera aisé de résoudre ce problème.

SECTION II.

CE beau nom a été tantôt honoré, tantôt flétri comme celui de poëte, de mathématicien, de moine, de prêtre, & de tout ce qui dépend de l'opinion.

Domitien chassa les philosophes ; *Lucien* se moqua d'eux. Mais quels philosophes, quels mathématiciens furent exilés par ce monstre de *Domitien* ? Ce furent des joueurs de gobelets, des tireurs d'horoscopes, des diseurs de bonne aventure, de misérables juifs qui composaient des philtres amoureux & des talismans ; des gens de cette espèce qui avaient un pouvoir spécial sur les esprits malins, qui les évoquaient, qui les fesaient entrer dans le corps des filles avec des paroles ou avec des signes, & qui les en délogeaient par d'autres signes & d'autres paroles.

Quels étaient les philosophes que *Lucien* livrait à la risée publique ? c'était la lie du genre-humain. C'étaient des gueux incapables d'une profession utile, des gens ressemblans parfaitement au *pauvre diable* dont on nous a fait une description aussi vraie que comique ; qui ne savent s'ils porteront la livrée ou s'ils feront l'almanach de l'année merveilleuse ; (*a*) s'ils

_____

(*a*) Opuscule d'un abbé d'*Etréc*, du village d'Etrée.

Dictionn. philosoph. Tome VI. T

travailleront à un journal ou aux grands chemins, s'ils se feront soldats ou prêtres, & qui en attendant vont dans les cafés dire leur avis sur la pièce nouvelle, sur DIEU, sur l'être en général, & sur les modes de l'être ; puis, vous empruntent de l'argent, & vont faire un libelle contre vous avec l'avocat *Marchand*, ou le nommé *Chaudon*, ou le nommé *Bonneval.* (*b*)

Ce n'est pas d'une pareille école que sortirent les *Cicéron*, les *Atticus*, les *Epictète*, *Trajan*, *Adrien*, *Antonin Pie*, *Marc-Aurèle*, *Julien*.

Ce n'est pas là que s'est formé ce roi de Prusse qui a composé autant de livres philosophiques qu'il a gagné de batailles, & qui a terrassé autant de préjugés que d'ennemis.

Une impératrice victorieuse qui fait trembler les Ottomans, & qui gouverne avec tant de gloire un empire plus vaste que l'empire romain, n'a été une grande législatrice que parce qu'elle a été philosophe. Tous les princes du Nord le sont ; & le Nord fait honte au Midi. Si les confédérés de Pologne avaient un peu de philosophie, ils ne mettraient pas leur patrie, leurs terres, leurs maisons au pillage ; ils n'ensanglanteraient pas leur pays, ils ne se rendraient pas les plus malheureux des hommes ; ils écouteraient la voix de leur roi philosophe qui leur a donné de si vains exemples, & de si vaines leçons de modération & de prudence.

Le grand *Julien* était philosophe quand il écrivait à ses ministres & à ses pontifes, ces belles lettres remplies de clémence & de sagesse, que tous les

(*b*) L'avocat *Marchand*, auteur du testament politique d'un académicien, libelle odieux.

véritables gens de bien admirent encore aujourd'hui en condamnant ſes erreurs.

Conſtantin n'était pas philoſophe quand il aſſaſſinait ſes proches, ſon fils & ſa femme, & que dégouttant du ſang de ſa famille, il jurait que Dieu lui avait envoyé le *Labarum* dans les nuées.

C'eſt un terrible ſaut d'aller de *Conſtantin* à *Charles IX* & à *Henri III*, rois d'une des cinquante grandes provinces de l'empire romain. Mais ſi ces rois avaient été philoſophes, l'un n'aurait pas été coupable de la St Barthelemi, l'autre n'aurait pas fait des proceſſions ſcandaleuſes avec ſes gitons, ne ſe ſerait pas réduit à la néceſſité d'aſſaſſiner le duc de *Guiſe* & le cardinal ſon frère, & n'aurait pas été aſſaſſiné lui-même par un jeune jacobin pour l'amour de Dieu & de la ſainte Egliſe.

Si *Louis le juſte*, treizième du nom, avait été philoſophe, il n'aurait pas laiſſé traîner à l'échafaud le vertueux de *Thou*, & l'innocent maréchal de *Marillac;* il n'aurait pas laiſſé mourir de faim ſa mère à Cologne; ſon règne n'aurait pas été une ſuite continuelle de diſcordes & de calamités inteſtines.

Comparez à tant de princes ignorans, ſuperſtitieux, cruels, gouvernés par leurs propres paſſions ou par celles de leurs miniſtres, un homme tel que *Montagne*, ou *Charon*, ou le chancelier de *l'Hoſpital*, ou l'hiſtorien de *Thou*, ou *la Mothe le Vayer*, un *Locke*, un *Shaftesbury*, un *Sidney*, un *Herbert;* & voyez ſi vous aimeriez mieux être gouvernés par ces rois ou par ces ſages.

Quand je parle des philoſophes, ce n'eſt pas des poliſſons qui veulent être les ſinges des *Diogènes*, mais de ceux qui imitent *Platon* & *Cicéron*.

T 2

Voluptueux courtifans, & vous petits hommes revêtus d'un petit emploi qui vous donne une petite autorité dans un petit pays, vous criez contre la philofophie; allez, vous êtes des *Nomentanus* qui vous déchaînez contre *Horace*, & des *Cotins* qui voulez qu'on méprife *Boileau*.

SECTION III.

L'EMPESÉ luthérien, le fauvage calvinifte, l'or-gueilleux anglican, le fanatique janfénifte, le jéfuite qui croit toujours régenter, même dans l'exil & fous la potence, le forbonifte qui penfe être père d'un concile, & quelques fottes que tous ces gens-là dirigent, fe déchaînent tous contre le philofophe. Ce font des chiens de différente efpèce qui hurlent tous à leur manière contre un beau cheval qui paît dans une verte prairie, & qui ne leur difpute aucune des charognes dont ils fe nourriffent, & pour lefquelles ils fe battent entr'eux.

Ils font tous les jours imprimer des fatras de théologie philofophique, des dictionnaires philofopho-théologiques ; & leurs vieux argumens traînés dans les rues, ils les appellent *démonftrations ;* & leurs fottifes rebattues ils les nomment *lemmes* & *corollaires*, comme les faux-monnayeurs appliquent une feuille d'argent fur un écu de plomb.

Ils fe fentent méprifés par tous les hommes qui penfent, & fe voient réduits à tromper quelques vieilles imbécilles. Cet état eft plus humiliant que d'avoir été chaffés de France, d'Efpagne & de Naples.

On digère tout hors le mépris. On dit que quand le diable fut vaincu par *Raphaël* (comme il eft prouvé) cet efprit-corps fi fuperbe fe confola très-aifément, parce qu'il favait que les armes font journalières. Mais quand il fut que *Raphaël* fe moquait de lui, il jura de ne lui pardonner jamais. Ainfi les jéfuites ne pardonnèrent jamais à *Pafcal;* ainfi *Jurieu* calomnia *Bayle* jufqu'au tombeau; ainfi tous les tartuffes fe déchaînèrent contre *Molière* jufqu'à fa mort.

Dans leur rage ils prodiguent les impoftures, comme dans leur ineptie ils débitent leurs argumens.

Un des plus roides calomniateurs, comme un des plus pauvres argumentans que nous ayons, eft un ex-jéfuite nommé *Paulian*, qui a fait imprimer de la théologo-philofopho-rapfodie en la ville d'Avignon jadis papale, & peut-être un jour papale. (*) Cet homme accufe les auteurs de l'Encyclopédie d'avoir dit :

,, Que l'homme n'étant par fa naiffance fenfible
,, qu'aux plaifirs des fens, ces plaifirs par conféquent
,, font l'unique objet de fes défirs.

,, Qu'il n'y a en foi ni vice ni vertu, ni bien ni
,, mal moral, ni jufte ni injufte.

,, Que les plaifirs des fens produifent toutes les
,, vertus.

,, Que pour être heureux il faut étouffer les
,, remords &c.

En quels endroits de l'Encyclopédie, dont on a commencé cinq éditions nouvelles, a-t-il donc vu ces horribles turpitudes ? il fallait citer. As-tu porté

_____

(*) Cet article a été imprimé dans le temps où le roi de France était en poffeffion de la ville d'Avignon. Voyez *Avignon*.

T 3

l'infolence de ton orgueil & la démence de ton caractère jufqu'à penfer qu'on t'en croirait fur ta parole ? Ces fottifes peuvent fe trouver chez tes cafuiftes, ou dans le Portier des chartreux. Mais certes elles ne fe trouvent pas dans les articles de l'Encyclopédie faits par M. *Diderot*, par M. d'*Alembert*, par M. le chevalier de *Jaucourt*, par M. de *Voltaire*. Tu ne les a vues ni dans les articles de M. le comte de *Treffan*, ni dans ceux de MM. *Blondel, Boucher-d'Argis, Marmontel, Venel, Tronchin*, d'*Aubenton*, d'*Argenville*, & de tant d'autres qui fe font dévoués généreufement à enrichir le Dictionnaire encyclopédique, & qui ont rendu un fervice éternel à l'Europe. Nul d'eux n'eft affurément coupable des horreurs dont tu les accufes. Il n'y avait que toi & le vinaigrier *Abraham Chaumeix* le convulfionnaire crucifié, qui fuffent capables d'une fi infame calomnie:

Tu mêles l'erreur & la vérité parce que tu ne fais les diftinguer ; tu veux faire regarder comme impie cette maxime adoptée par tous les publiciftes : *Que tout homme eft libre de fe choifir une patrie.*

Quoi ! vil prédicateur de l'efclavage, il n'était pas permis à la reine *Chriftine* de voyager en France, & de vivre à Rome ? *Cafimir* & *Staniflas* ne pouvaient finir leurs jours parmi nous ? il fallait qu'ils mouruffent en Pologne parce qu'ils étaient polonais ? *Goldoni, Vanlo, Caffini*, ont offenfé DIEU en s'établiffant à Paris ? Tous les Irlandais qui ont fait quelque fortune en France ont commis en cela un péché mortel ?

Et tu as la bêtife d'imprimer une telle extravagance, & *Riballier* celle de t'approuver ; & tu mets dans la même claſſe *Bayle*, *Monteſquieu* & le fou de *la Métrie* ? & tu as ſenti que notre nation eſt aſſez douce, aſſez indulgente pour ne t'abandonner qu'au mépris ?

Quoi ! tu oſes calomnier ta patrie ? (ſi un jéſuite en a une) tu oſes dire *qu'on n'entend en France que des philoſophes attribuer au haſard l'union & la déſunion des atomes qui compoſent l'ame de l'homme ? Mentiris impudentiſſime*, je te défie de produire un ſeul livre fait depuis trente ans où l'on attribue quelque choſe au haſard, qui n'eſt qu'un mot vide de ſens.

Tu oſes accuſer le ſage *Locke* d'avoir dit ,, qu'il ,, ſe peut que l'ame ſoit un eſprit, mais qu'il n'eſt ,, pas ſûr qu'elle le ſoit, & que nous ne pouvons ,, pas décider ce qu'elle peut, & ne peut pas ac- ,, quérir ? ,,

Mentiris impudentiſſime. Locke, le reſpectable *Locke* dit expreſſément dans ſa réponſe au chicaneur *Stilingfleet* : ,, Je ſuis fortement perſuadé qu'encore qu'on ne ,, puiſſe pas montrer (par la ſeule raiſon) que l'ame eſt ,, immatérielle, cela ne diminue nullement l'évidence ,, de ſon immortalité, parce que la fidélité de DIEU ,, eſt une démonſtration de la vérité de tout ce qu'il ,, a révélé, (*c*) & le manque d'une autre démonſ- ,, tration ne rend pas douteux ce qui eſt déjà ,, démontré. ,,

Voyez d'ailleurs à l'article *Ame*, comme *Locke* s'exprime ſur les bornes de nos connaiſſances, & ſur l'immenſité du pouvoir de l'Etre ſuprême.

Le grand philoſophe lord *Bolingbroke* déclare que l'opinion contraire à celle de *Locke*, eſt un blaſphème.

(*c*) Traduction de *Coſte*.

Tous les pères des trois premiers siècles de l'Eglise regardaient l'ame comme une matière légère, & ne la croyaient pas moins immortelle. Et nous avons aujourd'hui des cuiftres de collége qui appellent *athées* ceux qui penfent avec les pères de l'Eglife que DIEU peut donner, conferver l'immortalité à l'ame, de quelque fubftance qu'elle puiffe être!

Tu pouffes ton audace jufqu'à trouver de l'athéifme dans ces paroles : *Qui fait le mouvement dans la nature? c'eft* DIEU. *Qui fait végéter toutes les plantes? c'eft* DIEU. *Qui fait le mouvement dans les animaux? c'eft* DIEU. *Qui fait la penfée dans l'homme? c'eft* DIEU.

On ne peut pas dire ici *mentiris impudentiffime;* tu mens impudemment; mais on doit dire : tu blafphèmes la vérité impudemment.

Finiffons par remarquer que le héros de l'ex-jéfuite *Paulian*, eft l'ex-jéfuite *Patouillet*, auteur d'un mandement d'évêque, dans lequel tous les parlemens du royaume font infultés. Ce mandement fut brûlé par la main du bourreau. Il ne reftait plus à cet ex-jéfuite *Paulian* qu'à traiter l'ex-jéfuite *Nonotte* de père de l'Eglife, & à canonifer le jéfuite *Malagrida*, le jéfuite *Guignard*, le jéfuite *Garnet*, le jéfuite *Oldécorn*, & tous les jéfuites à qui DIEU a fait la grâce d'être pendus ou écartelés : c'étaient tous de grands métaphyficiens, de grands philofopho-théologiens.

SECTION IV.

LES gens non-penfans demandent fouvent aux gens penfans à quoi a fervi la philofophie. Les gens penfans leur répondront : A détruire en Angleterre la rage religieufe, qui fit périr le roi *Charles I* fur un échafaud ; à mettre en Suède un archevêque dans l'impuiffance de faire couler le fang de la nobleffe une bulle du pape à la main ; à maintenir dans l'Allemagne la paix de la religion, en rendant toutes les difputes théologiques ridicules ; à éteindre enfin dans l'Efpagne les abominables bûchers de l'inquifition.

Welches, malheureux Welches, elle empêche que des temps orageux ne produifent une feconde fronde, & un fecond *Damiens.*

Prêtres de Rome, elle vous force à fupprimer votre bulle *In Cænâ Domini*, ce monument d'impudence & de folie.

Peuples, elle adoucit vos mœurs. Rois, elle vous inftruit.

PHILOSOPHIE.

SECTION PREMIERE.

ÉCRIVEZ *filofofie* ou *philofophie*, comme il vous plaira ; mais convenez que dès qu'elle paraît, elle eft perfécutée. Les chiens à qui vous préfentez un aliment pour lequel ils n'ont pas de goût, vous mordent.

Vous direz que je répète ; mais il faut remettre cent fois devant les yeux du genre-humain que la facrée congrégation condamna *Galilée*, & que les cuiftres qui déclarèrent excommuniés tous les bons citoyens qui fe foumettraient au grand *Henri IV*, furent les mêmes qui condamnèrent les feules vérités qu'on pouvait trouver dans les ouvrages de *Defcartes.*

Tous les barbets de la fange théologique aboyant les uns contre les autres, aboyèrent tous contre de *Thou*, contre *la Mothe le Vayer*, contre *Bayle*. Que de sottises ont été écrites par de petits écoliers welches contre le sage *Locke* !

Ces Welches disent que *César*, *Cicéron*, *Sénèque*, *Pline*, *Marc-Aurèle*, pouvaient être philosophes, mais que cela n'est pas permis chez les Welches. On leur répond que cela est très-permis & très-utile chez les Français ; que rien n'a fait plus de bien aux Anglais, & qu'il est temps d'exterminer la barbarie.

Vous me répliquez qu'on n'en viendra pas à bout. Non, chez le peuple & chez les imbécilles, mais chez tous les honnêtes gens votre affaire est faite.

SECTION II.

UN des grands malheurs, comme un des grands ridicules du genre-humain, c'est que dans tous les pays qu'on appelle policés, excepté peut-être à la Chine, les prêtres se chargèrent de ce qui n'appartenait qu'aux philosophes. Ces prêtres se mêlèrent de régler l'année : c'était, disaient-ils, leurs droits ; car il était nécessaire que les peuples connussent leurs jours de fêtes. Ainsi les prêtres chaldéens, égyptiens, grecs, romains se crurent mathématiciens & astronomes : mais quelle mathématique & quelle astronomie ! Ils étaient trop occupés de leurs sacrifices, de leurs oracles, de leurs divinations, de leurs augures, pour étudier sérieusement. Quiconque s'est fait un métier de la charlatanerie ne peut avoir l'esprit juste

& éclairé. Ils furent aftrologues & jamais aftro-
nomes. (*)

Les prêtres grecs eux-mêmes ne firent d'abord
l'année que de trois cents foixante jours. Il fallut que
des géomètres leur appriffent qu'ils s'étaient trompés
de cinq jours & plus. Ils réformèrent donc leur
année. D'autres géomètres leur montrèrent encore
qu'ils s'étaient trompés de fix heures. *Iphitus* les obligea
de changer leur almanach grec. Ils ajoutèrent un jour
de quatre ans en quatre ans à leur année fautive ; &
Iphitus célébra ce changement par l'inftitution des
olympiades.

On fut enfin obligé de recourir au philofophe
Méthon, qui, en combinant l'année de la lune avec
celle du foleil, compofa fon cycle de dix-neuf années,
au bout defquelles le foleil & la lune revenaient au
même point à une heure & demie près. Ce cycle fut
gravé en or dans la place publique d'Athènes ; & c'eft
ce fameux *nombre d'or* dont on fe fert encore aujour-
d'hui avec les corrections néceffaires.

On fait affez quelle confufion ridicule les prêtres
romains avaient introduite dans le comput de l'année.

Leurs bévues avaient été fi grandes que leurs fêtes
de l'été arrivaient en hiver. *Céfar*, l'univerfel *Céfar*,
fut obligé de faire venir d'Alexandrie le philofophe
Sofigène pour réparer les énormes fautes des pontifes.

Lorfqu'il fut encore néceffaire de réformer le kalen-
drier de *Jules-Céfar*, fous le pontificat de *Grégoire XIII*,
à qui s'adreffa-t-on ? fut-ce à quelque inquifiteur ? Ce
fut à un philofophe, à un médecin nommé *Lilio*.

(*) Voyez *Aftrologie*.

Que l'on donne le livre de la connaiſſance des temps
à faire au profeſſeur *Cogé*, recteur de l'univerſité, il ne
ſaura pas ſeulement de quoi il eſt queſtion. Il faudra
bien en revenir à M. de *la Lande* de l'académie des
ſciences, chargé de ce très-pénible travail trop mal
récompenſé.

Le rhéteur *Cogé* a donc fait une étrange bévue,
quand il a propoſé pour les prix de l'univerſité ce
ſujet ſi ſingulièrement énoncé : *Non magis Deo quàm
regibus infenſa eſt iſta quæ vocatur hodie philoſophia. Cette,
qu'on nomme aujourd'hui philoſophie, n'eſt pas plus ennemie
de* DIEU *que des rois*. Il voulait dire *moins* ennemie. Il
a pris *magis* pour *minus*. Et le pauvre homme devait
ſavoir que nos académies ne ſont ennemies du roi ni
de DIEU. (*)

S E C T I O N   I I I.

SI la philoſophie a fait tant d'honneur à la France
dans l'Encyclopédie, il faut avouer auſſi que l'ignorance & l'envie, qui ont oſé condamner cet ouvrage,
auraient couvert la France d'opprobre, ſi douze ou
quinze convulſionnaires, qui formèrent une cabale,
pouvaient être regardés comme les organes de la
France, eux qui n'étaient en effet que les miniſtres du
fanatiſme & de la ſédition, eux qui ont forcé le roi à
caſſer le corps qu'ils avaient ſéduit. Leurs manœuvres
ne furent pas ſi violentes que du temps de la fronde,
mais ne furent pas moins ridicules. Leur fanatique
crédulité pour les convulſions & pour les miſérables

(*) Voyez le diſcours de M. l'avocat *Belleguier* ſur ce ſujet ; il eſt
ſſez curieux. *Philoſophie*, volume premier.

preſtiges de *St Médard* était ſi forte, qu'ils obligèrent un magiſtrat, d'ailleurs ſage & reſpectable, de dire en plein parlement *que les miracles de l'Egliſe catholique ſubſiſtaient toujours.* On ne peut entendre par ces miracles que ceux des convulſions. Aſſurément il ne s'en fait pas d'autres, à moins qu'on ne croie aux petits enfans reſſuſcités par *St Ovide.* Le temps des miracles eſt paſſé ; l'Egliſe triomphante n'en a plus beſoin. De bonne foi, y avait-il un ſeul des perſécuteurs de l'Encyclopédie qui entendît un mot des articles d'aſtronomie, de dynamique, de géométrie, de métaphyſique, de botanique, de médecine, d'anatomie, dont ce livre, devenu ſi néceſſaire, eſt chargé à chaque tome. (*a*) Quelle foule d'imputations abſurdes & de calomnies groſſières n'accumula-t-on pas contre ce tréſor de toutes les ſciences ! Il ſuffirait de les réimprimer à la ſuite de l'Encyclopédie pour éternifer leur honte. Voilà ce que c'eſt que d'avoir voulu juger un ouvrage qu'on n'était pas même en état d'étudier. Les lâches ! ils ont crié que la philoſophie ruinait la catholicité. Quoi donc ? ſur vingt millions d'hommes s'en eſt-il trouvé un ſeul qui ait vexé le moindre habitué de paroiſſe ? un ſeul a-t-il jamais manqué de reſpect dans les Egliſes ? un ſeul a-t-il proféré publiquement contre nos cérémonies une ſeule parole qui approchât de la

(*a*) On ſait bien que tout n'eſt pas égal dans cet ouvrage immenſe, & qu'il n'eſt pas poſſible que tout le ſoit. Les articles des *Cahuſac* & d'autres ſemblables intrus, ne peuvent égaler ceux des *Diderot*, des *d'Alembert*, des *Jaucourt*, des *Boucher-d'Argis*, des *Venel*, des *du Marſais* & de tant d'autres vrais philoſophes : mais à tout prendre l'ouvrage eſt un ſervice éternel rendu au genre-humain ; la preuve en eſt qu'on le réimprime par-tout. On ne fait pas le même honneur à ſes détracteurs. Ont-ils exiſté ? on ne le ſait que par la mention que nous feſons d'eux.

virulence avec laquelle on s'exprimait alors contre l'autorité royale ?

Répétons que jamais la philosophie n'a fait de mal à l'Etat, & que le fanatisme, joint à l'esprit de corps, lui en a fait beaucoup dans tous les temps.

SECTION IV.

Précis de la philosophie ancienne.

J'AI consumé environ quarante années de mon pélerinage dans deux ou trois coins de ce monde, à chercher cette pierre philosophale qu'on nomme la *vérité*. J'ai consulté tous les adeptes de l'antiquité, *Epicure* & *Augustin*, *Platon* & *Mallebranche*, & je suis demeuré dans ma pauvreté. Peut-être dans tous ces creusets des philosophes y a-t-il une ou deux onces d'or, mais tout le reste est tête-morte, fange insipide, dont rien ne peut naître.

Il me semble que les Grecs nos maîtres écrivaient bien plus pour montrer leur esprit qu'ils ne se servaient de leur esprit pour s'instruire. Je ne vois pas un seul auteur de l'antiquité qui ait un système suivi, méthodique, clair, marchant de conséquence en conséquence.

Quand j'ai voulu rapprocher & combiner les systèmes de *Platon*, du précepteur d'*Alexandre*, de *Pythagore*, & des Orientaux, voici à peu près ce que j'en ai pu tirer.

Le hasard est un mot vide de sens ; rien ne peut exister sans cause. Le monde est arrangé suivant des lois mathématiques, donc il est arrangé par une intelligence.

Ce n'eſt pas un être intelligent tel que je le ſuis, qui a préſidé à la formation de ce monde, car je ne puis former un ciron, donc ce monde eſt l'ouvrage d'une intelligence prodigieuſement ſupérieure.

Cet être qui poſſède l'intelligence & la puiſſance dans un ſi haut degré, exiſte-t-il néceſſairement? Il le faut bien: car il faut ou qu'il ait reçu l'être par un autre, ou qu'il ſoit par ſa propre nature. S'il a reçu l'être par un autre, ce qui eſt très-difficile à concevoir, il faut donc que je recoure à cet autre, & cet autre ſera le premier moteur. De quelque côté que je me tourne, il faut donc que j'admette un premier moteur puiſſant & intelligent, qui eſt tel néceſſairement par ſa propre nature.

Ce premier moteur a-t-il produit les choſes de rien? cela ne ſe conçoit pas; créer de rien c'eſt changer le néant en quelque choſe. Je ne dois point admettre une telle production, à moins que je ne trouve des raiſons invincibles qui me forcent d'admettre ce que mon eſprit ne peut jamais comprendre.

Tout ce qui exiſte paraît exiſter néceſſairement, puiſqu'il exiſte. Car s'il y a aujourd'hui une raiſon de l'exiſtence des choſes, il y en a eu une hier, il y en a eu une dans tous les temps; & cette cauſe doit toujours avoir eu ſon effet, ſans quoi elle aurait été pendant l'éternité une cauſe inutile.

Mais comment les choſes auront-elles toujours exiſté, étant viſiblement ſous la main du premier moteur? Il faut donc que cette puiſſance ait toujours agi; de même, à peu près, qu'il n'y a point de ſoleil fans lumière, de même qu'il n'y a point de mouvement fans un être qui paffe d'un point de l'efpace dans un autre point.

Il y a donc un être puiffant & intelligent qui a toujours agi ; & fi cet être n'avait point agi, à quoi lui aurait fervi fon exiftence ?

Toutes les chofes font donc des émanations éternelles de ce premier moteur.

Mais comment imaginer que de la pierre & de la fange foient des émanations de l'Etre éternel, intelligent & puiffant ?

Il faut de deux chofes l'une, ou que la matière de cette pierre & cette fange exiftent néceffairement par elles-mêmes, ou qu'elles exiftent néceffairement par ce premier moteur ; il n'y a pas de milieu.

Ainfi donc il n'y a que deux partis à prendre, ou d'admettre la matière éternelle par elle-même, ou la matière fortant éternellement de l'Etre puiffant, intelligent, éternel.

Mais, ou fubfiftante par fa propre nature, ou émanée de l'Etre producteur, elle exifte de toute éternité, puifqu'elle exifte, & qu'il n'y a aucune raifon pour laquelle elle n'aurait pas exifté auparavant.

Si la matière eft éternellement néceffaire, il eft donc impoffible, il eft donc contradictoire qu'elle ne foit pas ; mais quel homme peut affurer qu'il eft impoffible, qu'il eft contradictoire que ce caillou & cette mouche n'aient pas l'exiftence ? On eft pourtant forcé

de

de dévorer cette difficulté qui étonne plus l'imagination qu'elle ne contredit les principes du raisonnement.

En effet, dès que vous avez conçu que tout est émané de l'Etre suprême & intelligent, que rien n'en est émané sans raison, que cet être existant toujours a dû toujours agir, que par conséquent toutes les choses ont dû éternellement sortir du sein de son existence, vous ne devez pas être plus rebuté de croire la matière dont sont formés ce caillou & cette mouche une production éternelle, que vous n'êtes rebuté de concevoir la lumière comme une émanation éternelle de l'Etre tout-puissant.

Puisque je suis un être étendu & pensant, mon étendue & ma pensée sont donc des productions nécessaires de cet Etre. Il m'est évident que je ne puis me donner ni l'étendue ni la pensée. J'ai donc reçu l'un & l'autre de cet Etre nécessaire.

Peut-il m'avoir donné ce qu'il n'a pas? J'ai l'intelligence & je suis dans l'espace, donc il est intelligent, & il est dans l'espace.

Dire que cet Etre éternel, ce DIEU tout-puissant, a de tout temps rempli nécessairement l'univers de ses productions, ce n'est pas lui ôter sa liberté; au contraire, car la liberté n'est que le pouvoir d'agir. DIEU a toujours pleinement agi, donc DIEU a toujours usé de la plénitude de sa liberté.

La liberté qu'on nomme d'*indifférence*, est un mot sans idée, une absurdité; car ce serait se déterminer sans raison; ce serait un effet sans cause. Donc DIEU

ne peut avoir cette liberté prétendue qui eſt une contradiction dans les termes. Il a donc toujours agi par
cette même néceſſité qui fait ſon exiſtence.

Il eſt donc impoſſible que le monde ſoit ſans Dieu,
il eſt impoſſible que Dieu ſoit ſans le monde.

Ce monde eſt rempli d'êtres qui ſe ſuccèdent, donc
Dieu a toujours produit des êtres qui ſe ſont ſuc-
cédés.

Ces aſſertions préliminaires ſont la baſe de l'ancienne philoſophie orientale & de celle des Grecs.
Il faut excepter *Démocrite* & *Epicure*, dont la philoſophie corpuſculaire a combattu ces dogmes. Mais
remarquons que les épicuriens ſe fondaient ſur une
phyſique entièrement erronée, & que le ſyſtème métaphyſique de tous les autres philoſophes ſubſiſte avec
tous les ſyſtèmes phyſiques. Toute la nature, excepté
le vide, contredit *Epicure*; & aucun phénomène ne
contredit la philoſophie que je viens d'expliquer. Or
une philoſophie qui eſt d'accord avec tout ce qui ſe
paſſe dans la nature, & qui contente les eſprits les
plus attentifs, n'eſt-elle pas ſupérieure à tout autre
ſyſtème non révélé?

Après les aſſertions des anciens philoſophes que
j'ai rapprochées autant qu'il m'a été poſſible, que
nous reſte-t-il? un chaos de doutes & de chimères.
Je ne crois pas qu'il y ait jamais eu un philoſophe à
ſyſtème qui n'ait avoué à la fin de ſa vie qu'il avait
perdu ſon temps. Il faut avouer que les inventeurs
des arts mécaniques ont été bien plus utiles aux
hommes que les inventeurs des ſyllogiſmes : celui qui
imagina la navette l'emporte furieuſement ſur celui
qui imagina les idées innées.

PIERRE. (SAINT)

Pourquoi les fucceffeurs de *St Pierre* ont-ils eu tant de pouvoir en Occident, & aucun en Orient ? C'eft demander pourquoi les évêques de Vurtzbourg & de Saltzbourg fe font attribué les droits régaliens dans des temps d'anarchie, tandis que les évêques grecs font toujours reftés fujets. Le temps, l'occafion, l'ambition des uns, & la faibleffe des autres, ont fait & feront tout dans ce monde. Nous fefons toujours abftraction de ce qui eft divin.

A cette anarchie l'opinion s'eft jointe ; & l'opinion eft la reine des hommes. Ce n'eft pas qu'en effet ils aient une opinion bien déterminée ; mais des mots leur en tiennent lieu.

,, Je te donnerai les clefs du royaume des cieux. ,, Les partifans outrés de l'évêque de Rome, foutinrent vers le onzième fiècle, que qui donne le plus, donne le moins; que les cieux entouraient la terre ; & que *Pierre* ayant les clefs du contenant, il avait auffi les clefs du contenu. Si on entend par les cieux toutes les étoiles & toutes les planètes, il eft évident, felon *Tomafius*, que les clefs données à *Simon Barjone* furnommé *Pierre*, étaient un paffe-par-tout. Si on entend par les cieux les nuées, l'atmofphère, l'éther, l'efpace dans lequel roulent les planètes, il n'y a guère de ferruriers, felon *Murfius*, qui puiffe faire une clef pour ces portes-là. Mais les railleries ne font pas des raifons.

Les clefs en Paleftine étaient une cheville de bois qu'on liait avec une courroie ; Jesus dit à *Barjone* :

V 2

,, Ce que tu auras lié fur la terre, fera lié dans le ciel. ,, Les théologiens du pape en ont conclu que les papes avaient reçu le droit de lier & de délier les peuples du ferment de fidélité fait à leurs rois, & de difpofer à leur gré de tous les royaumes. C'eſt conclure magnifiquement. Les communes, dans les états-généraux de France en 1 3 0 2, difent, dans leur requête au roi, que ,, *Boniface VIII* était un *B****** qui croyait que ,, DIEU liait & emprifonnait au ciel, ce que ce ,, *Boniface* liait fur terre. ,, Un fameux luthérien d'Allemagne (c'était *Mélanĉlon*) ne pouvait fouffrir que JESUS eût dit à *Simon Barjone*, *Cepha* ou *Cephas*, ,, Tu es Pierre, & fur cette pierre je bâtirai mon ,, affemblée, mon églife. ,, Il ne pouvait concevoir que DIEU eût employé un pareil jeu de mots, une pointe fi extraordinaire, & que la puiffance du pape fût fondée fur un quolibet. Cette penfée n'eft permife qu'à un proteftant.

Pierre a paffé pour avoir été évêque de Rome; mais on fait affez qu'en ce temps-là, & long-temps après, il n'y eut aucun évêché particulier. La fociété chrétienne ne prit une forme que vers le milieu du fecond fiècle. Il fe peut que *Pierre* eût fait le voyage de Rome; il fe peut même qu'il fût mis en croix la tête en bas, quoique ce ne fût pas l'ufage; mais on n'a aucune preuve de tout cela. Nous avons une lettre fous fon nom, dans laquelle il dit qu'il eft à Babylone: des canoniftes judicieux ont prétendu que par Babylone on devait entendre Rome. Ainfi fuppofé qu'il eût daté de Rome, on aurait pû conclure que la lettre avait été écrite à Babylone. On a tiré long-temps de pareilles conféquences, & c'eft ainfi que le monde a été gouverné.

Il y avait un faint homme à qui on avait fait payer bien chèrement un bénéfice à Rome, ce qui s'appelle une fimonie ; on lui demandait s'il croyait que *Simon Pierre* eût été au pays ? il répondit : Je ne vois pas que *Pierre* y ait été, mais je fuis fûr de *Simon*.

Quant à la perfonne de *St Pierre*, il faut avouer que *Paul* n'eft pas le feul qui ait été fcandalifé de fa conduite ; on lui a fouvent réfifté en face, à lui & à fes fuccefleurs. *St Paul* lui reprochait aigrement de manger des viandes défendues, c'eft-à-dire, du porc, du boudin, du lièvre, des anguilles, de l'ixion, & du griffon ; *Pierre* fe défendait en difant qu'il avait vu le ciel ouvert vers la fixième heure, & une grande nappe qui defcendait des quatre coins du ciel, laquelle était toute remplie d'anguilles, de quadrupèdes & d'oifeaux, & que la voix d'un ange avait crié : ,, Tuez & mangez. ,, C'eft apparemment cette même voix qui a crié à tant de pontifes : ,, Tuez tout, ,, & mangez la fubftance du peuple, dit *Volfton ;* mais ce reproche eft beaucoup trop fort.

Cafaubon ne peut approuver la manière dont *Pierre* traita *Anania* & *Saphira* fa femme. De quel droit, dit *Cafaubon*, un juif efclave des Romains ordonnait-il, ou fouffrait-il que tous ceux qui croiraient en JESUS vendiflent leurs héritages & en apportaffent le prix à fes pieds ? Si quelque anabaptifte à Londres fefait apporter à fes pieds tout l'argent de fes frères, ne ferait-il pas arrêté comme un féduéteur féditieux, comme un larron qu'on ne manquerait pas d'envoyer à Tyburn ? N'eft-il pas horrible de faire mourir *Anania*, parce qu'ayant vendu fon fonds & en ayant donné l'argent à *Pierre*, il avait retenu pour lui &

pour fa femme quelques écus pour fubvenir à leurs
néceffités fans le dire ? A peine *Anania* eft-il mort,
que fa femme arrive. *Pierre* au lieu de l'avertir charitablement qu'il vient de faire mourir fon mari d'apoplexie, pour avoir gardé quelques oboles, & de lui
dire de bien prendre garde à elle, la fait tomber dans
le piége. Il lui demande fi fon mari a donné tout fon
argent aux faints. La bonne femme répond, oui,
& elle meurt fur le champ. Cela eft dur.

Corringius demande pourquoi *Pierre*, qui tuait
ainfi ceux qui lui avaient fait l'aumône, n'allait pas
tuer plutôt tous les docteurs qui avaient fait mourir
Jesus-Christ, & qui le firent fouetter lui-même
plus d'une fois ? O *Pierre* ! dit *Corringius*, vous faites
mourir deux chrétiens qui vous ont fait l'aumône,
& vous laiffez vivre ceux qui ont crucifié votre
Dieu !

Nous avons eu du temps de *Henri IV* & de
Louis XIII, un avocat-général du parlement de
Provence, homme de qualité, nommé d'*Oraifon de
Torame*, qui dans un livre de *l'églife militante* dédié à
Henri IV, a fait un chapitre entier des arrêts rendus
par St *Pierre* en matière criminelle. Il dit que l'arrêt
prononcé par *Pierre* contre *Anania* & *Saphira* fut
exécuté par Dieu même, *aux termes & cas de la jurifdiction fpirituelle*. Tout fon livre eft dans ce goût.
Corringius, comme on voit, ne penfe pas comme
notre avocat provençal, Apparemment que *Corringius*
n'était pas en pays d'inquifition, quand il fefait fes
queftions hardies.

Erafme, à propos de *Pierre*, remarquait une chofe
fort fingulière; c'eft que le chef de la religion chrétienne

commença son apoftolat par renier JESUS-CHRIST ;
& que le premier pontife des Juifs avait commencé fon
miniftère par faire un veau d'or, & par l'adorer.

Quoi qu'il en foit, *Pierre* nous eft dépeint comme
un pauvre qui catéchifait des pauvres. Il reffemble
à ces fondateurs d'ordres, qui vivaient dans l'indigence, & dont les fucceffeurs font devenus grands
feigneurs.

Le pape fucceffeur de *Pierre* a tantôt gagné, tantôt
perdu, mais il lui refte encore environ cinquante
millions d'hommes fur la terre, foumis en plufieurs
points à fes lois, outre fes fujets immédiats.

Se donner un maître à trois ou quatre cents lieues
de chez foi ; attendre pour penfer que cet homme ait
paru penfer ; n'ofer juger en dernier reffort un procès
entre quelques-uns de fes concitoyens, que par des
commiffaires nommés par cet étranger ; n'ofer fe
mettre en poffeffion des champs & des vignes qu'on a
obtenus de fon propre roi, fans payer une fomme
confidérable à ce maître étranger ; violer les lois de
fon pays qui défendent d'époufer fa nièce, & l'époufer
légitimement en donnant à ce maître étranger une
fomme encore plus confidérable ; n'ofer cultiver fon
champ le jour que cet étranger veut qu'on célèbre la
mémoire d'un inconnu qu'il a mis dans le ciel de
fon autorité privée ; c'eft-là en partie ce que c'eft que
d'admettre un pape ; ce font-là les libertés de l'Eglife
gallicane, fi nous en croyons *du Marfais.*

Il y a quelques autres peuples qui portent plus loin
leur foumiffion. Nous avons vu de nos jours un
fouverain demander au pape la permiffion de faire
juger par fon tribunal royal des moines accufés de

V 4

parricide, ne pouvoir obtenir cette permiſſion, &
n'oſer les juger !

On fait aſſez qu'autrefois les droits des papes allaient
plus loin ; ils étaient fort au-deſſus des dieux de l'antiquité ; car ces dieux paſſaient feulement pour difpoſer
des empires, & les papes en difpoſaient en effet.

Sturbinus dit qu'on peut pardonner à ceux qui
doutent de la divinité & de l'infaillibilité du pape,
quand on fait réflexion :

Que quarante fchifmes ont profané la chaire de
St *Pierre*, & que vingt fept l'ont enfanglantée ;

Qu'*Etienne VII*, fils d'un prêtre, déterra le corps
de *Formoſe* fon prédéceſſeur, & fit trancher la tête à
ce cadavre ;

Que *Sergius III*, convaincu d'affaffinats, eut un fils
de *Marozie*, lequel hérita de la papauté ;

Que *Jean X*, amant de *Théodora*, fut étranglé dans
fon lit ;

Que *Jean XI*, fils de *Sergius III*, ne fut connu que
par fa crapule ;

Que *Jean XII* fut affaffiné chez fa maîtreſſe ;

Que *Benoît IX* acheta & revendit le pontificat ;

Que *Grégoire VII* fut l'auteur de cinq cents ans de
guerres civiles foutenues par fes fucceſſeurs ;

Qu'enfin parmi tans de papes, ambitieux, fanguinaires & débauchés, il y eut un *Alexandre VI*, dont
le nom n'eſt prononcé qu'avec la même horreur que
ceux des *Néron* & des *Caligula*.

C'eſt une preuve, dit-on, de la divinité de leur
caraƈtère, qu'elle ait fubfiſté avec tant de crimes ; mais

fi les califes avaient eu une conduite encore plus
affreufe, ils auraient donc été encore plus divins. C'eft
ainfi que raifonne *Dermius;* on lui a répondu. Mais
la meilleure réponfe eft dans la puiffance mitigée que
les évêques de Rome exercent aujourd'hui avec fageffe ;
dans la longue poffeffion où les empereurs les laiffent
jouir, parce qu'ils ne peuvent les en dépouiller; dans
le fyftème d'un équilibre général, qui eft l'efprit de
toutes les cours.

On a prétendu depuis peu qu'il n'y avait que deux
peuples qui puffent envahir l'Italie & écrafer Rome.
Ce font les Turcs & les Ruffes ; mais ils font néceffairement ennemis, & de plus.........

Je ne fais point prévoir les malheurs de fi loin.

PIERRE LE GRAND, ET JEAN-JACQUES ROUSSEAU.

SECTION PREMIERE.

,, LE czar *Pierre* n'avait pas le vrai génie, celui qui
,, crée & fait tout de rien. Quelques-unes des chofes
,, qu'il fit étaient bien, la plupart étaient déplacées. Il
,, a vu que fon peuple était barbare, il n'a point
,, vu qu'il n'était par mûr pour la police; il l'a voulu
,, civilifer quand il ne fallait que l'aguerrir. Il a
,, d'abord voulu faire des Allemands, des Anglais,
,, quand il fallait commencer par faire des Ruffes; il
,, a empêché fes fujets de jamais devenir ce qu'ils
,, pourraient être, en leur perfuadant qu'ils étaient ce

,, qu'ils ne font pas. C'eſt ainſi qu'un précepteur
,, français forme ſon élève pour briller un moment
,, dans ſon enfance, & puis n'être jamais rien. L'empire
,, de Ruſſie voudra ſubjuguer l'Europe, & ſera ſubjugué
,, lui-même. Les Tartares ſes ſujets ou ſes voiſins
,, deviendront ſes maîtres & les nôtres ; cette révo-
,, lution me paraît infaillible ; tous les rois de l'Europe
,, travaillent de concert à l'accélérer. ,, (1)

(1) Pour juger un prince il faut ſe tranſporter au temps où il a vécu.
Si *Rouſſeau*, en diſant que *Pierre I* n'a pas eu *le vrai génie*, a voulu
dire que ce prince n'a point créé les principes de la légiſlation & de
l'adminiſtration publique, principes abſolument ignorés alors en Europe,
un tel reproche ne nuit point à ſa gloire. Le czar vit que ſes ſoldats
étaient ſans diſcipline, & il leur donna celle des nations de l'Europe les
plus belliqueuſes. Ses peuples ignoraient la marine, & en peu d'années
il créa une flotte formidable. Il adopta pour le commerce les principes
des peuples qui alors paſſaient pour les plus éclairés de l'Europe. Il ſentit
que les Ruſſes ne différaient des autres Européens que par trois cauſes :
La première était l'exceſſif pouvoir de la ſuperſtition ſur les eſprits, &
l'influence des prêtres ſur le gouvernement & ſur les ſujets. Le czar attaqua
la ſuperſtition dans ſa ſource, en détruiſant les moines par le moyen le
plus doux, celui de ne permettre les vœux qu'à un âge où tout homme
qui a la fantaiſie de les faire eſt à coup ſûr un citoyen inutile.

Il ſoumit les prêtres à la loi ; & ne leur laiſſa qu'une autorité ſubor-
donnée à la ſienne pour les objets de l'ordre civil, que l'ignorance de
nos ancêtres a ſoumis au pouvoir eccléſiaſtique.

La ſeconde cauſe qui s'oppoſait à la civiliſation de la Ruſſie, était
l'eſclavage preſque général des payſans, ſoit artiſans ſoit cultivateurs.
Pierre n'oſa directement détruire la ſervitude ; mais il en prépara la
deſtruction, en formant une armée qui le rendait indépendant des
ſeigneurs de terre, & le mettait en état de ne les plus craindre, & en
créant dans ſa nouvelle capitale, au moyen des étrangers appelés dans ſon
empire, un peuple commerçant, induſtrieux & jouiſſant de la liberté civile.

La troiſième cauſe de la barbarie des Ruſſes, était l'ignorance. Il
ſentit qu'il ne pouvait rendre ſa nation puiſſante qu'en l'éclairant, & ce
fut le principal objet de ſes travaux ; c'eſt en cela ſurtout qu'il a montré
un véritable génie : on ne peut aſſez s'étonner de voir *Rouſſeau* lui
reprocher de ne s'être pas borné à aguerrir ſa nation ; & il faut avouer
que le Ruſſe, qui en 1700 devina l'influence des lumières ſur l'état
politique des empires, & fut apercevoir que le plus grand bien qu'on

Ces paroles font tirées d'une brochure intitulée le Contrat focial ou infocial du peu fociable *Jean-Jacques Rouffeau*. Il n'eft pas étonnant qu'ayant fait des miracles à Venife, il ait fait des prophéties fur Mofcou ; mais comme il fait bien que le bon temps des miracles & des prophéties eft paffé, il doit croire que fa prédiction contre la Ruffie n'eft pas auffi infaillible qu'elle lui a paru dans fon premier accès. Il eft doux d'annoncer la chute des grands empires, cela nous confole de notre petiteffe. Ce fera un beau gain pour la philofophie, quand nous verrons inceffamment les Tartares Nogais, qui peuvent, je crois, mettre jufqu'à douze mille hommes en campagne, venir fubjuguer la Ruffie, l'Allemagne, l'Italie & la France. Mais je me flatte que l'empereur de la Chine ne le fouffrira pas ; il a déjà accédé à la paix perpétuelle ; & comme il n'a plus de jéfuites chez lui, il ne troublera point l'Europe. *Jean-Jacques* qui a, comme on croit, le vrai génie, trouve que *Pierre le grand* ne l'avait pas.

puiffe faire aux hommes, eft de fubftituer des idées juftes aux préjugés qui les gouvernent, a eu plus de génie que le Genevois, qui en 1750 a voulu nous prouver les grands avantages de l'ignorance.

Lorfque *Pierre* monta fur le trône, la Ruffie était à peu près au même état que la France, l'Allemagne & l'Angleterre au onzième fiècle. Les Ruffes ont fait en quatre-vingts ans, que les vues de *Pierre* ont été fuivies, plus de progrès que nous n'en avons fait en quatre fiècles ; n'eft-ce pas une preuve que ces vues n'étaient pas celles d'un homme ordinaire ?

Quant à la prophétie fur les conquêtes futures des Tartares, *Rouffeau* aurait dû obferver que les barbares n'ont jamais battu les peuples civilifés que lorfque ceux-ci ont négligé la tactique, & que les peuples nomades font toujours trop peu nombreux pour être redoutables à de grandes nations qui ont des armées. Il eft différent de detrôner un defpote pour fe mettre à fa place, de lui impofer un tribut après l'avoir vaincu, ou de fubjuguer un peuple. Les Romains conquirent la Gaule, l'Efpagne ; les chefs des Goths & des Francs ne firent que chaffer les Romains & leur fuccéder.

Un feigneur ruffe, homme de beaucoup d'efprit, qui s'amufe quelquefois à lire des brochures, fe fouvint en lifant celle-ci, de quelques vers de *Molière*, & les cita fort à propos.

> Il femble à trois gredins, dans leur petit cerveau,
> Que pour être imprimés & reliés en veau,
> Les voilà dans l'Etat d'importantes perfonnes,
> Qu'avec leur plume ils font le deftin des couronnes.

Les Ruffes, dit *Jean-Jacques*, ne feront jamais policés. J'en ai vu du moins de très-polis, & qui avaient l'efprit jufte, fin, agréable, cultivé, & même conféquent, ce que *Jean-Jacques* trouvera fort extraordinaire.

Comme il eft très-galant, il ne manquera pas de dire qu'ils fe font formés à la cour de l'impératrice *Catherine*, que fon exemple a influé fur eux; mais que cela n'empêche pas qu'il n'ait raifon, & que bientôt cet empire fera détruit.

Ce petit bon homme nous affure dans un de fes modeftes ouvrages, qu'on doit lui dreffer une ftatue. Ce ne fera probablement ni à Mofcou, ni à Péterfbourg qu'on s'empreffera de fculpter *Jean-Jacques*.

Je voudrais en général, que lorfqu'on juge les nations du haut de fon grenier, qu'on fût plus honnête & plus circonfpeĉt. Tout pauvre diable peut dire ce qu'il lui plaît des Athéniens, des Romains, & des anciens Perfes. Il peut fe tromper impunément fur les tribunats, fur les comices, fur la diĉtature. Il peut gouverner en idée deux ou trois mille lieues de pays, tandis qu'il eft incapable de gouverner fa fervante. Il peut dans un roman recevoir un baifer âcre de fa *Julie*, & confeiller à un prince d'époufer la fille d'un bourreau. Il y a des fottifes fans confé-quence; il y en a d'autres qui peuvent avoir des fuites fâcheufes.

Les fous de cour étaient fort fenfés; ils n'infultaient par leurs bouffonneries que les faibles, & refpectaient les puiffans; les fous de village font aujourd'hui plus hardis.

On répondra que *Diogène* & l'*Arétin* ont été tolérés; d'accord: mais une mouche ayant vu un jour une hirondelle qui, en volant, emportait des toiles d'arai-gnées, en voulut faire autant; elle y fut prife.

SECTION II.

NE peut-on pas dire de ces légiflateurs qui gou-vernent l'univers à deux fous la feuille, & qui de leurs galetas donnent des ordres à tous les rois, ce qu'*Homère* dit de *Calcas*?

> *Os ede ta eonta, ta te effomena, pro t'eouta.*
> Il connaît le paffé, le préfent, l'avenir.

C'eft dommage que l'auteur du petit paragraphe que nous venons de citer n'ait connu aucun des trois temps dont parle *Homère*.

Pierre le grand, dit-il, *n'avait pas le génie qui fait tout de rien.* Vraiment, *Jean-Jacques*, je le crois fans peine, car on prétend que D I E U feul a cette prérogative.

Il n'a pas vu que fon peuple n'était pas mûr pour la police; en ce cas le czar eft admirable de l'avoir fait mûrir. Il me femble que c'eft *Jean-Jacques* qui n'a pas vu qu'il fallait fe fervir d'abord des Allemands & des Anglais pour faire des Ruffes.

Il a empêché fes fujets de jamais devenir ce qu'ils pourraient être &c.

Cependant ces mêmes Ruffes font devenus les vainqueurs des Turcs & des Tartares, les conquérans & les légiflateurs de la Crimée & de vingt peuples différens ; leur fouveraine a donné des lois à des nations dont le nom même était ignoré en Europe.

Quant à la prophétie de *Jean-Jacques*, il fe peut qu'il ait exalté fon ame jufqu'à lire dans l'avenir ; il a tout ce qu'il faut pour être prophète : mais pour le paffé & pour le préfent, on avouera qu'il n'y entend rien. Je doute que l'antiquité ait rien de comparable à la hardieffe d'envoyer quatre efcadres du fond de la mer Baltique dans les mers de la Grèce, de dominer à la fois fur la mer Egée & fur le Pont-Euxin, de porter la terreur dans la Colchide & aux Dardanelles, de fubjuguer la Tauride, & de forcer le vifir *Azem* à s'enfuir des bords du Danube jufqu'aux portes d'Andrinople.

Si *Jean-Jacques* compte pour rien tant de grandes actions qui étonnent la terre attentive, il doit du moins avouer qu'il y a quelque générofité dans un comte d'*Orlof*, qui après avoir pris un vaiffeau qui portait toute la famille & tous les tréfors d'un bacha, lui renvoya fa famille & fes tréfors.

Si les Ruffes n'étaient pas mûrs pour la police du temps de *Pierre le grand*, convenons qu'ils font mûrs aujourd'hui pour la grandeur d'ame, & que *Jean-Jacques* n'eft pas tout-à-fait mûr pour la vérité & pour le raifonnement.

A l'égard de l'avenir, nous le faurons quand nous aurons des *Ezéchiels*, des *Ifaïes*, des *Habacucs*, des *Michées*. Mais le temps en eft paffé ; &, fi on ofe le dire, il eft à craindre qu'il ne revienne plus.

J'avoue que ces *menfonges imprimés* fur le temps préfent, m'étonnent toujours. Si on fe donne ces libertés dans un fiècle où mille volumes, mille gazettes, mille journaux peuvent continuellement vous démentir, quelle foi pourrons-nous avoir en ces hiftoriens des anciens temps qui recueillaient tous les bruits vagues, qui ne confultaient aucunes archives, qui mettaient par écrit ce qu'ils avaient entendu dire à leurs grand'-mères dans leur enfance, bien fûrs qu'aucun critique ne releverait leurs fautes.

Nous eûmes long-temps neuf Mufes, la faine critique eft la dixième qui eft venue bien tard. Elle n'exiftait point du temps de *Cecrops*, du premier *Bacchus*, de *Sanchoniathon*, de *Thaut*, de *Brama* &c. &c. on écrivait alors impunément tout ce qu'on voulait. Il faut être aujourd'hui un peu plus avifé.

P L A G I A T.

O N dit qu'originairement ce mot vient du latin *plaga*, & qu'il fignifiait la condamnation au fouet de ceux qui avaient vendu des hommes libres pour des efclaves. Cela n'a rien de commun avec le plagiat des auteurs, lefquels ne vendent point d'hommes, foit efclaves, foit libres. Ils fe vendent feulement eux-mêmes quelquefois pour un peu d'argent.

Quand un auteur vend les penfées d'un autre pour les fiennes, ce larcin s'appelle *plagiat*. On pourrait appeler *plagiaires* tous les compilateurs, tous les fefeurs de dictionnaires, qui ne font que répéter à tort & à travers, les opinions, les erreurs, les impoftures, les vérités déjà imprimées dans des dictionnaires précédens ; mais ce font du moins des plagiaires de bonne foi ; ils ne s'arrogent point le mérite de l'invention. Ils ne prétendent pas même à celui d'avoir déterré chez les anciens les matériaux qu'ils ont affemblés ; ils n'ont fait que copier les laborieux compilateurs du feizième fiècle. Ils vous vendent en *in-quarto* ce que vous aviez déjà en *in-folio*. Appelez-les, fi vous voulez, *libraires*, & non pas auteurs. Rangez-les plutôt dans la claffe des fripiers que dans celle des plagiaires.

Le véritable plagiat eft de donner pour vôtres les ouvrages d'autrui, de coudre dans vos rapfodies de longs paffages d'un bon livre avec quelques petits changemens. Mais le lecteur éclairé voyant ce morceau de drap d'or fur un habit de bure, reconnaît bientôt le voleur mal-adroit.

Ramfai qui après avoir été presbytérien dans fon village d'Ecoffe, enfuite anglican à Londres, puis quakre, & qui perfuada enfin au célèbre *Fénélon* archevêque de Cambrai qu'il était catholique, & même qu'il avait beaucoup de penchant pour l'amour pur ; *Ramfai*, dis-je, fit les Voyages de *Cyrus*, parce que fon maître avait fait voyager *Télémaque*. Il n'y a jufque-là que de l'imitation. Dans ces voyages il copie les phrafes, les raifonnemens d'un ancien auteur anglais qui introduit un jeune folitaire difféquant

fa

sa chèvre morte, & remontant à Dieu par sa chèvre. Cela ressemble fort à un plagiat. Mais en conduisant *Cyrus* en Egypte, il se sert, pour décrire ce pays singulier, des mêmes expressions employées par *Bossuet* ; il le copie mot pour mot sans le citer. Voilà un plagiat dans toutes les formes. Un de mes amis le lui reprochait un jour ; *Ramsai* lui répondit qu'on pouvait se rencontrer, & qu'il n'était pas étonnant qu'il pensât comme *Fénélon*, & qu'il s'exprimât comme *Bossuet*. Cela s'appelle *être fier comme un écossais.*

Le plus singulier de tous les plagiats est peut-être celui du père *Barre*, auteur d'une grande histoire d'Allemagne en dix volumes. On venait d'imprimer l'Histoire de *Charles XII*, & il en prit plus de deux cents pages qu'il inséra dans son ouvrage. Il fait dire à un duc de Lorraine précisément ce que *Charles XII* a dit.

Il attribue à l'empereur *Arnould* ce qui est arrivé au monarque suédois.

Il dit de l'empereur *Rodolphe* ce qu'on avait dit du roi *Stanislas*.

Valdemar roi de Danemarck fait & dit précisément les mêmes choses que *Charles* à Bender &c. &c. &c.

Le plaisant de l'affaire est qu'un journaliste voyant cette prodigieuse ressemblance entre ces deux ouvrages, ne manqua pas d'imputer le plagiat à l'auteur de l'Histoire de *Charles XII*, qui avait pourtant écrit vingt ans avant le père *Barre*.

C'est surtout en poësie qu'on se permet souvent le plagiat, & c'est assurément de tous les larcins le moins dangereux pour la société.

PLATON.

Du Timée de Platon , & de quelques autres choses.

LES pères de l'Eglise des quatre premiers siècles furent tous grecs & platoniciens ; vous ne trouvez pas un romain qui ait écrit pour le christianisme, & qui ait eu la plus légère teinture de philosophie. J'obser-verai ici en passant, qu'il est assez étrange que cette Eglise de Rome, qui ne contribua en rien à ce grand établissement, en ait seule recueilli tout l'avantage. Il en a été de cette révolution comme de toutes celles qui sont nées des guerres civiles. Les premiers qui troublent un Etat, travaillent toujours sans le savoir pour d'autres que pour eux.

L'école d'Alexandrie fondée par un nommé *Marc*, auquel succédèrent *Athénagoras, Clément, Origène,* fut le centre de la philosophie chrétienne. *Platon* était regardé par tous les Grecs d'Alexandrie comme le maître de la sagesse, comme l'interprète de la Divinité. Si les premiers chrétiens n'avaient pas embrassé les dogmes de *Platon*, ils n'auraient jamais eu aucun philosophe, aucun homme d'esprit dans leur parti. Je mets à part l'inspiration & la grâce qui sont au-dessus de toute philosophie, & je ne parle que du train ordinaire des choses humaines.

Ce fut, dit-on, dans le Timée de *Platon* principalement, que les pères grecs s'inftruifirent. Ce
Timée paffe pour l'ouvrage le plus fublime de toute
la philofophie ancienne. C'eft prefque le feul que
Dacier n'ait point traduit ; & je penfe que la
raifon en eft qu'il ne l'entendait point, & qu'il
craignit de montrer à des lecteurs clair-voyans le
vifage de cette divinité grecque qu'on n'adore que
parce qu'elle eft voilée.

Platon, dans ce beau dialogue, commence par
introduire un prêtre égyptien qui apprend à *Solon*
l'ancienne hiftoire de la ville d'Athènes, qui était
fidellement confervée depuis neuf mille ans dans les
archives de l'Egypte.

Athènes, dit le prêtre, était alors la plus belle
ville de la Grèce, & la plus renommée dans le monde
pour les arts de la guerre & de la paix ; elle réfifta
feule aux guerriers de cette fameufe île Atlantide,
qui vinrent fur des vaiffeaux innombrables fubjuguer
une grande partie de l'Europe & de l'Afie. Athènes
eut la gloire d'affranchir tant de peuples vaincus, & de
préferver l'Egypte de la fervitude qui nous menaçait.
Mais après cette illuftre victoire & ce fervice rendu au
genre-humain, un tremblement de terre épouvantable
engloutit en vingt-quatre heures & le territoire
d'Athènes & toute la grande île Atlantide. Cette île
n'eft aujourd'hui qu'une vafte mer que les débris de
cet ancien monde, & le limon mêlé à fes eaux,
rendent innavigable.

Voilà ce que ce prêtre conte à *Solon* ; voilà comment *Platon* débute pour nous expliquer enfuite la
formation de l'ame, les opérations du verbe, & fa

trinité. Il n'eft pas phyfiquement impoffible qu'il y eût eu une île Atlantide qui n'exiftait plus depuis neuf mille ans, & qui périt par un tremblement de terre, comme il eft arrivé à Herculaneum, & à tant d'autres villes. Mais notre prêtre, en ajoutant que la mer qui baigne le mont Atlas eft inacceffible aux vaiffeaux, rend l'hiftoire un peu fufpecte.

Il fe peut faire, après tout, que depuis *Solon*, c'eft-à-dire depuis trois mille ans, les flots aient nettoyé le limon de l'ancienne île Atlantide, & rendu la mer navigable : mais enfin, il eft toujours furprenant qu'on débute par cette île pour parler du verbe.

Peut-être en fefant ce conte de prêtre ou de vieille, *Platon* n'a-t-il voulu infinuer autre chofe que les viciffitudes qui ont changé tant de fois la face du globe. Peut-être a-t-il voulu dire feulement ce que *Pythagore* & *Timée de Locres* avaient dit fi long-temps avant lui, & ce que nos yeux nous difent tous les jours, que tout périt & fe renouvelle dans la nature. L'hiftoire de *Deucalion* & de *Pyrrha*, la chute de *Phaëton* font des fables; mais des inondations & des embrafemens font des vérités.

Platon part de fon île imaginaire pour dire des chofes que les meilleurs philofophes de nos jours ne défavoueraient pas. *Ce qui eft produit a néceffairement une caufe, un auteur. Il eft difficile de trouver l'auteur de ce monde; & quand on l'a trouvé, il eft dangereux de le dire au peuple.*

Rien n'eft plus vrai encore aujourd'hui; qu'un fage en paffant par Notre-Dame de Lorette s'avife de dire à un fage fon ami, que Notre-Dame de Lorette, avec fon petit vifage noir, ne gouverne pas l'univers entier:

ſi une bonne femme entend ces paroles, & ſi elle les redit à d'autres bonnes femmes de la marche d'Ancone, le ſage ſera lapidé comme *Orphée*. Voilà préciſément le cas où croyaient être les premiers chrétiens qui ne diſaient pas du bien de *Cybéle* & de *Diane*. Cela ſeul devait les attacher à *Platon*. Les choſes inintelligibles qu'il débite enſuite, ne durent pas les dégoûter de lui.

Je ne reprocherai point à *Platon* d'avoir dit dans ſon Timée, *que le monde eſt un animal ;* car il entend ſans doute que les élémens en mouvement animent le monde ; & il n'entend pas par *animal* un chien & un homme qui marchent, qui ſentent, qui mangent, qui dorment, & qui engendrent. Il faut toujours expliquer un auteur dans le ſens le plus favorable ; & ce n'eſt que lorſqu'on accuſe les gens d'héréſie, ou quand on dénonce leurs livres, qu'il eſt de droit d'en interpréter malignement toutes les paroles, & de les empoiſonner : ce n'eſt pas ainſi que j'en uſerai avec *Platon*.

Il y a d'abord chez lui une eſpèce de trinité qui eſt l'ame de la matière ; voici ſes paroles : *De la ſubſtance indiviſible, toujours ſemblable à elle-même, & de la ſubſtance diviſible, il compoſa une troiſième ſubſtance qui tient de la même & de l'autre.*

Enſuite viennent des nombres à la pythagoricienne, qui rendent la choſe encore plus inintelligible, & par conſéquent plus reſpeċtable. Quelle proviſion pour des gens qui commençaient une guerre de plume !

Ami leċteur, un peu de patience, s'il vous plaît, & un peu d'attention. *Quand* DIEU *eut formé l'ame du monde de ces trois ſubſtances, cette ame s'élança du milieu de l'univers aux extrémités de l'être, ſe répandant*

X 3

par-tout au dehors, & se repliant sur elle-même; elle forma ainsi dans tous les temps une origine divine de la sagesse éternelle.

Et quelques lignes après :

Ainsi la nature de cet animal immense qu'on nomme le monde, est éternelle.

Platon, à l'exemple de ses prédécesseurs, introduit donc l'Etre suprême artisan du monde, formant ce monde avant les temps ; de sorte que Dieu ne pouvait être sans le monde, ni le monde sans Dieu, comme le soleil ne peut exister sans répandre la lumière dans l'espace, ni cette lumière voler dans l'espace, sans le soleil.

Je passe sous silence beaucoup d'idées à la grecque, ou plutôt à l'orientale, comme par exemple, qu'il y a quatre sortes d'animaux, les dieux célestes, les oiseaux de l'air, les poissons, & les animaux terrestres dont nous avons l'honneur d'être.

Je me hâte de venir à une seconde trinité. *L'être engendré, l'être qui engendre, & l'être qui ressemble à l'engendré & à l'engendreur.* Cette trinité est assez formelle ; & les pères ont pu y trouver leur compte.

Cette trinité est suivie d'une théorie un peu singulière des quatre élémens. La terre est fondée sur un triangle équilatère, l'eau sur un triangle rectangle, l'air sur un scalène, & le feu sur un isocèle. Après quoi il prouve démonstrativement qu'il ne peut y avoir que cinq mondes, parce qu'il n'y a que cinq corps solides réguliers, & que cependant il n'y a qu'un monde qui est rond.

J'avoue qu'il n'y a point de philosophe aux petites-maisons qui ait jamais si puissamment raisonné. Vous

vous attendez, ami lecteur, à m'entendre parler de cette autre fameuse trinité de *Platon*, que ses commentateurs ont tant vantée ; c'est l'être éternel, formateur éternel du monde ; son verbe, ou son intelligence, ou son idée ; & le bon qui en résulte. Je vous assure que je l'ai bien cherchée dans ce Timée, je ne l'y ai jamais trouvée ; elle peut y être *totidem litteris*, mais elle n'y est pas *totidem verbis*, ou je suis fort trompé.

Après avoir lu tout *Platon* à mon grand regret, j'ai aperçu quelque ombre de la trinité dont on lui fait honneur. C'est dans le livre sixième de sa République chimérique, lorsqu'il dit : *Parlons du fils, production merveilleuse du bon, & sa parfaite image.* Mais malheureusement il se trouve que cette parfaite image de DIEU c'est le soleil. On en conclut que c'était le soleil intelligible, lequel avec le verbe & le père composait la trinité platonique.

Il y a dans l'Epinomis de *Platon* des galimatias fort curieux ; en voici un que je traduis aussi raisonnablement que je le puis pour la commodité du lecteur :

Sachez qu'il y a huit vertus dans le ciel ; je les ai observées, ce qui est facile à tout le monde. Le soleil est une de ces vertus, la lune une autre, la troisième est l'assemblage des étoiles ; & les cinq planètes font avec ces trois vertus le nombre de huit. Gardez-vous de penser que ces vertus, ou ceux qui sont dans elles & qui les animent, soit qu'ils marchent d'eux-mêmes, soit qu'ils soient portés dans des véhicules ; gardez-vous, dis-je, de croire que les uns soient des dieux, & que les autres ne le soient pas ; que les uns soient adorables, & qu'il y en ait d'autres qu'on ne doive ni adorer , ni invoquer. Ils font tous frères, chacun a fon partage, nous leur devons à tous les mêmes honneurs ; ils rempliffent tous l'emploi que le verbe leur affigna quand il forma l'univers vifible.

Voilà déjà le verbe trouvé, il faut maintenant trouver les trois perfonnes. Elles font dans la feconde lettre de *Platon* à *Denis.* Ces lettres ne font pas affurément fuppofées. Le ftyle eft le même que celui de fes dialogues. Il dit fouvent à *Denis* & à *Dion* des chofes affez difficiles à comprendre, & qu'on croirait écrites en chiffre ; mais auffi il en dit de fort claires, & qui fe font trouvées vraies long-temps après lui. Par exemple, voici comme il s'exprime dans fa feptième lettre à *Dion :*

J'ai été convaincu que tous les Etats font affez mal gouvernés ; il n'y a guère ni bonne inftitution, ni bonne adminiftration. On y vit, pour ainfi dire, au jour la journée, & tout va au gré de la fortune plutôt qu'au gré de la fageffe.

Après cette courte digreffion fur les affaires temporelles, revenons aux fpirituelles, à la trinité. *Platon* dit à *Denis :*

Le roi de l'univers eft environné de fes ouvrages, tout eft l'effet de fa grâce. Les plus belles des chofes ont en lui leur caufe première ; les fecondes en perfection ont en lui une feconde caufe ; & il eft encore la troifième caufe des ouvrages du troifième degré.

On pourrait ne pas reconnaître dans cette lettre la trinité telle que nous l'admettons ; mais c'était beaucoup d'avoir dans un auteur grec un garant des dogmes de l'Eglife naiffante. Toute l'Eglife grecque fut donc

platonicienne, comme toute l'Eglife latine fut péripatéticienne depuis le commencement du treizième
fiècle. Ainfi deux grecs qu'on n'a jamais entendus
ont été nos maîtres à penfer, jufqu'au temps où les
hommes fe font mis au bout de deux mille ans à
penfer par eux-mêmes.

SECTION II.

Queftions fur Platon, & fur quelques autres bagatelles.

PLATON en difant aux Grecs ce que tant de philofophes des autres nations avaient dit avant lui, en
affurant qu'il y a une intelligence fuprême qui arrangea
l'univers, penfait-il que cette intelligence fuprême
réfidait en un feul lieu, comme un roi de l'Orient
dans fon férail? ou bien croyait-il que cette puiffante
intelligence fe répand par-tout comme la lumière, ou
comme un être encore plus fin, plus prompt, plus
actif, plus pénétrant que la lumière? le dieu de *Platon*,
en un mot, eft-il dans la matière? en eft-il féparé?
O vous qui avez lu *Platon* attentivement, c'eft-à-dire,
fept ou huit fonges-creux cachés dans quelques
galetas de l'Europe! fi jamais ces queftions viennent
jufqu'à vous, je vous fupplie d'y répondre.

L'île barbare des Caffitérides, où les hommes
vivaient dans les bois du temps de *Platon*, a produit
enfin des philofophes qui font autant au-deffus de
lui, que *Platon* était au-deffus de ceux de fes contemporains qui ne raifonnaient pas.

Parmi ces philofophes *Clarke* eft peut-être le plus profond enfemble & le plus clair, le plus méthodique & le plus fort de tous ceux qui ont parlé de l'être fuprême.

Lorfqu'il eut donné au public fon excellent livre, il fe trouva un jeune gentilhomme de la province de Glocefter, qui lui fit avec candeur des objections auffi fortes que fes démonftrations. On peut les voir à la fin du premier volume de *Clarke ;* ce n'était pas fur l'exiftence néceffaire de l'être fuprême qu'il difputait, c'était fur fon infinité & fur fon immenfité.

Il ne paraît pas en effet que *Clarke* ait prouvé qu'il y ait un être qui pénètre intimement tout ce qui exifte, & que cet être dont on ne peut concevoir les propriétés, ait la propriété de s'étendre au-delà de toute borne imaginable.

Le grand *Newton* a démontré qu'il y a du vide dans la nature ; mais quel philofophe pourra me démontrer que DIEU eft dans ce vide, qu'il touche à ce vide, qu'il remplit ce vide ? Comment étant auffi bornés que nous le fommes, pouvons-nous connaître ces profondeurs ? Ne nous fuffit-il pas qu'il nous foit prouvé qu'il exifte un maître fuprême ? Il ne nous eft pas donné de favoir ce qu'il eft, ni comment il eft.

Il femble que *Locke* & *Clarke* aient eu les clefs du monde intelligible. *Locke* a ouvert tous les apparte-mens où l'on peut entrer ; mais *Clarke* n'a-t-il pas voulu pénétrer un peu trop au-delà de l'édifice ?

Comment un philofophe tel que *Samuel Clarke*, après un fi admirable ouvrage fur l'exiftence de DIEU, en a-t-il pu faire enfuite un fi pitoyable fur des chofes de fait ?

Comment *Benoît Spinofa*, qui avait autant de profondeur dans l'efprit que *Samuel Clarke*, après s'être
élevé à la métaphyfique la plus fublime, peut-il ne
pas s'apercevoir qu'une intelligence fuprême préfide
à des ouvrages vifiblement arrangés avec une fuprême
intelligence ? (s'il eft vrai, après tout, que ce foit-là
le fyftème de *Spinofa*.)

Comment *Newton*, le plus grand des hommes,
a-t-il pu commenter l'Apocalypfe, ainfi qu'on l'a déjà
remarqué ?

Comment *Locke*, après avoir fi bien développé
l'entendement humain, a-t-il pu dégrader fon entendement dans un autre ouvrage ?

Je crois voir des aigles qui s'étant élancés dans la
nue, vont fe repofer fur un fumier.

P O E T E S.

UN jeune homme au fortir du collége délibère s'il
fe fera avocat, médecin, théologien, ou poëte ; s'il
prendra foin de notre fortune, de notre fanté, de notre
ame, ou de nos plaifirs. Nous avons déjà parlé des
avocats & des médecins ; nous parlerons de la fortune
prodigieufe que fait quelquefois un théologien.

Le théologien devenu pape a non-feulement fes
valets théologiens, cuifiniers, échanfons, portes-
coton, médecins, chirurgiens, balayeurs, fefeurs
d'*Agnus Dei*, confituriers, prédicateurs, il a auffi fon
poëte. Je ne fais quel fou était le poëte de *Léon X*,
comme *David* fut quelque temps le poëte de *Saül*.

C'eſt aſſurément de tous les emplois qu'on peut avoir dans une grande maiſon, l'emploi le plus inutile. Les rois d'Angleterre qui ont conſervé dans leur île beaucoup d'anciens uſages, perdus dans le continent, ont, comme on ſait, leur poëte en titre d'office. Il eſt obligé de faire tous les ans une ode à la louange de *Ste Cécile*, qui jouait autrefois ſi merveilleuſement du claveſſin ou du pſaltérion, qu'un ange deſcendit du neuvième ciel pour l'écouter de plus près, attendu que l'harmonie du pſaltérion n'arrive d'ici-bas au pays des anges qu'en ſourdine.

Moïſe eſt le premier poëte que nous connaiſſions. Il eſt à croire que long-temps avant lui, les Egyptiens, les Chaldéens, les Syriens, les Indiens, connaiſſaient la poëſie, puiſqu'ils avaient de la muſique. Mais enfin, ſon beau cantique qu'il chanta avec ſa fœur *Maria* en ſortant du fond de la mer Rouge, eſt le premier monument poëtique en vers hexamètres que nous ayons. Je ne ſuis pas du ſentiment de ces bélitres ignorans & impies, *Newton*, *le Clerc* & d'autres, qui prouvent que tout cela ne fut écrit qu'environ huit cents ans après l'événement, & qui diſent avec inſo-lence que *Moïſe* ne put écrire en hébreu, puiſque la langue hébraïque n'eſt qu'un dialecte nouveau du phénicien, & que *Moïſe* ne pouvait ſavoir le phéni-cien. Je n'examine point avec le ſavant *Huet* comment *Moïſe* put chanter, lui qui était bégue & qui ne pouvait parler.

A entendre pluſieurs de ces meſſieurs, *Moïſe* ſerait bien moins ancien qu'*Orphée*, *Muſée*, *Homère*, *Héſiode*. On voit au premier coup d'œil combien cette opinion eſt abſurde. Le moyen qu'un grec puiſſe être auſſi ancien qu'un juif?

Je ne répondrai pas non plus à ces autres impertinens qui foupçonnent que *Moïfe* n'eft qu'un perfonnage imaginaire, une fabuleufe imitation de la fable
de l'ancien *Bacchus*, & qu'on chantait dans les orgies
tous les prodiges de *Bacchus* attribués depuis à *Moïfe*,
avant qu'on fût qu'il y eût des Juifs au monde. Une
telle idée fe réfute d'elle-même. Le bon fens nous fait
voir qu'il eft impoffible qu'il y ait eu un *Bacchus* avant
un *Moïfe.*

Nous avons encore un excellent poëte juif, très-
réellement antérieur à *Horace*; c'eft le roi *David*; &
nous favons bien que le *Miferere* eft infiniment au-
deffus du *Juftum ac tenacem propofiti virum.*

Mais ce qui étonne, c'eft que des légiflateurs & des
rois aient été nos premiers poëtes. Il fe trouve aujour-
d'hui des gens affez bons pour fe faire les poëtes des
rois. *Virgile*, à la vérité, n'avait pas la charge de
poëte d'*Augufte*, ni *Lucain* celle de poëte de *Néron*;
mais j'avoue qu'ils avilirent un peu la profeffion en
donnant du dieu à l'un & à l'autre.

On demande comment la poëfie étant fi peu néceffaire au monde, elle occupe un fi haut rang parmi les
beaux arts? On peut faire la même queftion fur la
mufique. La poëfie eft la mufique de l'ame, & furtout
des ames grandes & fenfibles.

Un mérite de la poëfie dont bien des gens ne fe
doutent pas, c'eft qu'elle dit plus que la profe, & en
moins de paroles que la profe.

Qui pourra jamais traduire ce vers latin avec autant
de briéveté qu'il eft forti du cerveau du poëte?

Vive memor lethi, fugit hora, hoc quod loquor inde eft.

Je ne parle pas des autres charmes de la poësie, on les connaît affez; mais j'infifterai fur le grand précepte d'*Horace*, *fapere eft & principium & fons*. Point de vraie poëfie fans une grande fageffe. Mais comment accorder cette fageffe avec l'enthoufiafme? Comme *Céfar* qui formait un plan de bataille avec prudence, & combattait avec fureur.

Il y a eu des poëtes un peu fous, oui; & c'eft parce qu'ils étaient de très-mauvais poëtes. Un homme qui n'a que des dactyles & des fpondées, ou des rimes dans la tête, eft rarement un homme de bon fens; mais *Virgile* eft doué d'une raifon fupérieure.

Lucrèce était un miférable phyficien, & il avait cela de commun avec toute l'antiquité. La phyfique ne s'apprend pas avec de l'efprit; c'eft un art que l'on ne peut exercer qu'avec des inftrumens, & les inftrumens n'avaient pas encore été inventés. Il faut des lunettes, des microfcopes, des machines pneumatiques, des baromètres &c. pour avoir quelque idée commencée des opérations de la nature.

Defcartes n'en favait guère plus que *Lucrèce*, lorfque ces clefs ouvrirent le fanctuaire; & on a fait cent fois plus de chemin depuis *Galilée*, meilleur phyficien que *Defcartes*, jufqu'à nos jours, que depuis le premier *Hermès* jufqu'à *Lucrèce*, & depuis *Lucrèce* jufqu'à *Galilée*.

Toute la phyfique ancienne eft d'un écolier abfurde. Il n'en eft pas ainfi de la philofophie de l'ame & de ce bon fens qui, aidé du courage de l'efprit, fait pefer avec juftefle les doutes & les vraifemblances. C'eft-là le grand mérite de *Lucrèce*; fon troifième chant eft un chef-d'œuvre de raifonnement; il differte comme

Cicéron, il s'exprime quelquefois comme *Virgile*; & il faut avouer que quand notre illuftre *Polignac* réfute ce troifième chant, il ne le réfute qu'en cardinal.

Quand je dis que le poëte *Lucrèce* raifonne en méta-phyficien excellent dans ce troifième chant, je ne dis pas qu'il ait raifon ; on peut argumenter avec un juge-ment vigoureux, & fe tromper, fi on n'eft pas inftruit par la révélation. *Lucrèce* n'était point juif, & les Juifs, comme on fait, étaient les feuls hommes fur la terre qui euffent raifon du temps de *Cicéron*, de *Poffidonius*, de *Céfar* & de *Caton*. Enfuite fous *Tibère*, les Juifs n'eurent plus raifon, & il n'y eut que les chrétiens qui eurent le fens commun.

Ainfi il était impoffible que *Lucrèce*, *Cicéron* & *Céfar* ne fuffent pas des imbécilles en comparaifon des Juifs & de nous; mais il faut convenir qu'aux yeux du refte du genre-humain ils étaient de très-grands-hommes.

J'avoue que *Lucrèce* fe tua, *Caton* auffi, *Caffius* & *Brutus* auffi; mais on peut fort bien fe tuer, & avoir raifonné en homme d'efprit pendant fa vie.

Diftinguons dans tout auteur l'homme & fes ouvrages. *Racine* écrit comme *Virgile*, mais il devient janfénifte par faibleffe, & il meurt de chagrin par une faibleffe non moins grande, parce qu'un autre homme en paffant dans une galerie ne l'a pas regardé; j'en fuis fâché, mais le rôle de *Phèdre* n'en eft pas moins admirable.

POLICE DES SPECTACLES.

ON excommuniait autrefois les rois de France, &
depuis *Philippe I* jufqu'à *Louis VIII*, tous l'ont été
folemnellement, de même que tous les empereurs
depuis *Henri IV* jufqu'à *Louis de Bavière* inclufive-
ment. Les rois d'Angleterre ont eu auffi une part très-
honnête à ces préfens de la cour de Rome. C'était la
folie du temps, & cette folie coûta la vie à cinq ou fix
cents mille hommes. Actuellement on fe contente
d'excommunier les repréfentans des monarques : ce
n'eft pas les ambaffadeurs que je veux dire, mais les
comédiens, qui font rois & empereurs trois ou quatre
fois par femaine, & qui gouvernent l'univers pour
gagner leur vie.

Je ne connais guère que leur profeffion & celle des
forciers, à qui on faffe aujourd'hui cet honneur. Mais
comme il n'y a plus de forciers depuis environ foixante
à quatre-vingts ans, que la bonne philofophie a été
connue des hommes, il ne refte plus pour victimes
qu'*Alexandre*, *Céfar*, *Athalie*, *Polyeucte*, *Andromaque*,
Brutus, *Zaïre*, & *Arlequin*.

La grande raifon qu'on en apporte, c'eft que ces
meffieurs & ces dames repréfentent des paffions. Mais
fi la peinture du cœur humain mérite une fi horrible
flétriffure, on devrait donc ufer d'une plus grande
rigueur avec les peintres & les ftatuaires. Il y a beaucoup de tableaux licencieux qu'on vend publiquement,
au lieu qu'on ne repréfente pas un feul poëme drama-
tique qui ne foit dans la plus exacte bienféance. La

Vénus

Vénus du *Titien* & celle du *Corrège* font toutes nues,
& font dangereufes en tout temps pour notre jeuneffe
modefte ; mais les comédiens ne récitent les vers
admirables de *Cinna* que pendant environ deux heures,
& avec l'approbation du magiftrat, fous l'autorité
royale. Pourquoi donc ces perfonnages vivans fur le
théâtre font-ils plus condamnés que ces comédiens
muets fur la toile ? *Ut piĉtura poëfis erit.* Qu'auraient
dit les *Sophocles* & les *Euripides*, s'ils avaient pu prévoir qu'un peuple qui n'a ceffé d'être barbare qu'en
les imitant, imprimerait un jour cette tache au théâtre,
qui reçut de leur temps une fi haute gloire ?

Efopus & *Rofcius* n'étaient pas des fénateurs romains,
il eft vrai ; mais le *Flamen* ne les déclarait point infames,
& on ne fe doutait pas que l'art de *Térence* fût un art
femblable à celui de *Locufte*. Le grand pape, le grand
prince *Léon X*, à qui on doit la renaiffance de la
bonne tragédie & de la bonne comédie en Europe,
& qui fit repréfenter tant de pièces de théâtre dans
fon palais avec tant de magnificence, ne devinait pas
qu'un jour dans une partie de la Gaule, des defcendans des Celtes & des Goths fe croiraient en droit de
flétrir ce qu'il hono t. Si le cardinal de *Richelieu* eût
vécu, lui qui a fait bâtir la falle du palais royal, lui
à qui la France doit le théâtre, il n'eût pas fouffert
plus long-temps que l'on ofât couvrir d'ignominie
ceux qu'il employait à réciter fes propres ouvrages.

Ce font les hérétiques, il le faut avouer, qui ont
commencé à fe déchaîner contre le plus beau de tous
les arts. *Léon X* reffufcitait la fcène tragique ; il n'en
fallait pas davantage aux prétendus réformateurs pour
crier à l'œuvre de *Satan*. Auffi la ville de Genève &

Diĉtionn. philofoph. Tome VI.   Y

plufieurs illuftres bourgades de Suiffe ont été cent cinquante ans fans fouffrir chez elles un violon. Les janféniftes qui danfent aujourd'hui fur le tombeau de *St Pâris*, à la grande édification du prochain, défendirent le fiècle paffé à une princeffe de *Conti* qu'ils gouvernaient, de faire apprendre à danfer à fon fils, attendu que la danfe eft trop profane. Cependant il fallait avoir bonne grâce, & favoir le menuet; on ne voulait point de violon, & le directeur eut beaucoup de peine à fouffrir, par accommodement, qu'on montrât à danfer au prince de *Conti* avec des caftagnettes. Quelques catholiques un peu vifigoths, de deçà les monts, craignirent donc les reproches des réformateurs, & crièrent auffi haut qu'eux; ainfi peu à peu s'établit dans notre France la mode de diffamer *Céfar* & *Pompée*, & de refufer certaines cérémonies à certaines perfonnes gagées par le roi, & travaillant fous les yeux du magiftrat. On ne s'avifa point de réclamer contre cet abus; car qui aurait voulu fe brouiller avec des hommes puiffans, & des hommes du temps préfent, pour *Phèdre* & pour les héros des fiècles paffés?

On fe contenta donc de trouver cette rigueur abfurde, & d'admirer toujours à bon compte les chefs-d'œuvre de notre fcène.

Rome, de qui nous avons appris notre catéchifme, n'en ufe point comme nous; elle a fu toujours tempérer les lois felon les temps & felon les befoins; elle a fu diftinguer les bateleurs effrontés, qu'on cenfurait autrefois avec raifon, d'avec les pièces de théâtre du *Triffin* & de plufieurs évêques & cardinaux qui ont aidé à reffufciter la tragédie. Aujourd'hui même on repréfente à Rome publiquement des comédies dans

des maifons religieufes. Les dames y vont fans fcandale ; on ne croit point que des dialogues récités fur
des planches foient une infamie diabolique. On a vu
jufqu'à la pièce de *George Dandin* exécutée à Rome par
des religieufes en préfence d'une foule d'eccléfiaftiques
& de dames. Les fages Romains fe gardent bien furtout
d'excommunier ces meffieurs qui chantent le deffus
dans les opéra italiens ; car en vérité c'eft bien affez
d'être châtré dans ce monde, fans être encore damné
dans l'autre.

Dans le bon temps de *Louis XIV* il y avait toujours
aux fpectacles qu'il donnait, un banc qu'on nommait
le banc des évêques. J'ai été témoin que dans la minorité
de *Louis XV*, le cardinal de *Fleuri*, alors évêque de
Fréjus, fut très-preffé de faire revivre cette coutume.
D'autres temps, d'autres mœurs ; nous fommes apparemment bien plus fages que dans les temps où
l'Europe entière venait admirer nos fêtes, où *Richelieu*
fit revivre la fcène en France, où *Léon X* fit renaître
en Italie le fiècle d'*Auguſte*. Mais un temps viendra où
nos neveux, en voyant l'impertinent ouvrage du père
le Brun contre l'art des *Sophocles*, & les œuvres de nos
grands-hommes, imprimés dans le même temps,
s'écrieront : Eft-il poffible que les Français aient pu
ainfi fe contredire, & que la plus abfurde barbarie
ait levé fi orgueilleufement la tête contre les plus belles
productions de l'efprit humain ?

St Thomas d'Aquin, dont les mœurs valaient bien
celles de *Calvin* & du père *Quefnel ; St Thomas*, qui
n'avait jamais vu de bonne comédie, & qui ne connaiffait que de malheureux hiftrions, devine pourtant
que le théâtre peut être utile. Il eut affez de bon fens

& affez de juftice pour fentir le mérite de cet art, tout informe qu'il était; il le permit, il l'approuva. *S.ᵗ Charles Borromée* examinait lui-même les pièces qu'on jouait à Milan ; il les muniffait de fon approbation & de fon feing.

Qui feront après cela les vifigoths qui voudront traiter d'empoifonneurs *Rodrigue* & *Chimène*? Plût au ciel que ces barbares ennemis du plus beau des arts euffent la piété de *Polyeucte*, la clémence d'*Augufte*, la vertu de *Burrhus*, & qu'ils finiffent comme le mari d'*Alzire*!

P O L I T I Q U E.

LA politique de l'homme confifte d'abord à tâcher d'égaler les animaux à qui la nature a donné la nour-riture, le vêtement & le couvert.

Ces commencemens font longs & difficiles.

Comment fe procurer le bien - être & fe mettre à l'abri du mal? C'eft-là tout l'homme.

Ce mal eft par-tout. Les quatre élémens confpirent à le former. La ftérilité d'un quart du globe, les maladies, la multitude d'animaux ennemis, tout nous oblige de travailler fans ceffe à écarter le mal.

Nul homme ne peut feul fe garantir du mal, & fe procurer le bien ; il faut des fecours. La fociété eft donc auffi ancienne que le monde.

Cette fociété eft tantôt trop nombreufe, tantôt trop rare. Les révolutions de ce globe ont détruit fouvent des races entières d'hommes & d'autres animaux dans plufieurs pays, & les ont multipliées dans d'autres.

Pour multiplier une espèce, il faut un climat & un terrain tolérables ; & avec ces avantages on peut encore être réduit à marcher tout nu, à souffrir la faim, à manquer de tout, à périr de misère.

Les hommes ne font pas comme les castors, les abeilles, les vers-à-soie ; ils n'ont pas un instinct sûr qui leur procure le nécessaire.

Sur cent mâles il s'en trouve à peine un qui ait du génie ; sur cinq cents femelles à peine une.

Ce n'est qu'avec du génie qu'on invente les arts qui procurent à la longue un peu de ce bien-être, unique objet de toute politique.

Pour essayer ces arts il faut des secours, des mains qui vous aident, des entendemens assez ouverts pour vous comprendre & assez dociles pour vous obéir. Avant de trouver & d'assembler tout cela, des milliers de siècles s'écoulent dans l'ignorance & dans la barbarie ; des milliers de tentatives avortent. Enfin, un art est ébauché, & il faut encore des milliers de siècles pour le perfectionner.

Politique du dehors.

QUAND la métallurgie est trouvée par une nation, il est indubitable qu'elle battra ses voisins, & en fera des esclaves.

Vous avez des flèches & des sabres, & vous êtes nés dans un climat qui vous a rendus robustes. Nous fommes faibles, nous n'avons que des massues & des pierres, vous nous tuez ; & si vous nous laissez la vie c'est pour labourer vos champs, pour bâtir vos maisons ; nous vous chantons quelques airs grossiers quand

vous vous ennuyez, fi nous avons de la voix, ou nous
foufflons dans quelques tuyaux pour obtenir de vous
des vêtemens & du pain. Nos femmes & nos filles font-
elles jolies, vous les prenez pour vous. Monfeigneur
votre fils profite de cette politique établie; il ajoute
de nouvelles découvertes à cet art naiffant. Ses ferviteurs coupent les tefticules à mes enfans; il les honore
de la garde de fes époufes & de fes maîtreffes. Telle
a été & telle eft encore la politique, le grand art de
faire fervir les hommes à fon bien-être dans la plus
grande partie de l'Afie.

Quelques peuplades ayant ainfi affervi plufieurs
autres peuplades, les victorieufes fe battent avec le
fer pour le partage des dépouilles. Chaque petite nation
nourrit & foudoie des foldats. Pour encourager ces
foldats & pour les contenir, chacune a fes dieux, fes
oracles, fes prédictions ; chacune nourrit & foudoie
des devins & des facrificateurs bouchers. Ces devins
commencent par deviner en faveur des chefs de nation,
enfuite ils devinent pour eux-mêmes & partagent le
gouvernement. Le plus fort & le plus habile fubjugue
à la fin les autres après des fiècles de carnage qui
font frémir, & de friponneries qui font rire. C'eft-là
le complément de la politique.

Pendant que ces fcènes de brigandages & de fraudes
fe paffent dans une partie du globe, d'autres peuplades
retirées dans les cavernes des montagnes, ou dans
des cantons entourés de marais inacceffibles, ou dans
quelques petites contrées habitables au milieu des
déferts de fable, ou des prefqu'îles, ou des îles, fe
défendent contre les tyrans du continent. Tous les
hommes enfin ayant à peu près les mêmes armes, le
fang coule d'un bout du monde à l'autre.

On ne peut pas toujours tuer, on fait la paix avec
son voisin, jusqu'à ce qu'on se croie assez fort pour
recommencer la guerre. Ceux qui savent écrire rédigent
ces traités de paix. Les chefs de chaque peuple, pour
mieux tromper leurs ennemis, attestent les Dieux qu'ils
se sont faits ; on invente les sermens ; l'un vous promet
au nom de *Sammonocodom*, l'autre au nom de *Jupiter*,
de vivre toujours avec vous en bonne harmonie, &
à la première occasion ils vous égorgent au nom de
Jupiter & de *Sammonocodom*.

Dans les temps les plus raffinés, le lion d'*Esope* fait
un traité avec trois animaux ses voisins. Il s'agit de
partager une proie en quatre parts égales. Le lion,
pour de bonnes raisons qu'il déduira en temps & lieu,
prend d'abord trois parts pour lui seul, & menace
d'étrangler quiconque osera toucher à la quatrième.
C'est-là le sublime de la politique.

Politique du dedans.

IL s'agit d'avoir dans votre pays le plus de pouvoir,
le plus d'honneurs & le plus de plaisirs que vous
pourrez. Pour y parvenir il faut beaucoup d'argent.

Cela est très-difficile dans une démocratie; chaque
citoyen est votre rival. Une démocratie ne peut sub-
sister que dans un petit coin de terre. Vous aurez
beau être riche par votre commerce secret, ou par
celui de votre grand-père, votre fortune vous fera
des jaloux & très-peu de créatures. Si dans quelque
démocratie une maison riche gouverne, ce ne sera pas
pour long-temps.

Dans une ariſtocratie on peut plus aiſément ſe procurer honneurs, plaiſirs, pouvoir & argent; mais il y ſaut une grande diſcrétion. Si on abuſe trop, les révolutions ſont à craindre.

Ainſi dans la démocratie tous les citoyens ſont égaux. Ce gouvernement eſt aujourd'hui rare & chétif, quoique naturel & ſage.

Dans l'ariſtocratie l'inégalité, la ſupériorité ſe fait ſentir; mais moins elle eſt arrogante, plus elle aſſûre ſon bien-être.

Reſte la monarchie; c'eſt là que tous les hommes ſont faits pour un ſeul. Il accumule tous les honneurs dont il veut ſe décorer, goûte tous les plaiſirs dont il veut jouir, exerce un pouvoir abſolu; & tout cela, pourvu qu'il ait beaucoup d'argent. S'il en manque il ſera malheureux au dedans comme au dehors; il perdra bientôt pouvoir, plaiſirs, honneurs, & peut-être la vie.

Tant que cet homme a de l'argent, non-ſeulement il jouit, mais ſes parens, ſes principaux ſerviteurs jouiſſent auſſi; & une foule de mercenaires travaille toute l'année pour eux dans la vaine eſpérance de goûter un jour dans leurs chaumières le repos que leur ſultan & leurs bachas ſemblent goûter dans leurs ſérails. Mais voici à peu près ce qui arrive.

Un gros & gras cultivateur poſſédait autrefois un vaſte terrain de champs, prés, vignes, vergers, forêts. Cent manœuvres cultivaient pour lui, il dînait avec ſa famille, buvait & s'endormait. Ses principaux domeſtiques, qui le volaient, dînaient après lui & mangeaient preſque tout. Les manœuvres venaient & feſaient très-maigre chère. Ils murmurèrent, ils ſe plaignirent , ils perdirent patience ; enfin ils mangèrent le dîner du maître & le chaſſèrent de ſa maiſon. Le maître dit que ces coquins-là étaient des enfans rebelles qui battaient leur père. Les manœuvres dirent qu'ils avaient ſuivi la loi ſacrée de la nature que l'autre avait violée. On s'en rapporta enfin à un devin du voiſinage qui paſſait pour un homme inſpiré. Ce ſaint homme prend la métairie pour lui, & fait mourir de faim les domeſtiques & l'ancien maître , juſqu'à ce qu'il ſoit chaſſé à ſon tour. C'eſt la politique du dedans.

C'eſt ce qu'on a vu plus d'une fois ; & quelques effets de cette politique ſubſiſtent encore dans toute leur force. Il faut eſpérer que dans dix ou douze mille ſiècles , quand les hommes ſeront plus éclairés , les grands poſſeſſeurs des terres, devenus plus politiques , traiteront mieux leurs manœuvres , & ne ſe laiſſeront pas ſubjuguer par des devins & des ſorciers.

P O L Y P E S.

EN qualité de douteur il y a long-temps que j'ai rempli ma vocation. J'ai douté , quand on m'a voulu perſuader que les gloſſopètres que j'ai vues ſe former dans ma campagne , étaient originairement des langues de chiens marins ; que la chaux employée à ma grange n'était compoſée que de coquillages ; que les coraux étaient le produit des excrémens de certains petits poiſſons ; que la mer par ſes courans a formé le mont Cenis & le mont Taurus , & que *Niobé* fut autrefois changée en marbre.

Ce n'eſt pas que je n'aime l'extraordinaire, le merveilleux autant qu'aucun voyageur, & qu'aucun homme à ſyſtème; mais pour croire fermement, je veux voir par mes yeux, toucher par mes mains, & à pluſieurs repriſes. Ce n'eſt pas même aſſez; je veux encore être aidé par les yeux & par les mains des autres.

Deux de mes compagnons, qui font comme moi des queſtions ſur l'Encyclopédie, ſe ſont long-temps amuſés à conſidérer avec moi en tout ſens pluſieurs de ces petites tiges qui croiſſent dans des bourbiers à côté des lentilles d'eau. Ces herbes légères, qu'on appelle *polypes d'eau douce*, ont pluſieurs racines, & de-là vient qu'on leur a donné le nom de *polypes*. Ces petites plantes paraſites ne furent que des plantes juſqu'au commencement du ſiècle où nous ſommes. *Leuwenhoeck* s'aviſa de les faire monter au rang d'animal. Nous ne ſavons pas s'ils y ont beaucoup gagné.

Nous penſons que pour être réputé animal, il faut être doué de la ſenſation. Que l'on commence donc par nous faire voir que ces polypes d'eau douce ont du ſentiment, afin que nous leur donnions parmi nous droit de bourgeoiſie.

Nous n'avons pas oſé accorder cette dignité à la ſenſitive, quoiqu'elle parût y avoir les plus grandes prétentions. Pourquoi la donnerions-nous à une eſpèce de petit jonc? eſt-ce parce qu'il revient de bouture? Mais cette propriété eſt commune à tous les arbres qui croiſſent au bord de l'eau, aux ſaules, aux peupliers, aux trembles &c. C'eſt cela même qui démontre que le polype eſt un végétal. Il eſt ſi léger qu'il change de place au moindre mouvement de la goutte d'eau qui le porte. De-là on a conclu qu'il marchait. On pouvait fuppofer de même que les petites îles flottantes des marais de St Omer font des animaux, car elles changent fouvent de place.

On a dit, fes racines font des pieds, fa tige eft fon corps, fes branches font fes bras ; le tuyau qui compofe fa tige eft percé en haut, c'eft fa bouche. Il y a dans ce tuyau une légère moëlle blanche, dont quelques animalcules prefqu'imperceptibles font très-avides ; ils entrent dans le creux de ce petit jonc en le fefant courber, & mangent cette pâte légère ; c'eft le polype qui prend ces animaux avec fon mufeau & qui s'en nourrit, quoiqu'il n'y ait pas la moindre apparence de tête, de bouche, d'eftomac.

Nous avons examiné ce jeu de la nature avec toute l'attention dont nous fommes capables. Il nous a paru que cette production appelée *polype* reffemblait à un animal beaucoup moins qu'une carotte ou une afperge. En vain nous avons oppofé à nos yeux tous les raifon-nemens que nous avions lus autrefois ; le témoignage de nos yeux l'a emporté.

Il eft trifte de perdre une illufion. Nous favons combien il ferait doux d'avoir un animal qui fe reproduirait de lui-même & par bouture, & qui ayant toutes les apparences d'une plante, joindrait le règne animal au végétal.

Il ferait bien plus naturel de donner le rang d'animal à la plante nouvellement découverte dans l'Amérique anglaife, à laquelle on a donné le plaifant nom de *Vénus gobbe mouche*. C'eft une efpèce de fenfitive épineufe dont les feuilles fe replient. Les mouches font prifes dans ces feuilles & y périffent

plus furement que dans une toile d'araignée. Si quelqu'un de nos phyficiens veut appeler animal cette
plante, il ne tient qu'à lui; il aura des partifans.

Mais fi vous voulez quelque chofe de plus extraordinaire, quelque chofe de plus digne de l'obfervation
des philofophes, regardez le colimaçon qui marche
un mois, deux mois entiers, après qu'on lui a coupé
la tête, & auquel enfuite une tête revient garnie de
tous les organes que poffédait la première. Cette
vérité, dont tous les enfans peuvent être témoins,
vaut bien l'illufion des polypes d'eau douce. Que
devient fon fenforium, fa mémoire, fon magafin
d'idées, fon ame quand on lui a coupé la tête?
comment tout cela revient-il? une ame qui renaît eft
un phénomène bien curieux! non cela n'eft pas plus
étrange qu'une ame produite, une ame qui dort &
qui fe réveille, une ame détruite. (1)

POLYTHEISME.

LA pluralité des Dieux eft le grand reproche dont
on accable aujourd'hui les Romains & les Grecs:
mais qu'on me montre dans toutes leurs hiftoires un
feul fait, & dans tous leurs livres un feul mot, dont on

____

(1) *Phèdre* a dit : *Periculofum eft credere & non credere.* M. de *Voltaire*
porte ici le doute trop loin. Il eft difficile de ne pas regarder le polype
comme un véritable animal, après avoir lu avec attention les belles
expériences de M. *Tremblei.* Au refte M. de *Voltaire* ne nie point les
faits, mais feulement que les polypes foient des animaux; & il croit que
leur analogie plus forte avec les plantes doit les faire réléguer dans le
règne végétal. Voilà ce qu'auraient dû obferver ceux qui lui ont reproché
cette opinion avec tant d'humeur, & qui avaient eux-mêmes befoin
d'indulgence pour des opinions bien moins excufables.

puiſſe inférer qu'ils avaient pluſieurs Dieux ſuprêmes ; & ſi on ne trouve ni ce fait ni ce mot, ſi au contraire tout eſt plein de monumens & de paſſages qui atteſtent un DIEU ſouverain, ſupérieur à tous les autres Dieux, avouons que nous avons jugé les anciens auſſi téméraiᵣement que nous jugeons ſouvent nos contemporains.

On lit en mille endroits que *Zeus*, *Jupiter*, eſt le maître des Dieux & des hommes. *Jovis omnia plena*. Et *St Paul* rend aux anciens ce témoignage : *In ipſo vivimus, movemur & ſumus, ut quidam veſtrorum poëtarum dixit*. Nous avons en DIEU la vie, le mouvement & l'être, comme l'a dit un de vos poëtes. Après cet aveu, oferons-nous accufer nos maîtres de n'avoir pas reconnu un DIEU ſuprême ?

Il né s'agit pas ici d'examiner s'il y avait eu autrefois un *Jupiter* roi de Crète, ſi on en avait fait un Dieu ; ſi les Égyptiens avaient douze grands Dieux, ou huit, du nombre defquels était celui que les Latins ont nommé *Jupiter*. Le nœud de la queſtion eſt uniquement ici de favoir ſi les Grecs & les Romains reconnaiſſaient un être céleſte, maître des autres êtres céleſtes. Ils le difent ſans ceſſe, il faut donc les croire.

Voyez l'admirable lettre du philoſophe *Maxime* de Madaure à *St Auguſlin*. *Il y a un* DIEU *ſans commencement, père commun de tout, & qui n'a jamais rien engendré de ſemblable à lui ; quel homme eſt aſſez ſtupide & aſſez groſſier pour en douter ?* Ce païen du quatrième ſiècle dépoſe ainſi pour toute l'antiquité.

Si je voulais lever le voile des myſtères d'Egypte, je trouverais le *Knef*, qui a tout produit, & qui préſide à toutes les autres divinités ; je trouverais *Mithra* chez les Perfes, *Brama* chez les Indiens ; & peut-être je ferais voir que toute nation policée admettait un Etre suprême avec des divinités dépendantes. Je ne parle pas des Chinois , dont le gouvernement, le plus refpeêtable de tous, n'a jamais reconnu qu'un Dieu unique depuis plus de quatre mille ans. Mais tenons-nous-en aux Grecs & aux Romains , qui font ici l'objet de mes recherches : ils eurent mille fuperftitions ; qui en doute ? ils adoptèrent des fables ridicules ; on le fait bien ; & j'ajoute qu'ils s'en moquaient eux-mêmes ; mais le fond de leur mythologie était très-raifonnable.

Premièrement , que les Grecs aient placé dans le ciel des héros pour prix de leurs vertus, c'eft l'aête de religion le plus fage & le plus utile. Quelle plus belle récompenfe pouvait-on leur donner ? & quelle plus belle efpérance pouvait-on propofer ? eft-ce à nous de le trouver mauvais ? à nous qui, éclairés par la vérité, avons faintement confacré cet ufage que les anciens imaginèrent ? Nous avons cent fois plus de bienheureux , à l'honneur de qui nous avons élevé des temples, que les Grecs & les Romains n'ont eu de héros & de demi-dieux : la différence eft qu'ils accordaient l'apothéofe aux aêtions les plus éclatantes, & nous aux vertus les plus modeftes. Mais leurs héros divinifés ne partageaient point le trône de *Zeus*, du *Demiourgos*, du maître éternel ; ils étaient admis dans fa cour, ils jouiffaient de fes faveurs. Qu'y a-t-il à cela de déraifonnable ? n'eft-ce pas une ombre faible de notre hiérarchie célefte ? Rien n'eft d'une morale plus falutaire , & la chofe n'eft pas phyfiquement impoffible par elle-même ; il n'y a pas là de quoi fe moquer des nations de qui nous tenons notre alphabet.

Le second objet de nos reproches eſt la multitude des Dieux admis au gouvernement du monde ; c'eſt *Neptune* qui préſide à la mer, *Junon* à l'air, *Eole* aux vents, *Pluton* ou *Veſta* à la terre, *Mars* aux armées. Mettons à quartier les généalogies de tous ces Dieux, auſſi fauſſes que celles qu'on imprime tous les jours des hommes ; paſſons condamnation ſur toutes leurs aventures dignes des Mille & une nuits, aventures qui jamais ne firent le fond de la religion grecque & romaine : en bonne foi, où ſera la bêtiſe d'avoir adopté des êtres du ſecond ordre, leſquels ont quelque pouvoir ſur nous autres qui ſommes peut-être du cent millième ordre ? Y a-t-il là une mauvaiſe philoſophie, une mauvaiſe phyſique ? n'avons-nous pas neuf chœurs d'eſprits céleſtes plus anciens que l'homme ? ces neuf chœurs n'ont-ils pas chacun un nom différent ? les Juifs n'ont-ils pas pris la plupart de ces noms chez les Perſans ? pluſieurs anges n'ont-ils pas leurs fonctions aſſignées ? Il y avait un ange exterminateur qui combattait pour les Juifs ; l'ange des voyageurs qui conduiſait *Tobie*. *Michaël* était l'ange particulier des Hébreux ; ſelon *Daniel* il combat l'ange des Perſes, il parle à l'ange des Grecs. Un ange d'un ordre inférieur rend compte à *Michaël*, dans le livre de *Zacharie*, de l'état où il avait trouvé la terre. Chaque nation avait ſon ange. La verſion des Septante dit, dans le Deutéronome, que le Seigneur fit le partage des nations ſuivant le nombre des anges. *S*t *Paul*, dans les Actes des apôtres, parle à l'ange de la Macédoine. Ces eſprits céleſtes ſont ſouvent appelés *Dieux* dans l'Ecriture, *Eloïm*. Car chez tous les peuples le mot qui répond à celui de *Theos*, *Deus*, *Dieu*, ne ſignifie pas toujours le maître abſolu du ciel & de la terre ; il fignifie fouvent être célefte, être fupérieur à l'homme, mais dépendant du fouverain de la nature : il eft même donné quelquefois à des princes, à des juges.

Puis donc qu'il eft vrai, puifqu'il eft réel pour nous qu'il y a des fubftances céleftes chargées du foin des hommes & des empires, les peuples qui ont admis cette vérité fans révélation, font bien plus dignes d'eftime que de mépris.

Ce n'eft donc pas dans le polythéifme qu'eft le ridicule ; c'eft dans l'abus qu'on en fit, c'eft dans les fables populaires, c'eft dans la multitude de divinités impertinentes que chacun fe forgeait à fon gré.

La déeffe des tetons, *Dea Rumilia* ; la déeffe de l'action du mariage, *Dea Pertunda* ; le Dieu de la chaife percée, *Deus Stercutius* ; le Dieu pet, *Deus crepitus*, ne font pas affurément bien vénérables. Ces puérilités, l'amufement des vieilles & des enfans de Rome, fervent feulement à prouver que le mot *Deus* avait des acceptions bien différentes. Il eft fûr que *Deus Crepitus*, le Dieu pet, ne donnait pas la même idée que *Deus divûm & hominum fator*, la fource des Dieux & des hommes. Les pontifes romains n'admettaient point ces petits magots dont les bonnes femmes rempliffaient leurs cabinets. La religion romaine était au fond très-férieufe, très-févère. Les fermens étaient inviolables. On ne pouvait commencer la guerre fans que le collége des Féciales l'eût déclarée jufte. Une veftale, convaincue d'avoir violé fon vœu de virginité, était condamnée à mort. Tout cela nous annonce un peuple auftère plutôt qu'un peuple ridicule.

Je me borne ici à prouver que le fénat ne raifonnait point en imbécille, en adoptant le polythéifme. L'on

demande

demande comment ce fénat., dont deux ou trois députés nous ont donné des fers & des lois, pouvait fouffrir tant d'extravagances dans le peuple, & auto-rifer tant de fables chez les pontifes ? Il ne ferait pas difficile de répondre à cette queftion. Les fages de tout temps fe font fervi des fous. On laiffe volontiers au peuple fes lupercales, fes faturnales, pourvu qu'il obéiffe ; on ne met point à la broche les poulets facrés qui ont promis la victoire aux armées. Ne foyons jamais furpris que les gouvernemens les plus éclairés aient permis les coutumes, les fables les plus infenfées. Ces coutumes, ces fables exiftaient avant que le gouvernement fe fût formé ; on ne veut point abattre une ville immenfe & irrégulière pour la rebâtir au cordeau.

Comment fe peut-il faire, dit-on, qu'on ait vu d'un côté tant de philofophie, tant de fcience, & de l'autre tant de fanatifme ? C'eft que la fcience, la philofophie, n'étaient nées qu'un peu avant *Cicéron*, & que le fanatifme occupait la place depuis des fiècles. La politique dit alors à la philofophie & au fanatifme : Vivons tous trois enfemble comme nous pourrons.

P O P E.

C'EST, je crois, le poëte le plus élégant, le plus
correct, & ce qui est encore beaucoup, le plus harmo-
nieux qu'ait eu l'Angleterre. Il a réduit les sifflemens
aigres de la trompette anglaise aux sons doux de la
flûte. On peut le traduire, parce qu'il est extrêmement
clair, & que ses sujets pour la plupart sont généraux
& du ressort de toutes les nations. On connaîtra bientôt
en France son Essai sur la critique, par la traduction
en vers qu'en a fait M. l'abbé du *Renel.*

Voici un morceau de son poëme de la Boucle de
cheveux, que je viens de traduire avec ma liberté
ordinaire ; car, encore une fois, je ne fais rien de pis
que de traduire un poëme mot pour mot.

Umbriel à l'instant, vieux gnome rechigné,
Va, d'une aile pesante, & d'un air renfrogné,
Chercher en murmurant la caverne profonde,
Où loin des doux rayons que répand l'œil du monde,
La déesse aux vapeurs a choisi son séjour :
Les tristes aquilons y sifflent à l'entour,
Et le souffle mal-sain de leur aride haleine
Y porte aux environs la fièvre & la migraine.
Sur un riche sopha, derrière un paravent,
Loin des flambeaux, du bruit, des parleurs, & du vent,
La quinteuse déesse incessamment repose,
Le cœur gros de chagrin sans en savoir la cause,
N'ayant jamais pensé, l'esprit toujours troublé,
L'œil chargé, le teint pâle, & l'hypocondre enflé.

La médifante Envie eft affife auprès d'elle,
Vieux fpeƈtre féminin, décrépite pucelle,
Avec un air dévot déchirant fon prochain,
Et chanfonnant les gens, l'évangile à la main.
Sur un lit plein de fleurs, négligemment penchée,
Une jeune beauté non loin d'elle eft couchée;
C'eft l'Affeƈtation, qui graffeye en parlant,
Ecoute fans entendre, & lorgne en regardant;
Qui rougit fans pudeur, & rit de tout fans joie,
De cent maux différens prétend qu'elle eft la proie;
Et pleine de fanté, fous le rouge & le fard,
Se plaint avec molleffe, & fe pâme avec art.

L'Effai fur l'homme de *Pope* me paraît le plus beau
poëme didaƈtique, le plus utile, le plus fublime qu'on
ait jamais fait dans aucune langue. Il eft vrai que le
fond s'en trouve tout entier dans les Caraƈtériftiques
du lord *Shaftesbury;* & je ne fais pourquoi M. *Pope*
en fait uniquement honneur à M. de *Bolingbroke,*
fans dire un mot du célébre *Shaftesbury* élève de
Locke.

Comme tout ce qui tient à la métaphyfique a été
penfé de tous les temps & chez tous les peuples qui
cultivent leur efprit, ce fyftème tient beaucoup de
celui de *Leibnitz*, qui prétend que de tous les mondes
poffibles DIEU a dû choifir le meilleur, & que dans
ce meilleur, il fallait bien que les irrégularités de
notre globe & les fottifes de fes habitans tinffent leur
place. Il reffemble encore à cette idée de *Platon*, que
dans la chaîne infinie des êtres, notre terre, notre corps,
notre ame font au nombre des chaînons néceffaires.
Mais ni *Leibnitz* ni *Pope* n'admettent les changemens

Z 2

que *Platon* imagine être arrivés à ces chaînons, à nos ames & à nos corps. *Platon* parlait en poëte dans sa prose peu intelligible; & *Pope* parle en philosophe dans ses admirables vers. Il dit que tout a été dès le commencement comme il a dû être, & comme il est.

J'ai été flatté, je l'avoue, de voir qu'il s'est rencontré avec moi dans une chose que j'avais dite il y a plusieurs années.

Vous vous étonnez que DIEU *ait fait l'homme si borné, si ignorant, si peu heureux. Que ne vous étonnez-vous qu'il ne l'ait pas fait plus borné, plus ignorant, & plus malheureux?* Quand un Français & un Anglais pensent de même, ils faut bien qu'ils aient raison.

Le fils du célébre *Racine* a fait imprimer une lettre de *Pope*, à lui adressée, dans laquelle *Pope* se rétracte. Cette lettre est écrite dans le goût & dans le style de M. de *Fénélon;* elle lui fut remise, dit-il, par *Ramsai* l'éditeur du Télémaque; *Ramsai* l'imitateur du Télémaque, comme *Boyer* l'était de *Corneille; Ramsai* l'écossais, qui voulait être de l'académie française; *Ramsai,* qui regrettait de n'être pas docteur de sorbonne. Ce que je sais, ainsi que tous les gens de lettres d'Angleterre, c'est que *Pope,* avec qui j'ai beaucoup vécu, pouvait à peine lire le français, qu'il ne parlait pas un mot de notre langue, qu'il n'a jamais écrit une lettre en français, qu'il en était incapable, & que s'il a écrit cette lettre au fils de notre *Racine,* il faut que DIEU sur la fin de sa vie lui ait donné subitement le don des langues, pour le récompenser d'avoir fait un aussi admirable ouvrage que son Essai sur l'homme. (1)

---

(1) Depuis l'impression de ce jugement sur *Pope*, l'Essai sur l'homme a été traduit par l'abbé du *Renel* & par M. de *Fontanes.* Il en existe aussi

POPULATION.

SECTION PREMIERE.

IL n'y eut que fort peu de chenilles dans mon canton l'année passée. Nous les tuâmes presque toutes. DIEU nous en a donné plus que de feuilles cette année.

N'en est-il pas ainsi à peu près des autres animaux, & surtout de l'espèce humaine ? La famine, la peste & la guerre, les deux sœurs venues de l'Arabie & de l'Amérique, détruisent les hommes dans un canton; on est tout étonné de le trouver peuplé cent ans après.

J'avoue que c'est un devoir sacré de peupler ce monde, & que tous les animaux sont forcés par le plaisir à remplir cette vue du grand *Demiourgos*.

Pourquoi ces peuplades sur la terre ? & à quoi bon former tant d'êtres destinés à se dévorer tous, & l'animal homme, qui semble né pour égorger son semblable d'un bout de la terre à l'autre ? On m'assure que je saurai un jour ce secret; je le souhaite en qualité de curieux.

Il est clair que nous devons peupler tant que nous pouvons : car que ferions-nous de notre matière féminale ? ou sa surabondance nous rendrait malades; ou

---

une traduction manuscrite de M. l'abbé *Delille*. Ce poëme doit perdre de sa réputation à mesure que la philosophie fera des progrès ; il se borne à dire que l'homme n'est qu'une partie de l'ordre général du monde, & qu'ainsi nous ne devons pas nous plaindre de notre état. Ce n'est, comme le système de *Leibnitz*, que le fatalisme un peu déguisé, & mis à la portée du grand nombre.

Z 3

fon émiffion nous rendrait coupables. Et l'alternative eft trifte.

Les fages Arabes, voleurs du défert, dans les traités qu'ils font avec tous les voyageurs, ftipulent toujours qu'on leur donnera des filles. Quand ils conquirent l'Efpagne, ils impoferent un tribut de filles. Le pays de *Médée* paye les Turcs en filles. Les flibuftiers firent venir des filles de Paris dans la petite île dont ils s'étaient emparés : & on conte que *Romulus*, dans un beau fpectacle qu'il donna aux Sabins, leur vola trois cents filles.

Je ne conçois pas pourquoi les Juifs, que d'ailleurs je révère, tuèrent tout dans Jéricho jufqu'aux filles, & pourquoi ils difent dans leurs pfeaumes qu'il fera doux d'écrafer *les enfans à la mamelle*, fans en excepter nommément les filles.

Tous les autres peuples, foit Tartares, foit Cannibales, foit Teutons ou Welches, ont eu toujours les filles en grande recommandation.

Avec cet heureux inftinct, il femble que la terre devrait être couverte d'animaux de notre efpèce. Nous avons vu que le père *Petau* en comptait près de fept cents milliars en deux cents quatre-vingts ans, après l'aventure du déluge. Et ce n'eft pourtant pas à la fuite des Mille & une nuits qu'il a fait imprimer ce beau dénombrement.

Je compte aujourd'hui fur notre globule environ neuf cents millions de mes confrères, tant mâles que femelles. *Vallace* leur en accorde mille millions. Je me trompe ou lui; & peut-être nous trompons-nous tous deux : mais c'eft peu de chofe qu'un dixième;

& dans toute l'arithmétique des hiftoriens on fe trompe bien davantage.

Je fuis un peu furpris que notre arithméticien *Vallace*, qui pouffe le nombre de nos concitoyens jufqu'à un milliar, prétende dans la même page, que l'an 966 de la création, nos pères étaient au nombre de 1610 millions.

Premièrement, je voudrais qu'on m'établît bien nettement l'époque de la création; & comme nous avons dans notre occident près de quatre-vingts fyftèmes fur cet événement, il eft difficile de rencontrer jufte.

En fecond lieu, les Egyptiens, les Chaldéens, les Perfans, les Indiens, les Chinois, ayant tous des calculs encore plus différens, il eft encore plus mal-aifé de s'accorder avec eux.

Troifièmement, pourquoi en neuf cents foixante-fix années, le monde aurait-il été plus peuplé qu'il ne l'eft de nos jours?

Pour fauver cette abfurdité, on nous dit qu'il n'en allait pas autrefois comme de notre temps; que l'efpèce était bien plus vigoureufe; qu'on digérait mieux; que par conféquent on était bien plus prolifique, & qu'on vivait plus long-temps. Que n'ajoutait-on que le foleil était plus chaud & la lune plus belle?

On nous allègue que du temps de *Céfar*, quoique les hommes commençaffent fort à dégénérer, cependant le monde était alors une fourmillière de nos bipèdes, mais qu'à préfent c'eft un défert. *Montefquieu* qui a toujours exagéré & qui a tout facrifié à la démangeaifon de montrer de l'efprit, ofe croire ou veut faire accroire dans fes Lettres perfannes, que le monde

Z 4

était trente fois plus peuplé du temps de *Céfar* qu'aujourd'hui.

Vallace avoue que ce calcul fait au hafard eft beaucoup trop fort : mais favez-vous quelle raifon il en donne ? c'eft qu'avant *Céfar*, le monde avait eu plus d'habitans qu'aux jours les plus brillans de la république romaine. Il remonte au temps de *Sémiramis*; & il exagère encore plus que *Montefquieu*, s'il eft poffible.

Enfuite fe prévalant du goût qu'on a toujours attribué au St Efprit pour l'hyperbole, il ne manque pas d'apporter en preuve les onze cents foixante mille hommes d'élite qui marchaient fi fièrement fous les étendards du grand roi *Jofaphat* ou *Jeozaphat*, roi de la province de Juda. Serrez, ferrez M. *Vallace*; le St Efprit ne peut fe tromper; mais fes ayant caufe & fes copiftes ont mal calculé & mal chiffré. Toute votre Ecoffe ne pourrait pas fournir onze cents foixante mille ames pour affifter à vos prêches ; & le royaume de Juda n'était pas la vingtième partie de l'Ecoffe. Voyez encore une fois ce que dit St *Jérôme* de cette pauvre Terre-fainte dans laquelle il demeura fi long-temps. Avez-vous bien calculé ce qu'il aurait fallu d'argent au grand roi *Jeozaphat*, pour payer, nourrir, habiller, armer onze cents foixante mille foldats d'élite !

Et voilà juftement comme on écrit l'hiftoire.

M. *Vallace* revient de *Jofaphat* à *Céfar*, & conclut que depuis ce dictateur de courte durée, la terre s'eft dépeuplée vifiblement. Voyez, dit-il, les Suiffes; ils étaient, au rapport de *Céfar*, au nombre de trois cents foixante-huit mille, quand ils quittèrent fagement leur pays pour aller chercher fortune à l'exemple des Cimbres.

Je ne veux que cet exemple pour faire rentrer en eux - mêmes les partifans un peu outrés du talent d'engendrer, dont ils gratifient les anciens aux dépens des modernes. Le canton de Berne, par un dénombrement exact, poffède feul le nombre des habitans qui défertèrent l'Helvétie entière du temps de *Céfar*. L'efpèce humaine eft donc plus que doublée dans l'Helvétie depuis cette aventure.

Je crois de même l'Allemagne, la France, l'Angleterre, bien plus peuplées qu'elles ne l'étaient alors. Ma raifon eft la prodigieufe extirpation des forêts & le nombre des grandes villes bâties & accrues depuis huit cents ans, & le nombre des arts augmenté en proportion. Voilà, je penfe, une réponfe précife à toutes les déclamations vagues qu'on répète tous les jours dans des livres, où l'on néglige la vérité en faveur des faillies, & qui deviennent très-inutiles à force d'efprit.

L'ami des hommes fuppofe que du temps de *Céfar* on comptait cinquante-deux millions d'hommes en Efpagne; *Strabon* dit qu'elle a toujours été mal peuplée parce que le milieu des terres manque d'eau. *Strabon* paraît avoir raifon, & l'ami des hommes paraît fe tromper.

Mais on nous effraie en nous demandant ce que font devenues ces multitudes prodigieufes de Huns, d'Alains, d'Oftrogoths, de Vifigoths, de Vandales, de Lombards, qui fe répandirent comme des torrens fur l'Europe au cinquième fiècle.

Je me défie de ces multitudes ; j'ose soupçonner qu'il suffisait de trente ou quarante mille bêtes féroces tout au plus, pour venir jeter l'épouvante dans l'empire romain, gouverné par une *Pulchérie*, par des eunuques & par des moines. C'était assez que dix mille barbares eussent passé le Danube, pour que dans chaque paroisse on dît au prône qu'il y en avait plus que de sauterelles dans les plaies d'Egypte ; que c'était un fléau de DIEU ; qu'il fallait faire pénitence & donner son argent aux couvens. La peur saisissait tous les habitans, ils fuyaient en foule. Voyez seulement quel effroi un loup jeta dans le Gévaudan en 1766.

Mandrin, suivi de cinquante gueux, met une ville entière à contribution. Dès qu'il est entré par une porte, on dit à l'autre, qu'il vient avec quatre mille combattans & du canon.

Si *Attila* fut jamais à la tête de cinquante mille assassins affamés, ramassés de province en province, on lui en donnait cinq cents mille.

Les millions d'hommes qui suivaient les *Xerxès*, les *Cyrus*, les *Thomiris*, les trente ou trente-quatre millions d'Egyptiens, & la Thèbe aux cent portes, *& quidquid Græcia mendax audet in historia*, ressemblent assez aux cinq cents mille hommes d'*Attila*. Cette compagnie de voyageurs aurait été difficile à nourrir sur la route.

Ces Huns venaient de la Sibérie, soit ; de-là je conclus qu'ils venaient en très-petit nombre. La Sibérie n'était certainement pas plus fertile que de nos jours. Je doute que sous le règne de *Thomiris* il y eût une ville telle que Tobolsk, & que ces déserts affreux pussent nourrir un grand nombre d'habitans.

Les Indes, la Chine, la Perſe, l'Aſie mineure, étaient très-peuplées; je le crois ſans peine : & peut-être ne le ſont-ils pas moins de nos jours, malgré la rage deſtructive des invaſions & des guerres. Par-tout où la nature a mis des pâturages, le taureau ſe marie à la géniſſe, le bélier à la brebis, & l'homme à la femme.

Les déſerts de Barca, de l'Arabie, d'Oreb, de Sinaï, de Jéruſalem, de Cobi &c. ne furent jamais peuplés, ne le ſont point & ne le ſeront jamais, à moins qu'il n'arrive quelque révolution qui change en bonne terre labourable ces horribles plaines de ſable & de cailloux.

Le terrain de la France eſt aſſez bon, & il eſt ſuffiſamment couvert de conſommateurs, puiſqu'en tout genre il y a plus de poſtulans que de places; puiſqu'il y a deux cents mille fainéans qui gueuſent d'un bout du pays à l'autre, & qui ſoutiennent leur déteſtable vie aux dépens des riches; enfin, puiſque la France nourrit près de quatre-vingt mille moines, dont aucun n'a fait ſervir ſes mains à produire un épi de froment.

S E C T I O N   I I.

Réfutation d'un article de l'Encyclopédie.

Vous liſez dans le grand Dictionnaire encyclopédique, à l'article *Population*, ces paroles, dans leſquelles il n'y a pas un mot de vrai.

La France s'eſt accrue de pluſieurs grandes provinces très-peuplées; & cependant ſes habitans ſont moins nombreux d'un cinquième qu'ils ne l'étaient avant ces réunions : & ses belles provinces que la nature semble avoir destinées à fournir des subsistances à toute l'Europe, sont incultes. (1)

1°. Comment des provinces très-peuplées étant incorporées à un royaume, ce royaume serait-il moins peuplé d'un cinquième? a-t-il été ravagé par la peste? S'il a perdu ce cinquième, le roi doit avoir perdu un cinquième de ses revenus. Cependant le revenu annuel de la couronne est porté à près de trois cents quarante millions de livres année commune, à quarante-neuf livres & demie le marc. Cette somme retourne aux citoyens par le payement des rentes & des dépenses, & ne peut encore y suffire.

2°. Comment l'auteur peut-il avancer que la France a perdu le cinquième de ses habitans en hommes & en femmes, depuis l'acquisition de Strasbourg; quand il est prouvé, par les recherches de trois intendans, que la population est augmentée depuis vingt ans dans leurs généralités ?

Les guerres, qui sont le plus horrible fléau du genre-humain, laissent en vie l'espèce femelle qui le répare. De-là vient que les bons pays sont toujours à peu près également peuplés.

Les émigrations des familles entières sont plus funestes. La révocation de l'édit de Nantes, & les

(1) Cette opinion s'est établie d'après d'anciens dénombremens vraisemblablement très-exagérés. Jamais la France n'a été mieux cultivée, & par conséquent plus peuplée que depuis la paix de 1763 ; mais on doit dire en même temps, qu'elle n'est peut-être pas encore parvenue à la moitié de la population & de la richesse que son sol peut lui promettre, & desquelles l'exécution du plan dont on a vu quelques essais en 1776, l'aurait fait approcher dans l'espace de trois ou quatre générations.

dragonades ont fait à la France une plaie cruelle : mais cette bleſſure eſt refermée ; & le Languedoc, qui eſt la province dont il eſt le plus forti de réformés, eſt aujourd'hui la province de France la plus peuplée, après l'Ile de France & la Normandie.

3°. Comment peut-on dire que les belles provinces de France font incultes? en vérité c'eſt ſe croire damné en paradis. Il ſuffit d'avoir des yeux pour être perſuadé du contraire. Mais ſans entrer ici dans un long détail, conſidérons Lyon, qui contient environ cent trente mille habitans, c'eſt-à-dire autant que Rome; & non pas deux cents mille, comme dit l'abbé de *Caveirac* dans ſon Apologie de la dragonade & de la faint Barthelemi. (*a*) Il n'y a point de ville où l'on faſſe meilleure chère. D'où vient cette affluence de nour-ritures excellentes, ſi ce n'eſt des campagnes voiſines. Ces campagnes font donc très-bien cultivées; elles font donc riches. J'en dirai autant de toutes les villes de Frande. L'étranger eſt étonné de l'abondance qu'il y trouve, & d'être ſervi en vaiſſelle d'argent dans plus d'une maiſon.

Il y a des terrains indomptables, comme les landes de Bordeaux, la partie de la Champagne nommée *pouilleuſe*. Ce n'eſt pas aſſurément la mauvaiſe admi-niſtration qui a frappé de ſtérilité ces malheureux

(*a*) *Caveirac* a copié cette exagération de *Pluche* fans lui en faire honneur. *Pluche*, dans ſa Concorde (ou difcorde) de la géographie, pag. 152, donne libéralement un million d'habitans à Paris, deux cents mille à Lyon, deux cents mille à Lille, qui n'en a pas la moitié; cent mille à Nantes, à Marfeille, à Touloufe. Il vous débite ces men-fonges imprimés avec la même confiance qu'il parle du lac Sirbon & qu'il démontre le déluge. Et on nourrit l'efprit de la jeuneſſe de ces extravagances !

pays ; ils n'étaient pas meilleurs du temps des druides.

C'eſt un grand plaiſir de ſe plaindre & de cenſurer ; je l'avoue. Il eſt doux après avoir mangé d'un mouton de Préſalé , d'un veau de Rivière , d'un caneton de Rouen , d'un pluvier de Dauphiné , d'une gelinote ou d'un coq de bruyère de Franche-Comté , après avoir bu du vin de Chambertin , de Silleri , d'Aï , de Frontignan ; il eſt doux , dis-je , de plaindre dans une digeſtion un peu laborieuſe le ſort des campagnes qui ont fourni très-chèrement toutes ces délicateſſes. Voyagez, Meſſieurs, & vous verrez ſi vous ferez ailleurs mieux nourris, mieux abreuvés, mieux logés, mieux habillés, & mieux voiturés.

Je crois l'Angleterre, l'Allemagne proteſtante, la Hollande, plus peuplées à proportion. La raiſon en eſt évidente ; il n'y a point dans ces pays-là de moines qui jurent à Dieu d'être inutiles aux hommes. Les prêtres n'ayant que très-peu de choſes à faire, s'occupent à étudier & à propager. Ils font des enfans robuſtes, & leur donnent une meilleure éducation que n'en ont les enfans des marquis français & italiens.

Rome, au contraire, ſerait déſerte ſans les cardinaux, les ambaſſadeurs & les voyageurs. Elle ne ſerait, comme le temple de *Jupiter-Ammon*, qu'un monument illuſtre. On comptait, du temps des premiers céſars, des millions d'hommes dans ce territoire ſtérile, que les eſclaves & le fumier rendaient fécond. C'était une exception à cette loi générale, que la population eſt d'ordinaire en raiſon de la bonté du ſol.

La victoire avait fertiliſé & peuplé cette terre ingrate. Une eſpèce de gouvernement la plus étrange, la plus

contradiƈtoire qui ait jamais étonné les hommes, a
rendu au territoire de *Romulus* fa première nature.
Tout le pays eft dépeuplé d'Orviète à Terracine.
Rome, réduite à fes citoyens, ne ferait pas à
Londres comme un eft à douze; & en fait d'argent &
de commerce, elle ne ferait pas aux villes d'Amfterdam
& de Londres comme un eft à mille.

Ce que Rome a perdu, non-feulement l'Europe
l'a regagné; mais la population a triplé prefque par-
tout depuis *Charlemagne*.

Je dis triplé & c'eft beaucoup; car on ne propage
point en progreffion géométrique. Tous les calculs
qu'on a faits fur cette prétendue multiplication font
des chimères abfurdes.

Si une famille d'hommes ou de finges multipliait
en cette façon, la terre au bout de deux cents ans
n'aurait pas de quoi les nourrir.

La nature a pourvu à conferver & à reftraindre
les efpèces. Elle reffemble aux parques qui filaient &
coupaient toujours. Elle n'eft occupée que de naiffances
& de deftruƈtions.

Si elle a donné à l'animal homme plus d'idées,
plus de mémoire qu'aux autres; fi elle l'a rendu capable
de généralifer fes idées & de les combiner; fi elle l'a
avantagé du don de la parole, elle ne lui a pas accordé
celui de la multiplication comme aux infeƈtes. Il y a
plus de fourmis dans telle lieue quarrée de bruyères,
qu'il n'y a jamais eu d'hommes fur le globe.

Quand un pays poffède un grand nombre de faî-
néans, foyez fûr qu'il eft affez peuplé, puifque ces
fainéans font logés, nourris, vêtus, amufés, refpeƈtés,
par ceux qui travaillent.

S'il y a trop d'habitans, fi toutes les places font prifes, on va travailler & mourir à St Domingue, à la Martinique, à Philadelphie, à Bofton.

Le point principal n'eft pas d'avoir du fuperflu en hommes, mais de rendre ce que nous en avons le moins malheureux qu'il eft poffible.

Remercions la nature de nous avoir donné l'être dans la zone tempérée, peuplée prefque par-tout d'un nombre plus que fuffifant d'habitans qui cultivent tous les arts; & tâchons de ne pas gâter notre bonheur par nos fottifes.

SECTION III.

Fragment fur la population.

DANS une nouvelle hiftoire de France on prétend qu'il y avait huit millions de feux en France, du temps de *Philippe de Valois;* or, on entend par feu une famille, & l'auteur entend par le mot de *France*, ce royaume tel qu'il eft aujourd'hui avec fes annexes. Cela ferait, à quatre perfonnes par feu, trente-deux millions d'habitans; car on ne peut donner à un feu moins de quatre perfonnes l'un portant l'autre.

Le calcul de ces feux eft fondé fur un état de fubfide impofé en 1328. Cet état porte deux millions cinq cents mille feux dans les terres dépendantes de la couronne, qui n'étaient pas le tiers de ce que le royaume renferme aujourd'hui. Il aurait donc fallu ajouter deux tiers pour que le calcul de l'auteur fût jufte. Ainfi, fuivant la fupputation de l'auteur, le nombre des feux de la France, telle qu'elle eft, aurait

monté

monté à sept millions cinq cents mille. A quoi ajoutant probablement cinq cents mille feux pour les eccléfiaſtiques & pour les perſonnes non compriſes dans le dénombrement, on trouverait aiſément les huit millions de feux & au-delà.

L'auteur réduit chaque feu à trois perſonnes ; mais par le calcul que j'ai fait dans toutes les terres où j'ai été, & dans celle que j'habite, je compte quatre perſonnes & demie par feu.

Ainſi, ſuppoſé que l'état de 1328 ſoit juſte, il faudra néceſſairement conclure que la France, telle qu'elle eſt aujourd'hui, contenait, du temps de *Philippe de Valois*, trente-ſix millions d'habitans.

Or, dans le dernier dénombrement fait en 1753, ſur un relevé des tailles & autres impoſitions, on ne trouve aujourd'hui que trois millions cinq cents cinquante mille quatre cents quatre-vingt-neuf feux ; ce qui, à quatre & demi par feu, ne donnerait que quinze millions neuf cents ſoixante & dix-ſept mille deux cents habitans, à quoi il faudra ajouter ſept cents mille ames au moins que l'on ſuppoſe être dans Paris, dont le dénombrement a été fait ſuivant la capitation, & non pas ſuivant le nombre des feux.

De quelque manière qu'on s'y prenne, ſoit qu'on porte avec l'auteur de la nouvelle hiſtoire de France les feux à trois, à quatre, à cinq perſonnes, il eſt clair que le nombre des habitans eſt diminué de plus de la moitié depuis *Philippe de Valois*.

Il y a aujourd'hui environ quatre cents ans que le dénombrement de *Philippe de Valois* fut fait ; ainſi dans quatre cents ans, toutes choſes égales, le nombre des Français ſerait réduit au quart, & dans huit cents ans

Dictionn. philoſoph. Tome VI.　　　　A a

au huitième ; ainfi dans huit cents ans la France n'aura
qu'environ quatre millions d'habitans ; & en fuivant
cette progreffion, dans neuf mille deux cents ans il
ne reftera qu'une feule perfonne mâle ou femelle avec
fraction. Les autres nations ne feront fans doute pas
mieux traitées que nous , & il faut efpérer qu'alors
viendra la fin du monde.

Tout ce que je puis dire pour confoler le genre-
humain , c'eft que dans deux terres que je dois bien
connaître , inféodées du temps de *Charles V*, j'ai trouvé
la moitié plus de feux qu'il n'en eft marqué dans l'acte
d'inféodation, & cependant il s'eft fait une émigration
confidérable dans ces terres à la révocation de l'édit
de Nantes.

Le genre-humain ne diminue ni n'augmente ,
comme on le croit ; il eft très-probable qu'on fe
méprenait beaucoup du temps de *Philippe de Valois*,
quand on comptait deux millions cinq cents mille
feux dans fes domaines.

Au refte j'ai toujours penfé que la France renferme
de nos jours environ vingt millions d'habitans , & je
les ai comptés à cinq par feu , l'un portant l'autre. Je
me trouve d'accord dans ce calcul avec l'auteur de la
Dixme attribuée au maréchal de *Vauban*, & furtout
avec le détail des provinces donné par les intendans
à la fin du dernier fiècle. Si je me trompe , ce n'eft
que d'environ quatre millions , & c'eft une bagatelle
pour les auteurs.

Hubner , dans fa géographie, ne donne à l'Europe
que trente millions d'habitans ; il peut s'être trompé
aifément d'environ cent millions. Un calculateur ,
d'ailleurs exact , affure que la Chine ne poffède que

foixante & douze millions d'habitans ; mais par le dernier dénombrement rapporté par le père du *Halde*, on compte ces foixante & douze millions, fans y comprendre les vieillards, les femmes, les jeunes gens au-deffous de vingt ans : ce qui doit aller à plus du double.

Il faut avouer que d'ordinaire nous peuplons & dépeuplons la terre un peu au hafard ; tout le monde fe conduit ainfi : nous ne fommes guère faits pour avoir une notion exacte des chofes ; l'à peu près eft notre guide, & fouvent ce guide égare beaucoup.

C'eft encore bien pis quand on veut avoir un calcul jufte. Nous allons voir des farces, & nous y rions ; mais rit-on moins dans fon cabinet, quand on voit de graves auteurs fupputer exactement combien il y avait d'hommes fur la terre 285 ans après le déluge univerfel ? Il fe trouve, felon le frère *Petau* jéfuite, que la famille de *Noé* avait produit un milliar deux cents vingt-quatre millions fept cents dix-fept mille habitans en trois cents ans. Le bon prêtre *Petau* ne favait pas ce que c'eft que de faire des enfans & de les élever ; comme il y va !

Selon *Cumberland*, la famille ne provigna que jufqu'à trois milliars trois cents trente millions, en trois cents quarante ans ; & felon *Whilfton*, environ trois cents ans après le déluge, il n'y avait que foixante-cinq mille cinq cents trente-fix habitans.

Il eft difficile d'accorder ces comptes, & de les allouer. Voilà les excès où l'on tombe quand on veut concilier ce qui eft inconciliable, & expliquer ce qui eft inexplicable. Cette malheureufe entreprife a dérangé des cerveaux qui d'ailleurs auraient eu des lumières utiles aux hommes.

Les auteurs de l'Hiſtoire univerſelle d'Angleterre diſent „ qu'on eſt généralement d'accord qu'il y a à „ préſent environ quatre mille millions d'habitans ſur „ la terre. „ Vous remarquerez que ces meſſieurs, dans ce nombre de citoyens & de citoyennes, ne comptent pas l'Amérique qui comprend près de la moitié du globe : ils ajoutent que le genre-humain en quatre cents ans augmente toujours du double, ce qui eſt bien contraire au relevé fait ſous *Philippe de Valois*, qui fait diminuer la nation de moitié en quatre cents ans.

Pour moi, ſi au lieu de faire un roman ordinaire, je voulais me réjouir à ſupputer combien j'ai de frères ſur ce malheureux petit globe, voici comme je m'y prendrais. Je verrais d'abord à peu près combien ce globule contient de lieues quarrées, habitées ſur la ſurface ; je dirais : La ſurface du globe eſt de vingt-ſept millions de lieues quarrées ; ôtons-en d'abord les deux tiers au moins pour les mers, rivières, lacs, déſerts, montagnes, & tout ce qui eſt inhabité ; ce calcul eſt très-modéré, & nous donne neuf millions de lieues quarrées à faire valoir.

La France & l'Allemagne comptent ſix cents per-ſonnes par lieue quarrée, l'Eſpagne cent ſoixante, la Ruſſie quinze, la Tartarie dix, la Chine environ mille ; prenez un nombre moyen comme cent, vous aurez neuf cents millions de vos frères, ſoit baſanés, ſoit nègres, ſoit rouges, ſoit jaunes, ſoit barbus, ſoit imberbes. Il n'eſt pas à croire que la terre ait en effet un ſi grand nombre d'habitans ; & ſi l'on continue à faire des eunuques, à multiplier les moines, & à faire des guerres pour les plus petits intérêts, jugez si vous aurez les quatre mille millions que les auteurs anglais de l'Histoire universelle vous donnent si libéralement; & puis, qu'importe qu'il y ait beaucoup ou peu d'hommes sur la terre? l'essentiel est que cette pauvre espèce soit la moins malheureuse qu'il est possible.

SECTION IV.

De la population de l'Amérique.

LA découverte de l'Amérique, cet objet de tant d'avarice, de tant d'ambition, est devenue aussi un objet de la philosophie. Un nombre prodigieux d'écrivains s'est efforcé de prouver que les Américains étaient une colonie de l'ancien monde. Quelques métaphysiciens modestes ont dit que le même pouvoir qui a fait croître l'herbe dans les campagnes de l'Amérique y a pu mettre aussi des hommes; mais ce système nu & simple n'a pas été écouté.

Quand le grand *Colombo* soupçonna l'existence de ce nouvel univers, on lui soutint que la chose était impossible; on prit *Colombo* pour un visionnaire. Quand il en eut fait la découverte, on dit que ce nouveau monde était connu long-temps auparavant.

On a prétendu que *Martin Beheim*, natif de Nuremberg, était parti de Flandre, vers l'an 1460, pour chercher ce monde inconnu, & qu'il poussa jusqu'au détroit de Magellan, dont il laissa des cartes incognito;

mais comme *Martin Beheim* n'avait pas peuplé l'Amérique , & qu'il fallait abfolument qu'un des arrière-petits-fils de *Noé* eût pris cette peine, on chercha dans l'antiquité tout ce qui pouvait avoir rapport à quelque long voyage, & on l'appliqua à la découverte de cette quatrième partie de notre globe. On fit aller les vaiffeaux de *Salomon* au Mexique , & c'eft de-là qu'on tira l'or d'Ophir pour ce prince qui était obligé d'en emprunter du roi *Hiram*. On trouva l'Amérique dans *Platon*. On en fit honneur aux Carthaginois, & on cita fur cette anecdote un livre d'*Ariftote* qu'il n'a pas compofé.

Hornius prétendit trouver quelque conformité entre la langue des Hébreux & celle des Caraïbes. Le père *Lafiteau* jéfuite n'a pas manqué de fuivre une fi belle ouverture. Les Mexicains dans leurs grandes afflictions déchiraient leurs vêtemens ; quelques peuples de l'Afie en ufaient autrefois ainfi, donc ils font les ancêtres des Mexicains. On pouvait ajouter qu'on danfe beaucoup en Languedoc, que les Hurons danfent auffi dans leurs réjouiffances, & qu'ainfi les Languedociens viennent des Hurons, ou les Hurons des Languedociens.

Les auteurs d'une terrible hiftoire univerfelle prétendent que tous les Américains font une colonie de Tartares. Ils affurent que c'eft l'opinion la plus généralement reçue parmi les favans ; mais ils ne difent pas que ce foit parmi les favans qui penfent. Selon eux, quelque defcendant de *Noé* n'eut rien de plus preffé que d'aller s'établir dans le délicieux pays de Kamshatka, au nord de la Sibérie. Sa famille n'ayant rien à faire, alla vifiter le Canada, foit en équipant des flottes, foit en marchant par plaifir au milieu des gláces, foit par quelque langue de terre qui ne s'eſt pas retrouvée juſqu'à nos jours. On ſe mit enſuite à faire des enfans dans le Canada, & bientôt ce beau pays ne pouvant plus nourrir la multitude prodigieuſe de ſes habitans, ils allèrent peupler le Mexique, le Pérou, le Chili; & leurs arrière-petites-filles accouchèrent de géans vers le détroit de Magellan.

Comme on trouve des animaux féroces dans quelques pays chauds de l'Amérique, ces auteurs ſuppoſent que les *Chriſtophes Colombs* de Kamshatka les avaient amenés en Canada pour leur divertiſſement, & avaient eu la précaution de prendre tous les individus de ces eſpèces qui ne ſe trouvent plus dans notre continent.

Mais les Kamshatkatiens n'ont pas ſeuls ſervi à peupler le nouveau monde; ils ont été charitablement aidés par les Tartares-Mantchoux, par les Huns, par les Chinois, par les Japonais.

Les Tartares-Mantchoux ſont inconteſtablement les ancêtres des Péruviens, car *Mango-Capak* eſt le premier inca du Pérou. *Mango* reſſemble à *Manco*, *Manco* à *Mancu*, *Mancu* à *Mantchu*, & de-là à *Mantchou* il n'y a pas loin. Rien n'eſt mieux démontré.

Pour les Huns, ils ont bâti en Hongrie une ville qu'on appelait *Cunadi;* or en changeant *cu* en *ca*, on trouve *Canadi*, d'où le Canada a manifeſtement tiré ſon nom.

Une plante reſſemblante au ginſeng des Chinois croît en Canada; donc les Chinois l'y ont portée, avant même qu'ils fuſſent maîtres de la partie de la Tartarie chinoiſe où croît leur ginſeng: & d'ailleurs les Chinois ſont de ſi grands navigateurs qu'ils ont envoyé autrefois des flottes en Amérique , fans jamais conferver avec leurs colonies la moindre correfpondance.

A l'égard des Japonais , comme ils font les plus voifins de l'Amérique , dont ils ne font guère éloignés que de douze cents lieues , ils y ont fans doute été autrefois ; mais ils ont depuis négligé ce voyage.

Voilà pourtant ce qu'on ofe écrire de nos jours. Que répondre à ces fyftèmes & à tant d'autres ? rien.

P O S S E D É S.

DE tous ceux qui fe vantent d'avoir des liaifons avec le diable, il n'y a que les poffédés à qui on n'a jamais rien de bon à répliquer. Qu'un homme vous dife : Je fuis poffédé, il faut l'en croire fur fa parole. Ceux-là ne font point obligés de faire des chofes bien extraordinaires ; & quand ils les font, ce n'eft que pour furabondance de droit. Que répondre à un homme qui roule les yeux , qui tord la bouche, & qui dit qu'il a le diable au corps ? Chacun fent ce qu'il fent. Il y a eu autrefois tout plein de poffédés, il peut donc s'en rencontrer encore. S'ils s'avifent de battre le monde , on le leur rend bien, & alors ils deviennent fort modérés. Mais pour un pauvre poffédé qui fe contente de quelques convulfions, & qui ne fait de mal à perfonne, on n'eft pas en droit de lui en faire. Si vous difputez contre lui , vous aurez infailliblement le deffous ; il vous dira : Le diable eft entré hier chez moi fous une telle forme ; j'ai depuis ce temps-là une colique furnaturelle, que tous les apothicaires du monde ne peuvent foulager.

Il n'y a certainement d'autre parti à prendre avec cet homme que celui de l'exorcifer, ou de l'abandonner au diable.

C'eft grand dommage qu'il n'y ait plus aujourd'hui ni poffédés, ni magiciens, ni aftrologues, ni génies. On ne peut concevoir de quelle reffource étaient il y a cent ans tous ces myftères. Toute la nobleffe vivait alors dans fes châteaux. Les foirs d'hiver font longs, on ferait mort d'ennui fans ces nobles amufemens. Il n'y avait guère de château où il ne revînt une fée à certains jours marqués, comme la fée *Merlufine* au château de Lufignan. Le grand-veneur, homme fec & noir, chaffait avec une meute de chiens noirs dans la forêt de Fontainebleau. Le diable tordait le cou au maréchal *Fabert*. Chaque village avait fon forcier ou fa forcière; chaque prince avait fon aftrologue; toutes les dames fe fefaient dire leur bonne aventure; les poffédés couraient les champs; c'était à qui avait vu le diable, ou à qui le verrait: tout cela était un fujet de converfations inépuifables, qui tenait les efprits en haleine. A préfent on joue infipidement aux cartes, & on a perdu à être détrompé.

P O S T E.

AUTREFOIS fi vous aviez un ami à Conftantinople & un autre à Mofcou, vous auriez été obligé d'attendre leur retour pour apprendre de leurs nouvelles. Aujour-d'hui, fans qu'ils fortent de leur chambre, ni vous de la vôtre, vous converfez familièrement avec eux par le moyen d'une feuille de papier. Vous pouvez même leur envoyer par la pofte un fachet de l'apothicaire *Arnoud* contre l'apoplexie, & il eſt reçu plus infailliblement qu'il ne les guérit.

Si l'un de vos amis a beſoin de faire toucher de l'argent à Pétersbourg & l'autre à Smyrne, la poſte fait votre affaire.

Votre maîtreſſe eſt-elle à Bordeaux, & vous devant Prague avec votre régiment, elle vous aſſure régulière-ment de ſa tendreſſe ; vous ſavez par elle toutes les nouvelles de la ville, excepté les infidélités qu'elle vous fait.

Enfin la poſte eſt le lien de toutes les affaires, de toutes les négociations ; les abſens deviennent par elle préſens ; elle eſt la conſolation de la vie.

La France, où cette belle invention fut renouvelée dans nos temps barbares, a rendu ce ſervice à toute l'Europe. Auſſi n'a-t-elle jamais corrompu ce bienfait ; & jamais le miniſtère qui a eu le département des poſtes n'a ouvert les lettres d'aucun particulier, excepté quand il a eu beſoin de ſavoir ce qu'elles contenaient. Il n'en eſt pas ainſi, dit-on, dans d'autres pays. On a prétendu qu'en Allemagne vos lettres, en paſſant par cinq ou ſix dominations différentes, étaient lues cinq ou ſix fois, & qu'à la fin le cachet était ſi rompu, qu'on était obligé d'en remettre un autre.

M. *Craigs*, ſecrétaire d'Etat en Angleterre, ne voulut jamais qu'on ouvrît les lettres dans ſes bureaux ; il diſait que c'était violer la foi publique, qu'il n'eſt pas permis de s'emparer d'un ſecret qui ne nous eſt pas confié, qu'il eſt ſouvent plus criminel de prendre à un homme ſes penſées que ſon argent, que cette tra-hiſon eſt d'autant plus malhonnête qu'on peut la faire ſans riſque, & ſans en pouvoir être convaincu.

Pour dérouter l'empreſſement des curieux, on imagina d'abord d'écrire une partie de ſes dépêches en chiffres; mais la partie en caractères ordinaires ſervait quelquefois à faire découvrir l'autre. Cet inconvénient fit perfectionner l'art des chiffres qu'on appelle *ſténographie*.

On oppoſa à ces énigmes l'art de les déchiffrer; mais cet art fut très-fautif & très-vain. On ne réuſſit qu'à faire accroire à des gens peu inſtruits qu'on avait déchiffré leurs lettres, & on n'eut que le plaiſir de leur donner des inquiétudes. Telle eſt la loi des probabilités que dans un chiffre bien fait il y a deux cents, trois cents, quatre cents à parier contre un, que dans chaque numéro vous ne devinerez pas la ſyllabe dont il eſt repréſentatif.

Le nombre des haſards augmente avec la combinaiſon de ces numéros; & le déchiffrement devient totalement impoſſible quand le chiffre eſt fait avec un peu d'art.

, Ceux qui ſe vantent de déchiffrer une lettre ſans être inſtruits des affaires qu'on y traite, & ſans avoir des ſecours préliminaires, ſont de plus grands charlatans que ceux qui ſe vanteraient d'entendre une langue qu'ils n'ont point appriſe.

Quant à ceux qui vous envoient familièrement par la poſte une tragédie en grand papier & en gros caractère, avec des feuilles blanches pour y mettre vos obſervations, ou qui vous régalent d'un premier tome de métaphyſique en attendant le ſecond, on peut leur dire qu'ils n'ont pas toute la diſcrétion requiſe, & qu'il y a même des pays où ils riſqueraient de faire connaître au miniſtère qu'ils ſont de mauvais poëtes & de mauvais métaphyſiciens.

P O U R Q U O I. (L E S)

Pourquoi ne fait-on prefque jamais la dixième partie du bien qu'on pourrait faire ?

Il eft clair que fi une nation, qui habite entre les Alpes, les Pyrenées & la mer, avait employé à l'amé-lioration & à l'embelliffement du pays la dixième partie de l'argent qu'elle a perdu dans la guerre de 1741, & la moitié des hommes tués inutilement en Allemagne, l'Etat aurait été plus floriffant. Pourquoi ne l'a-t-on pas fait ? pourquoi préférer une guerre que l'Europe regardait comme injufte, aux travaux heureux de la paix, qui auraient produit l'agréable & l'utile ?

Pourquoi *Louis XIV*, qui avait tant de goût pour les grands monumens, pour les fondations, pour les beaux-arts, perdit-il huit cents millions de notre monnaie d'aujourd'hui à voir fes cuiraffiers & fa maifon paffer le Rhin à la nage, à ne point prendre Amfterdam, à foulever contre lui prefque toute l'Europe ? que n'aurait-il point fait avec fes huit cents millions ?

Pourquoi, lorfqu'il réforma la jurifprudence, ne fut-elle réformée qu'à moitié ? tant d'anciens ufages fondés fur les décrétales & fur le droit canon, devaient-ils fubfifter encore ? Etait-il néceffaire que dans tant de caufes qu'on appelle *eccléfiaftiques*, & qui au fond font civiles, on appelât à fon évêque, de fon évêque au métropolitain, du métropolitain au primat, du primat à Rome *ad apoftolos*, comme fi les apôtres avaient été autrefois les juges des Gaules en dernier reſſort ?

Pourquoi, lorſque *Louis XIV* fut outragé par le pape *Alexandre VII*, *Chigi*, s'amuſa-t-il à faire venir un légat en France pour lui faire de frivoles excuſes, & à dreſſer dans Rome une pyramide dont les inſcriptions ne regardaient que les archers du guet de Rome ? pyramide qu'il fit démolir bientôt après. Ne valait-il pas mieux abolir pour jamais la ſimonie, par laquelle tout évêque des Gaules & tout abbé paye à la chambre apoſtolique italienne la moitié de ſon revenu ?

Pourquoi le même monarque, bien plus outragé par *Innocent XI*, *Odeſcalchi*, qui prenait contre lui le parti du prince d'Orange, ſe contenta-t-il de faire ſoutenir quatre propoſitions dans ſes univerſités, & ſe refuſa-t-il aux vœux de toute la magiſtrature qui ſollicitait une rupture éternelle avec la cour romaine ?

Pourquoi, en feſant des lois, oublia-t-on de ranger toutes les provinces du royaume ſous une loi uniforme, & laiſſa-t-on ſubſiſter cent quarante coutumes, cent quarante quatre meſures différentes ?

Pourquoi les provinces de ce royaume furent-elles toujours réputées étrangères l'une à l'autre ; de ſorte que les marchandiſes de Normandie, tranſportées par terre en Bretagne, payent des droits comme ſi elles venaient d'Angleterre ?

Pourquoi n'était-il pas permis de vendre en Picardie le blé recueilli en Champagne, ſans une permiſſion expreſſe, comme on obtient à Rome pour trois jules la permiſſion de lire des livres défendus ?

Pourquoi laiſſait-on ſi long-temps la France ſouillée de l'opprobre de la vénalité ? Il ſemblait réſervé à

Louis XV d'abolir cet ufage, d'acheter le droit de juger les hommes, comme on achete une maifon de campagne, & de faire payer des épices à un plaideur comme on fait payer des billets de comédie à la porte?

Pourquoi inftituer dans un royaume les charges & dignités (1) de

Confeillers du roi.... Infpecteurs des boiffons,
Infpecteurs des boucheries,
Greffiers des inventaires,
Contrôleurs des amendes,
Infpecteurs des cochons,
Perequateurs des tailles,
Mouleurs de bois à brûler,
Aides à mouleurs,
Empileurs de bois,
Déchargeurs de bois neuf,
Contrôleurs des bois de charpente,
Marqueurs de bois de charpente,
Mefureurs de charbon,
Cribleurs de grains,
Infpecteurs des veaux,
Contrôleurs de volaille,
Jaugeurs de tonneaux,
Effayeurs d'eaux-de-vie,
Effayeurs de bière,

(1) Le contrôleur-général *Ponchartrain*, depuis chancelier, eft un des miniftres qui ont le plus employé ce moyen d'obtenir des fecours momentanés ; c'eft lui qui difait : La providence veille fur ce royaume ; *à peine le roi a-t-il créé une charge, que Dieu crée fur le champ un fot pour l'acheter.*

Rouleurs de tonneaux,
Débardeurs de foin,
Planchéieurs débacleurs,
Auneurs de toiles,
Infpecteurs des perruques ?

Ces offices, qui font fans doute la profpérité & la fplendeur d'un empire, formaient des communautés nombreufes qui avaient chacune leurs fyndics. Tout cela fut fupprimé en 1719, mais pour faire place à d'autres de pareille efpèce dans la fuite des temps.

Ne vaudrait-il pas mieux retrancher tout le fafte & tout le luxe de la grandeur, que de les foutenir miférablement par des moyens fi bas & fi honteux ?

Pourquoi un royaume réduit fouvent aux extrémités & à quelque aviliffement, s'eft-il pourtant foutenu, quelques efforts que l'on ait faits pour l'écrafer ? c'eft que la nation eft active & induftrieufe. Elle reffemble aux abeilles ; on leur prend leur cire & leur miel, & le moment d'après elles travaillent à en faire d'autres.

Pourquoi dans la moitié de l'Europe les filles prient-elles DIEU en latin qu'elles n'entendent pas ?

Pourquoi prefque tous les papes & tous les évêques, au feizième fiècle, ayant publiquement tant de bâtards, s'obftinèrent-ils à profcrire le mariage des prêtres, tandis que l'Eglife grecque a continué d'ordonner que fes curés euffent des femmes ?

Pourquoi dans l'antiquité n'y eut-il jamais de querelle théologique, & ne diftingua-t-on jamais aucun peuple par un nom de fectes ? Les Egyptiens n'étaient point appelés *Ifiaques*, *Ofiriaques;* les peuples de Syrie n'avaient point le nom de *Cybéliens*. Les Crétois avaient une dévotion particulière à *Jupiter*, & ne s'intitulèrent jamais *Jupitériens*. Les anciens Latins étaient fort attachés à *Saturne*; il n'y eut pas un village du Latium qu'on appelât *Saturnien* : au contraire, les difciples du Dieu de vérité prenant le titre de leur maître même, & s'appelant *oints* comme lui, déclarèrent, dès qu'ils le purent, une guerre éternelle à tous les peuples qui n'étaient pas oints, & fe firent pendant plus de quatorze cents ans la guerre entr'eux, en prenant les noms d'*ariens*, de *manichéens*, de *donatiftes*, de *huffites*, de *papiftes*, de *luthériens*, de *calviniftes*. Et même en dernier lieu, les janféniftes & les moliniftes n'ont point eu de mortification plus cuifante que de n'avoir pu s'égorger en bataille rangée. D'où vient cela ?

Pourquoi un marchand libraire vous vend-il publiquement le *Cours d'athéifme* du grand poëte *Lucrèce*, imprimé à l'ufage du dauphin fils unique de *Louis XIV*, par les ordres & fous les yeux du fage duc de *Montaufier*, & de l'éloquent *Boffuet* évêque de Meaux, & du favant *Huet* évêque d'Avranches ? C'eft là que vous trouvez ces fublimes impiétés, ces vers admirables contre la Providence & contre l'immortalité de l'ame, qui paffent de bouche en bouche à tous les fiècles à venir.

Ex nihilo nihil, in nihilum nil poffe reverti.
Rien ne vient du néant, rien ne s'anéantit.

Tangere enim ac tangi nifi corpus nulla poteft res.
Le corps feul peut toucher & gouverner le corps.

Nec bene pro meritis capitur nec tangitur irâ. (Deus.)
Rien ne peut flatter Dieu, rien ne peut l'irriter.

Tantùm

Tantùm relligio potuit fuadere malorum.
C'eſt la religion qui produit tous les maux.

Deſipere eſt mortale æterno jungere & unà
Conſentire putare & fungi munera poſſe.

Il faut être infenſé pour ofer joindre enſemble
Ce qui dure à jamais & ce qui doit périr.

Nil igitur mors eſt, ad nos, nil pertinet hilum.
Ceſſer d'être n'eſt rien ; tout meurt avec le corps.

Ergo mortalem eſſe animam fateare neceſſe eſt.
Non, il n'eſt point d'enfer, & notre ame eſt mortelle.

Inde acheruſia fit ſtultorum denique vita.
Les vieux fous ſont en proie aux fuperſtitions.

& cent autres vers qui font le charme de toutes les nations ; productions immortelles d'un efprit qui fe crut mortel.

Non-feulement on vous vend ces vers latins dans la rue St Jacques & fur le quai des Auguſtins ; mais vous achetez hardiment les traductions faites dans tous les patois dérivés de la langue latine ; traductions ornées de notes ſavantes qui éclairciſſent la doctrine du matérialiſme, qui raſſemblent toutes les preuves contre la Divinité, & qui l'anéantiraient ſi elle pouvait être détruite. Vous trouvez ce livre relié en maroquin dans la belle bibliothèque d'un grand prince dévot, d'un cardinal, d'un chancelier, d'un archevêque, d'un préſident à mortier ; mais on condamna les dix-huit premiers livres de l'hiſtoire du ſage de *Thou* dès qu'ils parurent. Un pauvre philofophe welche ofe-t-il imprimer, en fon propre & privé nom, que ſi les

Dictionn. philoſoph. Tome VI.   B b

hommes étaient nés fans doigts ils n'auraient jamais pu travailler en tapiſſerie, auſſitôt un autre welche, revêtu pour ſon argent d'un office de robe, requiert qu'on brûle le livre & l'auteur.

Pourquoi les ſpectacles ſont-ils anathématiſés par certaines gens qui ſe diſent du premier ordre de l'Etat, tandis que les ſpectacles ſont néceſſaires à tous les ordres de l'Etat, tandis qu'ils ſont payés par le ſouverain de l'Etat, qu'ils contribuent à la gloire de l'Etat, & que les lois de l'Etat les maintiennent avec autant de ſplendeur que de régularité?

Pourquoi abandonne-t-on au mépris, à l'aviliſſement, à l'oppreſſion, à la rapine, le grand nombre de ces hommes laborieux & innocens qui cultivent la terre tous les jours de l'année pour vous en faire manger tous les fruits; & qu'au contraire on reſpecte, on ménage, on courtiſe l'homme inutile & ſouvent très-méchant qui ne vit que de leur travail, & qui n'eſt riche que de leur miſère?

Pourquoi pendant tant de ſiècles, parmi tant d'hommes qui font croître le blé dont nous ſommes nourris, ne s'en trouva-t-il aucun qui découvrît cette erreur ridicule, laquelle enſeigne que le blé doit pourrir pour germer, & mourir pour renaître; erreur qui a produit tant d'aſſertions impertinentes, tant de fauſſes comparaiſons, tant d'opinions ridicules?

Pourquoi les fruits de la terre étant ſi néceſſaires pour la conſervation des hommes & des animaux, voit-on cependant tant d'années & tant de contrées où ces fruits manquent abſolument?

Pourquoi la terre eſt-elle couverte de poiſons dans la moitié de l'Afrique & de l'Amérique?

Pourquoi n'eſt-il aucun territoire où il n'y ait beaucoup plus d'infectes que d'hommes?

Pourquoi un peu de ſecrétion blanchâtre & puante
forme-t-elle un être qui aura des os durs, des déſirs
& des penſées; & pourquoi ces êtres-là ſe perſécute-
ront-ils toujours les uns les autres?

Pourquoi exiſte-t-il tant de mal, tout étant formé
par un Dieu que tous les théiſtes ſe ſont accordés à
nommer *bon*?

Pourquoi nous plaignant ſans ceſſe de nos maux,
nous occupons-nous toujours à les redoubler?

Pourquoi étant ſi miſérables a-t-on imaginé que
n'être plus eſt un grand mal, lorſqu'il eſt clair que ce
n'était pas un mal de n'être point avant ſa naiſſance?

Pourquoi pleut-il tous les jours dans la mer, tandis
que tant de déſerts demandent de la pluie, & ſont
toujours arides?

Pourquoi & comment a-t-on des rêves dans le
ſommeil, ſi on n'a point d'ame; & comment ces rêves
ſont-ils toujours ſi incohérens, ſi extravagans, ſi on
en a une?

Pourquoi les aſtres circulent-ils d'Occident en
Orient plutôt qu'au contraire?

Pourquoi exiſtons-nous? pourquoi y a-t-il quelque
choſe?

P R E J U G É S.

LE préjugé eſt une opinion ſans jugement. Ainſi
dans toute la terre on inſpire aux enfans toutes les
opinions qu'on veut, avant qu'ils puiſſent juger.

Il y a des préjugés univerſels, néceſſaires, & qui
font la vertu même. Par tout pays on apprend aux
enfans à reconnaître un Dieu rémunérateur & ven-
geur ; à reſpecter, à aimer leur père & leur mère;
à regarder le larcin comme un crime, le menſonge
intéreſſé comme un vice, avant qu'ils puiſſent deviner
ce que c'eſt qu'un vice & une vertu.

Il y a donc de très-bons préjugés ; ce ſont ceux que
le jugement ratifie quand on raiſonne.

Sentiment n'eſt pas ſimple préjugé ; c'eſt quelque
choſe de bien plus fort. Une mère n'aime pas ſon fils,
parce qu'on lui dit qu'il le faut aimer; elle le chérit
heureuſement malgré elle. Ce n'eſt point par préjugé
que vous courez au ſecours d'un enfant inconnu prêt
à tomber dans un précipice, ou à être dévoré par
une bête.

Mais c'eſt par préjugé que vous reſpecterez un
homme revêtu de certains habits, marchant grave-
ment, parlant de même. Vos parens vous ont dit que
vous deviez vous incliner devant cet homme, vous le
reſpectez avant de ſavoir s'il mérite vos reſpects : vous
croiſſez en âge & en connaiſſances ; vous vous aperce-
vez que cet homme eſt un charlatan pétri d'orgueil,
d'intérêt & d'artifice ; vous mépriſez ce que vous
révériez, & le préjugé cède au jugement. Vous avez

cru par préjugé les fables dont on a bercé votre enfance ; on vous a dit que les Titans firent la guerre aux dieux , & que *Vénus* fut amoureufe d'*Adonis ;* vous prenez à douze ans ces fables pour des vérités ; vous les regardez à vingt ans comme des allégories ingénieufes.

Examinons en peu de mots les différentes fortes de préjugés , afin de mettre de l'ordre dans nos affaires. Nous ferons peut-être comme ceux qui , du temps du fyftème de *Lafs*, s'aperçurent qu'ils avaient calculé des richeffes imaginaires.

Préjugés des fens.

N'EST-CE pas une chofe plaifante que nos yeux nous trompent toujours , lors même que nous voyons très-bien , & qu'au contraire nos oreilles ne nous trompent pas ? Que votre oreille bien conformée entende , *vous êtes belle , je vous aime ;* il eft bien fûr qu'on ne vous a pas dit , *je vous hais , vous êtes laide :* mais vous voyez un miroir uni , il eft démontré que vous vous trompez , c'eft une furface très-raboteufe. Vous voyez le foleil d'environ deux pieds de diamètre ; il eft démontré qu'il eft un million de fois plus gros que la terre.

Il femble que DIEU ait mis la vérité dans vos oreilles , & l'erreur dans vos yeux ; mais étudiez l'optique , & vous verrez que DIEU ne vous a pas trompé , & qu'il eft impoffible que les objets vous paraiffent autrement que vous les voyez dans l'état préfent des chofes.

Préjugés physiques.

Le soleil se lève, la lune aussi, la terre est immobile; ce sont-là des préjugés physiques naturels. Mais que les écrevisses soient bonnes pour le sang, parce qu'étant cuites elles sont rouges comme lui; que les anguilles guérissent la paralysie, parce qu'elles frétillent; que la lune influe sur nos maladies, parce qu'un jour on observa qu'un malade avait eu un redoublement de fièvre pendant le décours de la lune; ces idées & mille autres ont été des erreurs d'anciens charlatans qui jugèrent sans raisonner, & qui étant trompés trompèrent les autres.

Préjugés historiques.

La plupart des histoires ont été crues sans examen, & cette créance est un préjugé. *Fabius Pictor* raconte que plusieurs siècles avant lui, une vestale de la ville d'Albe allant puiser de l'eau dans sa cruche fut violée, qu'elle accoucha de *Romulus* & de *Rémus*, qu'ils furent nourris par une louve &c. Le peuple romain crut cette fable; il n'examina point si dans ce temps-là il y avait des vestales dans le Latium, s'il était vraisemblable que la fille d'un roi sortît de son couvent avec sa cruche, s'il était probable qu'une louve allaitât deux enfans au lieu de les manger : le préjugé s'établit.

Un moine écrit que *Clovis* étant dans un grand danger à la bataille de Tolbiac, fit vœu de se faire

chrétien s'il en réchappait; mais eſt-il naturel qu'on
s'adreſſe à un dieu étranger dans une telle occaſion ?
n'eſt-ce pas alors que la religion dans laquelle on eſt
né agit le plus puiſſamment ? Quel eſt le chrétien qui
dans une bataille contre les Turcs ne s'adreſſera pas
plutôt à la Sᵗᵉ Vierge qu'à *Mahomet* ? On ajoute qu'un
pigeon apporta la ſainte ampoule dans ſon bec pour
oindre *Clovis*, & qu'un ange apporta l'oriflamme pour
le conduire; le préjugé crut toutes les hiſtoriettes de
ce genre. Ceux qui connaiſſent la nature humaine
ſavent bien que l'uſurpateur *Clovis* & l'uſurpateur
Rolon ou *Rol* ſe firent chrétiens pour gouverner plus
ſurement des chrétiens, comme les uſurpateurs turcs
ſe firent muſulmans pour gouverner plus ſurement
les muſulmans.

Préjugés religieux.

Sɪ votre nourrice vous a dit que *Cérès* préſide aux
blés, ou que *Viſnou* & *Xaca* ſe ſont fait hommes pluſieurs fois, ou que *Sammonocodom* eſt venu couper une
forêt, ou qu'*Odin* vous attend dans ſa ſalle vers le
Jutland, ou que *Mahomet* ou quelqu'autre a fait un
voyage dans le ciel; enfin ſi votre précepteur vient
enſuite enfoncer dans votre cervelle ce que votre
nourrice y a gravé, vous en tenez pour votre vie.
Votre jugement veut-il s'élever contre ces préjugés ?
vos voiſins & ſurtout vos voiſines crient à l'impie, &
vous effraient; votre derviche craignant de voir diminuer ſon revenu, vous accuſe auprès du cadi, & ce
cadi vous fait empaler s'il le peut, parce qu'il veut
commander à des ſots, & qu'il croit que les ſots

obéiſſent mieux que les autres : & cela durera juſqu'à
ce que vos voiſins & le derviche & le cadi commencent
à comprendre que la ſottiſe n'eſt bonne à rien, & que
la perſécution eſt abominable.

PRESBYTERIENS.

LA religion anglicane ne règne qu'en Angleterre &
en Irlande ; le presbytérianiſme eſt la religion dominante en Ecoſſe. Ce presbytérianiſme n'eſt autre choſe
que le calviniſme pur, tel qu'il avait été établi en
France & qu'il ſubſiſte à Genève. Comme les prêtres
de cette ſecte ne reçoivent de leurs égliſes que des
gages très-médiocres, & que par conſéquent ils ne
peuvent vivre dans le même luxe que les évêques, ils
ont pris le parti naturel de crier contre les honneurs
où ils ne peuvent atteindre. Figurez-vous l'orgueilleux
Diogène qui foulait aux pieds l'orgueil de *Platon* : les
presbytériens d'Ecoſſe ne reſſemblent pas mal à ce fier
& gueux raiſonneur. Ils traitèrent *Charles II* avec bien
moins d'égards que *Diogène* n'avait traité *Alexandre*;
car lorſqu'ils prirent les armes pour lui contre
Cromwell qui les avait trompés, ils firent eſſuyer à ce
pauvre roi quatre ſermons par jour : ils lui défendaient
de jouer ; ils le mettaient en pénitence ; ſi bien que
Charles ſe laſſa bientôt d'être roi de ces pédans, &
s'échappa de leurs mains comme un écolier ſe ſauve
du collége.

Devant un jeune & vif bachelier français, criaillant
le matin dans les écoles de théologie, le ſoir chantant
avec les dames, un théologien anglican eſt un *Caton*;

mais ce *Caton* paraît un galant devant un presbytérien
d'Écosse. Ce dernier affecte une démarche grave, un
air fâché, un vaste chapeau, un long manteau par-
dessus un habit court ; prêche du nez, & donne le
nom de *prostituée de Babylone* à toutes les églises où
quelques ecclésiastiques sont assez heureux pour avoir
cinquante mille livres de rente, & où le peuple est assez
bon pour le souffrir, & pour les appeler *monseigneur*,
votre grandeur, & *votre éminence*. Ces messieurs, qui
ont aussi quelques églises en Angleterre, ont mis les
airs graves & sévères à la mode en ce pays. C'est à
eux qu'on doit la sanctification du dimanche dans les
trois royaumes. Il est défendu ce jour-là de travailler
& de se divertir ; ce qui est le double de la sévérité
des églises catholiques. Point d'opéra, point de
comédie, point de concert à Londres le dimanche ;
les cartes même y sont si expressément défendues,
qu'il n'y a que les personnes de qualité, & ce qu'on
appelle *les honnêtes gens*, qui jouent ce jour-là : le reste
de la nation va au sermon, au cabaret, & chez des
filles de joie.

Quoique la secte épiscopale & la presbytérienne
soient les deux dominantes dans la Grande-Bretagne,
toutes les autres y sont bien venues, & vivent assez
bien ensemble, pendant que la plupart de leurs prédicans se détestent réciproquement, avec presqu'autant
de cordialité qu'un janséniste damne un jésuite.

Entrez dans la bourse de Londres, cette place plus
respectable que bien des cours, dans laquelle s'assemblent les députés de toutes les nations pour l'utilité
des hommes : là le juif, le mahométan & le chrétien
traitent l'un avec l'autre comme s'ils étaient de la

même religion , & ne donnent le nom d'*infidelles* qu'à ceux qui font banqueroute. Là le presbytérien fe fie à l'anabaptifte , & l'anglican reçoit la promeffe du quaker. Au fortir de ces pacifiques & libres affemblées, les uns vont à la fynagogue , les autres vont boire ; celui-ci va fe faire baptifer dans une grande cuve au nom du Père , par le Fils , au St Efprit ; celui-là fait couper le prépuce de fon fils , & fait marmoter fur l'enfant des paroles hébraïques qu'il n'entend point; les autres vont dans leur églife attendre l'infpiration de Dieu , leur chapeau fur la tête : & tous font contens.

S'il n'y avait en Angleterre qu'une religion , fon defpotifme ferait à craindre ; s'il n'y en avait que deux, elles fe couperaient la gorge : mais il y en a trente, elles vivent en paix & heureufes.

PRETENTIONS.

IL n'y a pas dans notre Europe un feul prince qui ne s'intitule *fouverain* d'un pays poffédé par fon voifin. Cette manie politique eft inconnue dans le refte du monde; jamais le roi de Boutan ne s'eft dit *empereur de la Chine ;* jamais le conteish tartare ne prit le titre de *roi d'Egypte.*

Les plus belles prétentions ont toujours été celles des papes; deux clefs en fautoir les mettaient vifiblement en poffeffion du royaume des cieux. Ils liaient & ils déliaient tout fur la terre. Cette ligature les rendait maîtres du continent; & les filets de *St Pierre* leur donnaient le domaine des mers.

Plufieurs favans théologiens ont cru que ces dieux diminuèrent eux-mêmes quelques articles de leurs prétentions, lorfqu'ils furent vivement attaqués par les titans nommés *luthériens*, *anglicans*, *calviniftes* &c. Il eft très-vrai que plufieurs d'entr'eux devinrent plus modeftes, que leur cour célefte eut plus de décence ; cependant, leurs prétentions fe font renouvelées dans toutes les occafions. Je n'en veux pour preuve que la conduite d'*Aldobrandin*, *Clément VIII*, envers le grand *Henri IV*, quand il fallut lui donner une abfolution dont il n'avait que faire, puifqu'il était abfous par les évêques de fon royaume & qu'il était victorieux.

Aldobrandin réfifta d'abord pendant une année entière, & ne voulut pas reconnaître le duc de *Nevers* pour ambaffadeur de France. A la fin il confentit à ouvrir la porte du royaume des cieux à *Henri*, aux conditions fuivantes.

1°. Que *Henri* demanderait pardon de s'être fait ouvrir la porte par des fous-portiers tels que des évêques, au lieu de s'adreffer au grand portier.

2°. Qu'il s'avouerait déchu du trône de France jufqu'à ce qu'*Aldobrandin* le réhabilitât par la plénitude de fa puiffance.

3°. Qu'il fe ferait facrer & couronner une feconde fois, la première étant nulle, puifqu'elle avait été faite fans l'ordre exprès d'*Aldobrandin*.

4°. Qu'il chafferait tous les proteftans de fon royaume, ce qui n'était ni honnête ni poffible. La chofe n'était pas honnête, parce que les proteftans avaient prodigué leur fang pour le faire roi de France ; elle n'était pas poffible, parce que ces diffidens étaient au nombre de deux millions.

5°. Qu'il ferait au plus vîte la guerre au grand-turc, ce qui n'était ni plus honnête ni plus poffible; puifque le grand-turc l'avait reconnu roi dans le temps que Rome ne le reconnaiffait pas, & que *Henri* n'avait ni troupes, ni argent, ni vaiffeaux pour aller faire la guerre comme un fou à ce grand-turc fon allié.

6°. Qu'il recevrait, couché fur le ventre tout de fon long, l'abfolution de monfieur le légat felon la forme ordinaire; c'eft-à-dire, qu'il ferait fuftigé par monfieur le légat.

7°. Qu'il rappellerait les jéfuites chaffés de fon royaume par le parlement, pour l'affaffinat commis fur fa perfonne par *Jean Châtel* leur écolier.

J'omets plufieurs autres petites prétentions. *Henri* en fit modérer plufieurs. Il obtint furtout, avec bien de la peine, qu'il ne ferait fouetté que par procureur, & de la propre main d'*Aldobrandin*.

Vous me direz que fa fainteté était forcée à exiger des conditions fi extravagantes, par le vieux démon du midi *Philippe II*, qui avait dans Rome plus de pouvoir que le pape. Vous comparerez *Aldobrandin* à un foldat poltron, que fon colonel conduit à la tranchée à coups de bâton.

Je vous répondrai qu'en effet *Clément VIII* craignait *Philippe II*, mais qu'il n'était pas moins attaché aux droits de fa tiare; que c'était un fi grand plaifir pour le petit-fils d'un banquier de donner le fouet à un roi de France, que pour rien au monde *Aldobrandin* n'eût voulu s'en départir.

Vous me répliquerez que fi un pape voulait réclamer aujourd'hui de telles prétentions; s'il voulait donner

le fouet au roi de France, au roi d'Espagne, ou au
roi de Naples, ou au duc de Parme, pour avoir chassé
les revérends pères jésuites, il risquerait d'être traité
comme *Clément VII* le fut par *Charles-Quint*, & d'essuyer
des humiliations beaucoup plus grandes; qu'il faut
sacrifier ses prétentions à son utilité; qu'on doit céder
au temps; que le shérif de la Mecque doit proclamer
Ali-beg roi d'Egypte, s'il est victorieux & affermi. Je
vous répondrai que vous avez raison.

Prétentions de l'Empire, tirées de Glafey & de Schweder.

Sur Rome (nulle.) *Charles-Quint* même après avoir
pris Rome ne réclama point le droit de domaine
utile.

Sur le patrimoine de *St Pierre*, depuis Viterbe
jusqu'à Civita-Castellana, terres de la comtesse *Mathilde*,
mais cédées solemnellement par *Rodolphe de Hasbourg*.

Sur Parme & Plaisance, domaine suprême, comme
partie de la Lombardie, envahies par *Jules II*, données
par *Paul III* à son bâtard *Farnèse*: hommage toujours
fait depuis ce temps au pape; suzeraineté toujours
réclamée par les seigneurs de Lombardie. Le droit de
suzeraineté entièrement rendu à l'empereur aux traités
de Cambrai, de Londres, à la paix de 1737.

Sur la Toscane, droit de suzeraineté exercé par
Charles-Quint; Etat de l'Empire appartenant aujour-
d'hui au frère de l'empereur.

Sur la république de Luques, érigée en duché
par *Louis de Bavière* en 1328; ses sénateurs déclarés
depuis vicaires de l'Empire par *Charles IV.* L'empereur
Charles VI, dans la guerre de 1701, y exerça pourtant

fon droit de fouveraineté, en lui fefant payer beaucoup d'argent.

Sur le duché de Milan, cédé par l'empereur *Venceflas* à *Galeas Vifconti*, mais regardé comme un fief de l'Empire.

Sur le duché de la Mirandole, réuni à la maifon d'Autriche en 17.11 par *Jofeph I.*

Sur le duché de Mantoue, érigé en duché par *Charles-Quint*; réuni de même en 1708.

Sur Guaftalla, Novellaria, Bozzolo, Caftiglione, auffi fiefs de l'Empire, détachés du duché de Mantoue.

Sur tout le Montferrat, dont le duc de Savoie reçut l'inveftiture à Vienne en 1708.

Sur le Piémont, dont l'empereur *Sigifmond* donna l'inveftiture au duc de Savoie *Amédée VIII.*

Sur le comté d'Afti, donné par *Charles-Quint* à la maifon de Savoie : les ducs de Savoie toujours vicaires en Italie depuis l'empereur *Sigifmond.*

Sur Gènes, autrefois du domaine des rois lombards : *Fréderic Barberouffe* lui donna en fief le rivage, depuis Monaco jufqu'à Porta-Venere; elle eft libre fous *Charles-Quint* en 1529; mais l'acte porte : *In civitate noftrâ Genuâ, & falvis romani imperii juribus.*

Sur les fiefs de Langues, dont les ducs de Savoie ont le domaine direct.

Sur Padoue, Vicence, & Vérone, droits devenus caducs.

Sur Naples & Sicile, droits plus caducs encore. Prefque tous les Etats d'Italie font ou ont été vaffaux de l'Empire.

Sur la Poméranie & le Mecklembourg, dont *Fréderic Barberouffe* donna les fiefs.

Sur le Danemarck, autrefois fief de l'Empire : *Othon I* en donna l'inveſtiture.

Sur la Pologne, pour les terres auprès de la Viſtule.

Sur la Bohème & la Siléſie, unies à l'Empire par *Charles IV* en 1355.

Sur la Pruſſe, du temps de *Henri VII* : le grand-maître de Pruſſe reconnu membre de l'Empire en 1500.

Sur la Livonie, du temps des chevaliers de l'épée.

Sur la Hongrie, dès le temps de *Henri II*.

Sur la Lorraine, par le traité de 1542 : reconnue Etat de l'Empire, payant taxe pour la guerre du Turc.

Sur le duché de Bar, juſqu'à l'an 1311 que *Philippe-le-Bel* vainqueur ſe fit prêter hommage.

Sur le duché de Bourgogne, en vertu des droits de *Marie de Bourgogne*.

Sur le royaume d'Arles & la Bourgogne transjurane, que *Conrad le ſalique* poſſéda du chef de ſa femme.

Sur le Dauphiné, comme partie du royaume d'Arles; l'empereur *Charles IV* s'étant fait couronner à Arles en 1365, & ayant créé le dauphin de France ſon vicaire.

Sur la Provence, comme membre du royaume d'Arles dont *Charles d'Anjou* fit hommage à l'Empire.

Sur la principauté d'Orange, comme arrière-fief de l'Empire.

Sur Avignon, par la même raiſon.

Sur la Sardaigne, que *Fréderic II* erigea en royaume.

Sur la Suiſſe, comme membre des royaumes d'Arles & de Bourgogne.

Sur la Dalmatie, dont une grande partie appartient aujourd'hui entièrement aux Vénitiens, & l'autre à la Hongrie.

P R E T R E S.

Les prêtres font dans un Etat à peu près ce que font les précepteurs dans les maisons des citoyens, faits pour enseigner, prier, donner l'exemple; ils ne peuvent avoir aucune autorité sur les maîtres de la maison, à moins qu'on ne prouve que celui qui donne des gages doit obéir à celui qui les reçoit.

De toutes les religions, celle qui exclut le plus positivement les prêtres de toute autorité civile, c'est sans contredit celle de Jesus : *Rendez à Céfar ce qui est à Céfar.* — *Il n'y aura parmi vous ni premier ni dernier.* — *Mon royaume n'est point de ce monde.*

Les querelles de l'Empire & du facerdoce, qui ont enfanglanté l'Europe pendant plus de fix fiècles, n'ont donc été de la part des prêtres que des rebellions contre Dieu & les hommes, & un péché continuel contre le St Esprit.

Depuis *Calcas* qui assassina la fille d'*Agamemnon*, jufqu'à *Grégoire XII* & *Sixte V*, deux évêques de Rome qui voulurent priver le grand *Henri IV* du royaume de France, la puissance facerdotale a été fatale au monde.

Prière n'est pas domination; exhortation n'est pas despotisme. Un bon prêtre doit être le médecin des ames. Si *Hippocrate* avait ordonné à ses malades de prendre de l'ellébore sous peine d'être pendus, *Hippocrate* aurait été plus fou & plus barbare que *Phalaris*, & il aurait eu peu de pratiques. Quand un prêtre dit: Adorez Dieu, foyez jufte, indulgent, compatissant,

c'eft

c'eſt alors un très-bon médecin. Quand il dit : Croyez-moi, ou vous ſerez brûlé ; c'eſt un aſſaſſin.

Le magiſtrat doit ſoutenir & contenir le prêtre, comme le père de famille doit donner de la conſidération au précepteur de ſes enfans & empêcher qu'il n'en abuſe. *L'accord du ſacerdoce & de l'empire* eſt le ſyſtème le plus monſtrueux ; car dès qu'on cherche cet accord, on ſuppoſe néceſſairement la diviſion ; il faut dire, *la protection donnée par l'empire au ſacerdoce.*

Mais dans les pays où le ſacerdoce a obtenu l'empire, comme dans Salem, où *Melchiſédech* était prêtre & roi, comme dans le Japon où le daïri a été ſi long-temps empereur, comment faut-il faire ? Jé réponds que les ſucceſſeurs de *Melchiſédech* & des daïri ont été dépoſſédés.

Les Turcs ſont ſages en ce point. Ils ſont à la vérité le voyage de la Mecque ; mais ils ne permettent pas au ſhérif de la Mecque d'excommunier le ſultan. Ils ne vont point acheter à la Mecque la permiſſion de ne pas obſerver le ramadam, & celle d'épouſer leurs couſines ou leurs nièces ; ils ne ſont point jugés par des imans que le ſhérif délègue ; ils ne payent point la première année de leur revenu au ſhérif. Que de choſes à dire ſur tout cela ! Lecteur, c'eſt à vous de les dire vous-même.

PRETRES DES PAÏENS.

Dom *Navarette*, dans une de ſes lettres à dom *Juan d'Autriche*, rapporte ce diſcours du dalaï-lama à ſon conſeil privé.

„ Mes vénérables frères, vous & moi nous ſavons
„ très-bien que je ne ſuis pas immortel ; mais il eſt
„ bon que les peuples le croient. Les Tartares du
„ grand & du petit Thibet ſont un peuple de col
„ roide & de lumières courtes, qui ont beſoin d'un
„ joug peſant & de groſſes erreurs. Perſuadez-leur
„ bien mon immortalité dont la gloire réjaillit ſur
„ vous, & qui vous procure honneurs & richeſſes.

„ Quand le temps viendra où les Tartares feront
„ plus éclairés, on pourra leur avouer alors que les
„ grands-lamas ne ſont point immortels, mais que
„ leurs prédéceſſeurs l'ont été ; & que ce qui était
„ néceſſaire pour la fondation de ce divin édifice, ne
„ l'eſt plus quand l'édifice eſt affermi ſur un fonde-
„ ment inébranlable.

„ J'ai eu d'abord quelque peine à faire diſtribuer
„ aux vaſſaux de mon empire, les agrémens de ma
„ chaiſe percée, proprement enchâſſés dans des criſ-
„ taux ornés de cuivre doré ; mais ces monumens
„ ont été reçus avec tant de reſpect, qu'il a fallu
„ continuer cet uſage, lequel après tout ne répugne
„ en rien aux bonnes mœurs, & qui fait entrer beau-
„ coup d'argent dans notre tréſor ſacré.

„ Si jamais quelque raiſonneur impie perſuade au
„ peuple que notre derrière n'eſt pas auſſi divin que

,, notre tête; fi on fe révolte contre nos reliques, vous
,, en foutiendrez la valeur autant que vous le pourrez.
,, Et fi vous êtes forcés enfin d'abandonner la fainteté
,, de notre cul, vous conferverez toujours dans l'efprit
,, des raifonneurs, le profond refpect qu'on doit à notre
,, cervelle, ainfi que dans un traité avec les Mongules,
,, nous avons cédé une mauvaife province pour être
,, poffeffeurs paifibles des autres.

,, Tant que nos Tartares du grand & du petit
,, Thibet ne fauront ni lire ni écrire; tant qu'ils feront
,, groffiers & dévots, vous pourrez prendre hardiment
,, leur argent, coucher avec leurs femmes & avec
,, leurs filles, & les menacer de la colère du dieu *Fo*
,, s'ils ofent fe plaindre.

,, Lorfque le temps de raifonner fera arrivé (car
,, enfin il faut bien qu'un jour les hommes raifonnent)
,, vous prendrez alors une conduite toute oppofée, &
,, vous direz le contraire de ce que vos prédéceffeurs
,, ont dit; car vous devez changer de bride à mefure
,, que les chevaux deviennent plus difficiles à gou-
,, verner. Il faudra que votre extérieur foit plus grave,
,, vos intrigues plus myftérieufes, vos fecrets mieux
,, gardés, vos fophifmes plus éblouiffans, votre poli-
,, tique plus fine. Vous êtes alors les pilotes d'un
,, vaiffeau qui fait eau de tous côtés. Ayez fous vous
,, des fubalternes qui foient continuellement occupés
,, à pomper, à calfater, à boucher tous les trous.
,, Vous voguerez avec plus de peine; mais enfin vous
,, voguerez, & vous jetterez dans l'eau ou dans le feu,
,, felon qu'il conviendra le mieux, tous ceux qui
,, voudront examiner fi vous avez bien radoubé le
,, vaiffeau.

,, Si les incrédules font ou le prince des Kalkas,
,, ou le conteish des Calmouks, ou un prince de
,, Cafan, ou tel autre grand feigneur qui ait malheu-
,, reufement trop d'efprit, gardez-vous bien de prendre
,, querelle avec eux. Refpectez-les, dites-leur toujours
,, que vous efpérez qu'ils rentreront dans la bonne
,, voie. Mais pour les fimples citoyens, ne les épargnez
,, jamais ; plus ils feront gens de bien, plus vous
,, devrez travailler à les exterminer; car ce font les
,, gens d'honneur qui font les plus dangereux pour
,, vous.

　　,, Vous aurez la fimplicité de la colombe, la pru-
,, dence du ferpent, & la griffe du lion, felon les lieux
,, & felon les temps. ,,

　　Le dalaï-lama avait à peine prononcé ces paroles,
que la terre trembla, les éclairs coururent d'un pôle
à l'autre, le tonnerre gronda, une voix célefte fe fit
entendre : ADOREZ DIEU ET NON LE GRAND-LAMA.

　　Tous les petits lamas foutinrent que la voix avait
dit : *Adorez* DIEU *& le grand-lama*. On le crut long-
temps dans le royaume du Thibet; & maintenant on
ne le croit plus.

P R I E R E S.

Nous ne connaiffons aucune religion fans prières;
les Juifs même en avaient, quoiqu'il n'y eût point
chez eux de formule publique jufqu'au temps où ils
chantèrent leurs cantiques dans leurs fynagogues, ce
qui n'arriva que très-tard.

　　Tous les hommes, dans leurs défirs & dans leurs
craintes, invoquèrent le fecours d'une divinité. Des

philofophes, plus refpectueux envers l'Etre fuprême, & moins condefcendans à la faibleffe humaine, ne voulurent pour toute prière que la réfignation. C'eft en effet tout ce qui femble convenir entre la créature & le Créateur. Mais la philofophie n'eft pas faite pour gouverner le monde; elle s'élève trop au-deffus du vulgaire; elle parle un langage qu'il ne peut entendre. Ce ferait propofer aux marchandes de poiffons frais d'étudier les fections coniques.

Parmi les philofophes même, je ne crois pas qu'aucun autre que *Maxime* de Tyr ait traité cette matière. Voici la fubftance des idées de ce *Maxime*.

L'Eternel a fes deffeins de toute éternité. Si la prière eft d'accord avec fes volontés immuables, il eft très-inutile de lui demander ce qu'il a réfolu de faire. Si on le prie de faire le contraire de ce qu'il a réfolu, c'eft le prier d'être faible, léger, inconftant; c'eft croire qu'il foit tel; c'eft fe moquer de lui. Ou vous lui demandez une chofe jufte; en ce cas il la doit, & elle fe fera fans qu'on l'en prie; c'eft même fe défier de lui que lui faire inftance : ou la chofe eft injufte, & alors on l'outrage. Vous êtes digne ou indigne de la grâce que vous implorez : fi digne, il le fait mieux que vous; fi indigne, on commet un crime de plus en demandant ce qu'on ne mérte pas.

En un mot, nous ne fefons des prières à DIEU que parce que nous l'avons fait à notre image. Nous le traitons comme un bacha, comme un fultan qu'on peut irriter & apaifer.

Enfin, toutes les nations prient DIEU : les fages fe réfignent & lui obéiffent.

Prions avec le peuple, & réfignons-nous avec les fages.

Nous avons déjà parlé des prières publiques de plufieurs nations, & de celles des Juifs. Ce peuple en a une depuis un temps immémorial, laquelle mérite toute notre attention, par fa conformité avec notre prière enfeignée par JESUS - CHRIST même. Cette oraifon juive s'appelle le Kadish, elle commence par ces mots : ,, O DIEU ! que votre nom foit magnifié & ,, fanctifié ; faites régner votre règne ; que la rédemp- ,, tion fleuriffe, & que le Meffie vienne prompte- ,, ment ! ,,

Ce Kadish, qu'on récite en chaldéen, a fait croire qu'il était auffi ancien que la captivité ; & que ce fut alors qu'ils commencèrent à efpérer un Meffie, un libé- rateur qu'ils ont demandé depuis dans les temps de leurs calamités.

Ce mot de Meffie qui fe trouve dans cette ancienne prière, a fourni beaucoup de difputes fur l'hiftoire de ce peuple. Si cette prière eft du temps de la tranfmi- gration à Babylone, il eft clair qu'alors les Juifs devaient fouhaiter & attendre un libérateur. Mais d'où vient que dans des temps plus funeftes encore, après la deftruction de Jérufalem par *Titus*, ni *Jofephe* ni *Philon* ne parlèrent jamais de l'attente d'un Meffie ? Il y a des obfcurités dans l'hiftoire de tous les peuples ; mais celle des Juifs eft un chaos perpétuel. Il eft trifte pour les gens qui veulent s'inftruire, que les Chaldéens & les Egyptiens aient perdu leurs archives, tandis que les Juifs ont confervé les leurs.

PRIOR (DE); DU POEME SINGULIER D'HUDIBRAS, ET DU DOYEN SWIFT.

ON n'imaginait pas en France que *Prior*, qui vint de la part de la reine *Anne* donner la paix à *Louis XIV*, avant que le baron *Bolingbroke* vînt la figner; on ne devinait pas, dis-je, que ce plénipotentiaire fût un poëte. La France paya depuis l'Angleterre en même monnaie; car le cardinal *Dubois* envoya notre *Deflouches* à Londres, & il ne paffa pas plus pour poëte parmi les Anglais que *Prior* parmi les Français. Le plénipotentiaire *Prior* était originairement un garçon cabaretier que le comte de *Dorfet*, bon poëte lui-même & un peu ivrogne, rencontra un jour lifant *Horace* fur le banc de la taverne, de même que milord *Aila* trouva fon garçon jardinier lifant *Newton*. *Aila* fit du jardinier un bon géomètre, (1) & *Dorfet* fit un très-agréable poëte du cabaretier.

C'eft de *Prior* qu'eft l'*Hiftoire de l'ame* : cette hiftoire eft la plus naturelle qu'on ait faite jufqu'à préfent de cet être fi bien fenti & fi mal connu. L'ame eft d'abord aux extrémités du corps, dans les pieds & dans les mains des enfans; & de-là elle fe place infenfiblement au milieu du corps dans l'âge de puberté; enfuite

(1) Ce géomètre s'appelait *Stone*. Il a donné fur le calcul intégral un ouvrage affez médiocre, mais qui pour le temps où il a été fait, prouvait des connaiffances fort étendues. Au refte, il eft prefque fans exemple que des hommes qui ont commencé tard à s'inftruire aient montré de grands talens, quoique les efforts dont ils ont eu befoin pour s'élever au-deffus de leur éducation, fuppofent de la fagacité & une grande force de tête. Cette obfervation fuffit pour détruire l'opinion exagérée de *Rouffeau* fur l'éducation négative.

C c 4

elle monte au cœur , & là elle produit les sentimens de l'amour & de l'héroïsme : elle s'élève jusqu'à la tête dans un âge plus mûr , elle y raisonne comme elle peut , & dans la vieillesse on ne sait plus ce qu'elle devient ; c'est la sève d'un vieil arbre qui s'évapore & qui ne se répare plus. Peut-être cet ouvrage est-il trop long : toute plaisanterie doit être courte , & même le sérieux devrait bien être court aussi.

Ce même *Prior* fit un petit poëme sur la fameuse bataille d'Hochstet. Cela ne vaut pas son *Histoire de l'ame ;* il n'y a de bon que cette apostrophe à *Boileau :*

> Satirique flatteur , toi qui pris tant de peine
> Pour chanter que Louis n'a point passé le Rhin.

Notre plénipotentiaire finit par paraphraser en quinze cents vers ces mots attribués à *Salomon* , que *tout est vanité.* On en pourrait faire quinze mille sur ce sujet ; mais malheur à qui dit tout ce qu'il peut dire.

Enfin la reine *Anne* étant morte , le ministère ayant changé , la paix que *Prior* avait entamée étant en horreur , *Prior* n'eut de ressource qu'une édition de ses œuvres par une souscription de son parti ; après quoi il mourut en philosophe , comme meurt ou croit mourir tout honnête anglais.

Je voudrais donner aussi quelques idées des poësies de milord *Roscomon* , de milord *Dorset ;* mais je sens qu'il me faudrait faire un gros livre , & qu'après bien de la peine je ne donnerais qu'une idée fort imparfaite de tous ces ouvrages. La poësie est une espèce de musique , il faut l'entendre pour en juger. Quand je traduis quelques morceaux de ces poësies étrangères , je note imparfaitement leur musique , mais je ne puis exprimer le goût de leur chant.

Poëme d'Hudibras.

Il y a un poëme anglais, difficile à faire connaître aux étrangers ; il s'appelle Hudibras. C'eſt un ouvrage tout comique, & cependant le ſujet eſt la guerre civile du temps de *Cromwell.* Ce qui a fait verſer tant de ſang & tant de larmes a produit un poëme qui force le lecteur le plus ſérieux à rire. On trouve un exemple de ce contraſte dans notre *Satire Ménippée.* Certainement les Romains n'auraient point fait un poëme burleſque ſur les guerres de *Céſar* & de *Pompée*, & ſur les proſcriptions d'*Octave* & d'*Antoine.* Pourquoi donc les malheurs affreux que cauſa la ligue en France, & ceux que les guerres du roi & du parlement étalèrent en Angleterre, ont-ils pu fournir des plaiſanteries? c'eſt qu'au fond il y avait un ridicule caché dans ces querelles funeſtes. Les bourgeois de Paris à la tête de la faction des ſeize mêlaient l'impertinence aux horreurs de la faction. Les intrigues des femmes, du légat & des moines, avaient un côté comique, malgré les calamités qu'elles apportèrent. Les diſputes théologiques & l'enthouſiaſme des puritains en Angleterre étaient très-ſuſceptibles de railleries; & ce fond de ridicule bien développé pouvait devenir plaiſant, en écartant les horreurs tragiques qui le couvraient. Si la bulle *Unigenitus* feſait répandre du ſang, le petit poëme de *Philotanus* n'en ferait pas moins convenable au ſujet, & on ne pourrait même lui reprocher que de n'être pas auſſi gai, auſſi plaiſant, auſſi varié qu'il pouvait l'être, & de ne pas tenir

dans le corps de l'ouvrage ce que promet le commencement.

Le poëme d'*Hudibras*, dont je vous parle, semble
être un composé de la *Satire Ménippée* & de Dom
Quichotte ; il a sur eux l'avantage des vers, il a celui
de l'esprit : la *Satire Ménippée* n'en approche pas ; elle
n'est qu'un ouvrage très - médiocre ; mais à force
d'esprit l'auteur d'Hudibras a trouvé le secret d'être
fort au-dessous de dom *Quichotte*. Le goût, la naïveté,
l'art de narrer, celui de bien entremêler les aventures,
celui de ne rien prodiguer, valent bien mieux que de
l'esprit : aussi Dom Quichotte est lu de toutes les
nations, & Hudibras n'est lu que des Anglais.

L'auteur de ce poëme si extraordinaire s'appelait
Butler : il était contemporain de *Milton*, & eut infiniment plus de réputation que lui, parce qu'il était
plaisant, & que le poëme de *Milton* était fort triste.
Butler tournait les ennemis du roi *Charles II* en ridicule, & toute la récompense qu'il en eut fut que le
roi citait souvent ses vers. Les combats du chevalier
Hudibras furent plus connus que les combats des anges
& des diables du Paradis perdu : mais la cour d'Angleterre ne traita pas mieux le plaisant *Butler*, que la
cour céleste ne traita le sérieux *Milton ;* & tous deux
moururent de faim, ou à peu près.

Le héros du poëme de *Butler* n'était pas un person-
nage feint, comme le dom *Quichotte* de *Michel
Cervantes* : c'était un chevalier baronnet très-réel, qui
avait été un des enthousiastes de *Cromwell*, & un de
ses colonels. Il s'appelait sir *Samuel Luke*. Pour faire
connaître l'esprit de ce poëme unique en son genre,
il faut retrancher les trois quarts de tout passage qu'on

veut traduire ; car ce *Butler* ne finit jamais. J'ai donc
réduit à environ quatre-vingts vers les quatre cents
premiers vers d'Hudibras , pour éviter la prolixité.

> Quand les profanes & les faints
> Dans l'Angleterre étaient aux prifes ,
> Qu'on fe battait pour des églifes ,
> Auffi fort que pour des catins ;
> Lorfqu'anglicans & puritains
> Fefaient une fi rude guerre ,
> Et qu'au fortir du cabaret
> Les orateurs de Nazareth
> Allaient battre la caiffe en chaire ;
> Que par-tout , fans favoir pourquoi ,
> Au nom du ciel , au nom du roi ,
> Les gens d'armes couvraient la terre ;
> Alors monfieur le chevalier ,
> Long-temps oifif ainfi qu'Achile ,
> Tout rempli d'une fainte bile ,
> Suivi de fon grand écuyer ,
> S'échappa de fon poulailler ,
> Avec fon fabre & l'évangile ,
> Et s'avifa de guerroyer.
>
> Sire Hudibras , cet homme rare ,
> Etait , dit-on , rempli d'honneur ,
> Avait de l'efprit & du cœur ,
> Mais il en était fort avare.
> D'ailleurs par un talent nouveau ,
> Il était tout propre au barreau ,
> Ainfi qu'à la guerre cruelle ;
> Grand fur les bancs , grand fur la felle ,

Dans les camps & dans un bureau;
Semblable à ces rats amphibies,
Qui paraissant avoir deux vies,
Sont rats de campagne & rats d'eau.
Mais malgré sa grande éloquence,
Et son mérite & sa prudence,
Il passa chez quelques savans,
Pour être un de ces instrumens,
Dont les fripons avec adresse
Savent user sans dire mot,
Et qu'ils tournent avec souplesse :
Cet instrument s'appelle un *sot.*
Ce n'est pas qu'en théologie,
En logique, en astrologie,
Il ne fût un docteur subtil ;
En quatre il séparait un fil,
Disputant sans jamais se rendre,
Changeant de thèse tout à coup,
Toujours prêt à parler beaucoup,
Quand il fallait ne point s'entendre.

D'Hudibras la religion
Etait tout comme sa raison,
Vide de sens & fort profonde.
Le puritanisme divin,
La meilleure secte du monde,
Et qui certes n'a rien d'humain ;
La vraie Eglise militante,
Qui prêche un pistolet en main,
Pour mieux convertir son prochain,
A grands coups de sabre argumente,
Qui promet les célestes biens

Par le gibet & par la corde,
Et damne fans miféricorde
Les péchés des autres chrétiens,
Pour fe mieux pardonner les fiens;
Secte qui toujours détruifante
Se détruit elle-même enfin :
Tel Samfon de fa main puiffante
Brifa le temple philiftin;
Mais il périt par fa vengeance,
Et lui-même il s'enfevelit,
Ecrafé fous la chute immenfe
De ce temple qu'il démolit.

Au nez du chevalier antique
Deux grandes mouftaches pendaient,
A qui les parques attachaient
Le deftin de la république.
Il les garde foigneufement,
Et fi jamais on les arrache,
C'eft la chute du parlement;
L'Etat entier en ce moment
Doit tomber avec fa mouftache.
Ainfi Taliacotius,
Grand Efculape d'Etrurie,
Répara tous les nez perdus
Par une nouvelle induftrie :
Il vous prenait adroitement
Un morceau du cul d'un pauvre homme,
L'appliquait au nez proprement;
Enfin il arrivait qu'en fomme,
Tout jufte à la mort du prêteur,
Tombait le nez de l'emprunteur,

Et souvent dans la même bière,
Par justice & par bon accord,
On remettait au gré du mort
Le nez auprès de son derrière.

Notre grand héros d'Albion,
Grimpé dessus sa haridelle,
Pour venger la religion,
Avait à l'arçon de sa selle
Deux pistolets & du jambon :
Mais il n'avait qu'un éperon.
C'était de tout temps sa manière;
Sachant que si la talonnière
Pique une moitié du cheval,
L'autre moitié de l'animal
Ne resterait point en arrière.
Voilà donc Hudibras parti;
Que Dieu bénisse son voyage,
Ses argumens & son parti,
Sa barbe rousse & son courage.

Un homme qui aurait dans l'imagination la dixième partie de l'esprit comique bon ou mauvais qui règne dans cet ouvrage, serait encore très-plaisant : mais il se donnerait bien de garde de traduire Hudibras. Le moyen de faire rire des lecteurs étrangers des ridicules déjà oubliés chez la nation même où ils ont été célébres! On ne lit plus le *Dante* dans l'Europe, parce que tout y est allusion à des faits ignorés : il en est de même d'Hudibras. La plupart des railleries de ce livre tombent sur la théologie & les théologiens du temps. Il faudrait à tout moment un commentaire. La

plaifanterie expliquée ceſſe d'être plaifanterie ; &
un commentateur de bons mots n'eſt guère capable
d'en dire.

Du doyen Swift.

VOILA pourquoi on n'entendra jamais bien en
France les livres de l'ingénieux doĉteur *Swift*, qu'on
appelle le *Rabelais* d'Angleterre. Il a l'honneur d'être
prêtre , & de ſe moquer de tout, comme lui ; mais
Rabelais n'était pas au-deſſus de ſon ſiècle , & *Swift*
eſt fort au-deſſus de *Rabelais*.

Notre curé de Meudon, dans ſon extravagant &
inintelligible livre, a répandu une extrême gaieté &
une plus grande impertinence. Il a prodigué l'érudition, les ordures & l'ennui. Un bon conte de deux
pages eſt acheté par des volumes de ſottiſes. Il n'y a que
quelques perſonnes d'un goût bizarre qui ſe piquent
d'entendre & d'eſtimer tout cet ouvrage. Le reſte de
la nation rit des plaiſantéries de *Rabelais*, & mépriſe
le livre ; on le regarde comme le premier des bouffons.
On eſt fâché qu'un homme qui avait tant d'eſprit en
ait fait un ſi miſérable uſage. C'eſt un philoſophe ivre,
qui n'a écrit que dans le temps de ſon ivreſſe.

M. *Swift* eſt *Rabelais* dans ſon bon ſens, & vivant
en bonne compagnie. Il n'a pas à la vérité la gaieté
du premier, mais il a toute la fineſſe , la raiſon , le
choix, le bon goût, qui manque à notre curé de Meudon.
Ses vers ſont d'un goût ſingulier & preſqu'inimitable.
La bonne plaiſanterie eſt ſon partage en vers & en proſe ;
mais pour le bien entendre , il faut faire un petit
voyage dans ſon pays.

Dans ce pays qui paraît fi étrange à une partie de l'Europe, on n'a point trouvé trop étrange que le révérend *Swift*, doyen d'une cathédrale, fe foit moqué, dans fon *Conte du tonneau*, du catholicifme, du luthéranifme & du calvinifme : il dit pour fes raifons qu'il n'a pas touché au chriftianifme. Il prétend avoir refpecté le père en donnant cent coups de fouet aux trois enfans. Des gens difficiles ont cru que les verges étaient fi longues qu'elles allaient jufqu'au père.

Ce fameux *Conte du tonneau* eft une imitation de l'ancien conte des trois anneaux indifcernables qu'un père légua à fes trois enfans. Ces trois anneaux étaient la religion juive, la chrétienne & la mahométane. C'eft encore une imitation de l'hiftoire de *Méro* & d'*Enégu* par *Fontenelle*. *Méro* était l'anagramme de Rome, & *Enégu* celle de Genève. Ce font deux fœurs qui prétendent à la fucceffion du royaume de leur père. *Méro* règne la première. *Fontenelle* la repréfente comme une forcière qui efcamotait le pain, & qui fefait des conjurations avec des cadavres. C'eft-là précifément le milord *Pierre* de *Swift*, qui préfente un morceau de pain à fes deux frères, & qui leur dit : *Voilà d'excellent vin de Bourgogne, mes amis ; voilà des perdrix d'un fumet admirable.* Le même milord *Pierre*, dans *Swift*, joue en tout le rôle que *Méro* joue dans *Fontenelle*.

Ainfi prefque tout eft imitation. L'idée des Lettres perfanes eft prife de celle de l'Efpion turc. Le *Boiardo* a imité le *Pulci*, l'*Ariofte* a imité le *Boiardo*. Les efprits les plus originaux empruntent les uns des autres. *Michel Cervantes* fait un fou de fon dom *Quichotte*, mais *Roland* eft-il autre chofe qu'un fou ? Il ferait difficile de décider fi la chevalerie errante eft plus tournée en

ridicule

ridicule par les peintures grotefques de *Cervantes* que par la féconde imagination de l'*Ariofle*. *Métaftafe* a pris la plupart de fes opéra dans nos tragédies françaifes. Plufieurs auteurs anglais nous ont copiés, & n'en ont rien dit. Il en eft des livres comme du feu dans nos foyers ; on va prendre ce feu chez fon voifin, on l'allume chez foi, on le communique à d'autres, & il appartient à tous.

PRIVILEGES, CAS PRIVILEGIÉS.

L'USAGE, qui prévaut prefque toujours contre la raifon, a voulu qu'on appelât privilégiés les délits des eccléfiaftiques & des moines contre l'ordre civil, ce qui eft pourtant très-commun ; & qu'on nommât délits communs ceux qui ne regardent que la difcipline eccléfiaftique ; cas dont la police civile ne s'embarraffe pas, & qui font abandonnés à la hiérarchie facerdotale.

L'Eglife n'ayant de jurifdiction que celle que les fouverains lui ont accordée, & les juges de l'Eglife n'étant ainfi que des juges privilégiés par le fouverain, on devrait appeler cas privilégiés ceux qui font de leur compétence, & délits communs ceux qui doivent être punis par les officiers du prince. Mais les canoniftes, qui font très-rarement exacts dans leurs expreffions, furtout lorfqu'il s'agit de la jurifdiction royale, ayant regardé un prêtre nommé official, comme étant de droit le feul juge des clercs, ils ont qualifié de privilége ce qui appartient de droit commun aux tribunaux laïques; & les ordonnances des rois ont adopté cette expression en France.

S'il faut se conformer à cet usage, le juge d'église connaît seul du délit commun; mais il ne connaît des cas privilégiés que concurremment avec le juge royal. Celui-ci se rend au tribunal de l'officialité, mais il n'y est que l'assesseur du juge d'église. Tous les deux sont assistés de leur greffier; chacun rédige séparément, mais en présence l'un de l'autre, les actes de la procédure. L'official qui préside interroge seul l'accusé; & si le juge royal a des questions à lui faire, il doit requérir le juge d'église de les proposer. L'instruction conjointe étant achevée, chaque juge rend séparément son jugement.

Cette procédure est hérissée de formalités, & elle entraîne d'ailleurs des longueurs qui ne devraient pas être admises dans la jurisprudence criminelle. Les juges d'église, qui n'ont pas fait une étude des lois & des formalités, n'instruisent guère de procédures criminelles sans donner lieu à des appels comme d'abus qui ruinent en frais le prévenu, le font languir dans les fers, ou retardent sa punition s'il est coupable.

D'ailleurs, les Français n'ont aucune loi précise qui ait déterminé quels sont les cas privilégiés. Un malheureux gémit souvent une année entière dans les cachots avant de savoir quels seront ses juges.

Les prêtres & les moines sont dans l'Etat & sujets de l'Etat. Il est bien étrange que lorsqu'ils ont troublé la société, ils ne soient pas jugés comme les autres citoyens, par les seuls officiers du souverain.

Chez les Juifs, les grands-prêtres même n'avaient point ce privilége, que nos lois ont accordé à de simples habitués de paroisse. *Salomon* déposa le grand-pontife *Abiathar*, sans le renvoyer à la synagogue pour lui faire son procès. (*a*) JESUS-CHRIST, accusé devant un juge séculier & païen, ne récusa pas sa jurisdiction. *St Paul*, traduit au tribunal de *Félix* & de *Festus*, ne le déclina point.

L'empereur *Constantin* accorda d'abord ce privilége aux évêques. *Honorius* & *Théodose le jeune* l'étendirent à tous les clercs, & *Justinien* le confirma.

En rédigeant l'ordonnance criminelle de 1670, le conseiller d'Etat *Pussort* & le président de *Novion* étaient d'avis (*b*) d'abolir la procédure conjointe, & de rendre aux juges royaux le droit de juger seuls les clercs accusés de cas privilégiés; mais cet avis raisonnable fut combattu par le premier président de *Lamoignon*, & par l'avocat-général *Talon* : & une loi qui était faite pour réformer nos abus, confirma le plus ridicule de tous.

Une déclaration du roi du 26 avril 1657, défend au parlement de Paris de continuer la procédure commencée contre le cardinal de *Retz* accusé de crime de lèse-majesté. La même déclaration veut que les procès des cardinaux, archevêques & évêques du royaume, accusés du crime de lèse-majesté, soient instruits & jugés par les juges ecclésiastiques, comme il est ordonné par les canons.

Mais cette déclaration contraire aux usages du royaume, n'a été enregistrée dans aucun parlement, & ne ferait pas suivie. Nos livres rapportent plusieurs arrêts qui ont décrété de prise de corps, déposé, confisqué les biens, & condamné à l'amende & à

(*a*) III liv. des Rois, ch. II, v. 26 & 27.
(*b*) Procès-verbal de l'ordonnance, pag. 43 & 44.

d'autres peines, des cardinaux, des archevêques, & des évêques. Ces peines ont été prononcées contre l'évêque de Nantes, par arrêt du 25 juin 1455.

Contre *Jean de la Balue*, cardinal & évêque d'Angers, par arrêt du 29 juillet 1469.

Contre *Jean Hébert*, évêque de Conſtance, en 1480.

Contre *Louis de Rochechouart*, évêque de Nantes, en 1481.

Contre *Géofroi de Pompadour*, évêque de Périgueux, & *George d'Amboiſe*, évêque de Montauban, en 1488.

Contre *Géofroi Dintiville*, évêque d'Auxerre, en 1531.

Contre *Bernard Lordat*, évêque de Pamiers, en 1537.

Contre le cardinal de *Châtillon*, évêque de Beauvais, le 19 mars 1569.

Contre *Géofroi de la Martonie*, évêque d'Amiens, le 9 juillet 1594.

Contre *Gilbert Genebrard*, archevêque d'Aix, le 26 janvier 1596.

Contre *Guillaume Roſe*, évêque de Senlis, le 5 ſeptembre 1598.

Contre le cardinal de *Sourdis*, archevêque de Bordeaux, le 17 novembre 1615.

Le parlement de Paris décréta de priſe de corps le cardinal de *Bouillon*, & fit faiſir ſes biens par arrêt du 20 juin 1710.

Le cardinal de *Mailly*, archevêque de Rheims, fit en 1717 un mandement tendant à détruire la paix eccléſiaſtique établie par le gouvernement. Le bourreau brûla publiquement le mandement par arrêt du parlement.

Le fieur *Languet*, évêque de Soiffons, ayant foutenu qu'il ne pouvait être jugé par la juftice du roi, même pour crime de lèfe-majefté, il fut condamné à dix mille livres d'amende.

Dans les troubles honteux excités par les refus de facremens, le fimple préfidial de Nantes condamna l'évêque de cette ville à fix mille francs d'amende pour avoir refufé la communion à ceux qui la demandaient.

En 1764, l'archevêque d'Auch, du nom de *Mon-tillet*, fut condamné à une amende ; & fon mandement, regardé comme un libelle diffamatoire, fut brûlé par le bourreau à Bordeaux.

Ces exemples ont été très-fréquens. La maxime que les eccléfiaftiques font entièrement foumis à la juftice du roi comme les autres citoyens, a prévalu dans tout le royaume. Il n'y a point de loi expreffe qui l'ordonne ; mais l'opinion de tous les jurifconfultes, le cri unanime de la nation, & le bien de l'Etat, font une loi.

P R O P H E T E S.

LE prophète *Jurieu* fut fifflé, les prophètes des Cévènes furent pendus ou roués ; les prophètes qui vinrent du Languedoc & du Dauphiné à Londres furent mis au pilori ; les prophètes anabaptiftes furent condamnés à divers fupplices ; le prophète *Savonarola* fut cuit à Florence. Et s'il eft permis de joindre à tous ceux-là les véritables prophètes juifs, on verra que leur deftinée n'a pas été moins malheureufe ; le plus grand de leurs prophètes, *St Jean-Baptiste*, eut le cou coupé.

On prétend que *Zacharie* fut affaffiné; mais heureufement cela n'eft pas prouvé. Le prophète *Jeddo* ou *Addo* qui fut envoyé à Béthel, à condition qu'il ne mangerait ni ne boirait, ayant malheureufement mangé un morceau de pain, fut mangé à fon tour par un lion, & on trouva fes os fur le grand chemin entre ce lion & fon âne. *Jonas* fut avalé par un poiffon; il eft vrai qu'il ne refta dans fon ventre que trois jours & trois nuits; mais c'eft toujours paffer foixante & douze heures fort mal à fon aife.

Habacuc fut tranfporté en l'air par les cheveux à Babylone. Ce n'eft pas un grand malheur, à la vérité; mais c'eft une voiture fort incommode. On doit beaucoup fouffrir quand on eft fufpendu par les cheveux l'efpace de trois cents milles. J'aurais mieux aimé une paire d'ailes, la jument *Borak* ou l'hippogriffe.

Michée, fils de *Jemilla*, ayant vu le Seigneur affis fur fon trône avec l'armée du ciel à droite & à gauche, & le Seigneur ayant demandé quelqu'un pour aller tromper le roi *Achab*; le diable s'étant préfenté au Seigneur, & s'étant chargé de la commiffion, *Michée* rendit compte de la part du Seigneur au roi *Achab* de cette aventure célefte. Il eft vrai que pour récompenfe, il ne reçut qu'un énorme foufflet de la main du prophète *Sédékia*; il eft vrai qu'il ne fut mis dans un cachot que pour quelques jours: mais enfin il eft défagréable pour un homme infpiré, d'être fouffleté & fouré dans un cu de baffe-foffe.

On croit que le roi *Amafias* fit arracher les dents au prophète *Amos* pour l'empêcher de parler. Ce n'eft

pas qu'on ne puiffe abfolument parler fans dents ; on
a vu de vieilles édentées très-bavardes : mais il faut
prononcer diftinctement une prophétie ; & un prophète
édenté n'eft pas écouté avec le refpect qu'on lui doit.

Baruch effuya bien des perfécutions. *Ezéchiel* fut
lapidé par les compagnons de fon efclavage. On ne
fait fi *Jérémie* fut lapidé, ou s'il fut fcié en deux.

Pour *Ifaïe*, il paffe pour conftant qu'il fut fcié par
ordre de *Manaffé* roitelet de Juda.

Il faut convenir que c'eft un méchant métier que
celui de prophète. Pour un feul qui, comme *Elie*, va
fe promener de planètes en planètes dans un beau
carroffe de lumière, traîné par quatre chevaux blancs ;
il y en a cent qui vont à pied, & qui font obligés
d'aller demander leur dîner de porte en porte. Ils
reffemblent affez à *Homère*, qui fut obligé, dit-on, de
mendier dans les fept villes qui fe difputèrent depuis
l'honneur de l'avoir vu naître. Ses commentateurs lui
ont attribué une infinité d'allégories, auxquelles il
n'avait jamais penfé. On a fait fouvent le même
honneur aux prophètes. Je ne difconviens pas qu'il
n'y eût ailleurs des gens inftruits de l'avenir. Il n'y a
qu'à donner à fon ame un certain degré d'exaltation,
comme l'a très-bien imaginé un brave philofophe de
nos jours, qui voulait percer un trou jufqu'aux anti-
podes, & enduire les malades de poix réfine. (*)

Les Juifs exaltèrent fi bien leur ame, qu'ils virent
très-clairement toutes les chofes futures : mais il eft
difficile de deviner au jufte fi par Jérufalem les prophètes entendent toujours la vie éternelle ; fi Babylone
fignifie Londres ou Paris ; fi quand ils parlent d'un

(*) Voyez la *Diatribe du docteur Akakia*, vol. de *Facéties*.

D d 4

grand dîner on doit l'expliquer par un jeûne; si du vin rouge signifie du sang; si un manteau rouge signifie la foi, & un manteau blanc la charité. L'intelligence des prophètes est l'effort de l'esprit humain.

Il y a encore une grande difficulté à l'égard des prophètes juifs; c'est que plusieurs d'entr'eux étaient hérétiques samaritains. *Ozée* était de la tribu d'Issacar, territoire samaritain; *Elie* & *Elizée* eux-mêmes en étaient : mais il est aisé de répondre à cette objection. On sait assez que l'esprit souffle où il veut, & que la grâce tombe sur le sol le plus aride comme sur le plus fertile.

PROPHETIES.

SECTION PREMIERE.

CE mot, dans son acception ordinaire, signifie prediction de l'avenir. C'est en ce sens que JESUS (a) disait à ses disciples : Il est nécessaire que tout ce qui a été écrit de moi dans la loi de *Moïse*, dans les prophètes & dans les pseaumes, soit accompli. Alors, ajoute l'évangéliste, il leur ouvrit l'esprit afin qu'ils comprissent les Ecritures.

On sentira la nécessité indispensable d'avoir l'esprit ouvert pour comprendre les prophéties, si l'on fait attention que les Juifs, qui en étaient les dépositaires, n'ont jamais pu reconnaître JESUS pour le messie, & qu'il y a dix-huit siècles que nos théologiens disputent

_____
(a) *Luc*, chap. XXIV, v. 44 & 45.

avec eux pour fixer le fens de quelques-unes qu'ils tâchent d'appliquer à JESUS. Telles font celle de *Jacob*: (*b*) Le fceptre ne fera point ôté de *Juda*, & le chef de fa cuiffe, jufqu'à ce que celui qui doit être envoyé vienne. Celle de *Moïfe* : (*c*) Le Seigneur votre DIEU vous fufcitera un prophète comme moi, de votre nation & d'entre vos frères ; c'eft lui que vous écouterez. Celle d'*Ifaïe* : (*d*) Voici qu'une vierge concevra & enfantera un fils qui fera nommé *Emmanuel.* Celle de *Daniel* : (*e*) Soixante & dix femaines ont été abrégées en faveur de votre peuple, &c. Notre objet n'eft point d'entrer ici dans ce détail théologique.

Obfervons feulement qu'il eft dit dans les Actes des apôtres, (*f*) qu'en donnant un fucceffeur à *Juda*, & dans d'autres occafions, ils fe propofaient expreffément d'accomplir les prophéties ; mais les apôtres même en citaient quelquefois qui ne fe trouvent point dans l'écriture des Juifs ; telle eft celle-ci alléguée par S*t Matthieu* : (*g*) JESUS vint demeurer dans une ville appelée Nazareth, afin que cette prédiction des prophètes fût accomplie : Il fera appelée Nazaréen.

S*t Jude*, dans fon épître, cite auffi une prophétie du livre d'*Hénoc* qui eft apocryphe ; & l'auteur de l'ouvrage imparfait fur S*t Matthieu*, parlant de l'étoile vue en Orient par les mages, s'exprime en ces termes : On m'a raconté, dit-il, fur le témoignage de je ne fais quelle écriture, qui n'eft pas à la vérité authentique, mais qui réjouit la foi bien loin de la détruire, qu'il y a aux bords de l'Océan oriental, une nation qui

---

(*b*) Genèfe, ch. XLIX, v. 10.
(*c*) Deutér. ch. XVIII, v. 15.
(*d*) C. VII, v. 14.
(*e*) C. IX, v. 24.
(*f*) C. I, v, 16, & c. XIII, v. 47.
(*g*) C. 2, v. 23.

poffédait un livre qui porte le nom de Seth, & dans lequel il eft parlé de l'étoile qui devait apparaître aux mages, & des préfens que les mages devaient offrir au fils de DIEU. Cette nation, inftruite par ce livre, choifit douze perfonnes des plus religieufes d'entr'elles, & les chargea du foin d'obferver quand l'étoile apparaîtrait. Lorfque quelqu'un d'eux venait à mourir, on lui fubftituait un de fes fils ou de fes proches. Ils s'appelaient mages dans leur langue, parce qu'ils fervaient DIEU dans le filence & à voix baffe.

Ces mages allaient donc tous les ans, après la récolte des blés, fur une montagne qui eft dans leur pays, qu'ils nomment le mont de la victoire, & qui eft très-agréable, à caufe des fontaines qui l'arrofent & des arbres qui le couvrent. Il y a auffi un antre creufé dans le roc, & c'eft là qu'après s'être lavés & purifiés, ils offraient des facrifices & priaient DIEU en filence pendant trois jours.

Ils n'avaient point difcontinué cette pieufe pratique depuis un grand nombre de générations, lorfqu'enfin l'heureufe étoile vint defcendre fur leur montagne. On voyait en elle la figure d'un petit enfant, fur lequel il y avait celle d'une croix. Elle leur parla, & leur dit d'aller en Judée. Ils partirent à l'inftant, l'étoile marchant toujours devant eux, & ils furent deux années en chemin.

Cette prophétie du livre de *Seth* reffemble à celle de *Zorodafcht* ou *Zoroaftre*, excepté que la figure que l'on devait voir dans l'étoile était celle d'une jeune fille vierge; auffi *Zoroaftre* ne dit pas qu'elle aurait une croix fur elle. Cette prophétie, citée dans l'évangile de l'enfance, (*h*) eſt rapportée ainſi par *Abulpharage :* (*i*) *Zoroaſtre* le maître des Maguſéens inſtruiſit les Perſes de la manifeſtation future de notre Seigneur JESUS-CHRIST, & leur commanda de lui offrir des préſens lorſqu'il ſerait né. Il les avertit que dans les derniers temps une vierge concevrait ſans l'opération d'aucun homme; & que lorſqu'elle mettrait au monde ſon fils, il apparaîtrait une étoile qui luirait en plein jour, au milieu de laquelle ils verraient la figure d'une jeune fille vierge. Ce ſera vous, mes enfans, ajouta *Zoroaſtre*, qui l'apercevrez avant toutes les nations. Lors donc que vous verrez paraître cette étoile, allez où elle vous conduira. Adorez cet enfant naiſſant; offrez-lui vos préſens : car c'eſt le Verbe qui a créé le ciel.

L'accompliſſement de cette prophétie eſt rapporté dans l'Hiſtoire naturelle de *Pline;* (*k*) mais outre que l'apparition de l'étoile aurait précédé la naiſſance de JESUS d'environ quarante ans, ce paſſage ſemble fort ſuſpeĉt aux ſavans; & ce ne ſerait pas le premier ni le ſeul qui aurait été interpolé en faveur du chriſtianiſme. En voici le précis. ,, Il parut à Rome, pendant ſept ,, jours, une comète ſi brillante, qu'à peine en ,, pouvait-on ſupporter la vue; on apercevait au milieu ,, d'elle un dieu ſous la forme humaine; on la prit pour ,, l'ame de *Jules-Céſar* qui venait de mourir, & on ,, l'adora dans un temple particulier. ,,

M. *Aſſeman*, dans ſa Bibliothèque orientale, (*l*) parle auſſi d'un livre de *Salomon*, métropolitain de Baſſora, intitulé l'Abeille, dans lequel y a un chapitre ſur cette prédiĉtion de *Zoroaſtre. Hornius*, qui ne doutait

---

(*h*) Art. 7.

(*i*) Dinaſt. pag. 82.

(*k*) Liv. II, chap. 25.

(*l*) Tom, 3, I part. pag. 316.

pas de son authenticité, a prétendu que *Zoroaſtre* était *Balaam*, & cela vraiſemblablement parce qu'*Origène*, dans ſon premier livre contre *Celſe*, dit (*m*) que les mages avaient ſans doute les prophéties de *Balaam*, dont on trouve ces paroles dans les Nombres : (*n*) Une étoile ſe levera de *Jacob* & un homme ſortira d'Iſraël. Mais *Balaam* n'était pas plus juif que *Zoroaſtre*, puiſqu'il dit lui-même qu'il était venu d'Aram, des montagnes d'Orient. (*o*)

D'ailleurs *St Paul* parle expreſſément à *Tite* (*p*) d'un prophète crétois ; & *St Clément d'Alexandrie* (*q*) reconnaît que comme DIEU voulant ſauver les Juifs leur donna des prophètes, il ſuſcita de même les plus excellens hommes d'entre les Grecs, ceux qui étaient les plus propres à recevoir ſes grâces ; il les ſépara des hommes du vulgaire, afin d'être les prophètes des Grecs & de les inſtruire dans leur propre langue. *Platon*, dit-il encore, (*r*) n'a-t-il pas prédit en quelque manière l'économie ſalutaire, lorſque dans ſon ſecond livre de la République, il a imité cette parole de l'Ecriture : (*s*) Défeſons-nous du juſte, car il nous incommode, & s'eſt exprimé en ces termes : Le juſte ſera battu de verges ; il ſera tourmenté ; on lui crevera les yeux ; & après avoir ſouffert toutes ſortes de maux, il ſera enfin crucifié.

St Clément aurait pu ajouter que ſi l'on ne creva pas les yeux à JESUS, malgré cette prophétie de *Platon*, on ne lui briſa pas non plus les os, quoiqu'il ſoit dit

(*m*) Chap. XII.
(*n*) Chap. XXIV, v. 17.
(*o*) Nombres, c. XXIII, v. 7.
(*p*) Chap. I, v. 12.

(*q*) Stromat. 1. VI, pag. 638.
(*r*) Stromat. 1. V, pag. 601.
(*s*) La Sageſſe, c. II, v. 12.

dans un pſeaume : (*t*) Pendant qu'on briſe mes os, mes ennemis qui me perſécutent, m'accablent par leurs reproches. Au contraire, S*t* *Jean* (*u*) dit poſitive- ment que les ſoldats rompirent les jambes aux deux autres qui étaient crucifiés avec lui ; mais qu'ils ne rompirent point celles de JESUS, afin que cette parole de l'Ecriture fût accomplie : (*x*) Vous ne briſerez aucun de ſes os.

Cette Ecriture, citée par S*t* *Jean*, s'entendait à la lettre de l'agneau paſcal que devaient manger les Iſraëlites, mais *Jean-Baptiſte* ayant appelé (*y*) JESUS l'agneau de DIEU, non-ſeulement on lui en fit depuis l'application ; mais on prétendit même que ſa mort avait été prédite par *Confucius*. *Spizeli* cite l'Hiſtoire de la Chine par *Martini*, dans laquelle il eſt rapporté que l'an 39 du règne de *Kingi*, des chaſſeurs tuèrent hors des portes de la ville un animal rare, que les Chinois appellent Kilin, c'eſt-à-dire agneau de Dieu. A cette nouvelle *Confucius* frappa ſa poitrine, jeta de profonds ſoupirs, & s'écria plus d'une fois : Kilin, qui eſt-ce qui a dit que vous étiez venu ? Il ajouta : Ma doĉtrine tend à ſa fin, elle ne ſera plus d'aucun uſage dès que vous paraîtrez.

On trouve encore une autre prophétie du même *Confucius* dans ſon ſecond livre, laquelle on applique également à JESUS, quoiqu'il n'y ſoit pas déſigné ſous le nom d'agneau de Dieu. La voici : On ne doit pas craindre que lorſque le Saint, l'attendu des nations ſera venu, on ne rende pas à ſa vertu tout l'honneur

----

(*t*) Pſ. 41, v. 14.　　(*x*) Exod. c. XII, v. 46 ; & N. c. IX, v. 12.
(*u*) Chap. XIX, v. 36.　(*y*) *Jean*, c. I, 29 & 36.

qui lui eſt dû. Ses œuvres feront conformes aux lois du ciel & de la terre.

Ces prophéties contradiĉtoires priſes dans les livres des Juifs ſemblent excuſer leur obſtination, & peuvent rendre raiſon de l'embarras de nos théologiens dans leur controverſe avec eux. De plus, celles que nous venons de rapporter des autres peuples, prouvent que l'auteur des Nombres, les apôtres & les pères reconnaiſſent des prophètes chez toutes les nations. C'eſt ce que prétendent auſſi les Arabes, (z) qui comptent cent vingt-quatre mille prophètes depuis la création du monde juſqu'à *Mahomet*, & croient que chacun d'eux a été envoyé à une nation particulière.

Nous parlerons des prophéteſſes à l'article *Sibylles*.

S E C T I O N   I I.

IL eſt encore des prophètes, nous en avions deux à bicètre en 1723; l'un & l'autre ſe diſaient *Elie*. On les fouetta, & il n'en fut plus queſtion.

Avant les prophètes des Cévènes qui tiraient des coups de fuſil derrière les haies au nom du Seigneur en 1704, la Hollande eut le fameux *Pierre Jurieu* qui publia l'Accompliſſement des prophéties. Mais que la Hollande n'en ſoit pas trop fière. Il était né en France dans une petite ville appelée Mer, de la généralité d'Orléans. Cependant il faut avouer que ce ne fut qu'à Roterdam que Dieu l'appela à la prophétie.

(z) Hiſt. des Arabes, c. XX, par *Abraham Echellenſis*.

Ce *Jurieu* vit clairement, comme bien d'autres, dans l'Apocalypfe, que le pape était la bête; (*a*) qu'elle tenait *poculum aureum plenum abominationum* , la coupe d'or pleine d'abominations; que les quatre premières lettres de ces quatre mots latins formaient le mot *papa*; que par conféquent fon règne allait finir; que les Juifs rentreraient dans Jérufalem; qu'ils domineraient fur le monde entier pendant mille ans, après quoi viendrait l'antechrift; puis JESUS affis fur une nuée jugerait les vivans & les morts.

Jurieu prophétife expreffément (*b*) que le temps de la grande révolution & de la chute entière du papifme *tombera juflement fur l'an* 1689 , *que j'eflime*, dit-il, *être le temps de la vendange apocalyptique; car les deux témoins reffufciteront en ce temps-là. Après quoi la France doit rompre avec le pape avant la fin du fiècle , ou au commencement de l'autre , & le refle de l'empire antichrétien s'abolira par-tout.*

Cette particule disjonctive *ou*, ce figne du doute n'était pas d'un homme adroit. Il ne faut pas qu'un prophète héfite. Il peut être obfcur, mais il doit être fûr de fon fait.

La révolution du papifme n'étant point arrivée en 1689, comme *Pierre Jurieu* l'avait prédit, il fit faire au plus vîte une nouvelle édition où il affura que c'était pour 1690. Et ce qui eft étonnant, c'eft que cette édition fut fuivie immédiatement d'une autre. Il s'en eft fallu beaucoup que le Dictionnaire de *Bayle* ait eu une pareille vogue; mais l'ouvrage de *Bayle* eft refté, & *Pierre Jurieu* n'eft pas même demeuré dans la bibliothèque bleue avec *Noflradamus*.

(*a*) Tom. I, pag. 187.　　　　(*b*) Tom. II , pag. 133 & 134.

On n'avait pas alors pour un feul prophète. Un presbytérien anglais, qui étudiait à Utrecht, combattit tout ce que difait *Jurieu* fur les fept phioles & les fept trompettes de l'Apocalypfe, fur le règne de mille ans, fur la converfion des Juifs, & même fur l'antechrift. Chacun s'appuyait de l'autorité de *Cocceïus*, de *Coterus*, de *Drabicius*, de *Comenius*, grands prophètes précédens, & de la prophéteffe *Chrifline*. Les deux champions fe bornèrent à écrire ; on efpérait qu'ils fe donneraient des foufflets, comme *Sédèkia* en appliqua un à *Michée*, en lui difant : *Devine comment l'efprit divin a paffé de ma main fur ta joue*. Mot à mot, *Comment l'efprit a-t-il paffé de toi à moi ?* Le public n'eut pas cette fatisfaction, & c'eft bien dommage.

S E C T I O N   I I I.

IL n'appartient qu'à l'Eglife infaillible de fixer le véritable fens des prophéties ; car les Juifs ont toujours foutenu avec leur opiniâtreté ordinaire, qu'aucune prophétie ne pouvait regarder JESUS-CHRIST ; & les pères de l'Eglife ne pouvaient difputer contr'eux avec avantage, puifque hors St *Ephrem*, le grand *Origène* & St *Jérôme*, il n'y eut jamais aucun père de l'Eglife qui fût un mot d'hébreu.

Ce ne fut qu'au neuvième fiècle, que *Raban* le maure, depuis évêque de Mayence, apprit la langue juive. Son exemple fut fuivi de quelques autres, & alors on commença à difputer avec les rabbins fur le fens des prophéties.

Raban fut étonné dès blafphèmes qu'ils prononçaient contre notre Sauveur, l'appelant *bâtard*, *impie*, *fils de Panther*,

Panther, & difant qu'il n'eft pas permis de prier DIEU fans le maudire. (*c*) *Quod nulla oratio poſſet apud* DEUM *accepta eſſe niſi in ea Dominum noſtrum* JESUM-CHRISTUM *maledicant. Confitentes eum eſſe impium & filium impii, id eſt neſcio cujus æthnici quem nominant Panthera à quo dicunt matrem Domini adulteratam.*

Ces horribles profanations ſe trouvent en pluſieurs endroits dans le Talmud, dans les livres du Nizachon, dans la diſpute de *Rittangel*, dans celles de *Jechiel* & de *Nacmanides*, intitulées le Rempart de la foi ; & furtout dans l'abominable ouvrage du *Toldos Jeſchut*.

C'eſt particulièrement dans le prétendu Rempart de la foi du rabbin *Iſaac*, que l'on interprète toutes les prophéties qui annoncent JESUS-CHRIST en les appliquant à d'autres perſonnes.

C'eſt là qu'on aſſure que la Trinité n'eſt figurée dans aucun livre hébreu, & qu'on n'y trouve pas la plus légère trace de notre ſainte religion. Au contraire, ils allèguent cent endroits qui, ſelon eux, diſent que la loi moſaïque doit durer éternellement.

Le fameux paſſage qui doit confondre les Juifs & faire triompher la religion chrétienne, de l'aveu de tous nos grands théologiens, eſt celui d'*Iſaïe* : *Voici une vierge ſera enceinte, elle enfantera un fils, & ſon nom ſera Emmanuel; il mangera du beurre & du miel juſqu'à ce qu'il ſache rejeter le mal & choiſir le bien.... Et avant que l'enfant ſache rejeter le mal & choiſir le bien, la terre que tu as en déteſtation ſera abandonnée de ſes deux rois...... Et l'Eternel ſifflera aux mouches des ruiſſeaux d'Egypte, & aux abeilles qui ſont au pays d'Aſſur.... Et en ce jour-là*

(*c*) *Vangeſilius in proœmio*, pag. 53.

Dictionn. philoſoph. Tome VI.   F e

*le Seigneur rasera avec un rasoir de louage le roi d'Assur,
la tête & le poil des génitoires, & il achevera aussi la barbe...
Et l'Eternel me dit : Prends un grand rouleau & y écris
avec une touche en gros caractère, qu'on se dépêche de
butiner, prenez vîte les dépouilles..... Donc je pris avec
moi de fidelles témoins, savoir Urie le sacrificateur, &
Zacharie fils de Jeberecia.... Et je couchai avec la prophétesse,
elle conçut & enfanta un enfant mâle; & l'Eternel me dit :
Appelle l'enfant Maher-salal-has-bas. Car avant que l'enfant
sache crier mon père & ma mère on enlevera la puissance
de Damas, & le butin de Samarie devant le roi d'Assur.*

Le rabbin *Isaac* affirme, après tous les autres docteurs
de sa loi, que le mot hébreu *alma* signifie tantôt une
vierge, tantôt une femme mariée; que *Ruth* est appelée
alma lorsqu'elle était mère; qu'une femme adultère
est quelquefois même nommée *alma*; qu'il ne s'agit
ici que de la femme du prophète *Isaïe*; que son fils
ne s'appelle point *Emmanuel*, mais *Maher-salal-has-
bas*; que quand ce fils mangera du beurre & du
miel, les deux rois qui assiégent Jérusalem seront
chassés du pays &c.

Ainsi ces interprètes aveugles de leur propre religion
& de leur propre langue, combattent contre l'Eglise, &
disent obstinément que cette prophétie ne peut regarder
JESUS-CHRIST en aucune manière.

On a mille fois réfuté leur explication dans nos
langues modernes. On a employé la force, les gibets,
les roues, les flammes; cependant ils ne se rendent
pas encore.

*Il a porté nos maladies, & il a soutenu nos douleurs,
& nous l'avons cru affligé de plaies, frappé de* DIEU *&
affligé.*

Quelque frappante que cette prédiction puiſſe nous paraître, ces Juifs obſtinés diſent qu'elle n'a nul rapport avec JESUS-CHRIST, & qu'elle ne peut regarder que les prophètes qui étaient perſécutés pour les péchés du peuple.

Et voilà que mon ſerviteur proſpérera, ſera honoré, & élevé très-haut.

Ils diſent encore que cela ne regarde pas JESUS-CHRIST, mais *David ;* que ce roi en effet proſpéra, mais que JESUS qu'ils méconnurent ne proſpéra pas.

Voici que je ferai un nouveau paĉte avec la maiſon d'Iſraël & avec la maiſon de Juda.

Ils diſent que ce paſſage ne ſignifie, ſelon la lettre & ſelon le ſens, autre choſe ſinon, je renouvellerai mon paĉte avec Juda & avec Iſraël. Cependant, leur paĉte n'a pas été renouvelé ; on ne peut faire un plus mauvais marché que celui qu'ils ont fait. N'importe, ils ſont obſtinés.

Et toi, Bethléem d'Ephrata, qui es petite dans les milliers de Juda, il ſortira pour toi un dominateur en Iſraël, & ſa ſortie eſt depuis le commencement juſqu'au jour d'à jamais.

Ils oſent nier encore que cette prophétie ſoit pour JESUS-CHRIST. Ils diſent qu'il eſt évident que *Michée* parle de quelque capitaine natif de Bethléem, qui remportera quelque avantage à la guerre contre les Babyloniens ; car il parle le moment d'après de l'hiſtoire de Babylone & des ſept capitaines qui élurent *Darius.* Et ſi on démontre qu'il s'agit du Meſſie, ils n'en veulent pas convenir.

Ces Juifs ſe trompent groſſièrement ſur Juda qui devait être comme un lion, & qui n'a été que comme un âne fous les Perfes, fous *Alexandre*, fous les *Séleucides*, fous les *Ptolomées*, fous les Romains, fous les Arabes & fous les Turcs.

Ils ne favent ce qu'ils entendent par le *Shilo*, & par la *verge*, & par la *cuiſſe de Juda*. La verge n'a été dans Juda qu'un temps très-court; ils difent des pauvretés; mais l'abbé *Houteville* n'en dit-il pas beaucoup davan-tage avec fes phrafes, fon néologifme & fon éloquence de rhéteur, qui met toujours des mots à la place des chofes, & qui fe propofe des objeƈtions très-difficiles pour n'y répondre que par du verbiage?

Tout cela eſt donc peine perdue; & quand l'abbé *François* ferait encore un livre plus gros, quand il le joindrait aux cinq ou fix mille volumes que nous avons fur cette matièrc, nous en ferions plus fatigués fans avoir avancé d'un feul pas.

On fe trouve donc plongé dans un chaos qu'il eſt impoſſible à la faibleſſe de l'efprit humain de débrouiller jamais. On a befoin, encore une fois, d'une Eglife infaillible qui juge fans appel. Car enfin, fi un chinois, un tartare, un africain, réduit au malheur de n'avoir que du bon fens, lifait toutes ces prophéties, il lui ferait impoſſible d'en faire l'application, ni à JESUS-CHRIST, ni aux Juifs, ni à perfonne. Il ferait dans l'étonnement, dans l'incertitude, ne concevrait rien, n'aurait pas une feule idée diſtinƈte. Il ne pourrait pas faire un pas dans cet abyme; il lui faut un guide. Prenons donc l'Eglife pour notre guide, c'eſt le moyen de cheminer. On arrive avec ce guide, non-feulement au fanƈtuaire de la vérité, mais à de bons canonicats, à de groſſes commanderies, à de très-opulenté abbayes croſſées & mitrées dont l'abbé eſt appelé *monſeigneur* par fes moines & par fes payfans, à des évêchés qui vous donnent le titre de *princes*; on jouit de la terre, & on eft fûr de poſſéder le ciel en propre.

PROPRIETÉ.

*L*IBERTY, *and property* : c'eft le cri anglais. Il vaut mieux que *St George & mon droit*, *St Denis & mont-joie* : c'eft le cri de la nature.

De la Suiſſe à la Chine les payfans poſſèdent des terres en propre. Le droit feul de conquête a pu dans quelques pays dépouiller les hommes d'un droit fi naturel.

L'avantage général d'une nation eft celui du fouve-rain, du magiftrat & du peuple, pendant la paix & pendant la guerre. Cette poſſeſſion des terres accordées aux payfans, eft-elle également utile au trône & aux fujets dans tous les temps? Pour qu'elle le foit au trône, il faut qu'elle puiſſe produire un revenu plus confidérable & plus de foldats.

Il faut donc voir fi le commerce & la population augmenteront. Il eft certain que le poſſeſſeur d'un terrain cultivera beaucoup mieux fon héritage que celui d'autrui. L'efprit de propriété double la force de l'homme. On travaille pour foi & pour fa famille avec plus de vigueur & de plaifir que pour un maître. L'efclave qui eft dans la puiſſance d'un autre, a peu d'inclination pour le mariage. Il craint fouvent même de faire des efclaves comme lui. Son induftrie eft étouffée; fon ame abrutie : & fes forces ne s'exercent jamais dans toute leur élafticité. Le poſſeſſeur, au contraire, défire une femme qui partage fon bonheur, & des enfans qui l'aident dans fon travail. Son époufe & fes fils font fes richeffes. Le terrain de ce cultivateur peut devenir dix fois plus fertile qu'auparavant fous les mains d'une famille laborieufe. Le commerce général fera augmenté. Le tréfor du prince en profitera. La campagne fournira plus de foldats. C'eft donc évidemment l'avantage du prince. La Pologne ferait trois fois plus peuplée & plus riche fi le payfan n'était pas efclave.

Ce n'en eft pas moins l'avantage des feigneurs. Qu'un feigneur poffède dix mille arpens de terre cultivés par des ferfs; dix mille arpens ne lui procureront qu'un revenu très-faible, fouvent abforbé par les réparations, & réduit à rien par l'intempérie des faifons. Que fera-ce, fi la terre eft d'une plus vafte étendue, & fi le terrain eft ingrat? il ne fera que le maître d'une vafte folitude. Il ne fera réellement riche qu'autant que fes vaffaux le feront. Son bonheur dépend du leur. Si ce bonheur s'étend jufqu'à rendre fa terre trop peuplée, fi le terrain manque à tant de mains laborieufes, (au lieu qu'auparavant les mains manquaient au terrain) alors l'excédent des cultivateurs néceffaires fe répand dans les villes, dans les ports de mer, dans les atteliers des artiftes, dans les armées. La population aura produit ce grand bien; & la poffeffion des terres accordées aux cultivateurs, fous la redevance qui enrichit les feigneurs, aura produit cette population.

Il y a une autre efpèce de propriété non moins utile; c'eft celle qui eft affranchie de toute redevance, & qui ne paye que les tributs généraux impofés par.

le fouverain, pour le bien & le maintien de l'Etat. C'eft cette propriété qui a contribué furtout à la richeffe de l'Angleterre, de la France & des villes libres d'Allemagne. Les fouverains qui affranchirent les terrains dont étaient compofés leurs domaines, en recueillirent d'abord un grand avantage; puifqu'on acheta chèrement ces franchifes : & ils en retirent aujourd'hui un bien plus grand, furtout en Angleterre & en France, par les progrès de l'induftrie & du commerce.

L'Angleterre donna un grand exemple au feizième fiècle, lorfqu'on affranchit les terres dépendantes de l'Eglife & des moines. C'était une chofe bien odieufe, bien préjudiciable à un Etat, de voir des hommes voués par leur inftitut à l'humilité & à la pauvreté, devenus les maîtres des plus belles terres du royaume, traiter les hommes, leurs frères, comme des animaux de fervice, faits pour porter leurs fardeaux. La grandeur de ce petit nombre de prêtres aviliffait la nature humaine. Leurs richeffes particulières appauvriffaient le refte du royaume. L'abus a été détruit; & l'Angleterre eft devenue riche.

Dans tout le refte de l'Europe, le commerce n'a fleuri, les arts n'ont été en honneur, les villes ne fe font accrues & embellies, que quand les ferfs de la couronne & de l'Eglife ont eu des terres en propriété. Et ce qu'on doit foigneufement remarquer, c'eft que fi l'Eglife y a perdu des droits qui ne lui appartenaient pas, la couronne y a gagné l'extenfion de fes droits légitimes : car l'Eglife, dont la première inftitution eft d'imiter fon légiflateur humble & pauvre, n'eft point faite originairement pour s'engraiffer du fruit

des travaux des hommes ; & le fouverain, qui repréfente l'Etat, doit économifer le fruit de ces mêmes
travaux pour le bien de l'Etat même & pour la fplendeur
du trône. Par-tout où le peuple travaille pour l'Eglife
l'Etat eft pauvre : par-tout où le peuple travaille pour
lui & pour le fouverain, l'Etat eft riche.

C'eft alors que le commerce étend par-tout fes
branches. La marine marchande devient l'école de la
marine militaire. De grandes compagnies de commerce
fe forment. Le fouverain trouve, dans les temps
difficiles, des reffources auparavant inconnues. Ainfi
dans les Etats autrichiens, en Angleterre, en France,
vous voyez le prince emprunter facilement de fes fujets
cent fois plus qu'il n'en pouvait arracher par la force,
quand les peuples croupiffaient dans la fervitude.

Tous les payfans ne feront pas riches ; & il ne faut
pas qu'ils le foient. On a befoin d'hommes qui n'aient
que leurs bras, & de la bonne volonté. Mais ces hommes
mêmes, qui femblent le rebut de la fortune, partici-
peront au bonheur des autres. Ils feront libres de vendre
leur travail à qui voudra le mieux payer. Cette liberté
leur tiendra lieu de propriété. L'efpérance certaine
d'un jufte falaire les foutiendra. Ils éleveront avec
gaieté leur famille dans leurs métiers laborieux &
utiles. C'eft furtout cette claffe d'hommes fi méprifables
aux yeux des puiffans, qui fait la pépinière des foldats.
Ainfi, depuis le fceptre jufqu'à la faux & à la houlette,
tout s'anime, tout profpère, tout prend une nouvelle
force par ce feul reffort.

Après avoir vu s'il eft avantageux à un Etat que les
cultivateurs foient propriétaires, il refte à voir jufqu'où
cette conceffion peut s'étendre. Il eft arrivé dans plus

d'un royaume, que le ferf affranchi étant devenu riche par fon induftrie, s'eft mis à la place de fes anciens maîtres appauvris par leur luxe. Il a acheté leurs terres, il a pris leurs noms. L'ancienne nobleffe a été avilie; & la nouvelle n'a été qu'enviée & méprifée. Tout a été confondu. Les peuples qui ont fouffert ces ufurpations, ont été le jouet des nations qui fe font préfervées de ce fléau.

Les erreurs d'un gouvernement peuvent être une leçon pour les autres. Ils profitent du bien qu'il a fait; ils évitent le mal où il eft tombé.

Il eft fi aifé d'oppofer le frein des lois à la cupidité & à l'orgueil des nouveaux parvenus; de fixer l'étendue des terrains roturiers qu'ils peuvent acheter; de leur interdire l'acquifition des grandes terres feigneuriales; (1) que jamais un gouvernement ferme & fage ne pourra fe repentir d'avoir affranchi la fervitude & d'avoir enrichi l'indigence. Un bien ne produit jamais un mal, que lorfque ce bien eft pouffé à un excès vicieux, & alors il ceffe d'être bien. Les exemples des autres nations avertiffent; & c'eft ce qui fait que les peuples qui font policés les derniers, furpaffent fouvent les maîtres dont ils ont pris les leçons.

(1) Ces deux dernières lois feraient injuftes. Mais fi on voulait s'oppofer à la trop grande inégalité des richeffes, & qu'on n'eût ni affez de courage, ni une politique affez éclairée, pour abolir abfolument les fubftitutions & les droits d'aîneffe, on pourrait reftreindre ce privilége aux fiefs poffédés par la nobleffe ancienne ou titrée. Ce ferait du moins agir conféquemment d'après un principe vicieux à la vérité, celui de favorifer les diftinctions entre les états.

PROVIDENCE.

J'ETAIS à la grille lorfque fœur *Feſſue* difait à fœur *Confite* : La Providence prend un foin vifible de moi : vous favez comme j'aime mon moineau ; il était mort, fi je n'avais pas dit neuf *Ave Maria* pour obtenir fa guérifon. DIEU a rendu mon moineau à la vie ; remercions la fainte Vierge.

Un métaphyficien lui dit : Ma fœur, il n'y a rien de fi bon que des *Ave Maria*, furtout quand une fille les récite en latin dans un faubourg de Paris ; mais je ne crois pas que DIEU s'occupe beaucoup de votre moineau tout joli qu'il eſt ; fongez, je vous prie, qu'il a d'autres affaires. Il faut qu'il dirige continuellement le cours de feize planètes & de l'anneau de Saturne, au centre defquels il a placé le foleil qui eſt auffi gros qu'un million de nos terres. Il a des milliars de milliars d'autres foleils, de planètes & de comètes à gouverner. Ses lois immuables & fon concours éternel font mouvoir la nature entière : tout eſt lié à fon trône par une chaîne infinie dont aucun anneau ne peut jamais être hors de fa place. Si des *Ave Maria* avaient fait vivre le moïneau de fœur *Feſſue* un inſtant de plus qu'il ne devait vivre, ces *Ave Maria* auraient violé toutes les lois pofées de toute éternité par le grand-être ; vous auriez dérangé l'univers, il vous aurait fallu un nouveau monde, un nouveau DIEU, un nouvel ordre de chofes.

SOEUR FESSUE.

Quoi ! vous croyez que DIEU faſſe fi peu de cas de fœur *Feſſue* ?

LE METAPHYSICIEN.

Je fuis fâché de vous dire que vous n'êtes comme moi qu'un petit chaînon imperceptible de la chaîne infinie ; que vos organes, ceux de votre moineau & les miens, font deftinés à fubfifter un nombre déterminé de minutes dans ce faubourg de Paris.

SOEUR FESSUE.

S'il eft ainfi, j'étais prédeftinée à dire un nombre déterminé d'*Ave Maria*.

LE METAPHYSICIEN.

Oui ; mais ils n'ont pas forcé DIEU à prolonger la vie de votre moineau au-delà de fon terme. La conftitution du monde portait que dans ce couvent, à une certaine heure, vous prononceriez comme un perroquet certaines paroles dans une certaine langue que vous n'entendez point ; que cet oifeau né comme vous par l'action irréfiftible des lois générales, ayant été malade fe porterait mieux ; que vous vous imagineriez l'avoir guéri avec des paroles, & que nous aurions enfemble cette converfation.

SOEUR FESSUE.

Monfieur, ce difcours fent l'héréfie. Mon confeffeur, le révérend père de *Menou*, en inférera que vous ne croyez pas à la Providence.

LE METAPHYSICIEN.

Je crois la Providence générale, ma chère fœur, celle dont eft émanée de toute éternité la loi qui règle toute chofe, comme la lumière jaillit du foleil ; mais je ne crois point qu'une Providence particulière change l'économie du monde pour votre moineau ou pour votre chat.

SOEUR FESSUE.

Mais pourtant, fi mon confesseur vous dit, comme il me l'a dit à moi, que DIEU change tous les jours ses volontés en faveur des ames dévotes?

LE METAPHYSICIEN.

Il me dira la plus plate bêtise qu'un confesseur de filles puisse dire à un homme qui pense.

SOEUR FESSUE.

Mon confesseur une bête! sainte Vierge *Marie!*

LE METAPHYSICIEN.

Je ne dis pas cela; je dis qu'il ne pourrait justifier que par une bêtise énorme, les faux principes qu'il vous a insinués, peut-être fort adroitement, pour vous gouverner.

SOEUR FESSUE.

Ouais! j'y penserai; cela mérite réflexion.

PUISSANCE, TOUTE-PUISSANCE.

JE suppose que celui qui lira cet article est convaincu que ce monde est formé avec intelligence & qu'un peu d'astronomie & d'anatomie suffisent pour faire admirer cette intelligence universelle & suprême.

Encore une fois, *Mens agitat molem.*

Peut-il savoir par lui-même si cette intelligence est toute-puissante; c'est-à-dire infiniment puissante?

A-t-il la moindre notion de l'infini, pour comprendre ce que c'eft qu'une puiffance infinie?

Le célébre hiftorien philofophe *David Hume* dit : (a) ,, Un poids de dix onces eft enlevé dans la balance ,, par un autre poids ; donc cet autre poids eft de plus ,, de dix onces ; mais on ne peut apporter de raifon ,, pourquoi il doit être de cent. ,,

On peut dire de même : Tu reconnais une intelligence fuprême affez forte pour te former, pour te conferver un temps limité, pour te récompenfer, pour te punir. En fais-tu affez pour te démontrer qu'elle peut davantage ?

Comment peux-tu te prouver par ta raifon que cet être peut plus qu'il n'a fait ?

La vie de tous les animaux eft courte. Pouvait-il la faire plus longue ?

Tous les animaux font la pâture les uns des autres fans exception : tout naît pour être dévoré. Pouvait-il former fans détruire ?

Tu ignores quelle eft fa nature. Tu ne peux donc favoir fi fa nature ne l'a pas forcé de ne faire que les chofes qu'il a faites.

Ce globe n'eft qu'un vafte champ de deftruction & de carnage. Ou le grand-être a pu en faire une demeure éternelle de délices pour tous les êtres fenfibles, ou il ne l'a pas pu. S'il l'a pu & s'il ne l'a pas fait, crains de le regarder comme malfefant ; mais s'il ne l'a pas pu, ne crains point de le regarder comme une puiffance très-grande, circonfcrite par fa nature dans fes limites.

Qu'elle foit infinie ou non, cela ne t'importe. Il eft indifférent à un fujet que fon maître poffède cinq

(a) *Particular providence*, pag. 359.

cents lieues de terrain ou cinq mille, il n'en eſt ni plus ni moins ſujet.

Lequel ſerait plus injurieux à cet être ineffable de dire : Il a fait des malheureux ſans pouvoir s'en diſpenſer, ou il les a faits pour ſon plaiſir ?

Pluſieurs ſectes le repréſentent comme cruel ; d'autres, de peur d'admettre un DIEU méchant, ont l'audace de nier ſon exiſtence. Ne vaut-il pas mieux dire que probablement la néceſſité de ſa nature & celle des choſes ont tout déterminé ?

Le monde eſt le théâtre du mal moral & du mal phyſique ; on ne le ſent que trop : & le Tout eſt bien de *Shaſtesbury*, de *Bolingbroke* & de *Pope*, n'eſt qu'un paradoxe de bel eſprit, une mauvaiſe plaiſanterie.

Les deux principes de *Zoroaſtre* & de *Manès*, tant reſſaſſés par *Bayle*, ſont une plaiſanterie plus mauvaiſe encore. Ce ſont, comme on l'a déjà obſervé, les deux médecins de *Molière*, dont l'un dit à l'autre : Paſſez-moi l'émétique, & je vous paſſerai la ſaignée. Le manichéiſme eſt abſurde ; & voilà pourquoi il a eu un ſi grand parti.

J'avoue que je n'ai point été éclairé par tout ce que dit *Bayle* ſur les manichéens & ſur les pauliciens. C'eſt de la controverſe ; j'aurais voulu de la pure philoſophie. Pourquoi parler de nos myſtères à *Zoroaſtre* ? Dès que vous oſez traiter nos myſtères, qui ne veulent que de la foi & non du raiſonnement, vous vous ouvrez des précipices.

Le fatras de notre théologie ſcolaſtique n'a rien à faire avec le fatras des rêveries de *Zoroaſtre*.

Pourquoi diſcuter avec *Zoroaſtre* le péché originel ? il n'en a jamais été queſtion que du temps de St *Auguſtin*.

Zoroaftre ni aucun légiflateur de l'antiquité n'en avait entendu parler.

Si vous difputez avec *Zoroaftre*, mettez fous la clef l'ancien & le nouveau Teftament qu'il ne connaiffait pas ; & qu'il faut révérer fans vouloir les expliquer.

Qu'aurais-je donc dit à *Zoroaftre* ? ma raifon ne peut admettre deux dieux qui fe combattent, cela n'eft bon que dans un poëme où *Minerve* fe querelle avec *Mars*. Ma faible raifon eft bien plus contente d'un feul grand-être, dont l'effence était de faire, & qui a fait tout ce que fa nature lui a permis, qu'elle n'eft fatisfaite de deux grands-êtres, dont l'un gâte tous les ouvrages de l'autre. Votre mauvais principe *Arimane* n'a pu déranger une feule des lois aftronomiques & phyfiques du bon principe *Oromafe ;* tout marche avec la plus grande régularité dans les cieux. Pourquoi le méchant *Arimane* n'aurait-il eu de puiffance que fur ce petit globe de la terre ?

Si j'avais été *Arimane* j'aurais attaqué *Oromafe* dans fes belles & grandes provinces de tant de foleils & d'étoiles. Je ne me ferais pas borné à lui faire la guerre dans un petit village.

Il y a beaucoup de mal dans ce village : mais d'où favons-nous que ce mal n'était pas inévitable ?

Vous êtes forcé d'admettre une intelligence répandue dans l'univers ; mais 1°. favez-vous, par exemple, fi cette puiffance s'étend jufqu'à prévoir l'avenir ? Vous l'avez affuré mille fois ; mais vous n'avez jamais pu ni le prouver, ni le comprendre. Vous ne pouvez favoir comment un être quelconque voit ce qui n'eft pas. Or l'avenir n'eft pas ; donc nul être ne peut le voir.

Vous vous réduifez à dire qu'il prévoit ; mais prévoir c'eft conjecturer. (*b*)

Or un Dieu qui, felon vous, conjecture, peut fe tromper. Il s'eft réellement trompé dans votre fyftème ; car s'il avait prévu que fon ennemi empoifonnerait ici-bas toutes fes œuvres, il ne les aurait pas produites ; il ne fe ferait pas préparé lui-même la honte d'être continuellement vaincu.

2°. Ne lui fais-je pas bien plus d'honneur en difant qu'il a fait tout par la néceffité de fa nature, que vous ne lui en faites en lui fufcitant un ennemi qui défigure, qui fouille, qui détruit ici-bas toutes fes œuvres ?

3°. Ce n'eft point avoir de Dieu une idée indigne, que de dire qu'ayant formé des milliars de mondes où la mort & le mal n'habitent point, il a fallu que le mal & la mort habitaffent dans celui-ci.

4°. Ce n'eft point rabaiffer Dieu que de dire qu'il ne pouvait former l'homme fans lui donner de l'amour-propre ; que cet amour-propre ne pouvait le conduire fans l'égarer prefque toujours ; que fes paffions font néceffaires, mais qu'elles font funeftes ; que la propagation ne peut s'exécuter fans défirs ; que ces défirs ne peuvent animer l'homme fans querelles ; que ces querelles amènent néceffairement des guerres, &c.

5°. En voyant une partie des combinaifons du règne végétal, animal & minéral, & ce globe percé par-tout comme un crible d'où tant d'exhalaifons s'échappent en foule ; quel fera le philofophe affez hardi ou le fcolaftique affez imbécille pour voir

_____

(*b*) C'eft le fentiment des fociniens.

clairement

clairement que la nature pouvait arrêter les effets des volcans, les intempéries de l'atmofphère, la violence des vents, les peftes, & tous les fléaux deftruƈteurs ?

6°. Il faut être bien puiſſant, bien fort, bien induſtrieux, pour avoir formé des lions qui dévorent des taureaux, & produit des hommes qui inventent des armes pour tuer d'un feul coup, non-feulement les taureaux & les lions, mais encore pour fe tuer les uns les autres. Il faut être très-puiſſant pour avoir fait naître des araignées qui tendent des filets pour prendre des mouches; mais ce n'eſt pas être tout-puiſſant, infiniment puiſſant.

7°. Si le grand Etre avait été infiniment puiſſant, il n'y a nulle raifon pour laquelle il n'aurait pas fait les animaux fenfibles infiniment heureux; il ne l'a pas fait, donc il ne l'a pas pu.

8°. Toutes les feƈes des philofophes ont échoué contre l'écueil du mal phyfique & moral. Il ne refte que d'avouer que DIEU ayant agi pour le mieux n'a pu agir mieux.

9°. Cette néceſſité tranche toutes les difficultés & finit toutes les difputes. Nous n'avons pas le front de dire *tout eſt bien;* nous difons tout eſt le moins mal qu'il fe pouvait.

10°. Pourquoi un enfant meurt-il fouvent dans le fein de fa mère ? Pourquoi un autre ayant eu le malheur de naître, eſt-il réfervé à des tourmens auſſi longs que fa vie, terminés par une mort affreufe ?

Pourquoi la fource de la vie a-t-elle été empoifonnée dans toute la terre depuis la découverte de l'Amérique ? Pourquoi depuis le feptième fiècle de notre ère vulgaire, la petite vérole emporte-t-elle la huitième partie du genre-humain? Pourquoi de tout temps les veffies ont-elles été fujettes à être des carrières de pierres? Pourquoi la pefte, la guerre, la famine & l'inquifition? Tournez-vous de tous les fens, vous ne trouverez d'autre folution, finon que tout a été néceffaire.

Je parle ici aux feuls philofophes & non pas aux théologiens. Nous favons que la foi eft le fil du labyrinthe. Nous favons bien que la chute d'*Adam* & d'*Eve*, le péché originel, la puiffance immenfe donnée aux diables, la prédilection accordée par le grand Etre au peuple juif, & le baptême fubftitué à l'amputation du prépuce font les réponfes qui éclairciffent tout. Nous n'avons argumenté que contre *Zoroaftre* & non contre l'univerfité de Conimbre ou Coïmbre, à laquelle nous nous foumettons dans tous nos articles. (Voyez les Lettres de *Memmius* à *Cicéron*, & répondez-y, fi vous pouvez.)

PUISSANCE.

Les deux Puiffances.

SECTION PREMIERE.

Quiconque tient le fceptre & l'encenfoir, a les deux mains fort occupées. On peut le regarder comme un homme fort habile, s'il commande à des peuples qui ont le fens commun : mais s'il n'a à faire qu'à des imbécilles, à des efpèces de fauvages, on peut le comparer au cocher de *Bernier*, que fon maître rencontrà un jour dans un carrefour de Déli, haranguant la populace & lui vendant de l'orviétan. Quoi! *Lapierre*, lui dit *Bernier*, tu es devenu médecin ? Oui, Monſieur, lui répondit le cocher ; tel peuple, tel charlatan.

Le daïri des Japonais, le dalai-lama du Thibet auraient pu en dire autant. *Numa Pompilius* même, avec ſon *Egerie*, aurait fait la même réponſe à *Bernier*. *Melchiſédech* était probablement dans le cas, auſſi-bien que cet *Anius* dont parle *Virgile* au troiſième chant de l'Enéide.

> *Rex Anius, rex idem hominum Phœbique ſacerdos,*
> *Vittis & ſacrâ redimitus tempora lauro.*

Je ne ſais quel tranſlateur du ſeizième ſiècle, a tranſlaté ainſi ces vers de *Virgile*.

> Anius qui fut roi tout ainſi qu'il fut prêtre,
> Mange à deux rateliers, & doublement eſt maître.

Ce charlatan *Anius* n'était roi que de l'île de Délos, très-chétif royaume, qui, après celui de *Melchiſédech* & d'*Ivetot*, était un des moins conſidérables de la terre ; mais le culte d'*Apollon* lui avait donné une grande réputation : il ſuffit d'un ſaint pour mettre tout un pays en crédit.

Trois électeurs allemands ſont plus puiſſans qu'*Anius*, & ont comme lui le droit de mitre & de couronne, quoique ſubordonné, du moins en apparence, à l'empereur romain, qui n'eſt que l'empereur d'Allemagne. Mais, de tous les pays où la plénitude du ſacerdoce & la plénitude de la royauté conſtituent

la puiſſance la plus pleine qu'on puiſſe imaginer ;
c'eſt-Rome moderne.

Le pape eſt regardé dans la partie de l'Europe
catholique , comme le premier des rois & le premier
des prêtres. Il en fut de même dans la Rome qu'on
appelle *païenne* ; *Jules-Céſar* était à la fois grand-
pontife, dictateur, guerrier, vainqueur, très-éloquent,
très-galant, en tout le premier des hommes, & à qui
nul moderne n'a pu être comparé, excepté dans une
épître dédicatoire.

Le roi d'Angleterre poſſède à peu près les mêmes
dignités que le pape en qualité de chef de l'Egliſe.

L'impératrice de Ruſſie eſt auſſi maîtreſſe abſolue
de ſon clergé dans l'empire le plus vaſte qui ſoit ſur
la terre. L'idée qu'il peut exiſter deux puiſſances
oppoſées l'une à l'autre dans un même Etat, y eſt
regardée par le clergé même , comme une chimère
auſſi abſurde que pernicieuſe.

Je dois rapporter à ce propos une lettre que l'impératrice de Ruſſie , *Catherine II*, daigna m'écrire au
mont Krapac, le 22 auguſte 1765 , & dont elle m'a
permis de faire uſage dans l'occaſion.

„ Des capucins qu'on tolère à Moſcou, (car la
„ tolérance eſt générale dans cet empire , il n'y a que
„ les jéſuites qui n'y ſont pas ſoufferts,) (1) s'étant
„ opiniâtrés cet hiver à ne pas vouloir enterrer un
„ français qui était mort ſubitement, ſous prétexte
„ qu'il n'avait pas reçu les ſacremens ; *Abraham Chaumeix*
„ fit un factum contr'eux, pour leur prouver qu'ils
„ devaient enterrer un mort ; mais ce factum, ni deux

---

(1) On a commencé à les y ſouffrir depuis qu'ils ont été détruits par
le pape ; parce qu'ils ne peuvent plus être dangereux.

,, réquifitions du gouverneur ne purent porter ces
,, pères à obéir. A la fin, on leur fit dire de choifir,
,, ou de paffer la frontière, ou d'enterrer ce français :
,, ils partirent, & j'envoyai d'ici des auguftins plus
,, dociles, qui voyant qu'il n'y avait pas à badiner,
,, firent tout ce qu'on voulut.

,, Voilà donc *Abraham Chaumeix* en Ruffie qui
,, devient raifonnable ; il s'oppofe à la perfécution.
,, S'il prenait de l'efprit, il ferait croire les miracles
,, aux plus incrédules ; mais tous les miracles du
,, monde n'effaceront pas fa honte d'avoir été le
,, délateur de l'Encyclopédie.

. . . .

. . . .

,, Les fujets de l'Eglife fouffrant des vexations
,, fouvent tyranniques, auxquelles les fréquens chan-
,, gemens de maîtres contribuaient beaucoup , fe
,, révoltèrent vers la fin du règne de l'impératrice
,, *Elifabeth*, & ils étaient à mon avènement plus de
,, cent mille en armes. C'eft ce qui fit qu'en 1762
,, j'exécutai le projet de changer entièrement l'admi-
,, niftration des biens du clergé , & de fixer fes revenus.
,, *Arfène*, évêque de Roftou, s'y oppofa, pouffé par
,, quelques-uns de fes confrères , qui ne trouvèrent pas
,, à propos de fe nommer. Il envoya deux mémoires
,, où il voulait établir le principe abfurde des deux
,, puiffances. Il avait déjà fait cette tentative du temps
,, de l'impératrice *Elifabeth ;* on s'était contenté de lui
,, impofer filence : mais fon infolence & fa folie
,, redoublant, il fut jugé par le métropolitain de
,, Novogorod & par le fynode entier, condamné

,, comme fanatique, coupable d'une entreprise contraire
,, à la foi orthodoxe autant qu'au pouvoir fouverain ;
,, déchu de fa dignité & de la prêtrife, & livré au bras
,, féculier. Je lui fis grâce, & je me contentai de le
,, réduire à la condition de moine. ,,

Telles font fes propres paroles ; il en réfulte qu'elle
fait foutenir l'Eglife & la contenir ; qu'elle refpecte
l'humanité autant que la religion ; qu'elle protège le
laboureur autant que le prêtre ; que tous les ordres
de l'Etat doivent la bénir.

J'aurai encore l'indifcrétion de tranfcrire ici un
paffage d'une de fes lettres.

,, La tolérance eft établie chez nous ; elle fait loi
,, de l'Etat ; il eft défendu de perfécuter. Nous avons,
,, il eft vrai, des fanatiques, qui faute de perfécution
,, fe brûlent eux-mêmes ; mais fi ceux des autres pays
,, en fefaient autant, il n'y aurait pas grand mal, le
,, monde en ferait plus tranquille, & *Calas* n'aurait
,, pas été roué. ,,

Ne croyez pas qu'elle écrive ainfi par un enthoufiafme paffager & vain, qu'on défavoue enfuite dans la
pratique, ni même par le défir louable d'obtenir dans
l'Europe les fuffrages des hommes qui penfent & qui
enfeignent à penfer. Elle pofe ces principes pour bafe
de fon gouvernement. Elle a écrit de fa main dans le
confeil de légiflation, ces paroles qu'il faut graver aux
portes de toutes les villes.

,, Dans un grand empire, qui étend fa domination
,, fur autant de peuples divers qu'il y a de différentes
,, croyances parmi les hommes, la faute la plus nui-
,, fible ferait l'intolérance. ,,

Remarquez qu'elle n'héfite pas de mettre l'intolérance au rang des fautes, j'ai prefque dit des délits.
Ainfi une impératrice defpotique détruit dans le fond
du Nord la perfécution & l'efclavage. Tandis que
dans le Midi....

(a) Jugez après cela, Monfieur, s'il fe trouvera un
honnête homme dans l'Europe qui ne fera pas prêt
de figner le panégyrique que vous méditez. Non-feulement cette princeffe eft tolérante; mais elle veut que
fes voifins le foient. Voilà la première fois qu'on a
déployé le pouvoir fuprême pour établir la liberté de
confcience. C'eft la plus grande époque que je connaiffe
dans l'hiftoire moderne.

C'eft à peu près ainfi que les anciens Perfans
défendirent aux Carthaginois d'immoler des hommes.

Plût à DIEU qu'au lieu des barbares qui fondirent
autrefois des plaines de la Scythie & des montagnes
de l'Immaüs & du Caucafe vers les Alpes & les
Pyrenées pour tout ravager, on vît defcendre aujour-
d'hui des armées pour renverfer le tribunal de l'inquifition, tribunal plus horrible que les facrifices de fang
humain tant reprochés à nos pères !

Enfin, ce génie fupérieur veut faire entendre à fes
voifins ce que l'on commence à comprendre en Europe,
que des opinions métaphyfiques inintelligibles, qui
font les filles de l'abfurdité, font les mères de la difcorde; & que l'Eglife au lieu de dire : Je viens apporter
le glaive & non la paix, doit dire hautement : J'apporte
la paix & non le glaive. Auffi l'impératrice ne veut-elle

_____

(a) Ceci eft tiré d'une lettre du citoyen du mont Krapac , dans laquelle
fe trouve l'extrait de la lettre de l'impératrice.

tirer l'épée que contre ceux qui veulent opprimer les diffidens.

SECTION II.

Converſation du révérend père Bouvet, miſſionnaire de la compagnie de JESUS, *avec l'empereur Cam-hi, en préſence de frère Attiret jéſuite, tirée des mémoires ſecrets de la miſſion, en* 1772.

PERE BOUVET.

Oui, ſacrée majeſté, dès que vous aurez eu le bonheur de vous faire baptiſer par moi comme je l'eſpère, vous ſerez ſoulagé de la moitié du fardeau immenſe qui vous accable. Je vous ai parlé de la fable d'*Atlas* qui portait le ciel ſur ſes épaules. *Hercule* le ſoulagea & porta le ciel. Vous êtes l'*Atlas*, & *Hercule* eſt le pape. Il y aura deux puiſſances dans votre empire. Notre bon *Clément XI* ſera la première. Ainſi vous goûterez le plus grand des biens ; celui d'être oiſif pendant votre vie, & d'être ſauvé après votre mort.

L'EMPEREUR.

Vraiment je ſuis très-obligé à ce cher pape qui daigne prendre cette peine : mais comment pourra-t-il gouverner mon empire à ſix mille lieues de chez lui ?

PERE BOUVET.

Rien n'eſt plus aiſé, ſacrée majeſté impériale. Nous ſommes ſes vicaires apoſtoliques ; il eſt vicaire de DIEU, ainſi vous ſerez gouverné par DIEU même.

L'EMPEREUR.

Quel plaifir! je ne me fens pas d'aife. Votre vice-
Dieu partagera donc avec moi les revenus de l'empire?
car toute peine vaut falaire.

PERE BOUVET.

Notre vice-Dieu eft fi bon qu'il ne prendra d'ordinaire que le quart tout au plus, excepté dans les
cas de défobéiffance. Notre cafuel ne montera qu'à
deux millions fept cents cinquante mille onces d'argent
pur. C'eft un bien mince objet en comparaifon des
biens céleftes.

L'EMPEREUR.

Oui, c'eft marché donné. Votre Rome en tire
autant apparemment du grand-mogol mon voifin, de
l'empire du Japon mon autre voifin, de l'impératrice
de Ruffie mon autre bonne voifine, de l'empire de
Perfe, de celui de Turquie.

PERE BOUVET.

Pas encore; mais cela viendra grâce à DIEU & à
nous.

L'EMPEREUR.

Et combien vous en revient-il à vous autres?

PERE BOUVET.

Nous n'avons point de gages fixes; mais nous
fommes comme la principale actrice d'une comédie
d'un comte de *Cailus* mon compatriote, tout ce que
je.... c'eft pour moi.

L'EMPEREUR.

Mais, dites-moi fi vos princes chrétiens d'Europe payent à votre Italien à proportion de ma taxe?

PERE BOUVET.

Non, la moitié de cette Europe s'eft féparée de lui & ne le paye point : l'autre moitié paye le moins qu'elle peut.

L'EMPEREUR.

Vous me difiez ces jours paffés qu'il était maître d'un affez joli pays.

PERE BOUVET.

Oui, mais ce domaine lui produit peu; il eft en friche.

L'EMPEREUR.

Le pauvre homme! il ne fait pas faire cultiver fa terre & il prétend gouverner les miennes!

PERE BOUVET.

Autrefois dans un de nos conciles, c'eft-à-dire, dans un de nos fénats de prêtres, qui fe tenait dans une ville nommée Conftance, notre faint père fit propofer une taxe nouvelle pour foutenir fa dignité. L'affemblée répondit qu'il n'avait qu'à faire labourer fon domaine; mais il s'en donna bien de garde; il aima mieux vivre du produit de ceux qui labourent dans d'autres royaumes. Il lui parut que cette manière de vivre avait plus de grandeur.

L'EMPEREUR.

Oh bien, allez lui dire que non-feulement je fais labourer chez moi, mais que je laboure moi-même; & je doute fort que ce foit pour lui.

PERE BOUVET.

Ah! fainte vierge *Marie*, je fuis pris pour dupe.

L'EMPEREUR.

Partez vîte, j'ai été trop indulgent.

FRERE ATTIRET A FRERE BOUVET.

Je vous avais bien dit que l'empereur, tout bon qu'il eft, avait plus d'efprit que vous & moi.

PURGATOIRE.

IL eft affez fingulier que les Eglifes proteftantes fe foient réunies à crier que le purgatoire fut inventé par les moines. Il eft bien vrai qu'ils inventèrent l'art d'attraper de l'argent des vivans en priant DIEU pour les morts ; mais le purgatoire était avant tous les moines.

Ce qui peut avoir induit les doctes en erreur, c'eft que ce fut le pape *Jean XVI* qui inftitua, dit-on, la fête des morts vers le milieu du dixième fiècle. De cela feul je conclus qu'on priait pour eux auparavant ; car fi on fe mit à prier pour tous, il eft à croire qu'on priait déjà pour quelques-uns d'entre eux, de même qu'on n'inventa la fête de tous les faints que parce qu'on avait long-temps auparavant fêté plufieurs bienheureux. La différence entre la touffaint & la fête des morts, c'eft qu'à la première nous invoquons, & à la feconde nous fommes invoqués ; à la première nous nous recommandons à tous les heureux, & à la feconde les malheureux fe recommandent à nous.

Les gens les plus ignorans favent comment cette fête fut inftituée d'abord à Cluni, qui était alors terre de l'empire allemand. Faut-il redire „ que St *Odilon* „ abbé de Cluni était coutumier de délivrer beau-„ coup d'ames du purgatoire par fes meffes & par fes „ prières; & qu'un jour un chevalier ou un moine „ revenant de la terre-fainte, fut jeté par la tempête „ dans une petite île où il rencontra un ermite, „ lequel lui dit qu'il y avait là auprès de grandes „ flammes & furieux incendies, où les trépaffés étaient „ tourmentés, & qu'il entendait fouvent les diables „ fe plaindre de l'abbé *Odilon* & de fes moines qui „ délivraient tous les jours quelque ame; qu'il fallait „ prier *Odilon* de continuer, afin d'accroître la joie „ des bienheureux au ciel, & la douleur des diables „ en enfer. „

C'eft ainfi que frère *Girard* jéfuite raconte la chofe dans fa Fleur des faints, (*a*) d'après frère *Ribadeneira*. *Fleuri* diffère un peu de cette légende, mais il en a confervé l'effentiel.

Cette révélation engagea St *Odilon* à inftituer dans Cluni la fête des trépaffés, qui enfuite fut adoptée par l'Eglife.

C'eft depuis ce temps que le purgatoire valut tant d'argent à ceux qui avaient le pouvoir d'en ouvrir les portes. C'eft en vertu de ce pouvoir que le roi d'Angleterre *Jean* ce grand terrien, furnommé *fans terre*, en fé déclarant homme-lige du pape *Innocent III*, & en lui foumettant fon royaume, obtint la délivrance d'une ame de fes parens qui était excommuniée; *pro mortuo excommunicato pro quo fupplicant confanguinei.*

(*a*) Tom. II, pag. 445.

La chancellerie romaine eut même son tarif pour l'absolution des morts ; & il y eut beaucoup d'autels privilégiés, où chaque messe qu'on disait au quatorzième siècle & au quinzième, pour six liards, délivrait une ame. Les hérétiques avaient beau remontrer qu'à la vérité les apôtres avaient eu le droit de délier tout ce qui était lié sur terre, mais non pas sous terre. On leur courait sus comme à des scélérats qui osaient douter du pouvoir des clefs. Et en effet, il est à remarquer que quand le pape veut bien vous remettre cinq ou six cents ans de purgatoire, il vous fait grâce de sa pleine puissance ; *pro potestate à Deo acceptâ concedit.*

De l'antiquité du purgatoire.

ON prétend que le purgatoire était de temps immémorial reconnu par le fameux peuple juif ; & on se fonde sur le second livre des Machabées, qui dit expressément, „ qu'ayant trouvé sous les habits des Juifs „ (au combat d'Odollam) des choses consacrées aux „ idoles de Jamnia, il fut manifeste que c'était pour „ cela qu'ils avaient péri ; & ayant fait une quête de „ douze mille dragmes d'argent, (*b*) lui qui pensait „ bien & religieusement de la résurrection, les envoya „ à Jérusalem pour les péchés des morts. „

Comme nous nous sommes fait un devoir de rapporter les objections des hérétiques & des incrédules, afin de les confondre par leurs propres sentimens ; nous rapporterons ici leurs difficultés sur les douze mille francs envoyés par *Judas*, & sur le purgatoire.

(*b*) Liv. II, ch. XII, v. 42, 43 & suivans.

Ils difent

1°. Que douze mille francs de notre monnaie étaient beaucoup pour *Judas*, qui foutenait une guerre de barbets contre un grand roi.

2°. Qu'on peut envoyer un préfent à Jérufalem pour les péchés des morts, afin d'attirer la bénédiction de DIEU fur les vivans.

3°. Qu'il n'était point encore queftion de réfurrection dans ces temps-là, qu'il eft reconnu que cette queftion ne fut agitée chez les Juifs que du temps de *Gamaliel*, un peu avant les prédications de JESUS-CHRIST. (*)

4°. Que la loi des Juifs confiftant dans le Décalogue, le Lévitique & le Deutéronome, n'ayant jamais parlé ni de l'immortalité de l'ame, ni des tourmens de l'enfer; il était impoffible à plus forte raifon qu'elle eût jamais annoncé un purgatoire.

5°. Les hérétiques & les incrédules font les derniers efforts pour démontrer à leur manière que tous les livres des Machabées font évidemment apocryphes. Voici leurs prétendues preuves.

Les Juifs n'ont jamais reconnu les livres des Machabées pour canoniques, pourquoi les reconnaîtrions-nous?

Origène déclare formellement que l'hiftoire des Machabées eft à rejeter. *St Jérôme* juge ces livres indignes de croyance.

Le concile de Laodicée, tenu en 367, ne les admit point parmi les livres canoniques; les *Athanafes*, les *Cyrilles*, les *Hilaires* les rejettent.

(*) Voyez le Talmud, tome II.

Les raifons pour traiter ces livres de romans, & de très-mauvais romans, font les fuivantes.

L'auteur ignorant commence par la fauffeté la plus reconnue de tout le monde. Il dit : (*c*) *Alexandre appela les jeunes nobles qui avaient été nourris avec lui dès leur enfance, & il leur partagea fon royaume tandis qu'il vivait encore.*

Un menfonge auffi fot & auffi groffier ne peut venir d'un écrivain facré & infpiré.

L'auteur des Machabées, en parlant d'*Antiochus Épiphane*, dit : *Antiochus marcha vers Elimaïs ; il voulut la prendre & la piller*, (*d*) *& il ne le put, parce que fon difcours avait été fu des habitans ; & ils s'élevèrent en combat contre lui. Et il s'en alla avec une trifteffe grande, & retourna en Babylone. Et lorfqu'il était encore en Perfe, il apprit que fon armée en Juda avait pris la fuite........ & il fe mit au lit, & il mourut l'an* 149.

Le même auteur (*e*) dit ailleurs tout le contraire. Il dit qu'*Antiochus Épiphane* voulut piller Perfépolis, & non pas Elimaïs ; qu'il tomba de fon chariot, qu'il fut frappé d'une plaie incurable — qu'il fut mangé des vers — qu'il demanda bien pardon au Dieu des Juifs, qu'il voulut fe faire juif : & c'eft là qu'on trouve ce verfet que les fanatiques ont appliqué tant de fois à leurs ennemis : *Orabat fceleftus ille veniam quam non erat confecuturus*, le fcélérat demandait un pardon qu'il ne devait pas obtenir. Cette phrafe eft bien juive ; mais il n'eft pas permis à un auteur infpiré de fe contredire fi indignement.

(*c*) Liv. I , chap. II , v. 7.   (*e*) Liv. II , chap. IX,
(*d*) Chap. VI , v. 3 & fuiv.

Ce n'eſt pas tout ; voici bien une autre contradiction & une autre bévue. L'auteur fait mourir *Antiochus Epiphane* d'une troiſième façon ; (*f*) on peut choiſir. Il avance que ce prince fut lapidé dans le temple de Nannée. Ceux qui ont voulu excuſer cette ânerie, prétendent qu'on veut parler d'*Antiochus Eupator ;* mais ni *Epiphane* ni *Eupator* ne fut lapidé.

Ailleurs, l'auteur dit (*g*) qu'un autre *Antiochus* (le grand) fut pris par les Romains, & qu'ils donnèrent à *Eumènes* les Indes & la Médie. Autant vaudrait-il dire que *François I* fit priſonnier *Henri VIII*, & qu'il donna la Turquie au duc de Savoie. C'eſt inſulter le Saint-Eſprit d'imaginer qu'il ait dicté des abſurdités ſi dégoûtantes.

Le même auteur dit (*h*) que les Romains avaient conquis les Galates ; mais ils ne conquirent la Galatie que plus de cent ans après. Donc le malheureux romancier n'écrivait que plus d'un ſiècle après le temps où l'on ſuppoſe qu'il a écrit ; & il en eſt ainſi de preſque tous les livres juifs, à ce que diſent les incrédules.

Le même auteur dit (*i*) que les Romains nommaient tous les ans un chef du ſénat. Voilà un homme bien inſtruit ! il ne ſavait pas ſeulement que Rome avait deux conſuls. Quelle foi pouvons-nous ajouter, diſent les incrédules, à ces rapſodies de contes puérils, entaſſés ſans ordre & ſans choix par les plus ignorans & les plus imbécilles des hommes ? Quelle honte de les croire ! quelle barbarie de cannibales d'avoir perſécuté des hommes ſenſés pour les forcer à faire

(*f*) Liv. I, chap. I, v. 12.　　(*h*) Liv. I, chap. VIII, v. 2 & 3.
(*g*) Liv. I, chap. VIII, v. 7 & 8.　　(*i*) Liv. I, ch. VIII, v. 15 & 16.

ſemblant

femblant de croire des pauvretés pour lefquelles ils avaient le plus profond mépris ! Ainfi s'expriment des auteurs audacieux.

Notre réponfe eft que quelques méprifes, qui viennent probablement des copiftes, n'empêchent point que le fond ne foit très-vrai ; que le St Efprit a infpiré l'auteur & non les copiftes ; que fi le concile de Laodicée a rejeté les Machabées, ils ont été admis par le concile de Trente, dans lequel il y eut jufqu'à des jéfuites ; qu'ils font reçus dans toute l'Eglife romaine, & que par conféquent nous devons les recevoir avec foumiffion.

De l'origine du purgatoire.

IL eft certain que ceux qui admirent le purgatoire dans la primitive Eglife, furent traités d'hérétiques ; on condamna les fimoniens qui admettaient la purgation des ames. *Pfuken kadaron.* (*k*)

St Auguftin condamna depuis les origéniftes qui tenaient pour ce dogme.

Mais les fimoniens & les origéniftes avaient-ils pris ce purgatoire dans *Virgile*, dans *Platon*, chez les Egyptiens ?

Vous le trouvez clairement énoncé dans le fixième chant de *Virgile*, ainfi que nous l'avons déjà remarqué ; & ce qui eft de plus fingulier, c'eft que *Virgile* peint des ames pendues en plein air, d'autres brûlées, d'autres noyées.

(*k*) Liv. des Héréfies, chap. XXII.

Aliæ panduntur inanes
Suspensæ ad ventos; aliis sub gurgite vasto
Infectum eluitur scelus , aut exuritur igni.

L'abbé *Pellegrin* traduit ainsi ces vers :

On voit ces purs esprits branler au gré des vents,
Ou noyés dans les eaux, ou brûlés dans les flammes;
C'est ainsi qu'on nettoie & qu'on purge les ames.

Et ce qu'il y a de plus singulier encore, c'est que le pape *Grégoire* surnommé *le grand* , non - seulement adopta cette théologie de *Virgile* , mais dans ses dialogues il introduit plusieurs ames qui arrivent du purgatoire, après avoir été pendues ou noyées.

Platon avait parlé du purgatoire dans son *Phédon*; & il est aisé de se convaincre, par la lecture du *Mercure Trismégiste*, que *Platon* avait pris chez les Egyptiens, tout ce qu'il n'avait pas emprunté de *Timée* de Locres.

Tout cela est bien récent, tout cela est d'hier en comparaison des anciens brachmanes. Ce sont eux, il faut l'avouer, qui inventèrent le purgatoire, comme ils inventèrent aussi la révolte & la chute des génies, des animaux célestes. (*)

C'est dans leur Shasta, ou Shastabad , écrit trois mille cent ans avant l'ère vulgaire , que mon cher lecteur trouvera le purgatoire. Ces anges rebelles dont on copia l'histoire chez les Juifs, du temps du rabbin *Gamaliel* , avaient été condamnés par l'Eternel & par son fils, à mille ans de purgatoire; après quoi DIEU leur pardonna & les fit hommes. Nous vous l'avons déjà

(*) Voyez l'article *Brachmanes.*

dit, mon cher lecteur ; nous vous avons déjà repréfenté
que les brachmanes trouvèrent l'éternité des fupplices
trop dure ; car enfin l'éternité eft ce qui ne finit
jamais. Les brachmanes penfaient comme l'abbé de
Chaulieu.

» Pardonne alors, Seigneur, fi, plein de tes bontés,
» Je n'ai pu concevoir que mes fragilités,
» Ni tous ces vains plaifirs qui paffent comme un fonge,
» Puffent être l'objet de tes févérités ;
» Et fi j'ai pu penfer que tant de cruautés
» Puniraient un peu trop la douceur d'un menfonge.

 Fin du tome fixième.

TABLE

DES ARTICLES

CONTENUS DANS CE VOLUME.

Dictionn. philofoph. Tome VI. H h

T A B L E. 475

Fin de la table du sixième volume.

VOLTAI

42

DICTION

PHILOSOPHI

TOM   V